Michael Esser

John & Maus

Auf dem Weg nach Weißnochnichtwo

Roman

KJM Buchverlag

Coverillustration: Niken Anindita
megatruh.deviantart.com

1. Auflage, September 2015

Simrockstr. 9a, 22587 Hamburg
www.kjm-buchverlag.de
ISBN 978-3-945465-12-7

Lektorat: Brigitte Helbling und Klaas Jarchow
Herstellung, Satz und Gestaltung: Eberhard Delius
Druck und Bindung: Beltz Druck, Bad Langensalza
Printed in Germany

*Dieses Buch hat eine BUCHPATIN.
Mehr Informationen dazu hier im Buch
auf Seite 311*

Im Garten

1. John

John war betrübt.

Wie jeden Tag hatte er die Dinge aufgezählt, die er mochte. Dann die Dinge, die er nicht mochte. Es war eine Übung, begonnen in der Hoffnung, ihn mit seinem Schicksal auszusöhnen. Damit er wusste, woran er war.

Es ging ihm nachher zwar nicht besser, aber er war nicht mehr so überrascht von dem, was ihn betrübte – und konnte sich für einige Augenblicke einrichten im dem Gefühl, ganz normal betrübt zu sein.

Eine Weile später begann das Sorgenkarussel in seinem Kopf allerdings, sich wieder zu drehen. Dann zählte er die Dinge auf, die er liebte, anschließend die Dinge, die er fürchtete. Danach hatte er Angst.

Wieder eine Weile später kam ihm der Gedanke, ob er vielleicht die Reihenfolge ändern sollte: zuerst die Dinge aufzählen, die er fürchtete, dann die, die er liebte. Wie wäre das? Wie würde er sich dann fühlen?

Der Garten um ihn herum war groß, schön, grün, sonnig. An seinem Rand ging es steil bergab, hinunter zum See. Der Blick ging weit hinaus bevor der Horizont kam. Eine Maus setzte sich zu seinen Füßen.

»Wie geht's?« fragte sie, als sei es ganz normal für eine Maus, einen Jungen so etwas zu fragen.

»Sorgen«, sagte John, als sei es ganz normal für einen Jungen, einer Maus so etwas anzuvertrauen.

»Groß?« fragte sie weiter.

»Jedenfalls nicht klein.«

»Das ist nichts wirklich Neues.«

Es stimmte. Es war eigentlich jeden Tag das gleiche. Jeden Tag seit er hier draußen war. Die Maus setzte sich auf einen Stein, richtete ihren Blick in den Garten, sprach mit gelassener Stimme: »Am ersten Tag hast du gesagt, du bist hier, damit es besser wird. Als ich wissen wollte, was besser werden soll, hast du geantwortet: Alles. Ich habe dir gleich gesagt, dass das zuviel verlangt ist. Im Grunde wird nichts besser. Alles ist immer so, wie es ist – und nicht anders.«

John begann, vor sich hinzusummen. Er wollte nicht hinhören, wenn sie so etwas sagte. Möglich, dass es stimmte. Möglich aber auch, dass es nicht stimmte. Was wusste sie schon. Sie war nur eine Maus. Und sie konnte nicht mehr wissen, als eine Maus eben weiß.

Sie kam jeden Tag. Und jeden Tag sprachen sie miteinander. Und jeden Tag hatte er zuerst Sorgen, dann Angst. Und es war immer gleich.

Die Maus kletterte auf seine Schulter, machte es sich dort gemütlich, schaute eine kleine Weile in die Weite der Welt, fuhr dann fort: »Du kamst hier heraus in den Garten und hast angefangen ein Loch zu graben. Dann hast du dich hineingestellt, Erde über deine Füße geschaufelt und dich mit Wasser übergossen. Ich habe dich gefragt, was du da machst, und du hast geantwortet: Ich versuche zu wachsen.«

Sie war der Meinung gewesen, das sei nicht nötig: »Du bist doch groß. Sogar riesig.«

»Nein. Bin ich nicht«, hatte John geantwortet und untröstlich geklungen. In der Schule hatten sie ihn verspottet; gesagt, er sei klein. Das war schlimm. Er wollte nicht klein sein. Er wollte so sein wie die anderen.

Die Maus hatte daraufhin eine Weile nachgedacht und war zu dem Schluss gekommen, John möge in ihren Augen gut und gerne ein Riese sein, in den Augen anderer hingegen nicht. Unter Riesen zum Beispiel. Da gab es offensichtlich große und kleine. Riesenriesen und Zwergriesen. John schien kein Riesenriese zu sein, und war unter den anderen Riesen daher anscheinend nicht besonders beliebt. Er hatte ihr erzählt, er sei gehänselt und geschubst, verhöhnt und ausgelacht worden.

Weil das aber nicht immer und ewig so weitergehen konnte und sollte, hatte er eines Tages die Entscheidung getroffen, dass endgültig Schluss sein musste mit klein sein – und unverzüglich begonnen, alles Erdenkliche in die Wege zu leiten, um schneller zu wachsen. Doch was er auch unternahm – nichts wollte gelingen. Er blieb klein.

Eines Tages, als er einmal mehr das so komplizierte Rätsel zu ergründen versuchte, wieso und weshalb all seine Anstrengungen so ganz und gar erfolglos blieben, war im Hin und Her seiner Gehirnkirmes die Idee entstanden, das Wachsen vielleicht auf die Weise zu versuchen, wie er es von den Lebewesen in Feld und Wald, Lichtung und Aue, Landschaft und Garten kannte. Und da es sogar in Kübeln auf Balkonen und Töpfen auf Fensterbänken funktionierte; wieso nicht auch bei ihm? Die klügsten unter ihnen schienen die Bäume zu sein. Sie waren wirklich groß. Größer als alles andere, das lebte. Die größten Lebewesen der Welt. Das Beste wäre, sich zu ihnen zu gesellen und das Gleiche zu tun wie sie. Vielleicht wären sie netter als die Kinder in der Schule.

»Die Bäume – mmh«, hatte die Maus gemurmelt. »Sie sind stur, aber freundlich. Und geduldig. Und vielleicht sogar weise. Man weiß es nicht genau. Sie reden nicht viel. Genau genommen sagen sie fast nie etwas. Andererseits sind sie sehr alt. Und um so alt werden zu können, muss man schon ziemlich genau wissen wie das geht.«

»Wie was geht?«

»Ein Baum zu sein. Das willst du doch herausfinden.«

»Ich will wachsen«, sagte John, »einfach nur wachsen« – und seine Sorgen nahmen wieder zu.

2. Wirklichkeit

John war friedlos.

Vor sich hin murmelnd zählte er Dinge auf, die sicher waren, dann Dinge, die nicht sicher waren. Jedenfalls nicht für ihn. Obwohl andere behaupteten, sie seien sicher.

»Was denn zum Beispiel?« fragte die Maus.

»Sicher soll sein«, sagte John, »dass Gott ein Mann ist und auf keinen Fall eine Frau.«

»Stimmt nicht«, sagte die Maus.

»Nicht?«
»Absolut nicht.«
»Sondern?«
»Gott ist eine Maus. Was denn sonst.«
»Wirklich?«
»Aber ja. Eine weiße.«
»Tatsächlich?«
»Nein.«
John schaute verwirrt.
»Natürlich nicht«, sagte die Maus. »Wie denn auch?«
»Was weiß ich?« sagte John. »Manche sagen dieses, und andere sagen was anderes; und zwar zu allem. Es ist schwer herauszufinden, wer es wirklich weiß.«
»Wer was wirklich weiß?«
»Wie es in Wirklichkeit ist.«
»Oh das«, sagte die Maus beiläufig. »Das kann ich dir sagen.«
»Und?« fragte John ungeduldig, weil sie nach dieser großen Ankündigung eine Pause machte, statt mit der Antwort auf die große, alles entscheidende Frage einfach herauszurücken.
»Niemand.«
Na toll, dachte John. Das war ja eine wirklich hilfreiche Antwort.
»Wieso niemand?« wollte er daher wissen und war ein bisschen ungehalten.
»Weil es nun mal so ist. Die Wirklichkeit, John, ist vollkommen unbekannt. Seit immer schon.«
»Kann nicht sein«, sagt der Junge. »Völlig unmöglich. Die Wirklichkeit ist doch sehr, sehr alt. Und da wird ja wohl irgendjemand wissen, wie sie wirklich ist. Kluge Leute zum Beispiel.«
Die Maus schüttelte den Kopf. Das, was er und sie und alle anderen für die Wirklichkeit hielten, sei nur ein Versuch, die Welt zu erklären. Ganz wirklich aber wisse niemand, um was es eigentlich geht; weder im großen weiten Universum noch in diesem wundersamen Garten um sie herum – und auch nicht sonstwo auf der Welt.

»Und von allen Lebewesen«, fuhr sie fort, »wisst ihr Menschen obendrauf noch mal am allerwenigsten von allen.«

»Wir Menschen wissen sehr, sehr viel«, korrigierte John, leicht beleidigt, leicht ungehalten, leicht verdutzt, weil er es anmaßend fand, wenn eine Maus sich solch ein Urteil über die Menschen erlaubte. Doch sie machte einfach weiter: »Ihr glaubt, dass ihr viel wisst, John. Ihr forscht wie verrückt, sammelt massenhaft Einzelheiten, tragt sie zusammen, setzt sie aneinander, betrachtet sie ausdauernd, rechnet fieberhaft und sagt dann: Im großen Rund der weiten, weiten Welt ist es so und so und so. Und zwar weil sich dies und das und jenes aus solchem und derartigem und seinesgleichen entwickelt hat.«

»Ist ja auch so.«

»Oder auch nicht.«

»Oder eben doch«, konterte John, der sich nicht vorstellen wollte, es könnte tatsächlich anders sein. Allerdings – wenn es am Ende womöglich doch so war wie sie sagte, was war dann mit all dem, das seine Eltern und Onkel und Tanten und Lehrerinnen und Lehrer ihn gelehrt hatten? Sollte das etwa alles nicht stimmen? Oder vielleicht nur manches davon? Oder sogar fast nichts?

Wem konnte er glauben? An wen sich wenden?

Wenn die ganze Wirklichkeit, die er bisher kennen gelernt hatte, nicht die wirkliche Wirklichkeit war, sondern eine ausgedachte, dann musste er davon ausgehen, dass Eltern und Onkel und Tanten und Lehrerinnen und Lehrer keinesfalls immer Recht hatten.

Möglicherweise sogar nie.

Es waren höchst beunruhigende Gedanken, denn sie bedeuteten, dass er sich auf niemanden wirklich verlassen konnte. Und das ließ nur einen Schluss zu: Er würde alles selbst herausfinden müssen. Sich zufrieden zu geben mit einer Wirklichkeit, die sich andere nur ausgedacht hatten, kam jedenfalls nicht in Frage. Und schon überhaupt nicht, wenn es eine war, die ihm in vielen Teilen gar nicht gefiel. Da wollte er lieber selbst eine erschaffen. Eine, die er gut fand.

»Ist ein mächtiges Stück Arbeit«, sagte die Maus.

»Wie mächtig?«

»Mächtig mächtig. Und vielleicht sogar noch mächtiger.«

»Maßlos mächtig?«

»Vielleicht ein kleines bisschen weniger. Du kannst es aber schaffen. Du bist ein kluger Junge.«

John war überrascht. Sie hielt ihn für fähig, eine Wirklichkeit zu erschaffen?

»Tu ich«, sagte die Maus – und klang durchaus überzeugt.

John blieb allerdings skeptisch. Bevor er sich an eine so große Sache wagen würde, wollte er alles lieber erst noch mal genau prüfen. Könnte ja sein, dass sie sich irrte und die Wirklichkeit doch die Wirklichkeit war. Dann wäre alle Mühe, eine neue zu erschaffen, nichts weiter als ein großer Blödsinn.

Um der Angelegenheit also genauestens auf den Grund zu gehen, besann er sich noch einmal auf Fragen nach Dingen, die sicher waren – und Dingen, die nicht sicher waren:

»Was ist zum Beispiel mit der Erschaffung der Welt. War das Gott?«

»Keine Ahnung«, sagte die Maus. »Eher nicht.«

»Wieso nicht?«

»Wieso sollte er das tun?«

»Keine Ahnung«, sagte John. »Es gibt tausend Gründe.«

»Wenn Gott alles erschaffen hat«, gab die Maus zu bedenken, »wieso war er dann selbst schon da? Vor allem? Wer hat ihn erschaffen, bevor alles erschaffen wurde?«

»Ich weiß es nicht«, sagte John.

»Gut, machen wir einen Haken daran: Art und Weise der Schöpfung der Welt gehört eindeutig zu den Dingen, die nicht sicher sind.«

»Sieht ganz danach aus«, bestätigte John und stellte die nächste Frage:

»Was ist mit dem Universum. Ist es unendlich groß?«

»Kluge Männer sagen, es dehnt sich aus«, antwortete die Maus.

»Mhmm«, sagte John. »Wohin kann ein unendlicher Raum sich ausdehnen?«

»Weiß nicht. Und ich werde mir drüber auch nicht den Kopf zerbrechen. Die Unendlichkeit des Universums muss somit ebenfalls als nicht sicher eingestuft werden.«

»Nicht sicher«, bekräftigte John und hatte gleich die nächste Frage auf Lager: »Was ist mit der Zeit. Hat sie einen Anfang? Und wenn ja, was war davor?«

»Wer kann das sagen, John?«

»Und hat sie ein Ende?«

»Ich wüsste nicht, wann das sein sollte.«

»Ich auch nicht«, sagte John, machte einen Haken dran, fuhr fort: »Was ist mit Parallelen, die sich in der Unendlichkeit kreuzen? Tun sie das wirklich?«

Die Maus kratzte sich am Kopf: »So kommen wir nicht weiter«, murmelte sie. »Wir können nicht versuchen, die großen Fragen nach dem Leben, dem Universum und allem mal eben einfach so zu beantworten, nur um herauszufinden, ob die Wirklichkeit die Wirklichkeit ist.«

»Wir haben keine andere Wahl«, sagte John. »Irgendwo müssen wir anfangen.«

Die Maus nickte nachdenklich, sah ihn an, fragte mit leiser Stimme: »Wie ist es damit: Wenn du als Mensch geboren wirst, musst du dann immer ein Mensch sein? Dein Leben lang?«

»Wahrscheinlich«, sagte John. »Was denn sonst?«

»Wieso versuchst du dann, ein Baum zu werden?«

»Versuch ich ja gar nicht. Ich versuche zu wachsen.«

Wieder nickte die Maus nachdenklich: »Wachsen oder groß werden, John? Das sind nämlich zwei unterschiedliche Dinge. Zwei sehr unterschiedliche.«

John wusste nicht genau was sie meinte. Dachte auch nicht weiter darüber nach. Seine Gedanken waren unruhig; sprunghaft. Galoppierten in wildem Ritt durch weite, düstere Ebenen voller Fragen ohne gesicherte Antworten. Und von dort gelangten sie auf ziemlich geradem Weg zu dem großen Kummer, der ihn schon immer durch seine Tage begleitete: Er war anders als die anderen Kinder und schämte sich dafür. Gleichzeitig wusste er nicht, wie er anders werden konnte als er war, nur um ein Junge zu sein wie die anderen Jungen. Nachts jagten ihn Dämonen und Geister, Dibbuks und Kobolde durch seine Träume. Durch das Erfinden magischer Worte wusste er ihnen zu entkommen, doch tagsüber halfen sie bei gar nichts. Zu Hause und in der Schule war er auf sich allein gestellt; ganz ohne helfenden Zauber und schützende Magie.

Alle Welt sagte ihm, er solle friedlich und freundlich sein, doch viele Leute waren zu ihm unfreundlich und feindselig.

Die Welt war alles in allem ein ziemliches Durcheinander und er hatte kaum eine Ahnung, wie er sich darin zurechtfinden sollte. Was er bisher gehört und gelernt hatte, war jedenfalls nicht geeignet, die Rätsel zu lösen. Er würde – ob er wollte oder nicht – tatsächlich alles selbst herausfinden müssen. Hatte allerdings nicht den leisesten Schimmer, wie das gehen könnte. Sein Blick wurde traurig.

Die Maus zupfte ihn sanft am Haar und deutete in Richtung Haus, wo seine Mutter gerade auf die Veranda hinausgetreten war und ihre Schritte in seine Richtung lenkte. Für die Maus das Zeichen, sich in die Tasche von Johns Wind- und Wetterjacke zu verkriechen, die er Tag und Nacht trug; jedenfalls seit er hier draußen war.

Die Mutter brachte etwas zu essen. Seine Lieblingsspeise. Toastbrot mit allem drauf, was auf Toastbrot drauf sein kann.

»Danke«, sagte John, als sie ihm den Teller reichte. »Hab keinen Hunger.«

Die Mutter wunderte sich. Er sei doch jetzt bereits vier Tage hier draußen und habe in dieser ganzen Zeit noch kaum etwas gegessen. Genau genommen sogar so gut wie nichts. Ganz genau genommen sogar gar nichts. Das könne doch nicht so weitergehen.

»Alles bestens«, sagte John, wunderte sich allerdings selbst, dass er seit Tagen tatsächlich keinen einzigen Happen zu sich genommen hatte. Er war einfach nicht hungrig. Nicht mal auf ein Toastbrot mit allem drauf, was auf Toastbrot drauf sein kann.

Die Mutter sah ihn an; ein bisschen verwundert, ein bisschen neugierig, ein bisschen verdutzt. Zupfte ein bisschen verlegen, ein bisschen ungeschickt, ein bisschen nervös an seinen Haaren – sagte, sie seien in den letzten Tagen länger geworden; ungewöhnlich schnell. Außerdem hätten sie einen grünen Schimmer bekommen, was sie verwundere, denn er sei schließlich blond – seit immer schon. Vielleicht würde er Moos ansetzen. So etwas könne passieren wenn einer so lange im Garten stehe – in Wind und Wetter.

Dann schaute sie in die Wolken und murmelte leise vor sich hin von Eigensinn und Anderssein und dass man sich die Sache ganz anders habe vorgestellt und sich doch sehr wundern müsse, wie sich alles entwickelt habe und wohin das alles wohl noch führen werde.

Als sie zurück ins Haus ging, kletterte die Maus aus der Jackentasche und machte sich unverzüglich über die Mahlzeit her. Sie hatte nämlich Hunger. Mehr oder weniger immer. Und ganz besonders, wenn es Toastbrot gab mit allem drauf, was auf Toastbrot drauf sein kann.

3. Mahlzeit

John war gleichmütig.

Verträumt betrachtete er den Himmel, in dem Passagierflieger in großer Höhe weiße Parallelen zogen, die sich deutlich vor der Unendlichkeit kreuzten. Die Maus deutete auf eine Reihe von Heckenrosen, unter denen eine Ringelnatter einen Frosch am linken Bein erwischt hatte.

Seltsam starr blickte die Amphibie – weg von der Natter – sich mit dem freien Bein vom Boden abstoßend, um sich zu befreien.

Gleichzeitig schien dem Frosch klar zu sein, dass er keine Chance hatte, denn so wie er sich wehrte, war es eher ein Reflex, eine leerlaufende Zeremonie, kein ernstzunehmender Kampf um sein Leben. Die Schlange wartete auf einen Moment der Entspannung ihrer Beute, um blitzschnell ihr Maul aufzusperren, es genau so schnell wieder zu schließen, dabei ein Stück vorzurücken, sich ein paar Zentimeter mehr über den Froschleib vorzuschieben. Bei stoischem Blick wurden die Bewegungen des Frosches langsamer. Er sah aus, als habe er keine Angst.

Natürlich war es schwer, sich vorzustellen wie ein von Todesangst gezeichnetes Froschgesicht aussehen könnte, doch das Tier schien sein Schicksal zu akzeptieren. Die Schlange verhielt sich, als wisse sie das. Der Vorgang des Verschlingens erweckte den Eindruck eines Rituals, zu dem beide ihr Einverständnis gegeben hatten. Zuletzt schloss sich das Maul der Schlange über dem Frosch, der damit vollkommen in ihrem Leib steckte.

Von der Welt verschwunden.

Ob er bereits tot war?

Ob er gar noch lebte in der dunklen Enge des Schlangenschlundes, starr vor Schreck? Dort erstickte? Bei lebendigem Leib verdaut wurde?

»Blöde Schlange«, sagte John leise.

»Wieso hast du nicht eingegriffen, wenn du nicht einverstanden warst?« fragte die Maus.

»Wie denn?« fragte er

»Ja wie wohl?« sagte die Maus.

»Ich steck doch in der Erde.«

»Du hättest heraus steigen können. Wäre kein Problem gewesen.«

Sie hatte Recht. Er hätte den Frosch retten können. Er hatte nicht daran gedacht. War nicht auf die Idee gekommen. Hatte zugesehen als sei es ein Vorgang, der genau so sein musste. So und nicht anders.

John war gemischter Gefühle. Nach einer Weile unterbrach die Maus die nachdenkliche Stille mit der Feststellung: »Du hast gerade ein großes Abenteuer verpasst.«

»Was für eins?« fragte John ein wenig verwirrt, denn er war eher der Meinung, gerade eines erlebt, statt eines verpasst zu haben.

»Deinen Kampf mit der Schlange«, sagte sie. »John gegen Apophis. Eine titanische Herausforderung. Sie hätte ihre Beute nämlich nicht einfach hergegeben, nur weil du anderer Meinung warst als sie. Du hättest kämpfen müssen. Und Schlangen sind erbarmungslose Gegner.«

John wurde mulmig, denn eines begriff er sofort: Er hatte keinerlei Erfahrung im Kampf gegen Schlangen. Das war vielleicht nicht wirklich gut. Was, wenn eine sehr viel größere käme und nicht Frösche im Unterholz, sondern ihn ins Visier nähme?

Unverzüglich begann er über mögliche Kampftechniken nachzudenken. Die Natter mit dem Frosch im Bauch kroch derweil immer tiefer unter die Büsche, bis sie nicht mehr zu sehen war.

»Sie wird eine ganze Woche nichts tun als Verdauen«, sagte die Maus, doch John hörte nicht richtig hin. Er war in Gedanken bei dem Frosch. Stellte sich vor, was er wohl gedacht und gefühlt hatte, bevor er gefressen wurde.

4. Wasser

John war aufgekratzt.

»Der Wind frischte auf. Die Maus hielt ihre Nase hinein und sagte in einem Tonfall, als würde sie jemanden ankündigen: »Herr Zephir!«

John sah sich um, konnte aber niemanden entdecken.

»Wo?«

Die Maus deutete über den See. John verstand nicht.

»Westwind. Die alten Griechen nannten ihn so. Sie kannten tolle Geschichten, John. Wenn wir uns ein bisschen besser kennen, erzähle ich dir welche.«

»Wen interessiert, wie die alten Griechen wen nannten?«

Die Maus sah weiter auf den See, wo der immer noch auffrischende Herr Zephir den Wellen kleine Schaumkronen verlieh; kurz nur, damit sie sich bloß nichts einbildeten; von wegen gekrönte Häupter.

»Sie sind alle gleich«, murmelte die Maus nach einer Weile. »Ein großes, geduldiges, ewig weiter ziehendes Volk, das sich am nächsten Ufer die Zähne ausbeißen wird.«

»Wer?«

»Die Wellen.«

John fand, sie tue mal wieder so, als sei die Welt ganz einfach zu verstehen. Als habe sie persönlich nachgefragt und wisse es aus erster Hand; vom Wellenvolk selbst.

»Es ist nur der See«, sagte er deshalb. »Nur der See mit seinem Wasser, und morgen wird alles schon wieder ganz anders sein. Ist immer so. Die Wellen ziehen in eine andere Richtung, weil der Wind dreht. Oder es regnet. Oder die Sonne scheint und das Wasser schimmert blau. Der See ist jeden Tag anders.«

»Der See ist immer der Gleiche und liegt schon Tausende von Jahren genau so da wie jetzt gerade. Er verändert sich erst, wenn etwas Großes geschieht: Erdbeben, Eiszeit, Kometeneinschlag.«

Das Thema interessierte John und er fragte, was in so einem Fall – Erdbeben, Eiszeit, Kometeneinschlag – passieren würde. Dem See täte das sicher nicht gut. Er hätte wohl keine Chance: »Aber was wird dann mit dem Wasser?«

»Es macht ihm nichts aus«, sagte die Maus, als wisse sie es ganz genau. »Es bleibt Wasser und tut was es immer tut: fließen. Schnell, wenn es flüssig ist, langsam, wenn es Eis ist, unsichtbar, wenn es Dampf wird. Seit immer schon.«

Immer schon wollte John nun aber nicht glauben: »So lange doch nicht. So lange gibt es doch noch gar kein Wasser.«

»Doch John. Doch. Wasser gibt es schon immer. Und es bleibt dabei immer gleich; ganz egal, was sich darin auflöst oder darin lebt. Am Ende wird es immer wieder zu reinem Wasser. Seit Milliarden von Jahren. Milliarden, John – weißt du, wie viel das ist?«

»Sehr, sehr, sehr, sehr, sehr viel«, versuchte der Junge, die große Zahl in den Griff zu bekommen.

»Nein John, noch viel mehr. Wenn du jede Sekunde deines Lebens eine Zahl weiter zählen würdest; ohne Pause, ohne Schlafen, immer weiter zählst und zählst und zählst, Sekunde für Sekunde für Sekunde – dann bist du nach 32 Jahren bei einer Milliarde. Und Wasser ist mindestens 15 Mal so alt. Es ist unsterblich.«

John war voller Ehrfurcht.

Was sie gesagt hatte, bedeutete, dass – wenn er ein Glas Wasser trank – dieses Wasser schon existierte, als es die Erde noch gar nicht gab. Als im Universum noch alles durcheinander war. Als selbst die Sonne noch nicht geboren war – und ihn wunderte, dass es dabei so frisch schmeckte; womit das Rätsel – zumindest teilweise – gelöst war: Wasser ist unsterblich, weil es nicht altert.

Oder umgekehrt?

5. Vater

John war müde.

Er hatte darüber nachgedacht, ob das mit dem Wasser wirklich so war, wie die Maus erzählt hatte, konnte aber zu keinem eindeutigen Ergebnis gelangen. Möglich, dass sie Recht hatte. Möglich aber auch, dass es anders war. Vieles sprach dafür, dass es war, wie sie gesagt hatte, aber er wollte – und musste – ja alles selbst herausfinden – oder – wenn es bereits herausgefunden war, selbst noch mal gründlich darüber nachdenken.

Nachdem er sich eine ganze Weile damit beschäftigt hatte, wurden seine Gedanken unterbrochen, weil sein Vater den Garten betrat und auf ihn zukam. Die Maus verkroch sich in die Innentasche von Johns Wind- und Wetterjacke, wo sie durch den Stoff hindurch fühlen konnte, wie Johns Herz begann, schneller zu schlagen. Sein Vater dachte nämlich nichts Gutes darüber, dass er hier draußen war. Er hielt die Idee für Unfug – gelinde gesagt. Eigentlich sogar für Blödsinn. Zuerst hatte er es schlicht und ergreifend verboten, wenig später dann aber doch genehmigt, weil die Mutter gesagt hatte, verbieten sei sinnlos. Weder sie noch er wären in der Lage, dem Jungen zu helfen. Sie wüssten ja nicht einmal, wie das ganze krause Zeug, das den lieben, langen Tag in Johns Kopf herumspuke, dort hineingekommen sei. Von ihr – der Mutter – habe er es jedenfalls nicht. Im Grunde sei es das Beste, ihn einfach tun zu lassen, was er eben tue. Es würde ja niemanden stören oder sonst wie Unannehmlichkeiten bereiten. Jedenfalls nicht mehr als sonst auch.

Mit solchen Sätzen hatte sie den Vater beruhigt. Wirklich überzeugt war er allerdings nicht: »Meinetwegen. Aber nur für kurze Zeit«, hatte er gemurrt – und das konnte alles Mögliche bedeuten: ganz kurz, erschreckend kurz, einigermaßen kurz, kurzkurz – und sehr wahrscheinlich auf keinen Fall lang genug für das, was John sich wünschte.

»Tag, mein Junge«, sagte der Vater, als er bei ihm angekommen war. Seine Stimme klang tief und streng.

»Tag, Daddy.«

»Hast du dir überlegt, wann du wieder ins Haus kommen willst?«

John hatte nicht. Wollte es auch nicht. Sagte, es gehe ihm gut. Hier draußen sei es schön und interessant und spannend.

»Nichtsdestotrotz muss das aufhören. Es ist nicht normal.«

Tja – das war ein Argument, gegen das kein Kraut gewachsen war: Nicht normal. Was sollte er dazu sagen?

Er war alt genug, um zu wissen, dass es schwer war, dagegen anzukommen und noch zu jung, um sich etwas auszudenken, dass dagegen helfen könnte. Daher sagte er nichts.

»Also wann?« fragte der Vater mit noch strengerer Stimme.

John zog die Schultern hoch: »Weiß nicht.«

»Zum Abendessen.«

»Hab keinen Hunger«, sagte John.

»Dann zum Frühstück«, brummte der Vater, drehte sich um und ging zurück ins Haus.

Als er weit genug weg war, kletterte die Maus wieder aus der Jackentasche hervor und sagte: »Du solltest vielleicht auf ihn hören. Er macht sich Sorgen, das kann man hören. Er wäre froh, wenn du dich benehmen würdest wie ein Mensch, statt zu versuchen, dich zu benehmen wie ein Baum.«

Das war allerdings wirklich nicht das, was John jetzt hören wollte.

Sein Blick wurde traurig, Unruhe ergriff sein Gemüt und seine Gedanken begannen zu kreisen. Ohne es recht zu bemerken fing er an, Dinge aufzuzählen, die er liebte, anschließend Dinge, die er fürchtete – und hatte ganz vergessen, dass er eigentlich versuchten wollte, es genau anders herum zu machen. Es ging eine ganze Weile so. Dann schlief er ein.

6. Sorgen

John war mulmig zumute.

Er öffnete die Augen, bevor die Sonne aufging, und verbrachte den gesamten frühen Morgen damit, immer wieder an sich hinunter zu sehen, um festzustellen, ob er bereits gewachsen war; konnte es aber nicht mit Sicherheit sagen. Und das bedeutete sehr wahrscheinlich, dass er immer noch so klein war, wie immer schon. Oder bestenfalls ein ganz kleines Stückchen größer. Möglicherweise ein so kleines Stückchen, dass es niemandem auffallen würde.

In Anbetracht der Tatsache, dass sein Vater gesagt hatte, er müsse heute zum Frühstück ins Haus kommen, war das eine Katastrophe – und ein guter Grund zu großer Sorge. Um ins Haus zu gehen, musste er nämlich aus der Erde heraus. Und das war ganz und gar nicht gut, weil …

Er wollte diesen Gedanken eigentlich nicht zu Ende denken – denn er würde unausweichlich zu dem Ergebnis führen, dass seine so große und gute Idee, hier draußen zu sein und von den Bäumen zu lernen – zerstört wäre. Einmal wieder zurück im Haus würde der Vater ihm nämlich nie und nimmer erlauben, noch einmal hinaus in den Garten zu gehen und sich erneut einzugraben. Nie und nimmer.

Das Sorgenkarussell in seinem Kopf drehte sich bald so schnell, dass er den Sonnenaufgang, das goldrote Farbenspiel in den Horizontwolken und das Morgenkonzert der Vogelvölker verpasste; einfach nicht hinsah, nicht hinhörte – vor lauter Kummer.

Als die Maus noch leicht verschlafen auf seine Schulter krabbelte, war er froh, denn er dachte bereits seit einer ganzen Weile immer das Gleiche, in immer gleichen Gedankenkreisen. Konnte einfach nicht damit aufhören.

Die Maus verspeiste ihr erstes Frühstück; einen Rest des großen Toastbrots von gestern Nachmittag, den sie gebunkert hatte. Während sie kaute und schmatzte, erfuhr sie, welche Sorgen ihn an diesem Morgen ritten und beschloss kurzerhand, ihm aus diesem Gedankengesause herauszuhelfen: »Was haben die Vögel zum Morgen berichtet?«

»Keine Ahnung«, sagte John. »Hab nicht zugehört. Hatte zu viele Sorgen.«

»Sorgen sind nicht so wichtig«, sagte die Maus auf eine Weise, als sei das eine Tatsache, die jeder ganz selbstverständlich wissen müsse. John wusste es aber nicht. Ganz und gar nicht. Sah sie daher erstaunt an und bat um eine Erklärung.

»Na, denk doch mal nach. Wie entstehen sie denn, Deine Sorgen?«

John sprach vom Vater und seiner entsetzlichen Anordnung, katastrophalen Anweisung, folgenschweren Vorschrift.

»Nein, John«, unterbrach sie ihn. »So geht das nicht. Was du da aufzählst, ist der Stoff, aus dem deine Sorgen sind. Aber es ist nicht der Grund, weshalb du sie hast.«

»Wo ist der Unterschied?«

»Es gibt jede Menge Stoff für jede Menge Sorgen«, sagte sie. »Mindestens Millionen – wahrscheinlich aber deutlich mehr – doch sie alle entstehen aus nur einem einzigen, immer gleichen Grund.«

»Welchem?«

Die Maus sah ihn einen Moment lang ernst an und sagte dann: »Weil man sich welche macht.«

Es war ein typischer Maussatz. Einer, der gut und gerne klug und weise sein mochte, aber was sollte er damit anfangen, hier und jetzt, in seiner Situation? Er würde heute zurück ins Haus müssen, und zwar nur deshalb, weil der Vater es wollte.

Allerdings – wenn sie Recht hatte und Sorgen nur existierten, weil man sich welche machte –, was wäre dann, wenn er sich keine machen würde? Hätte er dann keine mehr? Und was wäre dann mit dem Vater und seinem Befehl?

Er konnte diesen Gedanken nicht weiter verfolgen, weil das plötzlich einsetzende Geräusch eines Motors ihn von weiteren Überlegungen ablenkte.

7. Das Werk der Schöpfung

John war unruhig.

Sein Vater saß auf einer funkelnagelneuen Maschine und hatte begonnen, den Rasen zu mähen. Er mähte Kreise. Mit jeder Runde um jeden Baum zog er den Radius weiter. Am Ende würde der Garten ein bisschen aussehen wie ein barocker Park.

»Und wieder verschandelt da einer das Werk der Schöpfung«, sagte die Maus, während sie sich lässig an einen Stein lehnte.

John wollte das nicht gelten lassen. Es sehe schön aus, sagte er.

»Ansichtssache«, gab sie zur Antwort, »und wenn man den Preis bedenkt, ist diese Schönheit teuer erkauft.«

John wusste nicht, was die Maus meinte, und sie wusste, dass er es nicht wusste. Sie zog einen Grashalm aus der Wiese, kaute darauf herum und fuhr fort: »Beim letzten Mal hat er eine junge Ringelnatter zerhäckselt, eine Menge Käfer platt gefahren, einige unter Naturschutz stehende Pflanzen geköpft; schwarze Schafgarbe, Eisenhut, eine gerade gekeimte Zwergbirke ...«

Obwohl sie noch längst nicht fertig war mit der Liste der Pflanzen-, Insekten- und Reptilienfrevel, die allein beim letzten Rasenschneiden angefallen waren, stoppte sie die Aufzählung und verschwand in der Jacke, denn der Vater hatte die Maschine angehalten, war abgestiegen und kam jetzt zu ihm herüber. Johns Herz begann zu pochen. Seine Gedanken galoppierten, seine Nerven lagen blank, seine Befürchtungen befürchteten Schlimmstes.

Die Ferien gingen zu Ende, sagte der Vater. Jetzt sei Schluss mit dem Herumstehen im Garten. John solle raus aus der Erde und zurück ins Haus gehen.

Mit schwerem Herzen und großem Kummer versuchte John, seinen rechten Fuß aus der Erde zu ziehen. Konnte es aber nicht. Also versuchte er es mit dem linken. Ging auch nicht. Es war gar nicht daran zu denken, das Erdloch, das er vor kaum einer Woche gegraben hatte, zu verlassen. Er war nicht in der Lage, sich auch nur einen einzigen Millimeter zu bewegen.

8. Wurzelwerk

John war gelähmt.

Der Vater wurde mürrisch. Stellte sich hinter ihn, griff ihm unter die Arme und zog; ohne Erfolg. Murmelnd und murrend holte er einen Spaten, stach ihn in die Erde und bekam einen gewaltigen Schrecken, weil John schrie. Weshalb, konnte nicht geklärt werden, denn bereits im nächsten Moment war er bewusstlos. Ohnmächtig. Der Vater ließ den Spaten fallen, starrte fassungslos zu Boden, dann auf John, dann wieder zu Boden. Schüttelte eindringlich den Kopf, stieß

Laute der Verwunderung und Entgeisterung aus, nahm eine kleine Schaufel zur Hand, ging in die Hocke, grub vorsichtig in der Erde, blickte forschend, schüttelte noch eindringlicher den Kopf.

»Keine Panik«, sagte er schließlich leise zu sich selbst, lief hinüber zum Nachbarn, kam kurz darauf mit ihm zurück. John war inzwischen wieder aufgewacht, schaute aber noch benommen. Der Nachbar blickte in das kleine Loch, dass der Vater vorsichtig gegraben hatte, zog an seiner Pfeife, dass es qualmte, schüttelte ähnlich bedächtig den Kopf, gab ziemlich die gleichen Laute von sich wie der Vater, setzte sich dann auf einen Stein und sagte, man müsse systematisch vorgehen und genau prüfen, was hier los sei. So wie es aussehe, könne es ja nicht sein. Davon habe die Welt noch nicht gehört – noch nie. Er müsse es wissen. Er sei schließlich Lehrer. Und zwar ein sehr erfahrener. So erfahren, dass er gerade erst seinen wohlverdienten Ruhestand angetreten habe – und deshalb sei es das Beste, genau das zu tun, was er sage. Der Vater nickte. Sie erhoben sich und gruben weiter – vorsichtig wie zuvor – bis weit in den Garten hinein, machten dabei immer wieder besorgte Gesichter und Gesten der Ratlosigkeit. Schließlich wandte der Vater sich niedergeschlagen an John und sagte, es sei tragisch. Möglicherweise eine Katastrophe. In jedem Fall ungewöhnlich, wenn nicht gar abnorm. Geradezu bizarr: Johns Zehen waren gewachsen. Wie es aussah, alle in unterschiedliche Richtungen. Teilweise meterweit. Es sei unmöglich, ihn auszugraben. John müsse vorerst hier stehen bleiben. Er – der Vater – könne nur hoffen, dass die ganze Sache keine Scherereien mache; jedenfalls keine gewaltigen. Das Ganze sei ja bereits jetzt schon ein großer Schlamassel.

Nach einer Weile ratlosen Schweigens sagte John: »Versteh' schon, Dad.«

9. Liebling des Zeus

John war verwundert.

Der Schmerz in seinem Zeh, den der Spatenstich des Vaters verursacht hatte, war verschwunden. Die wärmenden Strahlen der Sonne spendeten ein angenehmes Gefühl wunschloser Zufriedenheit – und in Gedanken ging er noch einmal Schritt für Schritt durch, was eigentlich geschehen war. Er steckte in der Erde fest. Richtig fest. Ein für alle Mal, wie es schien. Jedenfalls so sehr, dass er nicht wieder ins Haus zurück konnte. Sein Vater hatte allerdings – trotz aller Niedergeschlagenheit – unmissverständlich zum Ausdruck gebracht, dass das nicht von Dauer sein würde. Dass er so bald wie möglich möglich machen werde, die Dinge wieder ins Lot zu rücken. Die Katastrophe aus der Welt zu schaffen. Das Desaster rückgängig zu machen. Das Unnormale wieder ins Normale zu wandeln.

»Ist alles in Ordnung?« frage die Maus, die an den Stellen untersuchte und prüfte und schnupperte, wo der Vater und der fachkundige Lehrernachbar gegraben hatten.

»Alles in Ordnung«, sagte John.

»Wenn ich mir das hier ansehe, sieht es allerdings nicht so aus.«

»Was?« fragte John.

»Sieht nicht nach Menschenfüßen aus«, sagte die Maus. »Überhaupt nicht.«

»Sondern?«

»Wurzeln. Aber was sollst du damit?«

»Weiß nicht«, sagte John, der so tat als könne er sich darauf tatsächlich keinen Reim machen – es sei denn …

»Ja …?« sagte die Maus.

»Nichts«, sagte John.

»Sag's schon«, sagte die Maus.

»Nein«, sagte John.

»Dann sag ich es.«

»Nein«, konterte John – und begann, doch lieber selbst darüber zu sprechen: »Ich werde ein Baum.«

»Könnte sein«, sagte die Maus. »Manches deutet darauf hin.«

»Manches was?« fragte John aufgeregt.

»Deine Haare werden grün. Jeden Tag mehr. Du hast keinen Hunger. Ernährst dich vielleicht schon wie Pflanzen es tun. Jedenfalls teilweise.«

»Ja«, freute sich John.

»Fragt sich, ob das insgesamt eine gute Idee ist …«

»Wieso nicht?«

»Du bist ein Mensch …«

Dann hielt sie einen Moment inne bevor sie fortfuhr: »Jedenfalls teilweise.«

»Teilweise was?« fragte John.

»Weißnichtweißnichtweißnicht. Wir werden sehen, wohin uns das führt.«

»Uns?«

»Dich«, korrigierte sie und versank dann in nachdenkliches Schweigen.

Eine Weile später schien sie mit dem Nachdenken fertig zu sein, kletterte auf seine Schulter, blickte in den Himmel, machte ihn aufmerksam auf einen Adler, der in großer Höhe zwischen der trägen Wolkenwatte kreiste.

John bewunderte seinen majestätischen Flug. Ohne einen einzigen Flügelschlag blieb er in der Luft. Kreiste dort so lange er wollte. Stunden, vermutete er, vielleicht sogar Tage. Oder Monate?

»Er ist der Herr am Himmel«, sagte er bewundernd.

»Ist er das?« fragte die Maus.

»Aber sicher.«

Der Adler, da gäbe es aber gar kein Vertun, sei der Herrscher der Lüfte.

»Wie kommst du darauf?« fragte die Maus.

John wusste es nicht genau. Es war einfach so. Jeder sage es. Jeder wisse es. Es stehe außer Zweifel. Außerdem könne man es sehen. Nichts und niemand kreise dort oben so majestätisch wie der Adler.

»Er war der Liebling des Zeus«, sagte die Maus leise. »Der Gott schickte ihn häufig aus, wenn er tief in das Schicksal der Menschen eingriff. Und sie versuchten dann, aus seinem Flug ihre Zukunft zu deuten.«

John war glücklich, mit solchen Tieren in der gleichen Welt zu leben.

Die Maus machte ihn aufmerksam auf einen weiteren Adler am Himmel, der sich schnell näherte und den anderen angriff. Es war ein majestätisches Bild mächtiger Tiere in einem edlen Kampf.

»Es ist die Vertreibung des eigenen Kindes«, flüsterte die Maus. Sie hatte sich ziemlich nah an seinen Hals gedrängt, um unentdeckt zu bleiben. »Sobald es selbstständig wird, dulden die Eltern seine Anwesenheit in ihrem Jagdgebiet nicht länger.«

Nachdem der junge Adler den Kampf verloren hatte, flog er auf geradem Weg davon. John sah ihm nach bis seine Konturen sich vor dem Blau des Himmels auflösten. Der Sieger kreiste weiter dort, wo der Kampf stattgefunden hatte; dem eigenen, für alle Zeiten entschwindenden Kind keinen weiteren Blick widmend.

John weinte – und achtete gleichzeitig darauf, dass die Maus es nicht sehen konnte. Dachte er jedenfalls.

Sie stupste mit ihrer Nase sanft an seine Wange und fragte, als sei alles in bester Ordnung: »Was ist mit einem Nickerchen?«

»Nickerchen – ja«, sagte John, trocknete die Tränen, fühlte wieder die wärmenden Sonnenstrahlen im Gesicht und dachte, irgendwie sei doch eigentlich alles in Ordnung; und vielleicht sogar mehr als das. In bester Ordnung, denn es ging ihm gut und es gab so ganz und gar keinen Grund zu Trauer oder Sorge. Sie waren Adler. Taten Adlerdinge. Also schloss er die Augen, um ein bisschen zu schlafen und dabei ein wenig zu wachsen. Vielleicht war es nicht richtig schlafen, sondern eher schlummern, denn er nahm noch eine ganze Weile das Brummen und Summen, Wispern und Wehen, Rauschen und Rascheln um ihn herum wahr. Manchmal deutlich, manchmal, als sei sie weit weg – die sanfte Symphonie seines Gartens.

10. Fischlein im Wasser

John war träge.

Als er die Augen wieder öffnete, wollte der Nachmittag bereits beginnen.

Er dachte an das Adlerkind und fragte sich, wohin es wohl fliegen würde. Es war vielleicht noch immer dort oben in der Luft auf der Suche nach einem eigenen Revier. Aber was, wenn überall schon alte Adler waren, die es genau so vertreiben würden wie sein Vater. Würde es dann immer weiter fliegen? Weiter und weiter und weiter?

»Und wird es auf diesem endlosen Flug wohl eines Tages wieder hier auftauchen, weil es einmal rund um die ganze Welt geflogen ist?«

Die Maus antwortete nicht. Sie war nicht da. Er sah sich um, entdeckte sie in der Nähe des Hauses am Tümpel, der im Grunde nicht viel mehr war als ein eingegrabenes Regenfass, in dem ein paar Dutzend Liter Wasser vor sich hin moderten.

»Da ist ein Fisch drin«, sagte die Maus, als sie wieder zu ihm zurück kam.

»Nicht doch«, staunte John, der in dem Pfuhl nie etwas anderes als Mückenlarven, Wasserläufer und Rückenschwimmer gesehen hatte: »Wie soll er da denn hingekommen sein?«

»Ich sag's dir – da ist ein kleiner Fisch drin.«

Es dauerte eine Weile, bis John ihr glaubte; obwohl er nicht verstand, wie das möglich war. Es gab keine Verbindung zu einem größeren Gewässer, und durch die Wiese konnte er ja nicht gekommen sein.

John hatte allerdings mal gehört – und auch gelesen – dass es manchmal Frösche regnete. Nicht oft, aber es gab Augenzeugenberichte, daran bestand kein Zweifel. Niemand wusste wieso, aber es war erwiesen. Und wenn es Frösche regnen konnte, wieso dann nicht auch Fische?

»Frösche regnen? Fische regnen?« Die Stimme der Maus klang als fürchte sie, er habe nicht mehr alle Tassen im Schrank. »Was ist mit Fasanen? Rindern? Wildschweinen?«

John ließ sich nicht beirren. Es konnte sein, das es gelegentlich Fische regnete. Und dann konnte es auch sein, dass das hier über dem Garten passiert und einer von ihnen in den Tümpel gefallen war und dort jetzt sein zu Hause hatte. Zu fressen gab's da ja: Mückenlarven, Wasserläufer, Rückenschwimmer.

»Was hältst du von dieser Version?« fragte die Maus: »Eine Ente oder ein anderer Vogel, der am oder auf dem Wasser lebt, hat hier im Tümpel gebadet und dabei ein Fischei abgewaschen, das an ihm klebte?

»Wäre auch möglich«, sagte John, fand diese Variante aber nicht so spannend.

»Nein, John. Da hast du natürlich Recht. Die Wirklichkeit ist niemals so spannend wie ein Wunder. Sieh nur – es regnet Frösche und Fische.

Und Hunde und Katzen.

Und rote Rosen.

Und Gold und Geld …«

11. Aberglaube

John war muffelig.

Die Maus musste gar nicht so tun, fand er. Es bestand kein Grund, sich über ihn lustig zu machen. Überhaupt keiner. So richtig voll und ganz muffelig wurde er aber nicht, weil ihn der Ruf eines Kuckucks ablenkte.

»Hörst du«, fragte er.

Die Maus nickte: »Die Mutter ruft, damit ihre Kinder wissen, dass sie Kuckucke sind.«

»Nein«, sagte John

»Aber ja«, sagte die Maus. »Damit die Kinder sich benehmen können wie Kuckucke. Sie werden ja von anderen Eltern aufgezogen und da könnten sie durchaus auf die Idee kommen, sich für Rohrsänger, Pieper, Bachstelzen, Neuntöter, Torschwänze oder Zaunkönige zu halten. Denen legt die Mutter nämlich ihre Eier ins Nest. Und wenn sie geschlüpft sind, machen die Kleinen den Großen alles nach, wie das alle Kinder aller Wesen auf der Welt tun. Sie werden wie die Eltern.

»Gar nicht«, unterbrach John. »Die Kinder machen ihr eigenes Ding.«

»Papperlapapp«, sagte die Maus. »Kinder machen den Eltern alles nach. Und dann werden sie wie sie. Nur beim Kuckuck ist das anders. Da teilt die Mutter ihren Kindern durch ihr Rufen mit, wer sie wirklich sind.«

Seine Großmutter, sagte John, habe ihm darüber aber eine ganz andere Geschichte erzählt, und die ging so: Er solle in die Tasche fassen, wenn er einen Kuckuck höre. Wenn er Geld mit sich trage, sei das ein gutes Zeichen. Er werde dann immer Geld haben.

»Aberglaube«, erwiderte die Maus, machte eine ihrer bedeutungsvollen Pausen und fuhr dann fast flüsternd fort: »Aber eigentlich ist es ein heimliches Gleichnis für etwas, das in der Welt der Menschen nicht in Ordnung ist.«

Wieder eine Pause. Entschieden zu lang, fand John und drängte darauf, dass die Geschichte weiterging.

Also fuhr die Maus fort: »So wie der junge, gerade geschlüpfte Kuckuck alles um sich herum aus dem Nest verdrängt und tötet, lässt im Leben der Menschen das Geld oftmals nichts anderes zu als sich selbst.«

12. Wissenschaft

John war neugierig.

Die Eltern betraten den Garten, begleitet von Personen, die er nicht kannte. Leute in weißen Kitteln. Die Maus verschwand in der Jacke und John fand, es sei eine gute Idee, sich erst einmal schlafend zu stellen.

»Na, mein Junge«, sagte der Vater etwas ernst und etwas offiziell und auch ein kleines bisschen schuldbewusst; wahrscheinlich wegen des Spatenstichs. »Hier sind ein paar Leute vom Wissenschaftlichen Institut, die dich gerne untersuchen möchten.«

»Er schläft«, flüsterte die Mutter. »Wecken wir ihn lieber nicht. Vielleicht kommen sie besser ein anderes Mal wieder…«

Es sei kein Problem, sagten die Leute vom Wissenschaftlichen Institut. Der Junge müsse nicht wach sein. Sie wären vorsichtig und würden ihn nicht stören. Der Vater willigte ein; sie sollten ihre Arbeit tun. Es gehe letztendlich ja kein Weg daran vorbei. Und je eher man wisse, was mit dem Jungen los sei, desto besser.

Also begannen die Leute vom Wissenschaftlichen Institut mit ihrer Arbeit: machten Fotos, legten Maßbänder an, nahmen Bodenproben, murmelten Worte wie aha, mhmh, oho – begleitet von tiefen Einatmern und langen Ausatmern.

Es sei bemerkenswert, bemerkten sie mehrfach. Man könne natürlich noch nicht wirklich etwas Gesichertes sagen bevor nicht alles sehr genau untersucht und geprüft sei, aber der erste Eindruck sei doch so, dass man es möglicherweise mit einer wissenschaftlichen Besonderheit von auffallender Außergewöhnlichkeit zu tun habe. Möglicherweise.

Mitten in diese Fachsimpeleien hinein ergriff eine Frau aus dem Team der Leute vom Wissenschaftlichen Institut das Wort und verkündete, die Untersuchungen seien für heute beendet. Alle sollten zurück in ihre Laboratorien fahren.

Daraufhin entstand ein Tumult. Die Leute vom Wissenschaftlichen Institut protestierten – und bestanden darauf, mit ihrer Arbeit fortzufahren. Man habe ja noch gar nicht richtig angefangen. Den Jungen noch überhaupt nicht in Augenschein genommen. Bisher lediglich die Umgebung vermessen und begutachtet – und auch damit sein man noch längst nicht fertig …

Die Frau vom Wissenschaftlichen Institut hörte sich die Proteste an, blickte dann streng über den oberen Rand ihrer Brille und sagte leise, aber deutlich: »Ich werde noch bleiben und alles Weitere regeln. Was hier zu tun bleibt, lässt sich gut und gerne mit der Hilfe von ein paar Praktikanten erledigen, während Sie, meine verehrten Herrn Wissenschaftler anderweitig durchaus dringenderer benötigt werden.«

Daraufhin murmelten und murrten die Leute vom Wissenschaftlichen Institut noch eine Weile miteinander und kamen schließlich überein, dass es in der Tat größere, wichtigere, bedeutendere, wegweisendere, lohnendere Aufgaben gäbe als diese hier, die möglicherweise – nun ja – man würde sehen. Die Chefin werde sich ja darum kümmern.

Als sie weg waren, begann die Frau vom Wissenschaftlichen Institut, John, der sich noch immer schlafend stellte, zu untersuchen. Sie fühlte seinen Puls, horchte an seiner Brust und seinem Hals mit einem Gerät, dass er von Arztbesuchen kannte und von dem er wusste, dass es Stethoskop heißt. Er wusste sogar, dass das Wort einen griechischen Ursprung hatte und so viel bedeutete wie: ich betrachte die Brust. Wieso er das wusste – das wusste er nicht.

Als nächstes schabte die Frau behutsam an der offen liegenden, vernarbten Wurzel, um eine kleine Probe zu nehmen. Dann schnitt sie von seinen wildstruwweligen, mittlerweile lindgrünen Haaren eine Strähne ab, auch das ganz vorsichtig, und beförderte sie mit einer Pinzette in ein Glasröhrchen. Verschloss es sorgsam mit einem Korken, verstaute alles in einer silbernen Box, ging mehrmals um John herum, betrachtete ihn dabei aufmerksam. Begab sich schließlich zur Veranda, wo die Eltern den Tisch gedeckt hatten. Es gab Kaffee und Kuchen.

13. Schlechte Nachricht

John war kopfscheu.

Die Eltern und die Frau vom Wissenschaftlichen Institut aßen Kuchen, tranken Kaffee und sprachen miteinander. Johns Eltern wurden dabei immer aufgeregter. Der Vater nahm die Mutter mehrmals in den Arm, weil sie weinte. Es sah ganz danach aus, als würde es bald zu einem heftigen Streit mit der Frau im weißen Kittel kommen. John befürchtete Schlimmes, denn wenn der Vater wütend würde, dann gute Nacht. Dann wäre es für die Frau vom Wissenschaftlichen Institut ratsam, sich vorher aus dem Staub machen. Doch der Vater wurde nicht wütend, obwohl die Mutter noch mehrere Male in Tränen ausbrach.

Irgendwann schien alles gesagt zu sein, denn die Drei erhoben sich und gingen auf John zu. Dort angekommen, sprach der Vater ruhig, teilte John mit, die Frau vom Wissenschaftlichen Institut sei zwar verwundert, aber nicht sonderlich besorgt. Die ganze Sache sehe nur auf den ersten Blick außergewöhnlich aus. In Wahrheit aber sei sie das gar nicht. So etwas käme immer mal wieder vor.

Die Frau vom Wissenschaftlichen Institut nickte.

John wusste nicht recht, was er sagen sollte. Er wäre auch nicht wirklich dazu gekommen, denn der Vater fuhr, ohne eine Pause zu machen, fort: es sei jetzt also alles so wie es sei. Es sei zwar plötzlich und unerwartet gekommen, aber Mutter und er könnten daran nichts mehr ändern – zumindest vorläufig – und deshalb seien einige wichtige Entscheidungen getroffen worden.

Die Mutter nickte und schaute stumm zu Boden. Der Vater fuhr fort: für Vater und Mutter sei all das nicht leicht. Es sei sogar besonders schwer, denn helfen könne allein die Dame vom Wissenschaftlichen Institut. Nur sie wisse, was zu tun sei.

Dann sah er John mit strengem Blick an: »Es ist also so, John: Wir geben dich jetzt in ihre Obhut. Sie wird dich weiter untersuchen.

Wird weitere Tests machen. Wird für dich sorgen. Eine ganze Zeit lang. Hast du das alles verstanden?«

John nickte, sagte aber nichts. In seinem Kopf wirrte und wuselte, knallte und krachte es. Er schloss die Augen, hörte, wie die Mutter leise seufzte und der Vater sagte, das alles sei nichts für Mutters Nerven. Sie könne auf keinen Fall hier bleiben. Er werde noch heute mit ihr wegfahren. Wahrscheinlich für länger.

Dann machte er noch einmal eine kleine Pause und es schien, als hätte er einen Kloß im Hals. Als er fortfuhr war seine Stimme hart: Es täte ihm alles sehr leid, aber es sei nur deshalb so gekommen, weil John so ein Dickkopf gewesen war und seine dumme Idee vom Schneller-größer-werden-wollen unbedingt habe durchsetzen müssen, die er – der Vater – von Anfang an nicht nur nicht gut geheißen, sondern sogar verboten hätte. Er – der Vater – trage daher keinerlei Schuld an der Situation, darüber solle und müsse John sich im Klaren sein. Im Grunde gehe der ganze Schlamassel allein auf seine – Johns – Kappe; auf seinen Eigensinn und seine unheilvollen Ideen.

Dann machte er wieder eine Pause. Als er kurz darauf erneut das Wort ergriff, war seine Stimme wieder weicher: sie würden ihn bald besuchen. Versprochen. Bis dahin täte die Dame vom Wissenschaftlichen Institut alles, was gut und richtig für ihn sei. Er wäre bei ihr in guten Händen.

Die Frau vom Wissenschaftlichen Institut nickte, nannte ihn einen tapferen Jungen, sagte, dass sie eine tolle Zeit vor sich hätten mit vielen spannenden Tests und aufregenden Experimenten, wünschte ihm einen schönen Tag und eine gute Nacht, versicherte, sie würden morgen – spätestens aber Übermorgen – wiederkommen und sich um ihn kümmern. Dann verließ sie den Garten.

14. Liebling des Zeus

John war ratlos.

Vater und Mutter blieben noch eine kleine Weile bei ihm. Sagten nichts. Schauten mal hierhin, mal dorthin. Murmelten gelegentlich Worte; so leise, dass John sie nicht verstehen konnte. Dann wurde es auch für sie Zeit, sich zu verabschieden. Der Vater tat es mit einem freundschaftlichen Klopfer auf seine Schulter, die Mutter mit einem flüchtigen Kuss auf seine Stirn.

Als alle fort waren, wusste John nicht recht, was er denken sollte. Wandte sich daher Rat suchend an die Maus. Doch kaum hatte er begonnen zu berichten – er fühle sich einerseits jetzt zwar ziemlich allein, andererseits aber durchaus wohl –, verschwand sie blitzschnell in der Jacke.

John blieb nur ein kurzer Moment der Verwunderung, gefolgt von einem Augenblick des Erstaunens, der unmittelbar darauf abgelöst wurde von mehreren Sekunden der Überwältigung: Der Adler kam in tiefem Flug genau auf ihn zu und landete auf seiner Schulter.

Ganz leise – fast starr vor Ehrfurcht – sagte John: »Hallo.«

Wahrscheinlich zu leise. Der Adler reagierte nicht.

John fuhr fort – ein klein wenig lauter – und gab dem majestätischen Vogel zu verstehen, wie froh er sei, ihm zu begegnen. Und dass er wisse, dass er der Liebling des Zeus sei. Und dass der Gott mit seiner Hilfe einst die Welt vermessen und ihren Mittelpunkt bestimmt habe. Und dass …

»Was redest du denn da?« unterbrach ihn der Adler.

John war baff. Der Adler sprach mit ihm. Der große Göttervogel war gekommen um sich mit ihm zu unterhalten.

»Was war hier los?« fragte der Adler. »All die weißen Kittel – was wollten sie?«

»Weiß nicht genau«, antwortete John. »Sie wollten mich untersuchen und …«

»Was waren das für Leute, die zuletzt weggegangen sind?«, unterbrach der Adler.

»Meine Eltern. Sie verreisen. Für längere Zeit.«

»Was hast du denn für Eltern? Sie sollten bleiben und dich fortjagen. So wäre es richtig.

»Ich bin festgewachsen. Ich werde ein Baum ...«

Der Adler erhob sich und flog davon. John sah ihm nach.

»Wie schade«, murmelte er, »wir hätten uns sicher viel zu sagen.«

»Sicher nicht«, flüsterte die Maus, aus der Jacke hervorlugend.

»Wieso nicht?« fragte John. Wieso sollten der Adler und er nicht Freunde sein können?

»Der Adler«, gab die Maus zu verstehen »hat noch stets seine Zeit verplempert, wenn er vom Raben lernen wollte.«

15. Vogelperspektive

John war verwirrt.

Wusste nicht, was ihre Worte bedeuten sollten und fragte auch nicht nach. Konnte nämlich durchaus sein, dass ihm nicht gefallen würde, was sie damit meinte. Viel wichtiger und großartiger war doch, dass der Adler auf seiner Schulter gelandet war. Das war nämlich richtig toll gewesen. Sogar mehr als das. Übertoll. Wundervoll. Und diesem Gefühl gab er sich ganz und gar hin.

Nachdem er ein ganze Weile in zeit- und wunschlosem Glück verbracht hatte, spürte er plötzlich einen unerwartet starken Luftzug – dann ein Gewicht auf seiner Schulter.

Johns Ehrfurcht war wieder gewaltig. Nach einigen schreckstarren Augenblicken kehrte sein Mut jedoch zurück und er sagte leise: »Hallo – Gefährte des Zeus.«

»Fang nicht wieder so an«, sagte der Adler. »Erklär mir lieber, was du da vorhin gesagt hast: Baum werden. Du bist kein richtiger Baum.«

»Doch! Bin ich. Jedenfalls teilweise.«

»Menschen …«, sagt der Adler – und es klang ein wenig abschätzig. John hielt es für angebracht, lieber das Thema zu wechseln und schlug vor, dass sie vielleicht Freunde werden könnten; der Adler und er.

»Kommt darauf an«, sagte der König der Lüfte. Er habe einen guten Freund, der ein Baum sei: »Aber du bist viel zu klein.«

Für regelmäßige Besuche käme nämlich nur der höchste Baum weit und breit in Frage: »Denn meine Welt ist oben. Und mein Blick auf die Welt ist so wie bei Google Earth.«

John verstand – und fragte dann etwas irritiert, woher der Adler Google Earth kenne.

»Na weißt du«, lautete die Antwort, »alles kommt ans Licht. Egal wie elektrisch die Menschen die Dinge auch verstecken, die sie von den Tieren abgucken. Vogelperspektive zum Beispiel.«

Der Adler machte eine kleine Pause, ergänzte dann: »Aber was soll's? Solange sie einen in Ruhe lassen, sollen sie machen, was sie wollen.«

John war mit dieser Antwort nicht richtig zufrieden, denn er wusste noch immer nicht, woher der mächtige Vogel von Google Earth wusste.

»Man erfährt eben alles«, sagte der König der Lüfte. »Konferenz der Tiere. Jeder erzählt jedem etwas, und so weiß man es halt; ohne genau zu wissen, woher.«

John kannte das. Bei ihm war das so mit Musik. Bei vielen Melodien hatte er keine Ahnung, woher er sie kannte. Oder wie sie hießen. Aber er konnte sie mitsingen.

Während er darüber sprach, flog der Adler, so unvermittelt, wie er gekommen war, wieder fort. Bevor John sich seiner bitteren Enttäuschung darüber voll hingeben konnte, blinzelte die Maus wieder aus der Jackentasche und sagte in tröstendem Tonfall: »Lass dir von ihm nichts erzählen. Er sagt nie, wie es wirklich ist.«

John, noch mit den Tränen kämpfend, mochte das nicht glauben.

Er wünschte mehr denn je, dass der Adler sein Freund würde und verstand nicht, wieso das so ganz und gar unmöglich zu sein schien.

»Er ist ein mächtiges Wesen«, sagte die Maus. »Die Mächtigen bleiben lieber allein. Und behalten die Wahrheit für sich. Und denken sich Geschichten aus, mit denen die anderen irgendwie zufrieden sind …«

16. Ernte

John war gedankenverloren.

Die Augen in die Ferne gerichtet, träumte er bereits seit einer ganzen Weile halbwach von einer vielleicht doch noch möglichen Freundschaft mit dem Adler, als ein großes gelbbraun geringeltes Insekt schnell auf ihn zuflog, knapp an ihm vorüber sauste, auf einer in der Wiese sitzenden Wespe landete, ihr Kopf und Hinterleib abtrennte, vom mittleren Körpersegment den Panzer schälte, wieder davon flog, den noch zuckenden Flugmuskel der Wespe zwischen den Mandibeln. Es hatte keine fünf Sekunden gedauert. Es gab keinen Kampf.

»Hornissen«, sagte die Maus, die den Vorgang ebenfalls beobachtet hatte, »erbeuten ihre Opfer nicht. Sie ernten sie.«

Es sei kein schönes Erlebnis, solch ein Massakrieren mitten am Tag, fand John.

»Es geschieht ja auch nicht zu deiner Unterhaltung, mein Lieber.«

»Ja, ja«, sagte John ohne ihr richtig zugehört zu haben weil er einem ganz anderen Gedanken folgte: »Wie schnell es ging, die Wespe hat wahrscheinlich nicht mal mitbekommen, dass es für sie zu Ende ist.«

»Doch, hat sie.«

»Sicher?« John war skeptisch.

»Sicher.«

»Woher weißt du das?«

»Ich weiß es.«

»Wieso? Woher?«

»Ich bin ein Beutetier, John. Da weiß man das.«

17. Atmung

John war nachdenklich.

Sie war ein Beutetier. Darüber hatte er bisher noch nie so richtig nachgedacht. Irgendwie wusste er es zwar, weiß ja jeder: Mäuse sind Beutetiere. Aber was es für die Maus bedeutete, wurde ihm erst jetzt zum ersten Mal klar; jedenfalls ein kleines bisschen.

»Deshalb musst du immer aufmerksam sein?« fragte er. »Weil du immer in Gefahr bist, dass etwas Schlimmes passiert?«

Die Maus nickte, und er wusste, dass er einen guten, richtigen und wichtigen Gedanken gedacht hatte; einen, der ihn auf ziemlich geradem Weg zu einem weiteren, noch wichtigeren Gedanken führte: »Weißt du immer, was du tun musst, wenn es gefährlich wird?«

»Klar«, sagte die Maus, »sonst wäre ich nicht mehr hier.«

»Gibt es einen Trick?« fragte John.

»Einen Trick für was?«

»Was man tun kann, damit die vielen Gefahren einem nicht unentwegt die Laune verderben. Damit man nicht immer so viele Sorgen hat.«

»Einen Trick nicht«, sagte die Maus, »aber eine Methode.«

John wollte sie lernen, diese Methode. Hier und jetzt, auf der Stelle.

»Augen zu – und tief einatmen.« Die Maus sagte es in einem Tonfall, der fast wie ein Befehl klang, was ihn verblüffte. Also bat er, sie solle nicht in Rätseln reden, sondern eine Geschichte erzählen, die er verstehen könne.

»Augen zu – und …«

»… nein, nein, nein«, unterbrach er sie, »nicht so. Die ganze Geschichte.«

Die Maus sah ihn an, neigte den Kopf leicht zur Seite und sprach langsam: »Die Geschichte geht so: Augen zu. Tief einatmen. Vertreibt schlechte Laune und löst alle Probleme.«

John glaubte ihr nicht.

»Versuch es: Augen zu. Tief einatmen.«

John tat es und wartete auf die nächste Anweisung.

»Ausatmen«, sagte die Maus.

John tat es, öffnete, weil sie nichts weiter sagte, erneut die Augen und schaute fragend.

»Augen zu lassen. Tief einatmen.«

»Und das hilft?«, fragte John so ungläubig wie zuvor.

»So macht man das.«

John erschien die Sache zu einfach. Viel zu einfach. Wenn es so simpel wäre, würde es ja jeder machen und alle Probleme wären gelöst und alle Sorgen vergessen.

»Genau so ist es, John. Es macht nur niemand. Menschen sind nämlich zutiefst überzeugt, dass es so einfach unmöglich sein kann. Das geht schon seit Jahrhunderten so. Irgendwo auf eurem Weg durch die Zeit habt ihr begonnen zu glauben, das Leben sei kompliziert und schwierig und mühsam. Das bedrückt euch natürlich sehr und macht euch fertig, – und weißt du wieso?

John wusste es nicht.

»Ist ganz einfach, John. In aller Regel seid ihr Menschen immer so fertig, weil ihr euch immer selber so fertig macht.«

Da John nichts einfiel, was dagegen ins Feld zu führen wäre, beschloss er, dem Rat der Maus zu folgen. Er schloss erneut die Augen und atmete tief ein. Dann aus. Dann wieder ein. Wieder aus. Eine ganze Zeit lang.

»Ist gar nicht so leicht«, sagte er verwundert. »Klingt zwar einfach, ist es in Wirklichkeit aber gar nicht.«

»Weiß ich«, antwortete die Maus. »Man braucht Geduld.«

»Es ist sogar verdammt schwierig«, fügte John nach ein paar weiteren Atemzügen hinzu.

»Wie alle Tugenden, Kumpel«, murmelte die Maus, »deswegen sind es ja Tugenden.«

John machte weiter: Einatmen, Ausatmen, wieder Einatmen, wieder Ausatmen.

Es brauchte seine ganze Konzentration.

18. Ertrag und Aufwand

John war glücklich.

Irgendwann öffnete er – immer noch langsam einatmend und ausatmend – seine Augen wieder und blickte über den See; die trägen Bewegungen von Allem betrachtend, denn am Himmel und auf dem Wasser bewegen die Dinge sich scheinbar langsam.

Die Maus zeigte auf Möwen, die hinter einem kleinen Kutter herflogen um die Innereien erbeuteter Fische, die der Fischer ins Wasser warf, noch in der Luft zu fangen und zu fressen.

John fand das clever. Die Möwen hatten wenig Aufwand für viel Ertrag.

»Ulkiger Gedanke«, fand die Maus.

John erwiderte, sein Vater habe ihn gelehrt, es sei ein bedeutender Bestandteil des Lebens: Bei allem was man tue, habe man stets drei Möglichkeiten. Erstens: Der Ertrag, den man erwirtschaftet, ist kleiner als der Aufwand, den man hineinsteckt. Dann geht man pleite. Zweitens: Ertrag und Aufwand sind gleich. Dann herrscht Stillstand. Drittens: Ist der Ertrag größer als der Aufwand, regiert Wohlstand. Und die Möwen, fand John, würden eindeutig nach dem dritten Prinzip handeln. Ertrag größer als Aufwand. Das sei ja nicht schwer zu erkennen: mit dem Umkreisen des Kutters hatten sie nur wenig Mühe, bekamen aber viel zu fressen. Den größten Teil der Arbeit erledigte eindeutig der Fischer.

Weil die Maus lange nichts erwiderte, beschlich ihn ein beunruhigender Gedanke: Ist dieses Prinzip möglicherweise nur ausgedacht und keineswegs gesichert? Nicht wirklich wirklich. Lediglich ein Gedanke in der Unendlichkeit anderer möglicher Möglichkeiten?«

Die Maus schwieg noch eine kleine Weile weiter. Erzählte dann von einem Hai, der vor langer, langer Zeit einem großen Segelschiff den ganzen weiten Weg durch den Atlantischen Ozean von Afrika nach Amerika gefolgt war: »Er schwamm 3000 Meilen hinter dem

Schiff her und wartete geduldig darauf, dass ein weiterer und am nächsten Tag wieder einer und am darauffolgenden Tag wieder einer der auf dem Schiff sterbenden Sklaven über Bord geworfen wurde.«

19. Königin

John war verstört.

Die Bilder in seinem Kopf waren grausig. Vielleicht, weil Haie, wenn sie fressen, das auf schaurige Weise tun. Der Versuch, sich zu beruhigen, misslang zunächst. Immer wenn er sich sagte, er wolle nicht mehr an einen Hai beim Fressen denken, hatte er genau dieses Bild im Kopf: Einen Hai beim Fressen. Die Methode war also ungeeignet.

Zum Glück fiel ihm die Sache mit dem Einatmen und Ausatmen wieder ein. Sie funktionierte. Er wurde ruhiger, seine Stimmung besserte sich. Als der Punkt erreicht war, an dem er dachte, er habe genug ein- und ausgeatmet und könne sich wieder anderen Dingen zuwenden, fiel ihm auf, dass er dennoch weiter ein- und ausatmete. Ganz automatisch. Ohne daran zu denken. Seit immer schon. Sein Leben lang. Sogar, wenn er schlief.

»Einatmen und Ausatmen ist immer«, teilte er der Maus daher mit, doch sie antwortete nicht. Hatte ihn nicht gehört, weil sie im Schaukelstuhl drüben auf der Veranda saß und eine Königin beim Bau ihres Nestes beobachtete, das ungefähr auf die Größe eines Hühnereis herangewachsen war.

Die Königin mochte vor drei oder vier Tagen mit dem Bau begonnen haben. Sie tat nichts anderes. Sie fraß nicht und ruhte nicht, außer in der Dunkelheit, in der sie nicht Navigieren konnte. Bei Licht aber flog sie unermüdlich hin und her zwischen den Baustoffquellen, wo sie mit ihren starken Kiefern winzige Späne von Holztischen, Holzzäunen, Holzverkleidungen und morschen Zweigen nagte, die sie anschließend, zu Brei zerkleinert und verklebt, kunstvoll in den großen, architektonisch so klaren Plan ihres Bauwerkes einpasste.

Nach einer Weile kehrte die Maus zu John zurück, erzählte, was sie beobachtet hatte und beendete ihren Bericht mit den Worten: »In ein paar Tagen beginnt sie mit der Eiablage. In drei Monaten wird sie Königin über 1000 Untertanen sein; es sei denn wir töten sie jetzt. Dann wird es kein Volk geben und wir haben einen ruhigen Sommer.«

John fand das beeindruckend und beunruhigend zugleich. Alles hing in der Tat von dieser einzelnen Königin ab. Würde sie erfolgreich sein, entstünde ein ganzes Volk. Würde sie hingegen sterben, entstünde nichts. Kein Nest, kein Volk.

»Kein Ärger«, ergänzte die Maus.

John nickte. Diese Tiere waren in der Tat keine angenehmen Zeitgenossen. Überhaupt nicht.

»Weißt du«, fragte die Maus, »wie die Wespen entstanden sind?«

John wusste es nicht.

»Nachdem Gott die Bienen erschaffen hatte, sagte der Teufel: Das kann ich auch.«

20. Mausalter

John war tiefsinnig.

Konnte der Teufel so etwas überhaupt? Wesen erschaffen? Er hatte immer geglaubt, der Teufel sei böse und zerstörerisch. Der große Alleskaputtmacher. Weil er sauer war. Wütend. Sauwütend. Seit immer schon – und zwar, weil er nämlich genau das nicht konnte: Etwas erschaffen.

»Könnte sein«, sagte die Maus. »Würde jedenfalls erklären, wieso sich jemand so unendlich lange mit diesem immer gleichen und ehrlich gesagt ziemlich langweiligen Immeralleskaputtmachen beschäftigt. Aber man sagt ja, Zerstörung sei die Kreativität der Hoffnungslosen.«

John verstand nicht ganz.

»Macht nichts«, sagte die Maus, zeigte nach Westen und verkündete: »Zeit für die Abendschau.«

John sah zum Horizont, wo eine Farbenpracht aufzuleuchten begann als probiere Gott persönlich die neuen Photoshop-Filter aus. Er wollte sagen, dass er das sehr, sehr schön fand, doch die Maus gab zu verstehen, er möge schweigen. Bei der Abendschau komme es darauf an, alles zu sehen und zu hören. Wenn man aber selbst auch noch was sage, ginge das nicht. Man verpasse dann alles.

»Alles?« John war verwundert.

»Das meiste.«

»Mehr als die Hälfte?«

Die Antwort der Maus war ein Blick, der sagte: Ruhe jetzt.

Also war John still – und betrachtete die Abendschau. Und hörte zu, wie das Konzert der Vögel langsam leiser wurde, während die Sonne das Licht und die Farben mit sich über den Rand der Welt nahm. Es wurde dunkel.

Dann noch dunkler. Schließlich so dunkel, dass im großen, immer grauer werdenden Grau über ihnen nach und nach die Sterne erschienen. Erst einige, dann viele, schließlich jede Menge.

»Sieh«, sagte die Maus, »wie klar Altair und Deneb zu sehen sind.«

John wusste nicht genau, wohin er schauen sollte. Die Maus zeigte es ihm – und erzählte, weil sie ahnte, dass er gar keine Ahnung hatte, dass diese Sterne zu den ersten gehören, die am Frühlings- und Sommerhimmel erscheinen. »Deneb gehört zu den hellsten am Himmel und ist einer der größten in der gesamten Galaxie. 300 000 Mal heller und 25 Mal größer als unsere Sonne. Ein Überriese.«

John war beeindruckt und fragte, woher sie das alles wisse. Sie sei schließlich eine Maus und sehr viel von dem, was sie ihm erzähle, sei Menschenwissen. Menschendenken. Menschenbildung.

»Ist eine lange Geschichte. Willst du vielleicht gar nicht hören.«

»Doch.« John wollte.

»Also gut«, sagte sie, hockte sich auf seine Schulter und begann:

»Es ist schon eine Weile her. Schon eine ganze Weile. Ich hatte ein ganz anderes Leben – in einem Labor. Als Versuchstier. Labormaus. Da hörst du eine Menge. Die Menschen dort sind Wissenschaftler. Sie wissen viel. Und nicht nur Zeug aus ihrem Fachgebiet. Sie wissen auch andere Sachen. Und sie reden darüber. Ich musste nur zuhören.«

John wollte wissen, was für Versuche in dem Labor durchgeführt wurden.

»Unsterblichkeit. Methusalem-Projekt. Wird auf der ganzen Welt gemacht. Überall Teams von Wissenschaftlern, die herausfinden wollen, wie man älter werden kann. Also älter als man normalerweise wird. Jedes Wesen hat ja eine bestimmte Lebenszeit. Danach ist Schluss.«

Nach einer kleinen Pause fuhr sie fort: »Vielleicht aber auch nicht. Vielleicht muss das nicht unbedingt so sein. Vielleicht kann man es aufhalten. Die Wissenschaftler waren jedenfalls ganz wild darauf, es herauszufinden. Haben viel Zeit, viel Geld und viele Gedanken hineingesteckt. Bei mir hat es ganz gut funktioniert. Ich war ein Star, weil ich kaum noch altere. Bin viel älter als alle anderen. Aber eines Tages hatte ich genug von all den Tests und Untersuchungen. Da bin ich abgehauen. Wollte wieder leben wie eine richtige Maus. Und das habe ich dann auch gemacht.«

John drängte auf Details ihrer Flucht: es sei doch sicher sehr dramatisch gewesen. Dieser Teil der Geschichte, sagte die Maus, sei lang und kompliziert. Sie würde vielleicht später einmal darüber reden. Bei Gelegenheit.

»In Ordnung«, sagte John und fragte dann: »Wie alt bist du denn?«

»92«.

»Niemals.«

»Aber ja.«

»Niemals nie und nimmer«, sagte John, war sich seiner Sache aber nicht wirklich sicher, denn einerseits war das zwar viel, viel zu alt für eine so lebenslustige Maus, andererseits aber war sie wirklich sehr klug. Und für eine Maus sogar sensationell klug. Wenn nicht gar genial.

21. Vollmond

John war ehrfürchtig.

Schweigend blickte er in den Himmel und wartete auf den Mond, der ziemlich bald mit seiner Reise durch die Nacht beginnen würde. Als er schließlich über dem Rand der Welt aufging, war er groß wie ein Planet, hell wie der Tag, schön wie Musik.

Nach einer Weile weiteren Schweigens flüsterte die Maus: »Man muss besonders aufpassen. Jagdzeit der Eulen. Sie sehen nachts alles. Und bei Vollmond sehen sie sogar noch mehr.«

John war nicht klar, wie man mehr sehen konnte als alles.

»Wenn du alles sehen kannst, siehst du alles, was jetzt ist. Wenn du mehr sehen kannst, bedeutet es, dass du auch in die Vergangenheit blicken kannst.«

John war nicht klar, wozu das gut sein sollte.

»Du kannst dann sehen, weshalb die Dinge so sind wie sie sind. Sie könnten ja auch ganz anders sein. Aber sie sind nun mal so wie sie sind, weil es vorher war, wie es war. Was jetzt ist, hat nämlich seinen Grund in dem, was vorher passiert ist.«

John war nicht klar, was das zu bedeuten hatte.

»Macht nichts«, sagte die Maus, widmete sich wieder der Betrachtung des Mondes und sagte irgendwann mitten in die Stille hinein: »Mein 93ter. Wie alt bist du?«

»12 ein halb.«

»Das kann nicht sein. Es ist Vollmond. Halb geht also nicht.«

Es dauerte eine Weile bis die beiden das Missverständnis aufgeklärt hatten. Die Maus fand es reichlich absurd, dass Menschen ihr Alter offensichtlich in Jahren zählten statt in Monden. John war nicht klar, was der Vorteil bei der Zählweise der Maus war.

»Du hast jeden Monat etwas zu feiern«, sagte sie. »Der Mond kommt und baut dir eine Kathedrale aus Licht. Er ist sehr mächtig.«

Dieser Gedanke gefiel John.

»Das ist also der Grund dafür, dass sich bei Vollmond das Wetter ändert.«

»Das sich bei Vollmond das Wetter ändert?« Die Maus klang amüsiert.

Sein Großvater hatte das immer gesagt.

»Dein Großvater«, sagte sie, »war ein Witzbold. Vollmond, mein Lieber ist auf der ganzen Welt – überall und gleichzeitig.«

John wurde einmal mehr klar, dass sie wirklich klug war; und dass sie – weil sie ihr Alter in Monden zählte – doch nicht so alt war wie er gedacht hatte. Er war älter – und mit diesem Gedanken schlief er ein.

22. Ginkgo

John war nervös.

Um ihn herum tiefe Nacht, der Sternenteppich in voller Fleckenpracht. Und dieses Brummen, das ihn geweckt hatte; links, nicht weit entfernt. Eigentlich sogar ziemlich nahe, und das konnte einem schon zu denken geben. John wusste weder, wer oder was die Laute erzeugte, noch was sie bedeuten sollten. War er in Gefahr?

»Behalte die Nerven«, sagte die Maus schläfrig. »Ich höre es auch. Es ist der Ginkgo.«

Diese Information war nun allerdings nicht geeignet, ihn zu beruhigen.

»Wer oder was ist der Ginkgo«, wollte er wissen, »wastuter? Werister? Waswiller?«

»Der Baum dort drüben.«

Dann sprach sie sehr langsam, das Tempo nachahmend, in dem der Baum zu murmeln schien: »Er – spricht – mit – dir.«

Da die Maus so ganz und gar nicht alarmiert oder in Aufregung war, beruhigte John sich wieder, lauschte – und versuchte zu verstehen.

Baumsprache – dachte er. So klingt Baumsprache. »Was sagt er?«

Die Maus antwortete nicht.

»Was sagt er?«

»Du – bist – uncool.«

John war sauer. Er wollte nicht wissen, was die Maus über ihn zu meckern hatte, sondern was der Ginkgo sagte.

»Er sagt: du – bist – uncool.«

John glaubte ihr nicht. Bei allem, was an dieser Aussage angezweifelt werden konnte, war er vor allem sicher, dass ein alter, ehrwürdiger Baum niemals ein Wort wie »uncool« benutzen würde. Und zwar niemals.

»Doch, das hat er gesagt. Es ist ein ganz normales Wort in der Ginkgosprache.«

Die Maus lauschte aufmerksam und übersetzte weiter: »Er findet gut, dass du versuchst, ein Baum zu werden. Er findet nicht gut, dass du so hektisch bist; und zwar in allem. Du solltest lernen, langsamer zu sein.«

Das war im Grunde keine schlechte Idee. John hatte allerdings keine Ahnung, wie er das anstellen sollte: langsamer werden. Deutlich leichter gesagt als getan, fand er und bat die Maus: »Kannst du ihn fragen, ob er einen Tipp für mich hat?«

Die Maus lauschte erneut und übersetzte baumsprachenlangsam:

»Du – sollst – zusehen: im Frühling dem Schnee beim Schmelzen, tagsüber den Wolken beim Vorüberziehen, nach Regen dem Holz beim Trocknen, nachts dem Mond beim Wandern …«

23. Baumübung

John war aufmerksam.

Nachts dem Mond beim Wandern zuzusehen war eine gute Idee. Er beschloss, gleich damit zu beginnen.

Eine Weile gelang es ganz gut. Er konnte erkennen, wie der Mond tatsächlich, fast unmerklich langsam, bei genauer Betrachtung aber durchaus sichtbar, am Himmel entlang wanderte – bis sich eine Horde Wolken näherte. Einige verschluckten ihn, gaben ihn aber schnell wieder frei, weil sie weiter zogen, während der Silbermann still zu stehen schien, was er ja in Wirklichkeit nicht tat. Er war nur ziemlich, ziemlich viel langsamer als das Wolkenvolk.

John wunderte sich, wie viel es zu sehen gab, wenn man sich nur Zeit nahm; mal stand Mister Mond frei am Himmel, dann leuchtete er in den Bäuchen verfressener Wolken. Irgendwann wurde John schläfrig, schlummerte ein und träumte.

Am nächsten Morgen war er gleich nach dem Aufwachen wild entschlossen, weitere Baumübungen zu üben. Die Maus schlug vor, auf den Wind zu hören, der eine Zeit lang recht gleichmäßig geweht hatte, jetzt aber langsam abnahm. Schwächer wurde. John war einverstanden: dem Wind lauschen.

Bei jeder Brise raschelten Blätter in den Bäumen. Kurze Zeit später – der Wind ließ weiter nach – tuschelten und flüsterten sie.

»Was sie wohl sagen«, murmelte John leise vor sich hin. »Oder ist das gar keine Sprache, sondern nur Geräusch?«

»Stell keine Fragen, deren Antwort du schon kennst«, murrte die Maus.

»Gar nicht«, brummte John, der darauf bestand, die Antwort keineswegs zu kennen.

»Wie hört es sich denn an? Wie Rascheln und Rauschen? Oder wie Blättersprache?«

»Blättersprache«, sagte John.

Die Maus nickte.

»Ganz genau. Und bevor du weitere überflüssige Fragen stellst, machen wir lieber eine weitere Baumübung.«

»Und welche?« fragte John ein klein wenig ungehalten. Es gab nämlich gar keinen Grund, so streng mit ihm zu sein.

»Wolken beim Vorüberziehen.«

John vergaß seinen Unmut, richtete den Blick in den Himmel, atmete dabei ein – und aus – und ein – und aus.

Die Wolken zogen vor dem Blau des Himmels müßig dahin, wie Hirne auf Reisen. Bewegten sich kaum. Standen fast still. Nach einer kleinen Weile gleichmütig geduldigen Beobachtens stellte John fest, dass sie eine Ordnung hatten. Sie zogen – wie langsam auch immer – nicht da und dort über den Himmel, sondern hintereinander her. Wie auf unsichtbaren Straßen. Er hatte das früher schon gesehen, sich aber nichts dabei gedacht. Jetzt hingegen, wo er nichts anderes tat, als ihnen beim Vorüberziehen zuzusehen war das anders. Eine Weile sahen sie aus wie geparkte Raumschiffe; nicht richtig festgemacht, weshalb sie langsam abtrieben. Dann kamen sie ihm eher vor wie träges Wolkenvieh, das am Rand der Welt weidete. Schließlich hatte er den Eindruck, sie würden sich einen Spaß daraus machen, andauernd ihre Gestalt zu verändern und dabei Formen von allerlei Tieren und Wesen anzunehmen.

»Es sieht aus, als zögen sie an uns vorbei«, bemerkte die Maus, »ist vielleicht aber ganz anders.«

»Vielleicht ganz anders?« John war gespannt, denn immer, wenn sie Dinge in Frage stellte die auf den ersten Blick eindeutig so waren wie sie waren, wurde es besonders oder seltsam oder spannend – oder alles auf einmal.

»Nun ja«, sagte die Maus. »Ganz offensichtlich ist es so, dass die Dinge aussehen, wie sie aussehen. Ebenso offensichtlich könnte es aber auch so sein, dass sie nur so aussehen, wie sie aussehen, in Wirklichkeit aber anders sind.«

»Wie denn zum Beispiel?«

»Könnte sein«, mutmaßte sie, »dass sie nicht selbst vorüberziehen, sondern getrieben werden. Und nicht von sich aus allerlei Formen annehmen, sondern geformt werden.«

»Wer könnte das tun?«

»Ein höheres Wesen.«

»Wer könnte das sein?«

»Wind«, sagte die Maus in einem Tonfall, der Ehrfurcht verriet – und John brauchte nur einen winzig kurzen Augenblick um zu erkennen, dass es sehr, sehr wahrscheinlich tatsächlich so war. Womit ein neues Wunder in sein Leben getreten war. Wind konnte man nicht nur hören und auf der Haut fühlen. Man konnte ihn auch sehen.

Obwohl er eigentlich unsichtbar war.

24. Eichhörnchen

John war erstaunt.

Nachdem er sich eine Weile seinem Wundern über den Wind gewidmet hatte schlug die Maus vor, ein wenig zu plaudern. Über Mensch- und Mausdinge. Und jede Menge andere Dinge: »Über das Eichhörnchen zum Beispiel. Es läuft schon seit Stunden durch den Garten und sammelt Äste und Zweige für seinen Kobel.«

»Kobel?«

»Bau, Nest, Horst, Bleibe«, sagte die Maus. »Es baut sein Haus.«

»Aha, Kobel«, sagte John und war einmal mehr darüber erfreut, dass die Maus so viel wusste und er mühelos jede Menge von ihr lernte; ganz anders als in der Schule, wo das Lernen meist mühevoll war. Und bei weitem nicht so viel Spaß machte, wie hier draußen beim Beobachten und Reden und Fragen und Zuhören und wieder Beobachten.

Das Eichhörnchen hielt plötzlich inne. Auf die Weise, wie Eichhörnchen das tun: Völlige Starre mitten in einer Bewegung. Stand da wie eine kleine Statue. Der Grund war eine Katze, die sich bis auf wenige Meter herangeschlichen hatte. Beide Tiere hochkonzentriert.

John wurde mulmig zu Mute. Seine Sympathien gehörten allein dem Eichhörnchen. Er konnte nicht abschätzen, wer die bessere Position hatte. War die Katze schon so nahe, dass sie das Eichhörnchen fangen würde, oder war der Abstand zwischen beiden noch groß genug, damit das Eichhörnchen sich in Sicherheit bringen konnte?

»Tu doch was!« sagte John leise.

»Da ist nichts zu machen«, antwortete die Maus.

»Wieso nicht?«

Katze und Eichhörnchen hatten sich keinen Millimeter bewegt, absolut keine Regung gezeigt. John hielt es nicht mehr aus: »Tu bitte etwas.«

»Alles in Ordnung«, sagte die Maus. »Es ist nur Spaß.«

Merkwürdiger Spaß, fand John. Das Eichhörnchen war immerhin in Lebensgefahr.

»Nein, ist es nicht.«

Die Maus schien das Ganze ziemlich gelassen zu sehen: »Es ist kein Drama, John, denn es steht längst fest, wie es ausgehen wird. Sobald die Katze sich bewegt, ist das Eichhörnchen auf dem Baum da vorne. Sie wird ihm nach, den Stamm hochklettern, hat dann aber schon keine Ahnung mehr, wo es ist. Wenn die Katze den Stamm halb hinauf ist, wird das Eichhörnchen bereits auf dem nächsten Baum sein. Es kann Äste und Zweige von Bäumen und Sträuchern wie Straßen und Wege benutzen. Es könnte von hier aus einmal um die ganze Welt nur über Zweige laufen, ohne je den Boden zu berühren.«

John bezweifelte das: »Es gibt riesige Flächen, auf denen gar keine Bäume stehen. Felder und Wiesen zum Beispiel.«

»Das ist noch nicht lange so«, bekam er zur Antwort. »Erst seit Menschen die Landschaften verändern. Davor war alles Wald. Viele Millionen Jahre lang. Es ist allerdings unwahrscheinlich, dass je ein Eichhörnchen solch eine Reise unternommen hat. In ihren Chroniken wird jedenfalls nirgends darüber berichtet …«

Sie unterbrach ihre Erzählung abrupt, denn das Eichhörnchen bewegte sich plötzlich blitzschnell Richtung Apfelbaum. Die Katze hinterher, und es lief genau so ab, wie die Maus vorausgesagt hatte. Nach ein paar wenigen hektischen Sekunden saß die Katze auf einem Ast im Apfelbaum und wusste nicht, wo das Eichhörnchen war.

Die Maus deutete auf den Birnbaum zur Linken. John sah es dort kopfüber den Stamm hinunterlaufen, innehalten, zum Apfelbaum mit der Katze hinüberblicken und sich am Kopf kratzen.

»Es versteht nicht«, sagte die Maus, »weshalb Katzen es immer wieder versuchen; so absolut chancenlos wie sie sind. Aber man sagt ja, Katzen hätten große Probleme mit dem Begreifen von Endgültigkeiten; wie Menschen.«

25. Donnergott

John war skeptisch.

Wenn sie so etwas sagte, konnte er mitunter nicht folgen. Wusste nicht, was sie meinte und wollte es auch nicht wissen. Sie sagte solche Sachen nämlich mit einem merkwürdigen Unterton; als hielte sie Menschen im Allgemeinen für ein bisschen meschugge. Sie sagte es natürlich nicht mit Worten, aber möglicherweise mit der Melodie ihrer Sätze. Er wusste es nicht genau – und fragte auch nicht nach. Widmete sich lieber wieder dem Betrachten der Welt und nahm die Trauerweide am Rand des Nachbargartens ins Visier.

Ihre Zweige wehten im Wind wie Fangarme, die nach dem Rhododendron zu ihren Füßen tentakelten, ihn aber nie erreichen würden; jedenfalls nicht in diesem Sommer. Die Wachstumszeit der Bäume war zwar noch nicht vorüber, doch das Stück, das noch fehlte, um an den immergrünen Busch heranzureichen, schien John zu weit. Die Trauerweide würde es wahrscheinlich nicht schaffen. Andererseits; wer wusste schon genau, wie Bäume das mit dem Wachsen machen? Er jedenfalls noch nicht. Bisher hatte er lediglich begriffen, dass Baumsein Geduld und Langmut erforderte.

Um ein bisschen Abwechslung in die Sache zu bringen, betrachtete er zwischendurch Wolken beim Vorübergetrieben werden, widmete sich dann aber wieder der Weide, konnte sich jedoch nicht richtig konzentrieren, weil die Welt recht plötzlich kühl und windig und düster wurde.

»Sie kommen«, sagte die Maus mit fester Stimme, »machen wir uns bereit.«

»Wer«, wollte John wissen, »kommt und wofür soll ich mich bereit machen?«

»Der Donnergott und seine apokalyptischen Reiter.«

»Donnergott?«

John hatte von ihm gehört, war aber der Meinung, er sei von früher. Es gebe ihn heute nicht mehr.

»Dann hör mal hin. Wer kommt denn da wohl.«

Es war nicht zu leugnen. In der Ferne hallte Donner durch die Welt. Und wenn man genau hinhörte, war er gar nicht mal so besonders fern. Und er rollte eindeutig auf sie zu.

»Ganz genau«, sagte die Maus, »und bevor du mir jetzt erzählen willst, ein Gewitter wäre ein Wetterphänomen und mir zum Beweis mit dem ganzen menschengemachtem Physikerklärungsfitzelfitzel kommst: sag mir doch mal, was du damit meinst: der Donnergott sei von früher. Wo soll er denn heute sein?«

John wusste das natürlich nicht. Viele Geschichten, die er in seinem Leben gehört hatte, gingen einfach davon aus, dass früher alles anders war und dass es heute eben so ist, wie es heute ist. Von früher wusste er daher nicht wirklich viel. Also versuchte er es so: »Gestorben vielleicht? Tot?«

»Tot? Der Donnergott? Er ist ein Gott, mein Lieber. Also ewig. Also niemals tot. Unsterblich, verstehst du. Und wie du hören kannst, sehr aktiv und lebendig. Und gnadenlos.«

Dann traf das Gewitter auch schon ein und tat, was Gewitter

immer tun: Brausen und dröhnen und toben und krachen und poltern und schmettern.

Nach einer Weile zogen der Gott und seine Begleiter weiter. John und Maus blieben triefnass zurück. Die Maus fand es amüsant. John nicht. Während das Wasser überall an ihm herunter lief, sagte er missmutig: »Was soll das denn? Wozu soll das gut sein? Das ganze Gebrause und Gedröhne, Getobe und Gekrache, Gepolter und Geschmetter?«

»Weiß nicht«, sagte die Maus. »Der Donnergott zieht mit seinen Reitern eben über Land und Meer und macht, was er macht. Macht er schon seit Ewigkeiten; und wird er auch noch Ewigkeiten weiter machen. Wenn nicht hier, dann anderswo. Unentwegt und immerzu. Ohne Pause. Sekunde für Sekunde und Zeitalter für Zeitalter.«

Nach diesen Sätzen machte sie eine ihrer bedeutungsvollen Pausen. Dann fuhr sie fort: »Vielleicht macht er einfach seine Arbeit. Oder er ist ein wilder Geselle, der seinen Spaß daran hat, durch die Welt zu brausen und zu dröhnen und zu toben und zu krachen und zu poltern und zu schmettern.«

John fand das nicht einleuchtend.

»So ein Donnerwetter macht einem doch Angst und Bange.«

Die Maus legte die Stirn in Falten.

»Es macht dir Angst?« fragte sie erstaunt und fuhr nach einer kleinen Weile fort: »Nun, wenn das so ist, John, dann fürchte dich und achte darauf, was du dabei denkst und fühlst. Es könnte das sein, was der Gott von dir will.«

Wieder eine kleine Pause, in der John ihr geduldig beim Denken zusah, denn er wusste, dass da noch etwas kommen würde. Und so war es dann auch: »Andererseits bist du ihm vielleicht auch ganz und gar gleichgültig. Wenn einer so mächtig ist, was soll er da von Menschen schon wollen? Was könnten die ihm wohl bieten?

»Gehorsam?« fragte John.

»Glaub ich nicht. Das wird ihn kaum interessieren. Was hätte er davon?«

»Ehrfurcht?« mutmaßte John.

Die Maus schüttelte den Kopf: »Die Sache mit Gehorsam und Ehrfurcht vor den Göttern ist ein komisches Thema bei euch Menschen. Wenn ihr die Macht eines Gottes hättet, könnte es durchaus sein, dass ihr so kleinlich wäret und von kleinen, ängstlichen Wesen Gehorsam und Ehrfurcht fordert. Aber ein richtiger Gott ist ja kein Mensch mit der Macht eines Gottes, sondern ein Gott mit der Macht eines Gottes. Er macht damit ganz bestimmt etwas anderes als Menschen Angst einzujagen, um Gehorsam und Ehrfurcht zu fordern. Das macht man nämlich nicht, wenn man viel Macht hat. Man trampelt dann nicht auf Schwächeren herum und macht ihnen Angst.«

Die Maus hatte sich in Rage geredet, lief aufgeregt um ihn herum, blieb hier und da stehen, gestikulierte wild und sagt schließlich: »Und genau das ist der Grund, weshalb Menschen nicht die Macht von Göttern haben. Und nie haben werden.«

John war ein wenig verlegen. So aufgebracht hatte er sie noch nie erlebt. Beinahe wütend. Dann fragte er – auch um die Stimmung wieder etwas freundlicher zu gestalten – was es mit den apokalyptischen Reitern auf sich habe, die den Donnergott begleiteten. Die Maus hörte seine Frage jedoch nicht. Sie war in die Mitte des Gartens gelaufen und tanzte dort im nassen Gras.

26. Johnbaum

John war pikiert.

»Nun gut«, murmelte er vor sich hin. »Lassen wir sie machen, was sie macht und denken, was sie denkt und tun, was sie tut. Und machen selbst eine neue Übung.«

Ein Thema zu finden war nicht schwer. Der Gingko hatte gute Vorgaben gemacht. Jetzt, nach dem Gewitter, war die Sache klar und einfach: Holz beim Trocknen zusehen. Er war gespannt, wie lange es dauern würde.

Die Übung war langwieriger als vermutet. Es verlangte eine Menge Geduld, zu verfolgen wie die Farben der Baumrinden sich gemächlich veränderten. Sie taten es; eindeutig, aber so langsam, dass er begann, in seinen Gedanken abzuschweifen. Über Menschen und Macht und was sie damit taten. Kurze Zeit später kam die Maus zurück – was gut war, denn er wollte das Gespräch über Menschen und Macht mit ihr vertiefen.

»Menschen sind merkwürdig«, war ihr erster Beitrag, gefolgt von: »und du bist der Merkwürdigste.«

John erschrak ein wenig und wurde gleichzeitig neugierig: »Wie meinst du das?«

Sie antwortete, dass sie sich über ihn noch mehr wundere als über all die anderen Menschen, die sie im Laufe ihres Lebens beobachtet hatte.

Menschen, so ihr Eindruck, wissen nicht, wer sie sind. Alle anderen Lebewesen hingegen wüssten das, denn sie würden tun, was sie tun müssen. Menschen nicht: »Sie tun alles Mögliche, im Gegensatz zu – zum Beispiel Eichhörnchen. Die tun nur Eichhörnchendinge. Oder Adler. Die tun nur Adlerdinge. Oder Johannisbeersträucher. Die tun nur Johannisbeersträucherdinge. Bei Menschen aber ist es anders, und daher ziemlich schwer herauszufinden, was davon Menschendinge sind. Sie tun nämlich auch Maulwurfdinge und Vögeldinge und Hundedinge und jede Menge andere Dinge.«

»Und?« fragte John. »Was ist mit mir? Wieso bin ich dabei der Merkwürdigste von allen?«

»Du stehst im Garten und tust Baumdinge. Allerdings auf eine recht eigenwillige Weise. Es sind keine Apfelbaumdinge, keine Birnbaumdinge, keine Trauerweidendinge, keine Eichendinge; nur sehr allgemein Baumdinge; nicht wirklich Baum – und nicht wirklich Mensch.«

John fand, sie könne mit dieser Betrachtungsweise gut und gerne Recht haben; von ihrem Standpunkt aus betrachtet. Von seinem Standpunkt hingegen sah es ganz eindeutig so aus, dass er sich überhaupt nicht wie irgendein Baum verhielt, sondern wie John als Baum.

»Und also bin ich Johnbaum«, sagte er stolz und fand, das sei ziemlich eindeutig und gar nicht so, als wisse er nicht, wer er sei.

»Mhm«, murmelte die Maus nach einer Weile, »Johnbaum. Nicht schlecht.«

»Genau, Johnbaum«, freute er sich. »Johnbaum, Johnbaum, Johnbaum.«

»Übertreib's nicht, John. Könnte sein, dass es so ist. Könnte aber auch sein, dass es anders ist. Schlafen wir erst mal drüber. Was hältst du davon?«

John hatte keine Einwände. Darüber schlafen, dachte er, ist wahrscheinlich immer gut. Für alles. Und möglicherweise sogar für noch mehr. Allesalles.

27. Maulwurf

John war tatenlos.

In der Nacht war er kurz aufgewacht, weil ihn etwas an den Zehen gekitzelt hatte. War dann aber doch nicht so; dachte er, und war wieder eingeschlafen. Am Morgen sah er, rund um sich herum und ein Stück weit in den Garten hinein, eine stattliche Zahl kleiner Erdhügel.

»Maulwurf«, sagte die Maus.

Das wusste er selbst. Sie musste gar nicht so schlau tun. Er war ja kein Depp. Als würde er nicht wissen, was ein Maulwurf ist und was er tut und wie sein Werk aussieht. Das weiß doch jedes Kind.

»Viel Spaß«, sagte die Maus.

»Viel Spaß womit?« fragte er.

»Mit dem, was jetzt passieren wird.«

»Und das wäre?«

»Du wirst schon sehen. Deine Artgenossen.«

»Was ist mit ihnen?« John hatte keine Ahnung, worauf sie hinauswollte.

»Sie rasten aus.«

»Wieso?«

»Das weiß ich nicht. Keine Ahnung. Nicht den blassesten Schimmer. Aber wo ein Maulwurfshügel erscheint, tauchen sie bald auf und reden entsetzliche Sachen und tun grauenhafte Dinge.«

»Was für entsetzliche Sachen reden sie?« John fühlte Unbehagen.

»Vom Töten.«

»Wen?«

»Den Maulwurf«.

»Wieso?« Johns Unbehagen wuchs.

»Weil er da ist.«

John verstand nicht. Also fragte er, was für grauenhafte Dinge sie täten.

Die Maus setzte sich zu seinen Füßen und begann zu erzählen:

»Ich habe einen Mann gesehen, nur ein paar Gärten von hier entfernt. Ganz früh morgens, eiskalt war es, stand er in einem weißen Bademantel eine halbe Stunde bewegungslos vor einem frischen Hügel, einen Spaten in der Hand. Der Maulwurf war noch bei der Arbeit. Und als er aus der Erde herausschaute – nur für einen winzigen Augenblick – hat der Mann zugeschlagen. Immer wieder und wieder und dabei geschrien. Wüste Flüche. Hooh, sehr wüste Flüche. Er hat ihn zerhackt und zu Brei geschlagen. Ein Massaker.«

John war eine Weile still. Dann sagte er leise, dass das nicht zwangsläufig auch hier passieren müsse. Sein Vater habe gar keinen weißen Bademantel.

28. Dunkle, tosende Wolke

John war besorgt.

Die Sache mit dem Maulwurf beschäftigte ihn. Zum Glück war der Tunnelbauer hier, in diesem Garten, sicher. Johns Vater war ja verreist. Blieben also nur die vom Wissenschaftlichen Institut, die ihm möglicherweise gefährlich werden konnten. Würden sie das tun? Sie hatten weiße Kittel an. Aber einen Bademantel hatte er bei keinem von ihnen gesehen. Da war er sicher. Ziemlich sicher jedenfalls. Jedoch nicht ganz und gar sicher. Er würde, sollten sie noch einmal in den Garten kommen, genau darauf achten. Sehr genau.

Die Maus zupfte an seinem Haar, was ihn aus seinen Gedanken riss, zeigte auf eine große Eiche am Hang zum See und gab per Handzeichen zu verstehen, er möge aufmerksam sein.

John tat es, konnte aber nichts Besonderes erkennen. Hin und wieder ein kleines Geschwader Stare, das auf den Baum zuflog, beidrehte, darin landete – was ungefähr so aussah wie in Weltraumfilmen, wenn Raumgleiter und Dinghis zurück zum Mutterschiff schweben. Sonst aber tat sich nichts.

»Was ist?« fragte er, weil ihm nicht klar war, worauf er achten sollte. Sie antwortete ruhig und leise, dabei voller Erwartung: »Gleich geht's los.«

»Was?«

»Wart's ab.«

John wartete. Nichts geschah – und als er gerade damit beginnen wollte sich zu langweilen, geschah es doch: Ein gewaltiger Schwarm erhob sich aus dem Baum, schoss über den See, drehte in faszinierenden Formationen bei und näherte sich den Nachbargärten, wo er als dunkle, tosende Wolke in die Kirschbäume einfiel. Es war wirklich beeindruckend.

Die Maus kicherte: »Was immer die Besitzer der Kirschbäume mit den Früchten vorhatten – jetzt können sie es vergessen.«

»Sicher?« fragte John.

»Sichersicher. Sie werden nichts übrig lassen.«

John war beeindruckt. Das Astwerk der Bäume schwankte und zitterte und zappelte mächtig, während darin gerade das wohl größte Frühstücksfest auf dem Planeten stattfand. Tausende Vögel, die Abertausende von Kirschen vertilgten. Dazu ein Schwätzen und Schwatzen, Zwitschern und Lärmen, dass schon bald rundherum die Nachbarn in ihren Gärten standen und versuchten zu retten, was nicht zu retten war. Während die Stare ihr Fest feierten, klatschten die Menschen wie wild in die Hände, trällerten wie von Sinnen auf Pfeifen und machten verzweifelt jede Menge weiteren Lärm, um den Schwarm zu vertreiben.

Doch was sie auch unternahmen, es funktionierte nicht. Die dunkle tosende Wolke stieg zwar – wenn der Lärm ertönte – aus den Kirschbäumen auf und flog ein Stück weit weg, allerdings nur, um in anderen Gärten in andere Kirschbäume einzufallen.

John und Maus sahen und hörten diesem Schauspiel aufmerksam zu. John konnte nicht verhehlen, dass er eher auf der Seite der Stare, denn auf der Seite der Baumbesitzer war. Die Stare schienen die Gegend und die Gärten bestens zu kennen; von jedem Kirschbaum genau zu wissen, wo er stand und wie weit er mit der Reifung der Früchte war.

»So ist es«, bestätigte die Maus. »Die Menschen können nicht gewinnen; und weißt du wieso?«

John wusste es nicht.

»Weil die Bäume den Staren helfen.«

John war verwundert. Er konnte sich nicht recht vorstellen, wie das funktionieren sollte und noch weniger, weshalb die Bäume das tun sollten.

»Sie haben es lieber, wenn die Stare die Kirchen fressen, als sie den Menschen zu überlassen.«

»Weiter«, sagte John, der keine Lust auf eine sich gerade ankündigende, typische Mauskunstpause hatte.

»Die Stare«, setzte die Maus ihre Geschichte daher fort, »tragen die Kerne in der Gegend herum. Menschen nicht. Sie nehmen sie mit ins Haus, pulen sie aus dem Fruchtfleisch und werfen sie dann entweder in den Müll oder machen Kirschkernkissen daraus. In beiden Fällen sind sie verloren. Gelangen nicht in die Erde. Werden nicht keimen und können nicht zu neuen Bäumen heranwachsen. Ist doch klar, dass die Bäume das nicht gut finden.«

»Glasklar«, sagte John, der glaubte, jetzt besser zu verstehen, weshalb Menschen so oft so hart für ihre Nahrung arbeiten mussten, während sie für Tiere meist im Überfluss bereit stand – oder lag – oder hing. Menschen, sagte ihm sein Verstand, verstehen nicht wirklich genug vom kolossalen Kreislauf des erhabenen großen Ganzen.

»Nun ja«, murmelte die Maus, »die meisten Tiere tun das auch nicht.«

»Nicht?«

»Nein.«

»Aber was ist mit den Staren?«

Sie blinzelte verschmitzt und ihre Stimme nahm einen leicht verschwörerischen Tonfall an: »Sie verstehen einfach etwas davon, perfekte Raubzüge durchzuführen.«

29. Sommerendlostag

John war gemischter Gefühle.

Nachdem die Kirschbäume ratzekahl leergefressen waren, hatten die Stare sich wieder in die Luft erhoben, eine weitere beeindruckende Vorstellung ihrer Flugkünste gegeben, dann den Weg zu den benachbarten Dörfern – genauer gesagt den umliegenden Kirschbaumgärten – eingeschlagen. John konnte sich nur zu gut vorstellen, was dort in den kommenden Stunden los sein würde.

In seinem Garten hingegen war jetzt wieder alles ruhig und friedvoll. Das Wetter warm, die Luft mild, die Welt perfekt. Er genoss den trägen, endlosen Sommertag voll langsam wandernder Schatten. Eine Weile döste er, dann wurde es Zeit für eine neue Baumübung: er schloss die Augen und lauschte dem Summen und Rascheln und Rauschen um ihn herum.

Zuerst gelang es gut, dann aber beschlich ihn das Gefühl, etwas sei nicht ganz in Ordnung, konnte allerdings nicht sagen, was. Schließlich öffnete er die Augen wieder, weil mit Hinhören allein das Rätsel nicht zu lösen war, Kurze Zeit später war er irritiert. Die friedvolle, wohlige Sommerstimmung um ihn herum war angefüllt mit Tragödien. Überall hier und da und dort starben Insekten in schneller Folge; als Futter für Frösche, Eidechsen, Hornissen, Libellen, Ameisen und Spinnen – vor allem aber für Vögel.

Obwohl das nicht grundsätzlich neu für ihn war, beschäftigte es ihn jetzt doch nachdrücklich. Der für ihn so perfekte, sonnige Sommerendlostag war für Hautflügler, Käfer und Schmetterlinge etwas ganz anderes. Sie ließen in großer Zahl hier und heute ihr Leben.

Wenn man nicht nur sich selbst, sondern zusätzlich ein bisschen was vom erhabenen großen Ganzen in den Mittelpunkt rückte, dachte er, sei die Welt voller Widersprüche. Wie sollte er damit klarkommen? Allein war das wohl nicht zu schaffen. Ein solch eklatanter Gegensatz musste zwingend mit der Maus besprochen werden, denn da war wirklich eine Menge, Menge Tod um ihn herum.

»Es ist heute wirklich schlimm«, sagte er zur Maus.

»Was?«

»Das Fressen und Gefressen werden.«

»Schlimm?«

»Viel. Überall. Die ganze Zeit.«

»Was ist daran schlimm?«

»Dass es so viel ist.«

»Ist nicht mehr als sonst. Je länger die Tage, desto länger das große Spiel des Lebens.«

»Und Sterbens«, ergänzte John. »Es ist wirklich sehr viel.«

»Kannst du dir vorstellen, wie viel?«

»Nicht wirklich.«

»Wollen wir es ausrechnen?«

»Lieber nicht«, sagte John, denn er ahnte, dass ihm das Ergebnis nicht gefallen würde. Andererseits war er neugierig.

»Ist sicher 'ne ziemliche Menge«, nahm er das Thema daher doch noch einmal auf.

»Eine ziemliche Menge was?« fragte die Maus.

»Na – hier – das Ganze gefressen werden.«

»Tausende Tote«, sagte die Maus.

Das war es. So genau wollte er es nämlich genau nicht wissen.

»Abertausende«, fuhr die Maus fort.

»Schon gut«, sagte John.

»Genau genommen millionenfacher Tod allein in diesem Garten.«

»Niemals«, sagte John, dem diese Zahl nun wirklich vollkommen übertrieben schien.

»Nun ja«, sagte die Maus, »kommt auf den Maßstab an. Je kleiner die Lebewesen, desto höher die Todesrate. Wenn du mit den Bakterien anfängst, geht es schnell in die Milliarden. Fängst du bei den Insekten an, sind ein paar Hunderttausend am Tag. Bei Würmern, Schnecken, Raupen, Larven ein paar Tausend. Bei Mäusen, Menschen und Bäumen ...«

»Schon gut, schon gut«, unterbrach John.

»Kein Grund zur Sorge, John. Bei Mäusen, Menschen und Bäumen heute wahrscheinlich null. Es sei denn, uns fällt ein Komet auf den Kopf. Dagegen ist dann kein Kraut gewachsen.«

30. Kirschen essen?

John war locker.

Eine kleine Weile jedenfalls. Null Verluste bei Maus, Mensch und Baum. Eine gute Nachricht – trotz all der Bakterien, Insekten, Würmer, Schnecken, Raupen und Larven-Tragödien ringsum. Weiter kam er nicht mit Nachdenken und Sich-selbst-beruhigen. Die Frau vom Wissenschaftlichen Institut betrat den Garten. Die Maus verkroch sich.

»Guten Tag, John«, sagte die Frau. Ihre Stimme klang vielleicht ein bisschen zu freundlich. Er wusste es nicht genau.

»Guten Tag«, grüßte er zurück.

»Wie fühlst du dich?«

»Gut, danke.«

»Wir haben alles untersucht, John. Es ist alles in Ordnung. Wir wissen zwar noch nicht, was genau hier vorgeht, aber du bist gesund.« Dann berührte sie vorsichtig sein Haar. Es schien sie zu faszinieren.

»Hast du Hunger?« fragte sie.

»Nein.«

Sie nickte: »Du passt dich den Bedingungen Deines neuen Lebens schnell an. Sehr schnell. Das ist äußerst ungewöhnlich und erstaunlich, geradezu unwahrscheinlich, wenn nicht gar unmöglich; doch es ist so. Ein Wunder vielleicht. Ich weiß es noch nicht genau. Ich muss ein paar weitere Untersuchungen durchführen – wenn du einverstanden bist.«

John war einverstanden, und während sie erneut eine Strähne von seinem Haar abschnitt, dann Proben vom Boden, vom Rasen, den Bäumen in seiner Umgebung nahm, fragte er, wo die anderen vom Wissenschaftlichen Institut seien – und ob sie noch kommen würden.

»Nein, sie werden nicht kommen. Sie haben andere Dinge zu erledigen. Das hier, John, ist eine Sache zwischen uns beiden. Nur du und ich. Je weniger Leute davon wissen, desto besser. Verstehst du?«

John verstand nicht.

»Ich habe mir viele Gedanken darüber gemacht, John, was wohl das Beste für dich ist. Wie ich dich unbeschadet aus der Erde holen kann, damit du wieder ein normaler Junge wirst. Das habe ich deinen Eltern ja versprochen, und daran werde ich mich selbstverständlich auch halten.«

John nickte. Die Frau lächelte.

»Wir werden uns gut verstehen, John. Da bin ich sicher. Es wird eine Weile dauern, bis ich weiß, was zu tun ist. Aber ich werde es herausfinden. Einverstanden?«

John nickte.

Die Frau lächelte: »Ich muss jetzt gehen und mit meinen Untersuchungen fortfahren. Ich komme bald wieder.« Dann packte sie ihre Sachen zusammen und verließ den Garten.

Die Maus krabbelte aus der Jackentasche auf seine Schulter: »Mit der ist nicht gut Kirschen essen, mein Lieber.«

John verstand nicht. Die Frau vom wissenschaftlichen Institut hatte mit keinem einzigen Wort erwähnt, dass sie Kirchen essen wollte. Und außerdem wäre das auch völlig unmöglich, weil die Stare ja längst alle Kirchen vertilgt hatte.

»Ist 'ne Redensart«, sagte die Maus. »Der Dame ist nicht zu trauen.«

»Wieso?« fragte John. Er fand sie zwar nicht besonders nett, aber auch nicht unfreundlich oder finster. Oder borstig. Sie kam ihm zwar ein bisschen sonderbar vor, allerdings nicht sonderlich sonderbarer als die meisten anderen Erwachsenen. Alles in allem war sie okay, fand er.

»Keinesweg«, sagte die Maus. »Sie führt etwas im Schilde.«

»Und was soll das sein?«

»Das weiß ich nicht. Irgendetwas Menschliches; und hoffentlich ist es nichts allzu menschliches. Das könnte dann nämlich unangenehm werden.«

»Wieso?« John war verwirrt. Sie war ein Mensch und wenn sie etwas Menschliches tat, was konnte dran falsch sein?

»Sind doch Menschendinge, die sie tut, wenn sie etwas Menschliches im Schilde führt«, versuchte er, sich in den Gedankengängen der Maus zurechtzufinden..

»Wenn es allzu menschlich ist«, entgegnete sie, »kann es sein, dass es nur ihren eigenen Interessen dient.«

»Und was wäre daran falsch?« fragte John, der noch immer nicht verstand.

»Was ist dann mit dir? Wo bleiben deine Interessen? Wer kümmert sich darum?«

Tja, dachte John – und wusste es nicht. Hatte darüber noch nicht nachgedacht – und kam jetzt auch nicht dazu, denn ein scharfer Geruch lenkte ihn ab. Die Maus war blitzschnell in der Jacke verschwunden, als auch schon ein Mann vor ihm stand; Pfeife rauchend.

31. Flora und Fauna

John war überrascht.

»Wie geht's dir, mein Junge«, sagte der Mann. Es war der Nachbar, der zusammen mit dem Vater versucht hatte, ihn auszugraben. Der alte Lehrer im Ruhestand.

»Bestens«, dankte John.

»Wollte mal nach dir sehen. Ich dachte, du könntest vielleicht Gesellschaft brauchen. Ist ja sicher langweilig, die ganze Zeit hier zu stehen und nicht weg zu können.«

»Kann nicht klagen«, sagte John etwas schüchtern – und etwas argwöhnisch. Er kannte den Nachbarn kaum und hatte keine Ahnung, worüber er mit ihm reden konnte oder sollte. Der alte Lehrer ging um ihn herum. Dann schubste er ihn – als wolle er prüfen, wie stabil John in der Erde stand.

»Wirklich festgewachsen«, murmelte er vor sich hin. »Bemerkenswert, bemerkenswert. Man hat von so einer Sache noch nie zuvor gehört. So etwas ist eigentlich nämlich nicht möglich – biologisch betrachtet. Ich muss es wissen. Ich war schließlich Biologielehrer. Dazu Physik, Mathematik, Erdkunde und Englisch.«

John wurde argwöhnisch. Der alte Mann sprach eher mit sich selbst als zu ihm und er hatte ihn geschubst als sei das normal; als könne er das einfach so tun. Und dann der Mief des Knasters, den er in seiner Pfeife paffte. Der war nur schwer zu ertragen.

»Bist ein tapferer Junge«, fuhr der alte Lehrer fort und schlug vor, ihm ein bisschen Unterricht zu geben. John bekam einen Schrecken. Nur das nicht. Das Beste wäre, der alte Mann würde wieder weg gehen und ihn in Ruhe lassen. Doch diese Hoffnung war schnell zunichte, denn der Lehrer schien recht genau zu wissen, weshalb er hierher gekommen war:

»Du verlierst sonst noch den Anschluss. Zur Zeit weiß ja niemand, wie lange es dauern wird, dich auszugraben. Und solange du festgewurzelt in der Erde stehst, muss sich schließlich jemand darum kümmern, dass du etwas lernst. Das ist ja sonnenklar. Da muss man nicht groß drüber diskutieren.«

John war gar nicht wohl zumute.

»Aber fangen wir erst einmal bei dir an«, fuhr der Lehrer fort. »Wieso hast du dich überhaupt eingegraben?«

»Ist eine lange Geschichte«, sagte John in der Hoffnung, der alte Lehrer würde so das Interesse verlieren. »Wollen Sie vielleicht gar nicht hören.«

»Doch«, entgegnete der Lehrer, »will ich.« Es klang streng.

John ahnte nichts Gutes. Mit Lehrern, die streng wurden, war nicht gut Kirschen essen. Also begann er zu erzählen: von den Kindern in der Schule. Was sie über ihn gesagt und was er daraufhin gedacht und überlegt hatte. Wie daraus gefolgt war, dass er das Loch gegraben, sich hineingestellt und fortan seine Tage und Nächte darin verbracht hatte – und dass dann passiert war, was jetzt wohl nicht mehr zu ändern sei.

Der Lehrer hörte aufmerksam zu. Fragte, als John seinen Bericht beendet hatte: »Bist du sicher, dass du auf diese Weise tatsächlich schneller wächst?«

»Weiß nicht«, antwortete John.

Der Lehrer nickte nachdenklich, stellte dann eine weitere Frage: »Was glaubst du, ist der größte Unterschied zwischen Flora und Fauna?«

»Pflanzen und Tieren?« fragte John, der Flora und Fauna noch nie gehört hatte, die Bedeutung dieser Worte aber erahnte.

»Pflanzen, Tiere – und Menschen«, ergänzte der Lehrer. »Fauna bezieht die Menschen mit ein.«

John dachte nach: »Pflanzen können größer werden als Tiere.«

»Stimmt«, sagte der Lehrer, war aber nicht wirklich zufrieden. Die Sache mit der Größe sei zwar ein bedeutender, nicht aber der bedeutsamste Unterschied. John solle daran denken, wie sein Leben war, bevor er sich in den Garten gestellt hatte.

Da sei er nicht nur hier, sondern auch an allen möglichen anderen Orten gewesen, gab er zur Antwort.

»Genau«, sagte der Lehrer, »Menschen und Tiere können sich fortbewegen. Pflanzen nicht. Sie leben an einem einzigen Ort; unfähig, sich von der Stelle zu rühren.«

»Können sie schon«, sagte John.

Der Lehrer blickte erstaunt.

»Durch ihre Kinder«, sagte John. »Wenn zum Beispiel Vögel die Samen mitnehmen und an einem anderen Ort fallen lassen. Dann wachsen die Kinder an diesem anderen Orten auf.«

Der Lehrer legte die Stirn in Falten. John fuhr fort: »Der Ginkgo da hinten am Hang ist ein Kind des Ginkgos hier vorne am Rand des Gartens.«

»Möglich«, sagte der Lehrer.

»Sogar sicher«, sagte John.

Woher er das so genau wissen wolle, fragte der Lehrer?

Der Ginkgo habe es ihm erzählt, antwortete John.

Der Lehrer legte die Stirn erneut in Falten.

»Das Gute an dieser Art der Fortbewegung ist«, fuhr John fort, »dass sich Eltern und Kinder ein Leben lang sehen können.«

»Theoretisch ja«, sagte der Lehrer, »aber praktisch – nein. Bäume haben keine Augen und können folglich nicht sehen.«

Na, – dachte John – da ist was dran, denn Augen haben die Bäume tatsächlich nicht. Diesem Gedanken folgte ein weiterer und – wie er fand – ziemlich bedeutender: »Seit wann gibt es denn eigentlich Augen?«

Der Lehrer wusste es nicht genau, versprach aber, es in Erfahrung zu bringen.

»Es gibt aber nicht schon immer Augen, nicht wahr?« vertiefte John das Thema.

»Wahrscheinlich nicht«, lautete die Antwort, »sogar ziemlich wahrscheinlich.«

»So ziemlich, dass man schon sagen kann sicher?« fragte John.

»Ja«, sagte der Lehrer.

»Und was war davor. Vor den Augen?«

Der Lehrer wusste es nicht genau, versprach aber, es in Erfahrung zu bringen.

John war jetzt aufgeregt: Wenn es die Welt schon lange gab, bevor Wesen mit Augen darauf lebten, dann hatte nichts und niemand diese Welt in all dieser langen, langen Zeit je gesehen. Und dennoch gab es schon Wellen auf dem See, Sonnenuntergänge in prächtigen Farben, Wolken wie Hirne auf Reisen, Sternbilder, Vollmond, Halbmond, Neumond, Himmelblau, Himmelgrau, bunte Blumenblüten und ...

Je länger er darüber sprach, desto mehr Dinge fielen ihm ein, die damals wahrscheinlich schon da waren; in der Zeit vor den Augen – und er fragte den Lehrer, ob das tatsächlich so gewesen war.

Der Lehrer wusste es nicht so genau. Versprach aber, es in Erfahrung zu bringen. Dann schlug er vor, es für heute genug sein zu lassen mit dem Unterricht. John war einverstanden.

»Auf Wiedersehen«, sagte der Lehrer und verließ den Garten. Irgendwie war er brummig.

32. Augen und Ohren

John war wibbelig.

»Junge, Junge«, sagte die Maus, mit dem Kopf aus der Jackentasche lugend, »das ist aber ein ganz Schlauer.«

»Findest du?« fragte John verwundert.

»Aber nicht doch«, sagte die Maus. »Er hat es mit der Angst bekommen.«

»Wieso?«

»Die Sache mit den Augen und der Welt davor hat ihn verwirrt. Da hat er noch nie drüber nachgedacht. Und jetzt, wo er es tun muss, macht er sich Sorgen.«

»Was für Sorgen?«

»Menschensorgen.«

»Was für Menschensorgen?«

»Die meisten Menschen glauben, die Welt wäre für sie gemacht. Und wenn sie dann auf etwas stoßen, dass diesen Glauben erschüttert, machen sie sich eben Sorgen.«

»Und was«, fragte John, der noch nicht so recht verstand auf was sie hinauswollte »soll seinen Glauben erschüttert haben?«

»Nun, wenn alles, was du aufgezählt hast, schon viele Millionen Jahre da war, bevor es Augen gab, dann existiert es offensichtlich nicht in erster Linie dazu, angeschaut zu werden. Und von diesem Gedanken ist es nicht mehr weit bis zu einer erstaunlichen Vermutung.«

»Und die wäre?« fragte John, der fand, die Maus könne gut und gerne ein bisschen schneller zum wichtigen Teil ihrer Unterhaltung vordringen.

»Dass die Welt schon gar nicht dazu da sein wird, von Menschen betrachtet zu werden«, sagte sie und klang verschmitzt. »Ihr könnt es selbstverständlich tun und eure Freude daran haben. Aber ob ihr es tut oder nicht, ist dem erhabenen großen Ganzen ganz offensichtlich vollkommen gleichgültig.«

»Offensichtlich.« wiederholte John, versuchte gelassen zu klingen, war aber doch leicht beunruhigt, denn es konnte tatsächlich so sein.

»Jedenfalls hast du jetzt einem Menschenlehrer. Was der dich wohl lehren kann?«

John wusste es nicht genau. Viel hatte er ja nicht gewusst. Das meiste musste er erst noch in Erfahrung bringen.

»Na was denkst du, John. Was kann er dich wohl lehren?«

»Weiß nicht genau.«

»Ich schon«, entgegnete die Maus und machte eine dieser Pausen.

»Sag schon. Was kann er mich lehren?«

»Nichts.«

»Nichts?« John klang ungläubig.

»Menschenwissen. Zeug, das bestenfalls ein bisschen unterhaltsam ist, aber keineswegs wichtig.«

»Gar nichts?«

»Nee«, sagte die Maus, die begann einen winzig kleinen Rucksack mit Nahrungshappen zu bestücken.

»Wieso nicht?«

»Menschenwissen, Mäusewissen, Eichhörnchenwissen, Adlerwissen, Baumwissen – überleg mal. Was davon ist wohl für wen wichtig? Und was nicht?«

»Ja«, sagte John, »verstehe«, und wollte das Thema vertiefen, doch die Maus verabschiedete sich mit dem Hinweis, sie werde aufbrechen um jemanden zu treffen, schulterte den Rucksack, versprach, am Abend zurück zu sein und war im nächsten Moment auch schon weg.

John sah ihr nach wie sie durch die Wiese flitzte; mausschnell. Als er sie nicht mehr sehen konnte, stellte sich die Frage, wie er den Nachmittag verbringen wollte.

Den Kopf voller Fragen und niemand da zum Reden, entschied er sich, eine Baumübung zu machen. Eine neue. Eine, die er sich selbst ausgedacht hatte. Er wollte beim Beobachten der Schwalben in der Luft nicht immer das große Ganze betrachten, sondern einen einzigen Vogel im Auge behalten; ihm mit dem Blick folgen, wie er kreuz und quer durch den Luftraum über dem Garten schoss; schnell, wendig, geschickt, gekonnt.

Es war alles andere als einfach. Die kleinen Vögel hatten ein derartiges Tempo drauf und flogen so viel hin und her, dass er seine liebe Mühe hatte, den einen Auserwählten nicht aus den Augen zu verlieren; und damit war er auch schon wieder mitten im Thema: So wie er seine Augen jetzt ganz selbstverständlich benutzte, um die spannende

Flugschau der Schwalbe zu beobachten, war ihm gleichzeitig klar, was für ein Glück er hatte, überhaupt Augen zu haben. Hätte ja auch anders kommen können in der Geschichte der Erde. War es aber nicht.

Wieso nicht?

Um dieser Frage auf den Grund zu gehen unternahm er eine kleine Gedankenreise in eine längst vergangene Zeit und dachte nach über die Welt und ihre Schönheit, bevor je ein Auge sie gesehen hatte. Die Maus mochte gut und gerne Recht haben: Das alles war wahrscheinlich wirklich nicht dazu gemacht, angeschaut zu werden. Der Schöpfer des Lebens, des Universums und von allem hatte, als er die Welt erschuf, möglicherweise noch nicht mal die Idee für Augen gehabt. Wäre durchaus möglich, dass er erst viel später darauf gekommen war. Vielleicht, als die ersten Wesen begannen sich fortzubewegen und dabei überall angestoßen sind. Da war es dann natürlich praktisch, ihnen etwas zu erfinden – oder zu entwickeln – oder zu schenken – mit dem sie sich in der Welt besser zurechtfinden konnten. Augen.

Obwohl John wusste, dass es noch Millionen anderer Möglichkeiten gab, warum und wieso und weshalb sie erfunden wurden, war er mit dieser Erklärung fürs Erste ganz zufrieden. Dann schloss er seine eigenen Augen um herauszufinden, wie es wohl war – damals – als noch nichts und niemand sehen konnte.

Wenige Momente später sah er nicht nichts, sondern schwarz, in dem eigenartige Kringel und eigenwillige Flecken ein eigensinniges Eigenleben zu führen schienen. Nach kurzer Zeit achtete er jedoch nicht mehr darauf, widmete sich vielmehr voll und ganz der Tatsache, dass er jetzt schon eine kleine Weile nichts mehr von der Welt gesehen hatte, dafür aber die Geräusche ringsum deutlicher wahrnahm.

»So war das ohne Augen«, murmelte er vor sich hin. »Es gab nur Geräusche; rechts und links, vorne und hinten, oben und unten.«

Kaum hatte er begonnen, sich an diesem Zustand zu erfreuen, bahnte sich eine neue, alles noch einmal in Frage stellende Frage ihren Weg durchs Gedankengestrüpp: Wie war das mit den Ohren? Die waren doch ganz sicher auch nicht schon immer da. Folglich gab es sehr wahrscheinlich bereits Geräusche, bevor Ohren erfunden wurden, sie zu hören. Und zu all dem stellte sich, während langsam der Nachmittag heraufzog, jetzt zusätzlich die Frage, was wohl zuerst da war; Auge oder Ohr?

33. Freunde

John war ernüchtert.

Hatte es vor der Zeit des Sehens schon eine Zeit des Hörens gegeben? Eine Geräusche-Erde? Er wusste es nicht und vertagte die Fragen auf den Abend, um sie mit der Maus zu besprechen. Vielleicht war sie bereits wieder in der Nähe?

Er ließ den Blick schweifen, um sie ausfindig zu machen. Das konnte er mittlerweile recht gut. Machte es wie eine Übung. Keine Baumübung, eher eine Jägerübung: Suchen und Finden. Äugen und Aufspüren. Spähen und Entdecken. Als er sie schließlich sah, blieb ihm die Spucke weg.

Sie saß auf dem höchsten Ast einer mächtigen Buche ein Stück weit weg zu seiner Linken. Gemeinsam mit dem Adler. Und es war ganz offensichtlich, dass die beiden miteinander sprachen.

John war so aufgeregt, dass er anfing zu zittern. Und als er sah, wie der Adler plötzlich vom Baum fiel, vergaß er sogar, weiter zu atmen, denn für einen Moment sah es so aus als stürze der mächtige Vogel ab. Doch dann breitete er seine Schwingen aus, fing den Sturz auf, gewann rasch an Höhe und segelte in einem großen, weiten Bogen davon.

Als die Maus wieder zurück zu John kam, wusste er vor Neugier und Aufregung kaum zu sprechen: »Du – und – der – Adler?« stammelte er.

Die Maus nickte, nahm den Rucksack von der Schulter, krabbelte in die Außentasche von Johns Wind- und Wetterjacke, um ihn zu verstauen.

»Wieso hat er dich nicht gefressen?« fragte John, zwar irgendwie wissend, dass das eine ziemlich bescheuerte und wahrscheinlich sehr verletzende Frage war, doch er war zu verdattert um die Regeln guten Benehmens einhalten zu können.

»Tja«, die Maus schaute aus der Jackentasche heraus, war ruckzuck auf seiner Schulter und antwortete als sei die Frage ganz normal: »vielleicht bin ich zu klein? Oder zu alt und zäh. Oder vielleicht ist er ein Freund ...«

»Der Adler?« John war fasziniert und gleichzeitig verwirrt. »Du hast dich immer versteckt, wenn er am Himmel erschien oder vorbei kam.«

»Das war nicht dieser.«

»Sondern?«

»Seine Mutter. Oder sein Vater. Dieser hier ist der, den wir haben fortfliegen sehen.«

John wusste alles noch ganz genau: der große Kampf hoch oben am Himmel. Wie der junge Adler ihn verloren hatte und vertrieben wurde.

»Er ist dein Freund?« John konnte es nicht glauben. Die Maus nickte. Johns Neugier war jetzt größer als groß und brennender als brennend. So drängte er, sie solle sofort alles erzählen.

»Er ist zurückgekehrt; für kurze Zeit. Muss bald wieder fort.«

»Wieso?« unterbrach John.

»Das weiß ich nicht, John. Adlerdinge.«

»Wie seid ihr Freunde geworden?«

Die Maus ließ sich ein bisschen Zeit, bevor sie antwortete. Schien zu überlegen, sagte dann: »Als er noch ganz klein war wurde das Nest angegriffen und der Kleine dabei verletzt. Er war erst ein paar Tage alt.«

Wer das Nest angegriffen habe? unterbrach John.

»Ist nicht wichtig. Er war verletzt. Und als die Eltern von der Jagd zurückkehrten, haben sie ihn hinausgeworfen.«

»Aus dem Nest?! Die eigenen Eltern?!« John war schwer empört. Die Maus fuhr fort: »Sie haben keine Chance gesehen, dass er wieder gesund wird. Sie sind Adler. Tun Adlerdinge.«

Gegen Johns Empörung half diese Erklärung kaum. Es müsse doch schlimm für das Küken gewesen sein. Sehr schlimm.

»So wie es eben ist, wenn du klein bist und niemand dir hilft«, sagte die Maus.

»Dann stirbt man ...«, flüsterte John und fühlte sich furchtbar. Die Vorstellung vom kleinen, schwer verletzten Adlerkind in völliger Hilflosigkeit war grauenhaft.

»Bevor du stirbst, John«, sagte die Maus, »wirst du verrückt. Aus Angst und Verzweiflung. Als ich ihn damals gefunden habe, war es schon halb um ihn geschehen.«

»Wie war er denn, der kleine, verzweifelte Adler?«

Die Maus machte einen nachdenklichen Gesichtsausdruck: »Er ist vermutlich durch alle Adlerhöllen gegangen, die es gibt.«

»Adlerhöllen? Wasistdas? Wieistesdort?«

»Keine Ahnung, John. Ich bin eine Maus. Ich weiß nur etwas über Maushöllen.«

»Und wie ist es dort?«

»Für dich, John, ist es dort uninteressant. Du bist ein Mensch. Du wirst durch Deine eigenen Höllen gehen.«

John wurde schlagartig still – und fand in seinen Gedanken nicht wieder zurück zur Geschichte von der Maus und dem jungen Adler, den sie gerettet hatte. Durch seinen Kopf tobte eine wilde Horde kleiner, kreischender Affen, und er hatte das Gefühl, dass irgendwo dort draußen irgendetwas Furchtbares auf ihn lauerte.

34. Nachwuchs

John war gefasst.

Die wilde Horde kleiner kreischender Affen, die eine ziemliche Zeit lang durch sein Gehirn getobt war, hatte sich verzogen; tief in die Tiefen seines Gedankengestrüpps. War nicht mehr zu hören. Tobte jetzt wahrscheinlich anderweitig. Wo genau, wusste er nicht. Wollte es auch nicht wissen. War bereits wieder damit beschäftigt, den Garten zu betrachten und sich zu wundern, wie viel darin doch permanent passierte.

Früher hatte er beim Blick ins Grün gedacht, dort sei nichts los. Der Garten läge auf die stets gleiche Weise einfach da und sei eben der Garten. Schon immer. Jedenfalls schon immer, seit er ihn kannte. Doch er hatte sich gründlich getäuscht. Das wusste er jetzt. Der Garten war immer anders. Eine riesige Bühne für das ganze, komplette Leben.

Durch diese Fülle ließ er den Blick schweifen und entdeckte eine Maus. Nicht die, mit der er befreundet war, sondern eine fremde. Eine, die er vorher noch nie gesehen hatte. Sie lief ein Stück entfernt an ihm vorbei, etwas Merkwürdiges in der Schnauze tragend. Dann hörte er einen kurzen, schrillen Pfiff, und im nächsten Moment war ganz plötzlich alles anders.

John hatte ihn nicht bemerkt, die Maus hatte ihn nicht bemerkt. Das war ihr Verhängnis. Ein Falke saß jetzt dort, wo sie gerade noch gelaufen war, machte eine kurze, harte Bewegung mit dem Kopf, breitete die Schwingen aus, hob ab, flog davon. Die Maus war nicht mehr da.

Doch etwas lag noch im Gras. John sah genauer hin. Es bewegte sich ein wenig. Ziemlich klein. Nicht wirklich zu identifizieren. Es musste das sein, was sie in der Schnauze gehabt hatte.

»Ich habe ihn erst in letzter Sekunde gesehen«, sagte die Maus – die, mit der John befreundet war. »Hab sie noch gewarnt, aber es war zu spät.«

Sie ging zu dem kleinen Etwas im Gras.

»Ein Baby«, sagte sie. »Schöne Bescherung.«

John war ergriffen und machte sich sogleich Sorgen. Fragte, was man jetzt tun könne.

»Du?« sagte die Maus, »kannst gar nichts tun.«

»Und du?«

»Ich schon.«

»Und – wirst du etwas tun?« wollte er wissen.

»Was denn sonst?« Dann seufzte sie und schaute ein wenig besorgt, setzte sich und schaute noch besorgter, stand wieder auf und sagte: »In meinem Alter! Das ganze Programm noch einmal. Vom Anbeginn der Existenz. Das kleine Ding ist vielleicht drei Tage alt …«

John machte sich Gedanken, ob das wohl gut gehen konnte. Er war nämlich nicht sicher, ob die Maus mit dem Baby überhaupt umzugehen wusste. Also fragte er vorsichtshalber, ob sie bereits Kinder habe.

»Meinst du das ernst? Glaubst du, es gibt Mäuse, die keine Kinder haben? Und keine Enkel? Und keine Urenkel? Und keine Ururenkel? Wenn es so wäre, wo glaubst du, kommen dann all die Mäuse her, die es auf der Erde gibt?«

Jetzt war John überfragt – und hatte auch keine Ahnung, wie viele Mäuse auf der Welt überhaupt existierten.

»Deutlich mehr als Menschen«, bekam er zur Antwort. »Deutlich. Und jetzt muss ich mich um das kleine Ding kümmern. Es friert, hat Hunger, ist noch blind, weiß nichts von der Welt. Es wird Tage dauern, aus ihm eine richtige Maus zu machen. Vielleicht sogar Wochen. Du kannst mir dabei ja helfen.«

John sagte »Ja. Gerne«. Wusste aber nicht so genau, wie.

»Tja«, murmelte die Maus, »das wird wahrscheinlich das größte Problem werden: Herauszufinden, wie du dich nützlich machen kannst …«

Dann nahm sie das Baby in ihre Schnauze – John war erstaunt wie vorsichtig sie dabei war – kletterte an ihm herauf und verschwand mit dem so unverhofft eingetroffenen Nachwuchs in der Außentasche von Johns Wind- und Wetterjacke.

35. Raumkreuzer

John war zerstreut.

Die Maus war gerade von einer Besorgung zurückgekehrte; Milch holen. Sie hatte kaum noch Zeit, war ganz und gar damit beschäftigt, jede Menge Be- und Versorgungsarbeiten zu verrichten. Hege und Pflege für das Baby. Jetzt holte sie es aus der Jackentasche, legte es auf Johns Schulter und bat, er solle sich möglichst wenig bewegen, es schlafe noch.

Also stand John so still er konnte, und betrachtete den Abendhimmel am Ende dieses warmen Endlostages, an dem die Sonne überhaupt keine Lust zu haben schien, sich hinter den Horizont zu verziehen. Und selbst, als sie schließlich doch untergegangen war, schickte sie ihr Licht weiterhin so großzügig über den Rand der Welt, dass John & Maus ihre Freude daran hatten; wunderliche Wolkeninseln in sattem Himmelsrot. »Rostende Klingonenkreuzer auf Reede«, sagte die Maus, während sie dem gerade erwachenden Mausbaby aus einer winzig kleinen Flasche Milch zu trinken gab.

John brauchte nicht lange um zu sehen, was sie meinte. Die am Himmel schwebenden Gebilde hatten in der Tat eine gewisse Ähnlichkeit mit Raumschiffen. Ob tatsächlich von Klingonen oder eher von Caridanern, Gorax oder Pau, konnte er nicht sagen. Er war kein Experte in Raumschifftypologie. Und dann überkam ihn ein überraschender Moment plötzlicher Verwunderung.

»Wann und wo siehst du Filme?« fragte er und wollte wissen, woher sie wohl Klingonenkreuzer kennen konnte.

»Den ganzen letzten Winter lang«, sagte sie. »Ich habe die dunklen Monate da verbracht, wo Filmfreaks wohnen. Großer Flatscreen, weißt du; daran erkennst du sie. Je größer, desto besser.«

»Und wenn du erwischt wirst?« fragte John, der sicher war, dass nicht alle Leute eine Maus im Haus dulden. Und wenn er es recht überlegte, waren es sogar sehr wenige; eigentlich so gut wie niemand.

»Mich«, beruhigte die Maus seine Sorge, »sieht und hört niemand. Ich kenne alle Tricks. Und ich räume alles immer perfekt auf. Keine Spuren, nirgendwo.

John war sicher, dass sie es genau so gemacht hatte. Sie war klug. Und ziemlich erfahren. Sie wusste einfach was vom Leben.

Nachdem das Baby getrunken und die Maus zu verstehen gegeben hatte, John solle ein paar Minuten schweigen, bis es wieder eingeschlafen sei, schauten sie stumm in den Abendhimmel, wo die Klingonenkreuzer unverändert in majestätischer Ruhe schwebten.

»Eines Tages«, unterbrach die Maus die Stille, weil das Baby in null Komma nichts wieder in tiefen Schlummer gefunden hatte, »wird von irgendwo da draußen ein ziemlich heruntergekommener Raumkreuzer kommen, eine Million Aliens herbringen und ohne sie wieder wegfliegen.«

John konnte sich das nicht vorstellen. Wieso sollten Aliens so etwas tun? Und wer sollten all die Wesen sein, die sie hier zurückließen? Die Maus sah ihn an und sagte langsam, während sie das Baby auf eine Weise schaukelte, dass es eine winzig kleines, kaum hörbares Bäuerchen machte: »Kriminelle, die sie auf ihrem Planeten nicht mehr haben wollen?

Nachdem John an diesem Abend eingeschlafen war, träumte er wild und schrecklich.

36. Nachtgespräch

John war verdrossen.

Wachte mitten in der Nacht auf, weil ihn etwas am Hals kitzelte. Als er erkennen konnte was, war das Staunen groß.

»Hallo Mausbaby«, flüsterte er mit leiser, sanfter Stimme.

»Bin kein Baby«, bekam er zur Antwort und konnte deutlich hören, dass da Empörung in der kleinen, feinen Stimme mitschwang.

Verblüfft flüsterte er: »Ja – aber! Du kannst sprechen?«

»Und wieso nicht? Du kannst auch sprechen.«

»Ich schon, aber du bist doch noch so klein.«

»Nein«, sagte das Mausjunge, »Bin groß«.

»Selbstverständlich«, antwortete John. »Du bist groß. Ziemlich sogar. Aber du bist noch so jung.«

»Bin alt genug für alles«, sagte das Junge, und John fiel nichts mehr ein, was er noch hätte sagen können um seiner Verwunderung Ausdruck zu verleihen. Er fand, das Baby sei noch ein Baby. Und noch viel zu klein zum Sprechen. Und noch viel mehr viel zu klein um mitten in der Nacht auf seiner Schulter herumzuturnen. Das Baby sah die Sache allerdings offensichtlich ganz anders. Es schnupperte an seinem Hals und sagte:

»Behandle mich nicht wie ein Kleinkind. Reicht schon, wenn die alte Maus es tut. Geht mir damit total auf die Nerven.«

Das – fand John – ging allerdings zu weit. Die Maus hatte dem Kleinen immerhin das Leben gerettet, kümmerte sich Tag und Nacht aufopfernd um ihn, war voller Fürsorge und Liebe.

»Papperlapapp«, sagte der Kleine. »Das kenn ich schon. Das geht mir auch total auf die Nerven.«

»Soso«, spottete John, »und darf man fragen, was dir nicht total auf die Nerven geht?«

»Schluss jetzt«, ertönte eine strenge Stimme aus der Jackentasche. »Zurück ins Nest und weiterschlafen.«

Die Maus war aufgewacht. Wahrscheinlich, weil die Unterhaltung zwischen John und Kleinmaus mit der Zeit lauter geworden war.

»Nein«, piepste der Kleine.

»Sofort«, lautete die Anweisung aus der Jackentasche.

»Niemals!«

»Ich zähl bis drei«, grollte die Maus und sagte dann: »Drei!«

Die kleine Maus fand das unfairer als unfair und auch John war verblüfft, denn die Maus hatte das kleine Ding eiskalt reingelegt mit dieser Zählweise. Also ergriff er Partei und sagte: »Stimmt, war unfair.«

»Halt du dich da raus«, knurrte es aus der Jackentasche – und weiter zum Mauskind: »Mach was du willst – und werde gefressen.«

Das war hart, fand John, und wollte sich erneut einmischen, sah aber, dass die Worte Wirkung zeigten: das Mauskind machte sich schimpfend auf den Weg zurück in die Jackentasche, verschwand maulend darin, moserte noch eine Weile weiter – bis irgendwann Ruhe einkehrte – und auch John wieder einschlief.

37. Unsterblich

John war aufgescheucht.

Es war zwar schon hell, die Sonne aber noch nicht über den Horizont geklettert. Etwas stimmte nicht. Er sah sich um, konnte aber nichts erkennen.

»Geht gleich los«, sagte die Maus, die gerade auf seiner Schulter Platz nahm, den Kleinen neben sich setzte und nach halb links zeigte, wo im nächsten Moment die gesamte Krone des Apfelbaums mit lautem, schwerem Knacken und Splittern herunterkrachte. Es war ein imposantes Schauspiel. John fragte sich allerdings, ob der Begriff Schauspiel angemessen war, denn im Theater wurde ja allgemein nur so getan, als ob etwas passierte. Hier hingegen: Das war echt. Da hatte sich der Baum tatsächlich sehr schwer verletzt. Vielleicht sogar lebensgefährlich.

»Wie kann das passieren?« murmelte er. »Selbstmord? Selbstverstümmlung? Oder einfach nicht aufgepasst?«

»Vielleicht krank«, mutmaßte die Maus, »und er wirft den sterbenden Teil ab bevor die Krankheit weiter in ihn hineinkriecht.«

Möglich, dachte John und hatte dann eine bittere Befürchtung: »Oder er ist alt und gerade gestorben.«

»Bäume haben es mit dem Hinscheiden nicht eilig«, sagte die Maus in einen Tonfall, der beruhigend wirkte. »Die Kiefer dort drüben am

Hang; sie ist über 600 Jahre alt und seit ein paar Jahrzehnten stirbt immer irgendwo ein Teil, während ein anderer weiter wächst und das Leben fortführt. Und so wird es auch bei diesem Apfelbaum sein. Da sind junge Äste am Stamm. Sie werden weiter wachsen.«

John fand, es sei ein Wunder: Bäume lebten und starben zur gleichen Zeit. Manche Äste wurden morsch, andere entstanden neu, Blätter welkten, Früchte faulten – dann Winterschlaf – dann wieder von vorne.

»Sie sind zäh«, fand er.

»Es gibt einen Baum, der stirbt gar nicht«, sagte die Maus und zeigte nach rechts: »Dort, hinter den Heckenrosen, die Eibe. Ihre Rinde ist giftig, ihre Nadeln sind giftig, ihre Beeren sind ganz besonders giftig. Zwei davon töten ein Pferd. Sie selbst aber ist unsterblich; jedenfalls so gut wie.«

John war tief beeindruckt: »Eiben können nicht sterben?«

»So ist das nicht, John. Unsterblich sein bedeutet nicht, dass man nicht sterben kann. Es bedeutet, dass man nicht von selbst stirbt. Von außen aber können sich durchaus Dinge ereignen, an denen ein Unsterblicher stirbt. Mord, Totschlag, Unfall, Apokalypse – Beutewerden …«

Ihre letzten Worte waren kaum noch zu hören. Schnell wie ein Blitz hatte sie den Kleinen geschnappt und war verschwunden. Dann erst hörte auch John den nahenden Ruf des Bussards. Der Greifvogel strich knapp über seinen Kopf hinweg und flog Richtung Wald.

»Er ist weg«, flüsterte John, doch die Maus wollte nicht wieder aus der Jackentasche herauskommen. Es sei Zeit für ein Nickerchen, denn eigentlich sei es noch zu früh für das Tagewerk. Man sei ja nur aufgestanden wegen des zusammengekrachten Baums. Das, zusammen mit dem Bussard, sei fürs erste Erlebnis und Aufregung genug für den Kleinen.

John vernahm, dass in der Jackentasche sofort wieder Streit begann. Der Kleine schien allerdings müder zu sein als er zugeben mochte. Seine Meuterei zeugte zwar von ungebrochen eigensinnigem Eigensinn, doch der Protest wurde schnell ruhiger, bis der letzte Satz schließlich leise erstarb noch bevor er zu Ende war.

John versuchte ebenfalls wieder einzuschlafen. Nicht, dass im Garten nicht schon jede Menge los gewesen wäre. Ganz im Gegenteil. Die meisten Wesen auf der Erde schienen mit der Sonne aufzustehen. Um ihn herum herrschte reges Treiben zu Lande, zu Wasser und in der Luft. Millionen waren unterwegs auf der Suche nach Frühstück. Dann fiel sein müder Blick noch einmal auf das darniederliegende Astwerk des Apfelbaumes. Ob es absterben würde? Ob es noch eine funktionierende Verbindung zum Stamm hatte. Ob sie reichen würde, ihn ausreichend wei-ter-hin-zu-ver-sor-gen …

38. Der Blick in die Welt

John war irritiert.

»Guten Morgen«, weckte ihn eine Stimme, männlich, »Unterricht.« Es war der Lehrer.

Nein – dachte John, öffnete die Augen und sagte: »Oh – guten Morgen.«

»Wir machen weiter mit Biologie. Es gibt in der Natur eine Menge unterschiedlicher Arten von Augen.«

Nun – dachte John, klingt ganz spannend – und machte sich innerlich bereit, dem Unterricht zu folgen.

Der Lehrer dozierte, man müsse davon ausgehen, dass die ersten Augen im Kambrium entstanden seien; vor etwa 505 Millionen Jahren. Die ältesten bis heute gefunden Fossilien seien Perlboote mit Lochkamera-Augen.

»Perlboote?«

»Vorfahren des Nautilus«, sagte der Lehrer und fuhr fort, diese Augen seien noch sehr simpel gewesen. Im Laufe der Jahrmillionen wären dann immer mehr Varianten mit immer größeren Fähigkeiten entstanden: Richtungssehen, Scharfsehen, Farbsehen, Weitsehen – mit Grubenauge, Blasenaugen, Facettenaugen, Fischaugen, Stabaugen, Linsenaugen.

»Hast du bis hierhin alles verstanden?«

»Ja«, sagte John.

»Hast du dazu Fragen?«

»Ja.«

»Dann lass hören.«

»Wie sieht man mit all diesen unterschiedlichen Augen?«

Das sei eine gute Frage, fand der Lehrer, gab aber zu bedenken, dass sie sich im Laufe des Unterrichts von selbst beantworten werde, denn jetzt müsse es erst einmal damit weitergehen, den Aufbau der einzelnen Augenformen und Augentypen zu besprechen. Und daraus würde sich dann schon ergeben, wie und was die jeweiligen Wesen mit diesen Augen sehen könnten und würden.

»Ja«, sagte John, »wenn zum Beispiel ein Marienkäfer auf meiner Schulter landet und in die gleiche Richtung schaut wie ich; was sieht er dann? Das gleiche, was ich sehe?«

»Auf keinen Fall«, antwortete der Lehrer. »Er sieht etwas anderes.«

»Was denn?«

Der Lehrer wusste es nicht genau, versprach aber, es in Erfahrung zu bringen.

»Ich habe noch eine Frage«, sagte John.

»Bitte.«

John holte weit aus: Seit er hier draußen sei, sehe er andere Dinge als vorher. Seine Augen seien aber die gleichen wie immer schon. Sie hätten sich nicht verändert. Und auch der Garten sei mehr oder weniger der Gleiche wie vorher. Er müsse daher schlussfolgern, dass sein Blick sich verändert habe. Er sehe den Garten und die Welt heute mit anderen Augen als früher. Wie das sein könne, wenn es doch eindeutig dieselben Augen seien wie früher?

»Tja«, sagte der Lehrer, »Augen sind Augen – und Sehen ist Sehen. Und genau darüber reden wir jetzt: Wie funktioniert sehen?«

Das wusste John: »Licht fällt ins Auge, wirft ein Bild auf die Netzhaut, die leitet es weiter ans Gehirn und da passiert dann etwas damit.«

Mit dieser Antwort war der Lehrer zufrieden. Sein Schüler war über die grundsätzliche Funktionsweise von Augen im Bilde. John nutze die Gelegenheit und stellte eine neue Frage: »Was passiert mit dem Bild, wenn es im Gehirn ankommt? Es ist ja nur ein Bild. Doch wann und wie bekommt es welche Bedeutung? Und wer sieht was?«

Der Lehrer fand, John sei ein aufmerksamer Junge, der es verstehe, kluge Fragen zu stellen. Die gute Stimmung hielt allerdings nicht lange, denn als John vom Adler erzählte, dessen Blick auf die Welt wie bei Google Earth sei, fragte der Lehrer verdutzt, wie er denn darauf käme? Johns Antwort, der Adler habe es ihm erzählt, führte dazu, dass der Lehrer die Lust verlor. Mürrisch wurde. Etwas von großer Einbildungskraft und überbordender Phantasie murmelte und sagte, das sei es dann für heute gewesen. Wenn der Junge nichts lernen wolle – und es sehe ja ganz danach aus – dann eben nicht. Dann werde er jetzt zurück nach Hause gehen und den lieben Gott einen guten Mann sein lassen – und stapfte davon. John wunderte sich ein wenig.

39. Menschendinge

John war besonnen.

»Was labert ihr denn da die ganze Zeit?« unterbrach die dünne Stimme des Mausjungen seine Gedanken. Er war auf seine Schulter gekrabbelt. Alleine.

John staunte, wie schnell er größer und selbstständiger wurde und antwortete – auch weil er nicht so recht wusste, wie er einer so kleinen, jungen, unerfahrenen und noch nicht sonderlich gebildeten Kleinmaus erklären sollte, um was es ging: »Menschendinge«

»So hat es sich auch angehört«, sagte der Mausling, und es klang abschätzig.

John fühlte leichten Ärger. Dieser kleine Kleinling nahm sich eine Menge heraus für sein Alter, fand er – und staunte, wie jemand, der noch fast nichts wusste von der Welt so überaus selbstverständlich so tun konnte als kenne er alles. Als wisse er bestens Bescheid. Als sei er schon überall gewesen, obwohl das in Wirklichkeit ganz und gar nicht so war.

»Jetzt hör mal gut zu, kleiner Mister Kennichweißichwarichschon. Es gibt Dinge, für die bist du noch zu klein und zu jung und zu dumm.«

»Was ist denn los mit dir«, antwortete der Winzling in einem Ton, als habe John nicht mehr alle Tassen im Schrank.

»Ist gar nicht so jenseits, was John und der Lehrer besprochen haben«, schaltete die Maus sich aus der Jackentasche ein. »Sie machen einfache Dinge zwar erst einmal sehr kompliziert, arbeiten sich dann aber Schritt für Schritt zum Wesentlichen vor. Das ist typisch für Menschen. Erst machen sie dicke Knoten in die Welt und dann lösen sie sie wieder; in aller Regel langsam und umständlich.«

»Heh!« empörte sich John, der ganz anderer Meinung war.

»Ich rede nicht mit dir.«

»Ist ganz egal, denn was du sagst, stimmt nicht.«

»Für dich, John, mag es falsch sein. Für den Kleinen aber stimmt es. Er ist dabei, eine Maus zu werden. Wir Mäuse haben nicht die Zeit, uns jahrelang kompliziert und umständlich die Welt zu erschließen. Wir leben dafür nicht lange genug. Wir müssen die Dinge schnell begreifen, wenn wir überleben wollen.«

Das war ein Argument, über das John nachdenken musste, und es ließ in ihm eine – wie er fand – äußerst wichtige Frage entstehen: »Soll das heißen, dass Menschen sich deshalb so viele Gedanken und Sorgen machen und so viele Fragen stellen, weil sie genug Zeit dazu haben?«

»So ist es, John. Man muss sich seine Probleme eben leisten können. Und da spielt Zeit eine wichtige Rolle.«

Also gut – dachte John – wenn es tatsächlich so ist, dann gibt es wahrscheinlich für alles viel kürzere Wege zum Ziel. Ein guter Grund, neben Baumübungen von nun an auch Abkürzungsübungen zu machen. Er würde sich ein Problem vornehmen, eine Lösung ausdenken und wenn er sie gefunden hatte, noch einmal darüber nachdenken und darauf achten, es schneller zu lösen. Einfacher. Simpler. Und wenn das geschafft sei, würde er wieder von vorne beginnen und einen noch kürzeren Weg suchen.

Ein paar Stunden später tobte in seinem Gehirn allerdings ein ziemliches Durcheinander. Probleme ausdenken war einfach. Sie zu lösen schwierig. Sie sich danach noch einmal vorzunehmen und eine einfachere Lösung zu finden bereits megaschwer. Und wenn es gelang, was längst nicht immer der Fall war, führte spätestens der nächste Durchgang ihn jedes Mal unweigerlich in ein struppiges Gewirr aus Gedanken, Ideen, Erfindungen, Phantasien und Hirngespinsten. Das reine Chaos.

So dauerte es nicht allzu lange, bis der Wunsch entstand, damit wieder aufzuhören und sich lieber dem Blick in die Welt zu widmen, wo der Wind gerade auffrischte und John das struppige, mittlerweile grüngrüne Haar zerzauste, damit aber sofort wieder aufhörte und nur noch mit einzelnen kleinen Strähnen weiter spielte, die ihn leicht an der Stirn kitzelten. Er fühlte die Wärme der Sonne im Gesicht und versuchte, an nichts zu denken; jedenfalls nichts Bestimmtes. So schloss er die Augen und hörte auf die Musik des zeitlos dahintreibenden Tages: ein Hund, der bellte, eine Taube, die gurrte, Amseln, die zwitscherten, Blätter, die raschelten, Holz, das knarzte.

Mitten durch diese wohltemperierte Komposition summte ein Insekt knapp an ihm vorbei. Er öffnete die Augen um nachzusehen, wo es wohl hinfliegen würde.

Es war eine Hummel. Sie setzte gerade zur Landung auf einer Blumenblüte an. Es sah ungeschickt aus. Sogar sehr. John fragte sich, wie das sein konnte? Alle Tiere, die er kannte, konnten die Dinge, die sie konnten sehr gut. Nahezu perfekt. Ausnahmslos.

Bei der Hummel aber war es anders. Ihr Flug hatte geklungen, als wisse sie nicht recht, wohin sie wollte – oder sollte – und die Landung war ein geradezu lächerlich plumpes Aufklatschen gewesen.

»Wirklich seltsam«, murmelte er und rätselte, was wohl der Sinn dahinter sein könnte. Was der Schöpfer des Lebens, des Universums und von allem sich dabei nur gedacht hatte.

Die Maus hörte seinem Selbstgespräch eine Weile zu. Als ihr klar wurde, dass seine Gedankengänge ihn nie und nimmer auf die richtige Fährte zur alles erklärenden Antwort führen würden, half sie ihm auf die Sprünge: »Bei der Hummel, John«, sagte sie bedächtig, »hat der Schöpfer einen Scherz gemacht.«

40. Eine halbfertige Geschichte

John war baff.

So einfach konnte es sein – dachte er und hatte das Gefühl, mit seinen eigenen Abkürzungsübungen noch nicht sonderlich weit gekommen zu sein. Die Maus hingegen hatte sich erneut als wahrer Meister darin gezeigt. Es konnte nämlich wirklich so sein, dass der Schöpfer hin und wieder einen Scherz machte. Es wäre sogar eher seltsam, wenn nicht …

Seine Gedanken wurden unterbrochen, weil der Mausling einen neuen Ausflug auf seine Schulter unternahm.

»Hallo«, sagte John leise; bekam aber keine Antwort.

»Hi«, versuchte er es noch einmal. Wieder keine Antwort.

»Hast wohl schlechte Laune«, machte er seiner Verwunderung über die Ignoranz des Hänflings Luft.

»Was geht's dich an?«

Es klang ein wenig eigenartig, wenn der Mausbengel schimpfte, weil seine Stimme so fein und dünn war, dass man ihn eigentlich nicht wirklich ernst nehmen konnte. John bekam gleichwohl schlechte Laune, weil der Pimpf ohne jeden ersichtlichen Grund so unfreundlich zu ihm war.

»Hältst dich wohl für was Besseres«, maulte er.

»Und wenn schon.«

»Hab dir nichts getan.«

»Ich dir auch nicht.«

»Also – was soll das dann?«

»Was?«

»Dein schlechtes Benehmen?«

»Weiß nicht«, sagte der Stöpsel – und klang versöhnlicher. Vielleicht sogar ein bisschen traurig. Er hatte möglicherweise gerade mit der Maus gestritten, weil wieder etwas verboten worden war. Und damit hatte Kleinmaus ja große Probleme. Immer, wenn er etwas nicht durfte, war er sauer. Immer.

Die Maus hatte gesagt, das sei normal. Kleine Mäuse würden so schnell groß, dass sie selbst gar nicht darauf kämen, je klein gewesen zu sein. Sie würden sich von Anfang an für groß und stark halten und man habe seine liebe Mühe damit, sie von allzu großen Dummheiten abzuhalten. Erst gestern zum Beispiel habe der Kleine verkündet, er werde in die Welt hinaus ziehen und den Bussard bestrafen.

»Und das«, hatte die Maus geseufzt, »musst du ihm dann erst mal wieder ausreden. Dazu brauchst du 'ne Menge Geduld ...«

So war das mit großer Maus und kleiner Maus und John konnte sich ganz gut vorstellen, was da alles tagtäglich zwischen den beiden verhandelt werden musste. Die Beobachtung dieser Auseinandersetzungen hatte ihn gelehrt, dass nicht nur er, sondern auch kleine Mäuse akute Anfälle akuter Verwirrung hatten, und so beschloss er, die kleine Maus von ihrem Kummer – oder ihrer Wut – abzulenken und auf andere Gedanken zu bringen: »Sieh dir die Wolken an.«

Der Mausling schaute hin: »Und?«

»Wie schön sie sind.«

»Ja, toll.«

John ließ sich nicht beirren: »Wie Schlösser und Landschaften. Glaubst du, dass sie bewohnt sind?«

»Keine Ahnung. Woher soll ich das wissen?«

»Na, woher wohl?« fragte John.

»Ja, keine Ahnung.«

»Vom großen Wettermacher vielleicht …«

»Häh?« fragte der Kleine, und es klang, als sei er ein klein wenig neugierig geworden.

»Oder vom Wolkenkönig selbst.«

»Den gibt's gar nicht. Ist ein Märchen.«

So, so – dachte John, ein Schlaumeier ist er also auch – und startete einen neuen Versuch: »Da du es offensichtlich nicht weißt, sag ich es dir: Sie sind bewohnt.«

»Und wer soll in diesen Nebelhaufen wohl wohnen?« wollte der Kleine wissen.

»Tja«, sagte John, »das ist ein bisschen kompliziert …«, denn ihm wurde ganz plötzlich klar, dass er nicht die geringste Ahnung hatte, wie er diese Geschichte zu einem guten Ende bringen konnte.

»Da hat er Recht«, sagte die große Maus, die gerade auf seiner Schulter eintraf. »Und wahrscheinlich zu kompliziert für eine so junge Maus wie dich.«

»Ach, ja?« Die kleine Maus war augenblicklich wieder angriffslustig.

»Ich erzähl's dir unterwegs«, sagte die große Maus. »Wir sollten uns ein bisschen sputen, denn wir haben einen gehörigen Weg vor uns.«

Dieser Satz wendete das Blatt. Die kleine Maus hatte augenblicklich allerbeste Laune, denn ein Ausflug war für sie offensichtlich das allergrößte überhaupt. Und während sie hektisch hin und her lief und aufgeregt hier und da schnupperte; alles noch auf Johns Schulter – flüsterte die große Maus ihm ins Ohr: »Mir fällt schon noch ein, wie ich deine Wolkensaga zu Ende bringe. Überleg dir beim nächsten Mal aber vorher, worauf du mit deinen Geschichten hinaus willst. Ich kann dich nämlich nicht jedes Mal da rausholen. Eines Tages – und der ist nicht mehr fern – kommt der Kleine dir bei sowas auf die Schliche.«

John war für ihre Hilfe dankbar und sah ihnen versonnen nach, als sie kurz darauf durch die Wiese liefen – nach – Erwusstenichtwohin.

41. Ballonfahrer

John war reglos.

Fragte sich, was die beiden wohl unternahmen. Und wie es wohl wäre, wenn er mit ihnen unterwegs sein könnte, was ja, weil er standortgebunden war, nicht in Frage kam. Ein bisschen sehnsüchtig schaute er daher in die Richtung, in die sie verschwunden waren und stellte sich vor, dort draußen in der großen weiten Welt auf Erkundung und Entdeckung zu gehen. Es wäre toll und abwechslungsreich. Mal was anderes als immer das gleiche am immer gleichen Ort zu erleben – obwohl – so immer gleich war es hier ja gar nicht. Im und über dem Garten geschahen viele unterschiedliche Dinge. Neues, Aufregendes, Abwechslungsreiches, Überraschendes. Allerdings – und diese Einsicht war vielleicht bedeutender als die vorherigen – ganz allein, ohne Maus, war es weniger vielfältig. Sogar deutlich. Ein Leben ohne Maus wäre – unter Umständen, möglicherweise möglich – aber wahrscheinlich sinnleer. Vielleicht könnte er sich daran gewöhnen, vielleicht aber auch nicht.

»Tag John«, riss ihn die Stimme des Lehrers aus seinem Gedankenflug, »wie geht es dir heute?«

»Nichts zu klagen«, murmelte John, war über den Besuch aber nicht erfreut.

»Fein.« Der Lehrer stopfte seine Pfeife, zündete sie an und sagte: »Fahren wir mit dem Unterricht fort und bleiben bei dem, was wir bisher aus biologischer Sicht besprochen haben.«

Dann schaute er John fragend an, als erwarte er eine Antwort.

»Augen und sehen«, sagte John.

»Richtig. Kannst du dir vorstellen, dass es außer der biologischen Perspektive auf das Phänomen noch andere gibt? Was könnte das sein?«

John begann, Langeweile zu befürchten, denn er hatte eine diffuse Ahnung, auf was diese Fragen hinauslaufen sollte.

»Physik. Optik.«

»Bravo. Hattest du das in der Schule bereits durchgenommen?«

»Teilweise.«

»Dann lass hören, wie weit ihr gekommen seid.«

John sprach von Sammellinsen, die parallele Lichtstrahlen umlenken und in einem Punkt bündeln, den man als Brennpunkt bezeichnet.

»Richtig – Junge.« sagte der Lehrer, wirkte aber abwesend. Er schaute intensiv auf Johns linke Schulter, wo er etwas entdeckt zu haben schien, dass ihn gehörig ablenkte.

»Nicht bewegen«, befahl er.

John bewegte sich nicht.

»Faszinierend«, sagte der Lehrer.

»Was?«

»Auf Deiner Schulter sitzt eine Spinne und webt einen Fallschirm.«

»Ach so«, sagte John, der schon begonnen hatte sich Sorgen zu machen, weil der Lehrer so angespannt zu sein schien.

»Was heißt hier ach so?« bekam er zu hören. »Es ist eine Sensation, so etwas in freier Wildbahn beobachten zu können. Es gehört zu den größten Phänomenen und Wundern in der Biologie – jedenfalls wenn man sich mit großen Phänomen in der Natur auskennt. Das hier nennt man ballooning.«

John nickte. Wenig beeindruckt. Er kannte es. Hatte es in den letzten Tagen vielfach beobachtet. Auch mit der Maus darüber gesprochen. Kurz nur, weil auf Grund der vielschichtigen Erziehungsaufgaben in Sachen Kleinmaus kaum Zeit gewesen war, sich dem Thema mit gebührender Sorgfalt zu widmen, was John jedoch zu verkraften wusste. Das ballooning von Spinnen war etwas, dass er bereits seit Jahren kannte. Es war in der Tat faszinierend. Den Lehrer aber schien es mit geradezu ehrfürchtigem Respekt zu erfüllen. Er klopfte den Knaster aus seiner Pfeife, lies die Glut auf den Rasen fallen und trat sie mit bedächtigen Bewegungen aus. Dann bewegte er sich langsam auf John zu, bis ganz nah an seine Schulter heran, starrte auf die webende Spinne und hielt dabei flüsternd einen Vortrag über die unglaubliche Fähigkeit dieser Tiere, ihre Seide so verweben zu können, dass daraus eine Art Fallschirm oder Ballon entstehe, den sie, wenn er fertig war, in den Wind hielten um abzuheben und fortzufliegen. Manchmal nur zum nächsten Baum. Manchmal gehörige Strecken weit. Mitunter sogar über Meere und Ozeane hinweg.

Ein bisschen blöd an dieser Lektion war, dass John das alles bereits wusste und vieles davon schon hunderte Male selbst beobachtet hatte. Ganz im Gegensatz zum Lehrer, der hier und heute offensichtlich zum ersten Mal dabei war – obwohl es allein in diesem Garten jedes Jahr Tausende von Spinnen gab, die sich tagelang mit Ausflügen dieser Art beschäftigten.

»Sie können tolle Tricks«, hob John an, um dem hingerissenen Lehrer von eigenen Beobachtungen zu berichten, verstummte aber gleich darauf wieder, weil der Spinnenfreund – inzwischen mit seinem Gesicht nur noch wenige Zentimeter von Johns Schulter entfernt – per Handzeichen zu verstehen gab, er möge schweigen: »Jetzt. Jetzt«, flüsterte er. »Sie hebt ab.«

Und während die kleine Baldachinspinne davonflog, klatschte der Lehrer begeistert in die Hände. Applaus für das neue Mitglied im großen Strom des Aeroplanktons.

John sah der davonschwebenden Spinne einen Moment lang hinterher, unternahm dann einen neuen Versuch, dem Lehrer von eigenen Beobachtungen zu berichten: »Voriges Jahr beim Angeln auf dem See«, begann er seine Geschichte, die von einer Spinne handelte, die ihren selbst gewebten Ballon zum Kite-Surfen benutzt hatte; aufgespannt zwischen den vier vorderen Beinen, während sie auf den hinteren vier über das Wasser glitt.

Der Lehrer hörte aufmerksam zu; skeptisch. Hielt das Geschilderte nach reiflicher Überlegung schließlich aber doch für möglich. Diese Tiere waren ganz zweifellos zu Außerordentlichem fähig. Sogar zu außerordentlich Außerordentlichem. Und wahrscheinlich sogar dazu, übers Wasser zu kiten.

»Und ob«, pflichtete John bei. Er habe einige beobachtet, die sich nicht nur vom Wind hatten treiben lassen, sondern sogar gegen ihn angesegelt waren. Also kreuzten.

Es war der Moment, in dem es dem Lehrer wieder zu bunt wurde. Er sah John mit großen, fragenden Augen an, bekam einen mürrischen Gesichtsausdruck: »Fang nur wieder so an«, sagte er und es klang wie eine Drohung. »Mach nur fleißig immer so weiter. Du wirst schon sehen, was du davon hast.« Er drehte sich um und ging davon. John hörte, wie er vor sich hinmaulte: »Mit mir machst du das jedenfalls nicht. Ich kann mir Besseres vorstellen als mir solch naseweißen Blödsinn anzuhören. Ich kann mich auch sehr gut mit anderen Dingen beschäftigen; mit den vielfältigen und reichhaltigen und unerhörten Aspekten der Natur in all ihren Ausschnitten und Nischen und Facetten …

42. Regenzeit

John war langweilig.

Maus und Mausling erkundeten jeden Tag die Welt; wie es aussah, die Ganze. Der Mausling war allerdings noch immer zu klein, um es alleine zu können. Also war die große Maus stets dabei. Kleine Maus und große Maus waren somit Tag für Tag unterwegs und John wusste kaum etwas über ihre Abenteuer. Ginge ihn nicht wirklich etwas an, hatte die große Maus gesagt. Wäre außerdem uninteressant für ihn, hatte sie ergänzt. Und belanglos. Es seien ausschließlich Mausdinge, die erkundet würden.

Das hatte gesessen. John hatte verstanden: Es war – zusätzlich zu »ginge ihn nicht wirklich etwas an« und »uninteressant« und »belanglos« auch noch geheim. Mausgeheim.

So blieb er alleine zurück, verbrachte die Tage tatenarm und gedankenvoll und musste obendrein erleben, wie müde die beiden abends bei ihrer Rückkehr jedes Mal waren; so sehr, dass sie mehr oder weniger sogleich einschliefen. Stundenlang hörte er sie dann aus seiner Jackentasche leise schnarchen.

In dieser Nacht – der achten seit Beginn der Mauswanderungen – wurde das kleine, friedfertige Taschenkonzert vom ausdauernden Trommeln des Regens begleitet, der bereits vor Stunden eingesetzt hatte und seitdem keinerlei Anstalten machte, wieder aufzuhören. Grundsätzlich war gegen Regen nichts einzuwenden. Im Gegenteil. Er wusch die Welt. Eine Art Reset der Schöpfung. Alles wieder frisch und neu.

Das galt allerdings nur, wenn er als Schauer oder plätschernder Landregen vorbeischaute. Gewissermaßen mal Hallo sagte und dann weiter zog. Dieser Regen hier aber war anders. Er verhielt sich eher wie ein Dauergast, dessen Anwesenheit nicht länger erwünscht war. Alles war nämlich längst nasser als nass. Das Leben ungemütlicher als ungemütlich. Johns Laune schlechter als schlecht.

Einige Stunden später saß die Maus auf seiner Schulter. Missmutiger als missmutig, denn es regnete noch immer.

»Frühling, Sintflut, Herbst und Winter«, zählte sie die Jahreszeiten auf, denen sie den Sommer gestrichen und durch eine biblische Heimsuchung ersetzt hatte. Der Mausling schlief noch.

Die Maus verkroch sich, so gut sie konnte, unter dem Kragen von Johns Jacke, doch es gab auch für sie keinen wirklich trockenen Unterstand mehr. An John lief längst überall das Wasser herunter. Zu seinen Füßen stand eine Pfütze, die ständig größer wurde und drauf und dran war die Grenze zum Tümpelsein zu erreichen.

»Frühling, Sintflut, Herbst und Winter«, wiederholte die Maus ihre Litanei. Immer und immer wieder. Das und nichts anderes.

Johns Laune war mittlerweile auf dem Tiefpunkt: »Meinst du, dass nur dir das Wetter auf die Nerven geht?« fragte er ungehalten.

»Frühling …«

»… Sommer, Herbst und Winter«, unterbrach er. »So heißt es, und so wird es immer sein. Das Wetter wird schon wieder besser werden. Es kann ja nicht ewig so weitergehen.«

»Doch, kann es. Die Vergangenheit ist voll davon: Überschwemmungen, Sintfluten, Eiszeiten. Alles schon da gewesen. Hunderte, wahrscheinlich tausende Male.«

Sie solle aufhören mit der Schwarzmalerei, die mittlerweile ja schwärzer als schwarz sei, versuchte John, sie auf andere Gedanken zu bringen.

»Na dann hör mal gut zu, Johnbaum. Hier, wo du jetzt gerade stehst – genau hier – lag vor 20 000 Jahren Packeis. Einen ganzen Kilometer hoch. Hier war Gletscherland. Und in 20 000 Jahren wird es wieder Gletscherland sein.«

Bis dahin wolle er aber auf keinen Fall ständig ihre schlechte Laune ertragen müssen.

»Es könnte auch schneller gehen«, setzte sie nach. »Vielleicht nur 10 000 Jahre. Oder 5000. Die nächste Eiszeit kommt bestimmt. Und nichts kann sie aufhalten.«

John begann zu frieren. Die Vorstellung der langsam, aber unaufhaltsam herannahenden Gletschermassen behagte ihm gar nicht.

»Ganz gleich, wie lange es dauert«, sagte er daher, »hör auf mit der Miesepeterei.«

»Mit was?«

Als sich kurze Zeit später herausstellte, dass die Maus dieses Wort tatsächlich nicht kannte, erlebte John einen Moment wohligen Glücks. Es war das erste Mal, seit er hier draußen stand, dass er ihr etwas erklären konnte …

»Also«, begann er, »hör zu – es ist so – die Sache ist die – es geht um Folgendes – ich will es so sagen …«

43. Miesepeter

John war aufgeregt.

Fand lange nicht die richtigen Worte, um den Begriff zu erklären. Während er danach suchte, hörte der Regen auf. Als John endlich einen viel versprechenden Ansatz gefunden zu haben schien, unterbrach die Maus ihn mit einem leisen, schnellen: »Achtung«, und war gleich darauf in der Jackentasche verschwunden.

Die Frau vom Wissenschaftlichen Institut näherte sich, sagte »Guten Tag«, fragte, ob es ihm gut gehe, bat, ihn weiter untersuchen zu dürfen – es würde nicht weh tun oder sonst irgendwie unangenehm sein. Ein bisschen kitzeln könnte es gelegentlich, denn sie wollte zu seinen Füßen ein paar Bodenproben nehmen und messen, wie seine Zehen gewachsen seien. Und wohin, denn das sei ein zentraler Punkt bei der Planung, ihn auszugraben.

John war mit allem einverstanden und sah zu, wie sie mit einer kleinen Schaufel vorsichtig in der Erde grub, fühlte hier und da tatsächlich leichtes Kitzeln, fand es aber nicht weiter störend. Viel wichtiger war ihm, ihrem Murmeln zu lauschen, denn sie sprach die ganze Zeit vor sich hin. Vieles konnte er nicht richtig verstehen, weil sie haufenweise Worte benutze, die er nie zuvor gehört hatte; als würde sie in einer anderen Sprache sprechen. Wissenschaftlerisch – dachte er; so könnte man es vielleicht nennen. Am Ende hatte er aber immerhin verstanden, dass sie weiterhin vor allem darüber rätselte, was mit ihm eigentlich passiert war. Und immer noch passierte, denn der Prozess gehe weiter: Mutation, Polymorphismus, Replikation. Als sie mit allem fertig war dankte sie ihm, wünschte einen schönen Tag und ging fort. Sie sah lustig aus. Bei der Arbeit in der nassen Erde hatte sie sich ziemlich vermatscht. Ihr weißer Kittel trug jede Menge erdiger Streifen und Flecken, Schlieren und Kleckse, Punkte und Tüpfel.

Als er wieder alleine war, kündigte sich der Sonnenuntergang an. Zeit also, mit der Abendschau zu beginnen und mit der Maus noch dieses und jenes zu besprechen, bevor der Schlaf in die Glieder kriechen würde. Nicht zuletzt war da ja noch die Sache mit der Erklärung zu klären. John knüpfte dort an, wo er vor dem Überraschungsbesuch aufgehört hatte.

»Hör zu«, sagte er. »Es ist so. Die Sache ist die. Es ist ein anderes Wort für Griesgrämerei oder Nörgelei oder Sauertöpferei.«

Die Maus war nur bedingt zufrieden. Sauertöpferei kannte sie auch nicht. Außerdem wäre sie kein Griesgram und auch kein Nörgler. Sie hätte lediglich den Zustand der Welt beschrieben. Es sei eine Weile nämlich nicht ersichtlich gewesen, ob der Regen tatsächlich nur ein Regen gewesen sein oder ein biblisches Ereignis. Das hätte nämlich auch sein können.

John glaubte ihr das natürlich nicht. Er war sicher, dass sie das nur sagte, weil sie sich ein kleines bisschen für das Verbreiten ihrer schlechten Laune schämte. So fuhr er unbeirrt fort, die Sache mit der Miesepeterei noch ein bisschen weiter zu erhellen: Mies sei ein anderes Wort für fies oder gemein.

Das müsse er nicht erklären, entgegnete sie. Das wisse sie selbst. Unbekannt und unverständlich sei ihr, wieso es Miesepeter heißt und nicht Mieseklaus oder Miesewerner oder Miesefritz oder Miesejohn? Da liege doch der Hase im Pfeffer.

John lächelte, denn er wusste es: »Es heißt Miesepeter, weil Peter ein anderes Wort für Petrus ist. Den Türsteher des Himmels und Verantwortlichen für das Wetter. Ganz besonders für das Regenwetter.«

Es folgte ein längeres Gespräch über Wetter- und Regenverantwortliche in unterschiedlichen Götterwelten: griechischen, nordischen, ägyptischen, keltischen, germanischen. Die Maus wusste mal wieder fast alles. John lauschte und lauschte und schlief irgendwann selig ein.

44. Kannibalen

John war schlafmützig.

Als er an diesem Morgen begann, die Welt um sich herum wahrzunehmen, war in seinen Gedanken und Gefühlen alles langsam. Er schlief nicht mehr, war aber auch noch nicht wach. Hörte bereits die Vögel, sah aber noch nichts. Die Entscheidung, die Augen zu öffnen, musste erst noch getroffen werden. War sie aber noch nicht.

Etwas war anders an diesem Morgen. Etwas war um ihn herum, das ihn kitzelte. Nicht wirklich. Nur so ähnlich wie kitzeln. Fast schon, als sei es nicht real; und dann doch so spürbar, dass er es nicht ignorieren konnte. Auf jeden Fall hatte er es bisher nicht gefühlt – morgens – wenn er die Augen noch nicht geöffnet hatte, die Vögel aber schon hörte.

Als er schließlich den ersten Blick in diesen Tag warf, fiel er auf die Maus, die auf einem Stein saß; deutlich wacher als er, sichtlich erheitert und gleichzeitig damit beschäftigt, ihr Frühstück zu beenden. Irgendein Insekt, das nicht aufgepasst hatte.

»Großartig, mein Lieber. Du siehst aus, als wärst du schon mindestens zwei Jahre tot.«

Sie war noch nie zurückhaltend darin gewesen, zweifelhafte Komplimente zu machen. Aber bereits zwei Jahre tot war zweifellos das bisher Zweifelhafteste.

»Vielen Dank«, brummte er, sah sich um und erstarrte. Sie hatte Recht. Er sah tatsächlich so aus.

»Neiiin …«, versuchte sie ihn zu beruhigen als sie sah, wie der Schreck in ihn gefahren war, »halb so schlimm. Kommt vor zu dieser Jahreszeit. Sie meinen es nicht so.«

John glaubte ihr und nahm sich einen Augenblick Zeit, die Sache genauer in Augenschein zu nehmen. Er war über und über mit Spinnennetzen bedeckt. Die Tiere mussten in der Nacht an ihm hinaufgekrabbelt oder mit ihren Ballons auf ihm gelandet sein und unverzüglich begonnen haben zu weben. Dicht an dicht. Ein Netz neben das andere. Kreuzspinnen zumeist, aber auch Zitterspinnen, Trichternetzspinnen und Falltürspinnen.

»Du wirst sie los, wenn du dich bewegst und ihre Netze zerreißt.«

Das – fand John – sei keine gute Idee. Sie alle hatten sich ja sehr viel Arbeit gemacht um diese so überaus kunstvollen Gebilde zu schaffen. Er war nicht sicher, ob er all diese Mühen, all diese Arbeit, all diese Kunstfertigkeit einfach so …

»Papperlapapp«, sagte die Maus. »Es sind Spinnen. Eingefleischte

Einzelgänger, perfekte Überlebenskünstler, gnadenlose Kannibalen.«

Das mit den Kannibalen hatte er nicht gewusst.

»Es ist der Grund, weshalb Menschen ihre Fäden nicht für ihre Zwecke nutzen; anders als bei Raupen. Da macht ihr Seide daraus«, begann sie eine kleine Lektion in Mausbiologieunterricht. »Raupen kann man gut in Massen züchten. Spinnen nicht. Sie beginnen, wenn man viele zusammen einsperrt, sehr bald, sich gegenseitig zu fressen. Manche sogar ihre Kinder, wenn die sich nicht schnell genug auf und davon machen. Und so sind es dann schon bald viel zu wenige Exemplare, um genug Fäden ernten zu können. Obwohl ihre Seide noch viel besser wäre als die der Raupen.«

»Kannibalen also«, sagte John, der gerade die Entscheidung getroffen hatte, sich doch zu bewegen, dabei die Netze zu zerreißen und zu beobachten, wie die Spinnen sich nach und nach abseilten um den jetzt plötzlich recht ungastlich gewordenen Johnbaum wieder zu verlassen.

»Fürchtest du dich vor ihnen?«

»Nein«, sagte John.

»Viele Menschen tun es.«

Das wusste er. Seine Mutter. Sie schrie, wenn sie eine Spinne sah. Und sein Vater haute mit dem Pantoffel drauf und fluchte dabei.

»Lächerlich«, sagte die Maus. »Spinnen können Menschen nichts tun. Überhaupt nichts. Und dennoch haben sie Angst. Es ist gerade so, als würden sich Bäume vor Löwenzahn fürchten. Oder Adler vor Spatzen. Lächerlich. Es beweist, dass Menschen nichts über Spinnen wissen. Überhaupt nichts. Nicht mal das wesentlich Wesentlichste.

»Und das wäre?« fragte John.

»Nicht wenige dieser erstaunlichen Tiere, John – sind äußerst schmackhaft.«

45. Einfach weg

John war sauer.

Ja – dachte er, mach dich nur lustig über mich – war aber nicht sicher, ob es auch wirklich so war. Es konnte nämlich durchaus sein, dass die Maus es ernst meinte. Sie hatte andere Ernährungsgewohnheiten als er. Ganz andere. Vielleicht so anders, dass Spinnen tatsächlich auf ihrem Speiseplan standen; und möglicherweise sogar als Delikatesse. Er wusste es nicht und wollte es auch nicht wissen, denn ein anderer Gedanke begann ihn zu beschäftigen: Die kleine Maus war schon länger nicht mehr bei der großen. Klar, der Knirps war mittlerweile recht selbstständig und zog mitunter alleine los. Meist in der näheren Umgebung, von wo er irgendwann wieder zurückkehrte. Seit gestern aber hatte John ihn nicht mehr gesehen. Daher fragte er: »Wo ist eigentlich der kleine Mister Kennichweißichwarichschon?«

»Irgendwo.«

Diese Antwort stellte John natürlich nicht zufrieden. Und so bat er um anschaulichere Einzelheiten. Ausführlichere Schilderung. Klarere Antwort.

Die Maus tat gleichgültig: »Eine Zeit lang war es wirklich schön mit ihm. Aber dann …«

»Was – dann?« fragte John, bekam jedoch keine Antwort, musste also erneut nachhaken: »Was bedeutet: Aber dann?«

»Was es immer bedeutet. Kinder werden groß und wissen alles besser. Er ist allein in die Welt hinausgezogen.«

John war entsetzt. Der Kleine war doch erst wenige Wochen alt und er fand, es sei unverantwortlich, ihn einfach weggehen zu lassen.

»Er ist eine Maus, John. Da geht alles sehr schnell.«

Es stimmte. Der Kleine war wirklich in einem Tempo gewachsen, das John jeden Tag aufs Neue erstaunt hatte. Und er war mit einer Lebhaftigkeit pfiffig und clever geworden, dass einem angst und bange werden konnte.

Ob sie traurig sei, weil er weg war, wollte John wissen.

Eine Weile sagte die Maus nichts. Dann seufzte sie. Dann sagte sie wieder nichts, dann atmete sie tief ein.

»Es ist so: Man weiß es vorher und die ganze Zeit über. Und nachher auch. Und dennoch ist es immer wieder erstaunlich; die kleinen doofen Dinger wissen alles besser.«

»Was soll das denn heißen?« John war entschlossen, ihr das nicht durchgehen zu lassen. Der Kleine war weder klein noch doof. Ganz im Gegenteil. Er war recht stattlich – für eine Maus – und …

»Und was?« fragte die Maus.

»Schlau«, sagte John und ergänzte: »Einfallsreich. Geschickt. Gewitzt.«

Die Maus lächelte und drehte sich dabei zur Seite, damit er es nicht sehen konnte. Dachte sie jedenfalls.

Dann sprachen sie lange über den Kleinen – seinen Eigensinn, seine große Klappe, seine Unternehmungs- und Abenteuerlust. Am Ende war John beruhigt. Es schien der natürliche Lauf der Dinge zu sein, dass Mausjunge schnell wuchsen, schnell schlau wurden und schnell weg waren.

»Was wird er jetzt tun?«

»Na was wohl?«

»Klar«, sagte John lächelnd, »weiß schon …«

46. Saurier

John war zufrieden.

Der Tag war schön. Der Himmel fleckig. Der Wind sanft. Das Klima mild.

Zwei große Vögel zogen über den Himmel und stießen urzeitlich anmutende Schreie aus, die klangen als würden sie auf ihrem eigenen Echo durch die Luft getragen.

»Saurier«, sagte die Maus.

»Kraniche«, antwortete John und wusste es ganz genau. Das waren Kraniche. Eindeutig. Sogar zweifelsohne.

»Es sind Saurier«, wiederholte die Maus, »und da ändert sich auch nichts dran, wenn man sie umbenennt.«

»Umbenennt? Nichts wird umbenannt. Es sind Kraniche.«

John war entschlossen, nicht klein beizugeben. Keinen Millimeter abzuweichen von seinem Wissen von dem er sicher war, dass es sicher war: Kraniche sind Kraniche, dachte er und wurde so trotzig, dass er mit dem Fuß aufgestapft hätte, würde der nicht fest verwurzelt in der Erde stecken.

Die Maus schwieg. Wartete, bis er sich wieder beruhigte, sagte dann leise:

»Weißt du, John, alles kommt irgendwo her. Nichts ist aus dem Nichts entstanden. Alles hat einen Anfang: Deine Eltern sind die Kinder ihrer Eltern. Luxusliner sind die Nachfolger der Auswandererschiffe. Popstars die Reinkarnationen griechischer Götter. Der Papst ein Nachfahre des Pharao, Vögel die Erben der Saurier. Menschen Nachkommen der Nagetiere – und nichts kann das ändern, ganz egal, wie man es heute nennt.

John war verwundert, und gleichzeitig ein bisschen ehrfürchtig. Vielleicht, weil ihm gerade klar wurde, dass sie ziemlich wahrscheinlich Recht hatte: alles kam irgendwo her. Jedes Wesen war das Kind von jemand, der vorher da war. Alles in der Welt hatte einen Vorgänger, Vorläufer, Ahnen. Und dann nahmen die Dinge ihren Lauf: Aus Auswandererschiffen waren Luxusliner geworden. Aus Göttern Popstars. Aus Pharaonen Päpste. Aus Sauriern Vögel. Aus Nagetieren Menschen. Nicht auszudenken, wie das wohl weitergehen würde.

»Ja, wie wohl«, sagte die Maus. »Aus Vögeln werden – was weiß ich. Aus Päpsten – was weiß ich. Aus Menschen – was weiß ich …«

»Was?« fragte John.

»Aus Menschen?«

Sie dachte eine Weile nach und sagte dann: »Bäume?«

47. Zahlen

John war einverstanden.

Dem, was die Maus zuletzt gesagt hatte, war erst einmal nichts hinzuzufügen. Ihm war klar, dass sie nicht wirklich der Meinung war, Menschen würden in der nächsten Evolutionsrunde zu einer pflanzlichen Existenz mutieren. Er nahm ihre Aussage einfach als Kompliment; als stille Zustimmung zu seinem Zustand – und was daraus eventuell noch werden würde. Könnte ja sein, dass er tatsächlich …

Seine Gedanken verloren sich zwischen wohligem Einvernehmen mit dem Hier und Jetzt und zweifelndem Zank von Gedankengängen, in denen er sich seine Zukunft sorgenfrei vorzustellen versuchte. Weit kam er nicht, dann Pfeifenrauch wehte heran.

»Morgen, John, Mathematik. Bruchrechnen«, sagte der Lehrer, klopfte seine Pfeife aus, ignorierte Johns widerwilligen Gesichtsausdruck. Bei allem, was es in der Welt und über sie Spannendes, Aufregendes, Sensationelles, Unglaubliches, Phantastisches, Großartiges, Hinreißendes, Gigantisches zu lernen gab, sollte dieser Vormittag tatsächlich mit etwas so Langweiligem, Freudlosem, Faden, Ermüdenden, Belanglosen, Eintönigen, Einschläfernden, Nichtssagenden verbracht werden wie Bruchrechnen?

John musste diese Gedanken vor sich hingemurmelt haben; jedenfalls teilweise, denn der Lehrer gab zu verstehen, nichtssagend sei die Bruchrechnung keinesfalls. Sie treffe vielmehr sehr klare und verlässliche Aussagen über die Welt zwischen den natürlichen Zahlen, also dort, wo ohne die Bruchrechnung nichts wäre.

John verstand nicht ganz.

Die natürlichen Zahlen, legte der Lehrer dar, seien ja 1 und 2 und 3 und so weiter. Bis unendlich. Folglich ein gigantischer Zahlenraum. Mehr als gigantisch. Kosmisch. Zwischen 1 und 2 hingegen liege keine natürliche Zahl. Da sei also nichts. Es sei denn, man beginne mit der Bruchrechnerei. Dann entstünde in der Leere zwischen 1 und 2 eine neue Welt: eineinhalb, eineindrittel, eineinviertel, eineinfünftel und so weiter. Bis eineinunendlichstel, und das sei bei weitem noch nicht alles, denn dort seien ja auch einzweidrittel, einzweiviertel, einzweifünftel, eindreiviertel und so weiter zu finden. Und das sei bei weitem noch immer nicht alles.

Johns Befürchtung, es könnte ein fader, öder, trister Vormittag werden, war verflogen, denn die Sache fing an, ihn zu interessieren. Bruchrechnen erschuf eine Welt in einer Welt, und er begann zu ahnen, das die langweilige Mathematik im Grunde – und mit etwas Phantasie – so ähnlich war wie die Sache mit dem Garten. Man musste nur deutlich länger hinsehen und nachdenken, dann lag dort ein komplettes, neu zu entdeckendes Reich. Und wahrscheinlich nicht nur eins.

»Nein«, sagte die Maus, nachdem der Lehrer ein paar Stunden später wieder gegangen war und John ihr aufgeregt von seiner Erkenntnis berichtet hatte, »nicht nur eins. Jede Menge.«

Es war der Auftakt zu einem längeren Gespräch über Gartendinge und Mathematikdinge.

48. Kartoffelbienen

John war überzeugt.

Ganz und gar und durch und durch. Die Welt war alles in allem doch so deutlich viel voller als er je gedacht hatte, dass er zu bezweifeln begann, sie in ihrer Fülle und Vielfalt je begreifen zu könne. Weil es ihm aber, nach so viel Garten- und Mathematikdingen, deutlich zu anstrengend war, noch länger darüber nachzudenken, lauschte er lieber eine Weile müßig in den Nachmittag, wo es in den Bäumen und Büschen, Sträuchern und Stauden, Hecken und Hainen um sie herum eindrucksvoll summte. Es klang, als sei in jeder Blüte eine Biene aktiv.

»Sie verrichten die wichtigste Arbeit auf dem Planeten. Jedenfalls für euch Menschen«, sagte die Maus, die dem Konzert ebenfalls lauschte.

»Es sind doch wirklich verdammt viele auf einmal«, fand John und versuchte, ihre Zahl zu schätzen: »1000?«

»In dem Baum da? Könnte sein. Könnten aber auch 2000 sein. Oder 5000. Ich kann den Unterschied nicht hören.«

5000 schienen John übertrieben. Wie groß die Völker der Bienen denn seien, fragte er.

»50 000 bis 80 000 Arbeiterinnen, ein paar hundert Drohnen dazu.«

John war beeindruckt. Viel mehr Bewohner als in der kleinen Stadt, in der er lebte. Und er wusste, dass es Millionen Bienenvölker auf der Welt gab. Viele Millionen. Ein spannendes Thema also, und er drängte die Maus, mehr zu erzählen.

»Nun«, sagte sie, »es gibt in der Natur zwei Gaben, die euch das Überleben überhaupt erst ermöglichen. Bienen sind eine davon. Sie bestäuben alles. Auf der ganzen Welt. Tag für Tag, Jahr für Jahr: Obst, Getreide, Gemüse. Alles, wovon Ihr Menschen euch ernährt. Würden sie das nicht tun, blieben die Getreideähren leer, und die Obstbäume trügen kaum Früchte. Ihr hättet dann nur noch die zweite Gabe.«

Dann machte sie eine Pause und lauschte wieder den Bienen in den Blüten.

»Und?« John wollte, dass sie solch lästige Verzögerungen unterließ und weiter erzählte.

»Kartoffeln.«

Das war enttäuschend. Kartoffeln …

Die Maus wusste natürlich, dass John diesen Fortgang der Geschichte nicht erwartet hatte; und ihn auch nicht toll fand. Also beschloss sie, es ihm schmackhaft zu machen: »Durch die Kartoffel konnten die Menschen ihre Anzahl vergrößern, und die meisten überlebten. Ohne Kartoffel wäre das anders gelaufen. Du wärst wahrscheinlich gar nicht auf der Welt, weil eine ganze Reihe deiner Vorfahren nicht geboren worden wären. Oder wenn doch, wären sie möglicherweise verhungert. Und ohne sie gäbe es die Linie deiner Ahnen nicht, die zu dir führt. Also danke den Bienen und den Kartoffeln.

»Kartoffeln und Bienen – hehe«, kicherte John, klang aber immer noch enttäuscht.

»Kartoffelbienen«, witzelte die Maus, um etwas Lustiges zu sagen, denn bei ihren letzten Worten war es doch recht ernst und feierlich geworden.

John aber verwirrte es eher, wenn sie Namen für Dinge erfand, die längst Namen hatten. Die große Brennnesselwiese zum Beispiel, die sich links vom Garten weit hinunter in die Aue erstreckte, nannte sie Feld der Schmerzen, die Schafe, die dort weideten hießen Pulloverschweine, der graue, etwas zottelige Hund, der auf sie aufpasste, Andy Warhol und der Schäfer Väterchen Vogelscheuche; weil er oft stundenlang bewegungslos einfach dasaß und Gott weiß wohin schaute. Und an Gott weiß was dachte.

»Naja John, an was wird er wohl denken?«

John hatte keine Ahnung.

»An das erhabene große Ganze. An was denn sonst?«

49. Rock'n'Roll

John war fieberhaft.

Das erhabene große Ganze – ein Riesenthema. Das Thema überhaupt, hatte die Maus gesagt; das Thema aller Themen, die Sache aller Sachen, die Frage aller Fragen. Das Ding aller Dinger. Könnte man auch nur ein winzig kleines Stück hinter das Geheimnis des erhabenen großen Ganzen kommen, würde das Leben sich grundlegend ändern, denn dort – da war John sicher – lag das gigantische Reich der Gelassenheit, in dem man herausbekam, wie man sich weniger Sorgen machte. Und wenn man es richtig klug anstellte, konnte man sogar noch weiter vordringen; zum Imperium vollkommener Sorglosigkeit.

Dorthin – hatte die Maus gesagt – sei es allerdings weit. Sehr weit. Die Reise könne gut und gerne ein Leben lang dauern.

Immerhin, dachte John. Ein lohnendes Ziel. Vielleicht das Beste von allen – und beschloss, fortan intensiv über das erhabene große Ganze nachzudenken – und unverzüglich damit zu beginnen.

Zeit genug hatte er ja. Die Sommertage waren noch immer von der Art, die nicht enden wollte. John liebte dieses fast ewig lange Licht am Abend sehr und machte daraus eine neue Baumübung: Der Dämmerung beim Dunkelwerden zusehen. Und anschließend die Sterne zu betrachten. Und danach darauf warten, dass es wieder hell würde. Geschlafen wurde nicht selten erst in der wohligen Wärme des Vormittags. Anschließend stand dann wieder viel Zeit zur Verfügung, sich weiteren Aspekten des erhabenen großen Ganzen zu widmen – bis die nächste Abendschau mit ihrem fast unmerklichen Dunkelwerden erneut begann; begleitet vom Zwitschern der Vögel, Zirpen der Grillen, Rascheln der Blätter, Summen der Insekten, gelegentlichem Knacken von Hölzern, bisweilen über ihren Köpfen hinwegziehenden Flugzeugen und jeder Menge weiterer Ereignisse.

Die Maus hatte ihn gelehrt, diesem täglichen Konzert zu lauschen und manchmal erzählte sie dazu etwas über diesen oder jenen Klang. Oder sinnierte vor sich hin; wie gerade jetzt:

»Was meinst du«, murmelte sie, zu seinen Füßen sitzend und an einem Stück Käse knabbernd, den sie – John wusste nicht, woher, hatte, »wie sie sich jetzt fühlen?«

John war kaum noch überrascht, wenn sie ihm Fragen stellte, die alles Mögliche bedeuten konnte, und er daher häufig nicht wusste, was sie meinte.

Das war wieder so eine Frage, doch er tat ihr den Gefallen nicht; fragte nicht »Wer?«, sondern sagte: »Keine Ahnung«.

Die Maus tat so, als wisse er, was sie meinte, obwohl sie wusste, dass er es nicht wusste. Ließ sich aber nichts anmerken und fuhr fort: »Ob sie wissen, dass sie dran sind? Dass sie nicht entkommen werden; es sei denn mit sehr, sehr viel Glück. Selbst tun können sie jedenfalls nichts. Sie hören das Klopfen. Es muss sehr laut sein. Sie spüren die Erschütterungen. Und sie kommen näher.«

John wusste jetzt, dass es etwas mit dem Specht zu tun haben musste, der seit einer Weile seinen Schnabel in den Stamm eines Pflaumenbaums zur Linken hämmerte.

»Du hockst dort«, sagte die Maus, »und denkst, alles ist gut. Niemand kann dich sehen. Du wähnst dich in Sicherheit. Es gibt nur eine einzige Macht, die jetzt noch gefährlich werden kann; und dann ist genau diese Macht plötzlich da. In deiner unmittelbaren Nähe: Apokalyptischer Krach, kontinentales Beben. Ein Wesen, 1000 mal größer als du, 1000 mal schwerer als du. 1000 mal stärker als du. Hungrig. Gnadenlos. Wenn es dich entdeckt, wirst du gefressen. Ruckzuck. Keine drei Sekunden. Dein Leben ist zu Ende. Du kannst nichts tun.«

John wusste jetzt, dass sie von den Insekten sprach, die hinter der Baumrinde saßen, wo der Specht sie suchte.

»Was würdest du empfinden?« fragte die Maus.

John sprach von bestürzender Bestürzung. Entsetzlichem Entsetzen. Grauenhaftem Grauen.

Die Maus ahmte mit ihrer rechten Pfote den Takt der Klopfgeräusche nach. Es sah ein kleines bisschen aus als würde sie dirigieren. Dann fragte sie:

»Kannst du dir vorstellen, dass sie es vielleicht als Musik wahrnehmen?

Als großes Konzert? Ultra Musik, Lollapalooza, Coachella, Burning Man …

Möglich – dachte John. Immerhin war da ein durchdringender, rhythmischer Rhythmus.

50. Beute

John war erschrocken.

Eine Weile lang hatte er dem Klopfen des Spechts gelauscht, dabei seine Gedanken durch Zauberländer und Wunderwelten, Traumgebilde und Luftschlösser streifen lassen, als er plötzlich aus allem herausgerissen wurde. Ein Knall. Er sah sich um, erblickte die Maus, die auf eine Stelle in der Wiese neben dem Haus deutete: »Ein junger Bussard. Ist vors Fenster geflogen. Frontalzusammenstoß.«

»War er schnell?«

»Nicht langsam jedenfalls.«

Der junge Bussard lag in der Wiese, die Flügel ausgebreitet, den Kopf auf dem Boden. John wollte, dass die Maus etwas unternahm.

»Noch nicht«, sagte sie. »Abwarten.«

»Wie lange?«

»Bis er sich bewegt.«

Für John war nicht klar, ob er sich überhaupt noch einmal bewegen würde. Für die Maus hingegen schon: »Er ist nicht tot. Dann würde er anders liegen. Er ist bewusstlos. Wenn er aufwacht, wird man sehen, ob er sich etwas gebrochen hat. Wenn ja, wird er sterben. Wenn nein, hat er vielleicht etwas gelernt.«

»Was meinst du mit vielleicht?« John wunderte sich, wie sachlich die Maus die Angelegenheit betrachtete.

»Es wird für ihn schwer sein zu begreifen, was passiert ist, weil er nicht weiß, was Scheiben und Spiegelbilder sind. Woher auch? Für ihn ist es so als sei die Luft, durch die er ganz selbstverständlich zu fliegen gewohnt ist, plötzlich und unverhofft fest geworden. Peng. Das ist nicht so ohne weiteres zu begreifen. Du musst dazu eine Menge wissen, wovon ein Bussard keine Ahnung hat. Dieser nicht und alle anderen auch nicht. Und sie werden es auch nie wissen.

Der junge Bussard hob den Kopf.

»Er ist noch ziemlich jung. Sieh ihn dir an, John. Du wirst dich wundern, wie schnell er sich erholt. Ein paar Minuten, dann ist er wieder in der Luft; wenn er sich keine inneren Blutungen zugezogen hat und nichts gebrochen ist.«

Der junge Bussard bewegte die Flügel und legte sie an den Körper, drehte dabei ständig den Kopf hin und her.

»Er ist in Ordnung«, stellte die Maus fest. »Kein Bruch, kein Blut. Er hat Schmerzen.«

»Wieso bewegt er ständig den Kopf?«

»Er sieht sich um. Ihm ist klar, dass etwas nicht stimmt. Er weiß nicht, was. Er prägt sich das Bild der Umgebung ein. Er wird es nie wieder vergessen.«

Der junge Bussard breitete die Flügel aus und startete. In der nächsten Sekunde war er in der Luft.

»Er wird nie wieder herkommen. Nie wieder.«

John fand das schade.

»Ich bin darüber nicht traurig.«

»Wieso?« fragte John.

»Weißt du – obwohl er noch jung ist, hat er bereits begonnen, selbst auf die Jagd zu gehen. Er ist ein Beutegreifer. Zu seinen Beutetieren gehören Mäuse.«

John hätte sich ohrfeigen können. Es wäre durchaus möglich gewesen, mit bestimmten Themen feinfühliger umzugehen; vor allem dann, wenn es für die Maus um Leben und Tod ging. Für sie stellten einige Tiere, die er faszinierend fand, eine große Bedrohung dar. Er wusste das genau und vergaß es dennoch immer wieder, weil er so sehr mit seiner eigenen Sicht auf die Welt beschäftigt war. Sie musste ihn für herzlos halten, wenn er zum Beispiel von seiner Begeisterung für den Segelflug der Greifvögel sprach, denn diese für ihn so beeindruckende Fliegerei unternahmen die Vögel ja aus einem ziemlich eindeutigen Grund: Mäuse ausfindig zu machen, sie zu ergreifen und zu fressen.

»Lass gut sein«, sagte die Maus, weil sie ihm ansah mit welchen Gedanken er sich quälte »Mach kein Drama draus.«

John hätte gerne auf sie gehört, schämte sich aber doch noch eine Zeit lang weiter. Dann fragte er: »Wie ist das eigentlich, wenn man immer in Gefahr ist? Wenn man immer auf der Hut sein muss? Wenn so vieles in der Welt gar nicht gut für einen ist, weil lebensgefährlich?«

»Wie soll es sein?« murmelte die Maus. »Es ist normal.«

»Nein«, fand John. »Es ist alles andere als normal. Es ist schrecklich. Und grausam.«

»Es ist normal, John. Es gibt nur sehr wenige Tiere, die nicht gefressen werden; nur die ganz oben an der Nahrungsspitze. Alle anderen – und das sind so gut wie alle – können Beute werden. Beute zu werden ist folglich der Normalzustand in der Welt.«

So hatte John es noch nie betrachtet. Er hatte immer angenommen, das Leben sei dazu da, gelebt und gemocht zu werden, in Freude und guter Laune, dabei etwas zu lernen und auszuprobieren, zu entdecken, zu erforschen und …

»Für dich ist das so«, unterbrach ihn die Maus, »du stehst ja ganz vorne in der Nahrungskette. Du kannst alles verspeisen, was nicht giftig ist, wirst selbst aber nie angegriffen. Kein Tier hat Menschen auf dem Speiseplan. Jedenfalls keines, das ihr Menschen in so großer Zahl am Leben gelassen hättet, dass es euch gefährlich werden könnte – von einigen unglücklichen Unglücken mal abgesehen. Wenn jemand zum Beispiel allzu unvorsichtig mit Bären umgeht. Oder mit Löwen. Oder Tigern. Oder Haien. Aber im Grunde verwendet ihr kaum Energie darauf, euch umzusehen oder in Acht zu nehmen oder zu tarnen oder zu verstecken. Da bleibt viel Zeit für all die Dinge, die du aufgezählt hast: Freude und gute Laune, lernen und ausprobieren, entdecken und forschen. Du bist ja immerzu in Sicherheit.«

Ja – dachte John. Genau so ist es. Er hatte keine Angst, ein Tier könnte kommen um ihn zu fressen. Aber er hatte andere Ängste – und fragte sich, ob die Maus sie auch hatte; zusätzlich zu denen mit dem Gefressenwerdenkönnen.

»Nein«, sagte sie. »Dazu bleibt keine Zeit.«

»Nicht?« fragte John.

»Nein.«

»Aber«, sagte John, der sich jetzt erneut fragte, ob Probleme und Sorgen in der Tat und vor allem Produkte von Zeit; möglicherweise sogar von zu viel Zeit sein könnten?

»Das würde ja bedeuten, man könnte sich in der gleichen Zeit auch mit ganz anderen Dingen beschäftigen. Ganz andere Gedanken denken ...«

Er hielt inne und sah zur Maus, weil er das Gefühl hatte, dass sie ihm nicht zuhörte. Und so war es auch. Sie hatte sich aufgerichtet und sah in die Ferne, wo etwas begonnen hatte, ihre Aufmerksamkeit zu fesseln.

51. Boreas

John war hibbelig.

»Mein lieber alter Herr Kapellmeister. Großer Dirigent des Welttheaters. Allmächtige Herrscher der Himmel. Da kommt ein großes Ding.«

Die Maus war plötzlich so aufgeregt, wie er sie noch nie erlebt hatte. Aber wie viele Tiere – eigentlich alle außer dem Menschen – hatte sie einen Sinn dafür, dass etwas bevorstand. In der Luft lag, wie man sagt. Dass etwas im Anmarsch war.

»Der Nordwind feiert ein Fest«, sagte sie, und John ahnte Schlimmes. Die Blitzkaskaden, die bereits seit einiger Zeit am Horizont tanzten, waren in der Ferne jetzt auch zu hören.

»Zieht vielleicht vorbei«, sagte er – nicht ohne Hintergedanken. Er hatte nämlich keine Lust auf Unwetter.

»Neiiin. Wird es nicht. Es kommt hierher. Wir werden mitten drin sein. Mitten drin.«

John wurde unruhig.

»Oh! Kein Grund zur Sorge«, sagte die Maus. »Es ist Boreas. Herr der Nordwinde. Mitglied der Tafelrunde der allgewaltigen Wettermacher. Der größten Macht auf dem Planeten. Die Herrscher. Sie bestimmen alles: Lebensräume, Hochkulturen, Niedergänge. Wetter ist immer. Überall. Sonnenwetter, Venuswetter, Marswetter, Jupiterwetter. Selbst da, wo nichts ist; in den unendlichen Weiten des Universums, ist immer noch Wetter: interplanetare Partikelschauer, interstellare Teilchenstürme, intergalaktische Photonenjets. Wetter ist das ganz große, alles beherrschende Ding.«

Wenig später traf der Gott des Nordwindes bei ihnen ein und begann, um sie herum Weltuntergang zu feiern; und während Sturmbö auf Sturmbö John zwang, sich tiefer biegen und beugen zu müssen als je zuvor, hörte er die Maus lachen und schreien: »Das ist es John! Das ist es! Das große Festival des Donners, der Blitze und der Böen.«

John war entsetzt. Die Apokalypse um ihn herum nahm immer größere Ausmaße an – packte die Maus – und trug sie mit sich fort …

52. Mauslos

John war niedergeschlagen.

Der Tag nass und langweilig. Das große graue Endlostuch der Wolken hing schon sehr lange über dem Garten und allem; über der ganzen Welt – und machte alles gleich. Wenn die Decke so tief hängt, dachte er, gerät das erhabene große Ganze samt und sonders aus dem Sinn.

In Wirklichkeit war das aber gar nicht der Grund für seine Niedergeschlagenheit. In Wirklichkeit war er untröstlich, weil die Maus noch immer nicht wieder da war. Seit der Sturm sie erfasst und mit sich fort getragen hatte, war sie verschwunden, und John hoffte jeden Tag – eigentlich jede Stunde – dass sie wieder zurückkommen möge.

Ohne sie, das wusste er jetzt nämlich sichersicher, war es langweilig. Ohne sie war er mit seinen Beobachtungen allein. Mit seinen

Gedanken und Befürchtungen, seinen Ideen und Erkenntnissen; sogar mit sich selbst.

Ohne sie war alles nur die Hälfte wert; wenn überhaupt. Vielleicht auch gar nichts, denn wenn man niemanden hat, mit dem man teilen kann, was hat das Ganze dann für eine Bedeutung?

Er wusste es nicht. Und sie war ja nicht da, um diese Frage mit ihm zu ergründen. Und wen konnte er sonst schon fragen?

Die Bäume?

Mit ihnen konnte man über jedes Thema reden und sie waren mächtig klug, doch sie sprachen leider zu langsam. Die Fülle der Themen, die John jeden Tag beschäftigte, war mit ihnen nie und nimmer zu schaffen. Nicht mal ansatzweise.

Das Eichhörnchen?

Hatte keine Zeit. Nur Nüsse im Sinn. Haselnüsse, Walnüsse, Walnüsse, Haselnüsse; von Baum zu Baum, von Strauch zu Strauch, rauf und runter, rechts und links, oben und unten.

Der Adler?

Er hatte sich lange nicht über dem Garten gezeigt; und auf seiner Schulter gelandet war er noch viel länger nicht.

Vielleicht der Hund?

Er trottete fast täglich durch den Garten, wohnte irgendwo in der Nachbarschaft, war schon etwas älter und deshalb vielleicht klug, dachte John, war sich seiner Sache jedoch nicht sicher. Hunde, hatte die Maus einmal gesagt, seien zwar der beste Freund des Menschen, aber nur wenn man zu ihnen über Menschendinge sprach. Über Hundedinge hingegen würden sie nur mit Hunden reden. Und vom erhabenen großen Ganzen würden sie leider nur sehr wenig – im Grunde so gut wie gar nichts – verstehen.

Was immer das bedeuten mochte; John fasste den Entschluss, es bei nächster Gelegenheit mit dem Hund zu versuchen.

53. Wind

John war ausgeglichen.

Hatte seinen Grund in der Baumübung, die er gerade machte; dem Wind beim Wehen zusehen. Er schaute auf Bäume, die ein gutes Stück entfernt standen, beobachtete das leichte Wiegen der Kronen und das Wuseln der Blätter. Kam eine Bö, nahm das alles zu. Die Zweige begannen einen Tanz und die Blätter spendeten Applaus. Und dann setzte dieser Tanz der Zweige sich von Baum zu Baum fort. Wie eine Welle.

In diese beschaulichen Beobachtungen hinein wehte unerwartet der Geruch von Knaster, und dann stand der Lehrer auch schon vor ihm: »Tag, Junge. Keine Zeit zu verlieren. Heute ist Geographie an der Reihe. Gibt es ein Thema, das dich besonders interessiert?«

»Wind«, sagte John, der überhaupt keine Lust hatte auf Länder und deren Hauptstädte, Bodenschätze und Ackerflächen, Einwohnerzahlen und Bevölkerungsdichten. Er wollte bei seinem Thema bleiben.

»Wind ...« sagte der Lehrer mürrisch, » ... ist keine geeignete Materie. Zu vage. Zu wenig greifbar. Zu luftig.«

»Winde gibt es doch überall auf der Welt. Auf dem Meer, in Gebirgen, Wüsten, Wäldern und Städten. Und sie haben viele Namen«, entgegnete John, der nichts unversucht lassen wollte, die bevorstehenden Stunden zumindest halbwegs in seinem Sinne zu gestalten.

»Das ist richtig«, sagte der Lehrer. »Winde gibt es überall. Auf der ganzen Welt. Und sie haben viele Namen. Welche kennst du denn?«

John begann mit den Modellen einer Automarke: Passat, Scirocco, Vento, Jetta, Santana, Bora. Dann stutze er. Bora. Dem war er doch begegnet. Den kannte er doch. Oh, Gott. Bora.

»Was ist mit Bora?«

»Boreas«, sagte John leise aber hektisch. »Herr der Nordwinde. Mitglied der Tafelrunde der allgewaltigen Wettermacher. Der größten Macht auf dem Planeten. Die Herrscher. Sie bestimmen alles: Lebensräume, Hochkulturen, Niedergänge. Wetter ist immer. Überall. Sonnenwetter, Venuswetter, Marswetter, Jupiterwetter.«

Der Lehrer war beeindruckt. Einerseits. Wunderte sich aber auch. Andererseits. Was John gesagt hatte, war zwar alles irgendwie richtig, für seinen Geschmack allerdings ziemlich übertrieben dargestellt. John war aber noch längst nicht fertig und fuhr fort: »Selbst da, wo nichts ist, in den endlosen Weiten des Universums, ist immer noch Wetter: interplanetare Partikelschauer, interstellare Teilchenstürme, intergalaktische Photonenjets. Wetter ist das ganz große, alles beherrschende Ding. Und Boreas ist einer der Großen unter den Herrschern.« Dann machte er eine kleine Pause bevor er mit trauriger Stimme hinzufügte: »Aber er ist nicht mein Freund.«

»Nein?« fragte der Lehrer, dessen Verwunderung weiter zugenommen hatte.

»Nein«, sagte John. »Überhaupt nicht.«

»Weshalb nicht? Was hat er getan?«

»Meinen besten Freund entführt«, sagte John. »Mit sich mitgenommen.«

Man konnte fast hören, wie dem Lehrer nach diesem Satz wieder einmal der Geduldsfaden riss: »Es ist wirklich nicht leicht mit dir, Junge«, murrte er. »Wie soll man so einen auch nur halbwegs ordentlichen Unterricht abhalten? Kaum hat man angefangen, bringst du es gleich so durcheinander, dass alles in sich zusammenfällt. So redet man nicht über Winde. Und zwar überhaupt nicht. Dein ganzes Gefasel hat mit Winden nichts zu tun. Rein gar nichts.«

Dann wandte er sich ab und ging fort, dabei weiter vor sich hin maulend: »Der Kerl ist so aufgewühlt und durcheinander, dass man nicht mal sicher sagen kann, ob er das extra macht oder ob er irgendwie irgendwo ne Schraube locker hat.«

John konnte das alles noch hören, war aber nicht sonderlich verwundert; kannte solche und ähnliche Sprüche von den Lehrern in seiner Schule – und auch sein Vater hatte mitunter Ähnliches geäußert. Dann lenkte ihn plötzlich ein Geräusch zu seiner Linken ab.

54. Hund

John war angespannt.

Ein Hund kam durch die hohe, löchrige Hecke vom Nachbargrundstück herüber – und zwar genau der Hund, der hier fast jeden Tag träge seinen gewohnten Weg entlangtrottete.

»Hi«, sagte John.

Der Hund blieb stehen und sah sich um.

»Wie geht's?«

Der Hund sah ihn an und neigte den Kopf.

»Wo willst du hin?«

Der Hund kam ein paar Schritte auf ihn zu, blieb wieder stehen, schaute mit einer Mischung aus Neugier und Misstrauen.

»Wollen wir uns unterhalten?

»Was bist du denn für was?« fragte der Hund. Seine Laune schien nicht optimal zu sein.

»Was bin ich für was?« fragte John zurück – und verstand dann: »Oh – ich bin nicht was, ich bin wer.«

»Was für was oder was für wer«, sagte der Hund. »Jedenfalls hast du die Frage nicht beantwortet.«

»Ja«, sagte John, »entschuldige bitte. Ich bin John. Johnbaum.«

»Was denn nun?«

John erzählte in groben Zügen, wie er wurde was er war und hoffte, den Vierbeiner damit neugierig machen zu können. Es gelang nicht. Der Hund zeigte sich wenig beeindruckt: Immer nur an der gleichen Stelle zu stehen sei nichts für ihn. Ganz und gar nicht. Überhaupt nicht. Und hier, in diesem Garten, schon mal sowieso nicht. Hier sei doch nichts los. Ganz und gar nichts. Überhaupt nichts.

»Höchststrafe«, fügte er noch hinzu, um seiner Abneigung Nachdruck zu verleihen. Bewegung hingegen, fuhr er fort, sei das einzig Wahre. Das A und O. Wahrscheinlich sogar der Sinn des Lebens. Jedenfalls einer davon. Er wisse es genau. Er sei früher endlos durch die Gegend gestreift; hierhin und dorthin und auch mal weiter und manchmal sogar noch weiter. Auskundschaften, entdecken, hier und da ein bisschen rumstänkern, was klauen, sich nicht erwischen lassen, ausruhen, wieder auf Tour gehen.

Heute nicht mehr. Das Alter, gab er zu verstehen.

Was genau er bei seinen Erkundungen und Entdeckungsreisen gemacht habe, wollte John wissen, doch der Hund konnte sich nicht recht erinnern: »Dies und das. Jenes und Solches. Und auch mal was Besonderes.«

Für John war das nicht schön, weil langweilig. Belangloses Vorsichhingeplauder. Aufgeregter wurde sein neuer Gesprächspartner erst, als er vom Fressen erzählte. Vom magischen Schrank in dem die Wurst und das Fleisch lagerten. Von dem er aber leider keine Ahnung hatte wie man ihn öffnen konnte, um an die Köstlichkeiten zu gelangen. Herrchen und Frauchen hingegen schon. Die wussten es.

»Sie können Wurst«, sagte er, »und Rippchen. Und Eisbein. Und Kotelett – und – und – und Steak. Das allerallergrößte. Der helle Wahnsinn. Riecht wie – wie – wie – unbeschreiblich.«

Leider war auch aus dieser Geschichte nicht mehr herauszuholen. Keine Chance, dass der Hund abwechslungsreicher oder detaillierter erzählte. Hinzu kam tragischerweise, dass er von all den Köstlichkeiten noch nie etwas abbekommen hatte. Noch nie. Herrchen und Frauchen gaben ihm immer nur eine Pampe aus Reis und Pansen. Jeden Tag. Schon immer.

»Ist nicht toll«, sagte er, »überhaupt nicht.«

Sein Blick war traurig geworden. Er legte sich ins Gras und begann leise vor sich hin zu fluchen; über ein paar Katzen aus der Nachbarschaft, denen er gerne mal ans Fell würde, was er aber noch nie gemacht hatte.

»Manche«, maulte er, »sagen, sie wären zu schnell. Ich würde sie nicht kriegen. Was wissen die schon? Hab ich gar nicht nötig; Katzen jagen. Oder den blöden kleinen Kläffer von nebenan. Auch nicht. Oder die Pracht von drei Häuser weiter. Weiß nicht mal wie sie heißt.

Früher vielleicht. Da war sie schon toll. Schön und alles. Aber jetzt? Nur noch ’ne alte Zicke – sagt man. Ich red ja nicht mit ihr. Hab ich noch nie.«

John hatte ganz stark das Gefühl, dass die Maus so bald wie möglich wieder in den Garten kommen musste, sonst würde es nicht mehr lange dauern, bis er vor Langeweile und Ereignislosigkeit sang- und klanglos verrückt würde. Dann schlief er, begleitet vom motzigen Gemurmel des Hundes, schließlich ein.

55. Libelle

John träumte von Indianern.

Etwa eine Stunde später weckte ihn das Postflugzeug. Es zog brummend über den Himmel und vertrieb die Wolken. Die wieder sichtbare Sonne versprach, vielleicht einen schönen Tag zu zaubern.

Aus dem Birnbaum zu seiner rechten schoss ein Sperling hervor und jagte hinter einer Libelle her. Eine ganze Zeit lang. Konnte sie aber nicht fangen. Die Libelle sprang, wenn der Vogel sie fast erreicht hatte, auf eine andere Position im Luftraum. Jedenfalls sah es aus wie ein Sprung. Fast schon wie beamen, weil sie vom einen auf den nächsten Augenblick einfach anderswo war als gerade noch. Sie floh nicht. Nahm vor dem Angreifer nicht Reißaus. War einfach in letzter Sekunde nicht mehr dort, wo sie Opfer geworden wäre. Es sah mühelos aus. Der Sperling hingegen hatte eine Menge Arbeit. Er flog zwar ziemlich gekonnte und präzise Angriffe, verpasste die Beute jedoch jedes Mal. Die Ausweichmanöver der Libelle bewirkten, dass er mit hoher Geschwindigkeit an ihr vorbeischoss. Und weil das in unterschiedlichen Variationen eine ganze Zeit lang auf ziemlich ähnliche Weise ablief, gab der Vogel irgendwann auf.

John fragte sich, wie die Libelle mit ihren Facettenaugen wohl wahrnahm, dass da eine tödliche Gefahr auf sie zusteuerte; und ob sie sich wohl fürchtete? Oder einfach nur auswich, weil sie das immer tat, wenn etwas Großes schnell näher kam? Ihr Verhalten also nichts weiter war als ein routinierter Reflex, der in solch einem Fall automatisch ablief. Wenn das so wäre, dann hätte sie im Grunde gar nicht überlebt, weil sie ja nicht das Gefühl gehabt hatte, sich in Lebensgefahr zu befinden.

Könnte das sein?

Das und manches mehr, was sich Tag für Tag um ihn herum abspielte, musste genau beobachtet, profund durchdacht und überlegt ergründet werden; doch solange die Maus nicht da war hatte er kaum eine Chance, das Geschehen zu enträtseln. Er nahm sich zwar vor, es nach besten Kräften zu versuchen, doch es wollte nicht recht gelingen. Seine Gedanken kreisten und schweiften eine ganze Weile lang, dann roch es nach Knaster.

56. Ganz schlechte Nachrichten

John war angeschlagen.

Hatte nicht die geringste Lust auf den alten Griesgram. Dem schien das jedoch vollkommen schnuppe zu sein: »Tag«, sagte er, »Unterricht. Geographie. Europa, Deutschland, Ruhrgebiet, Mittelmeerländer. Such dir etwas aus.«

Klang alles nicht sonderlich toll, fand John und sagte lustlos: »Europa.«

»Gute Wahl, Junge. Und keine Fragen, bis ich sage, dass fragen erlaubt ist.«

John hörte nicht richtig hin. Am Rand des Gartens ging etwas vor. Mehrere schwere Landmaschinen näherten sich, hielten an, die Motoren stoppten.

Dann betrat die Frau vom Wissenschaftlichen Institut den Garten.

»Tag, John«, sagte sie knapp, wandte sich um, fragte streng: »und wer sind Sie?«

»Die viel eher angebrachte Frage lautet wohl: Wer sind Sie?« murrte der Lehrer. »Sie befinden sich hier auf Privatgelände.«

»Gehören Sie zur Familie?« wollte die Frau vom Wissenschaftlichen Institut wissen.

»Was geht Sie das an?«

»Eine Menge. Dieser Garten ist Sperrgebiet. Kein Zutritt für Unbefugte.«

»Als Nachbar bin ich wohl befugt, will ich meinen.«

»Nein«, sagte die Frau.

»Als Johns Lehrer bin ich wohl mindestens befugt, will ich meinen.«

»Nein.«

»Als Zeuge der Ereignisse bin ich wohl über alle Maßen befugt, will ich meinen.«

»Zeuge welcher Ereignisse?«

»Des Versuchs, den Jungen auszugraben – sein Vater und ich, und was wir in der Erde gesehen haben, und was hier insgesamt überhaupt vorgeht.«

»Kommen Sie mal mit«, sagte die Frau in einem Ton, der keinen Widerspruch duldete und ging in Richtung Haus. Der Lehrer sah ihr verdutzt hinterher, setzte sich dann in Bewegung. Als er bei der Veranda ankam, bedeutete die Frau, er solle auf einem der Stühle am Tisch Platz nehmen, was er auch tat. Sie setzte sich ihm gegenüber und begann zu reden. Wenig später begannen beide zu gestikulieren. Kurz darauf sah es aus, als redeten sie hitzig aufeinander ein, wobei sie häufig in Johns Richtung zeigten. Genau genommen sogar direkt auf ihn. Schließlich schienen sie zu streiten.

Derweil standen die, die mit den großen Landmaschinen angerückt waren, herum und warteten auf Anweisungen. Bekamen aber keine. Der Streit auf der Veranda ließ nach einer Weile plötzlich nach. Die Frau hatte ein großes Buch hervorgeholt, es aufgeschlagen und dem Lehrer hinüber gereicht. Der vertiefte sich sofort hinein. Die Frau erhob sich und ging zu denen, die mit den großen Landmaschinen angerückt waren, sprach ein paar wenige Sätze, woraufhin sie abzogen. Die Maschinen ließen sie jedoch da.

Als John sah, dass die Frau ihre Schritte in seine Richtung lenkte, beschloss er, sich schlafend zu stellen.

»John!« sagte die Frau.

John antwortete nicht.

»Scheint zu schlafen«, bemerkte die Frau zum Lehrer, der gerade ebenfalls wieder bei John eintraf.

»Er ist ein Nichtsnutz, fürchte ich«, murrte er.

»Was wissen Sie schon«, maulte die Frau.

»Wahrscheinlich mehr als Sie«, motzte der Lehrer.

»Bestimmt«, sagte die Frau. »Was ist nun? Haben Sie verstanden, um was es hier geht?«

»Teilweise«, antwortete der Lehrer. »In Ihrem Buch stehen eine Menge Vermutungen und so gut wie nichts, dass man als erwiesen ansehen könnte.«

»Ich habe diese Berichte bewusst vage gehalten, aber ewig wird das nicht gelingen. Und bevor man im Wissenschaftlichen Institut die Brisanz der ganzen Angelegenheit erkennt, muss der Junge hier weg sein.«

»Der Junge ist doch genau am richtigen Ort. Hier hat schließlich alles angefangen.«

Die Frau trat näher an den Lehrer heran und sagte fast flüsternd: »Mit diesem Jungen geht etwas vor, das wir noch nicht verstehen. Was wir kaum glauben können. Was alles in allem mehr als außergewöhnlich ist.«

»Mag sein«, sagte der Lehrer, »aber wieso muss er deshalb hier weg?«

Die Frau ging langsam um John herum, sah den Lehrer dann streng an: »Wenn es so ist, wie ich vermute, dann geht es hier um große Dinge. Große Forschung. Große Ehre. Große Anerkennung. Großen Ruhm. Vielleicht sogar Weltruhm.«

»Ver–stehe«, sagte der Lehrer langsam und gleichzeitig aufgeregt. »Fahren Sie fort.«

»Ich werde ihn morgen ausgraben lassen. Es ist allerdings nicht sicher, ob es gelingen wird. Ich konnte nur diese möglicherweise viel zu großen Maschinen auftreiben. Wir werden sehen.«

»Wir werden was sehen?«

»Sie, werter Herr, werden gar nichts sehen.«

»Sie, werte Dame, werden gar nichts unternehmen, wenn ich gar nichts sehe.«

»Was soll das heißen?«

»Dass wir Partner sind.«

»Niemals«, sagte die Frau und war wütend.

»Auf ewig«, sagte der Lehrer, »sonst wird nichts aus der Sache. Gar nichts. Können Sie mir glauben.«

Die Frau ging aufgeregt hin und her, dann auf und ab, murmelte vor sich hin, sagte schließlich: »10 Prozent.«

»50«, sagte der Lehrer und fügte hinzu: »Ist mein letztes Wort. Weitere Verhandlungen wird es nicht geben.«

Die Frau ging noch aufgeregter hin und her, dann auf und ab, murmelte vor sich hin, sagte schließlich: »Wir werden sehen. Wir können uns mit solchen Kinkerlitzchen nicht aufhalten. Nicht solange der Junge noch hier ist.«

»Und wenn etwas schief geht?« fragte der Lehrer misstrauisch.

»Plan B.«

»Und der geht wie?«

»Absägen.«

»Was?« fragte der Lehrer, in seiner Stimme schwang Entsetzen mit.

»Ist die einzige Alternative. Wenn wir ihn nicht mit den Wurzeln herausbekommen, dann eben ohne.«

»Ein Baum ohne Wurzeln stirbt«, sagte der Lehrer. In seiner Stimme schwangen Strenge und Ermahnung mit.

»Unwahrscheinlich«, sagte die Frau. Der Organismus des Jungen wird dann automatisch wieder auf menschliche Ernährung umstellen, bis wir ihn erneut eingegraben haben; an einem Ort, den nur wir kennen.«

Der Lehrer nickte bedächtig. Schien nachzudenken.

Der Junge würde, fuhr die Frau fort, beim Absägen keine Schmerzen fühlen. Sie habe ihre Methoden für so etwas. Dann ging sie mit schnellen Schritten fort, und der Lehrer folgte ihr – rief dabei Fragen und Flüche.

John war wie betäubt. Ein Sturm aus Furcht durchtobte sein Hirn, seine Seele, sein Herz. Was da auf ihn zukam war ein verhängnisvolles Verhängnis. Im Grunde sogar das Ende der Welt – und es war dringend geraten, sich etwas einfallen zu lassen.

Doch was konnte er tun? Ohne die Maus war er aufgeschmissen. Ratlos. Hilflos. Und weil nichts auf ihre Rückkehr hindeutete, blieb nur eine einzige Lösung übrig: Er musste sie suchen.

Um sie suchen zu können, musste er aber aus der Erde heraus und das war ja leider nicht möglich.

Oder vielleicht doch?

Seine Gedanken ratterten in schneller Folge, sein Gehirn entwickelte Pläne, verwarf sie wieder, schmiedete neue; Stunde um Stunde. Dann kam die rettende Idee. Sie war plötzlich da; einfach so, und sie hatte die ganze Zeit genau vor seinen Füßen gelegen.

57. Umsturz

John war aufgewühlt.

Sein Gespräch mit den Maulwürfen hatte einige Zeit in Anspruch genommen. Sein Wunsch sei – versicherte der Maulwurfminister für besondere Aufgaben schließlich – grundsätzlich erfüllbar, die Folgen wären allerdings dramatisch. Jedenfalls für seine Leute. Wenn sie es täten, müsste vorher ein guter Plan her, denn wenn die Menschen morgen das Ergebnis ihrer Arbeit entdeckten – nun ja – er wisse ja, wie seine Artgenossen seien.

»Meine Eltern sind gar nicht da«, versuchte er die Situation zu entschärfen, »und mein Vater hat auch gar keinen weißen Bademantel.«

Ob weißer Bademantel oder nicht sei ohne Bedeutung, gab der Maulwurfminister für besondere Aufgaben zu verstehen: Nicht alle Menschen in weißen Bademänteln seien Maulwurfmörder. Dafür aber jede Menge Menschen ohne weiße Bademäntel. Es gäbe kein verlässliches Muster um erkennen zu können, welche Menschen Todbringendes im Schilde führten und welche nicht. Sie – die Maulwürfe – hätten letztendlich entschieden, Menschen überhaupt nicht zu trauen, ihnen dafür aber alles zuzutrauen. Alles furchtbare, entsetzliche, unvorstellbare.

John war verlegen.

»Bei dir ist das anders, John«, sagte der Maulwurfminister. »Du bist in Ordnung. Und deine Situation ist tatsächlich trostlos. Du kannst Hilfe gut gebrauchen.«

John und der Maulwurfminister sagten eine Zeitlang nichts. Dachten nach. Dann hatte John eine Idee: »Ihr könnt ins Haus. Es steht leer. Für eine ganze Weile. Dort wird euch niemand suchen.«

»Sicher?« fragte der Obermaulwurf skeptisch.

»Wann hat man je von Maulwürfen gehört, die in Menschenhäusern wohnen?«

»Nie«, sagte der Minister. »Hat ja auch noch nie ein Maulwurf gemacht.«

»Dann könnt ihr die ersten sein; du und deine Leute.«

»Was sollen wir dort?«

»Ihr seid dort sicher.«

»Da gibt's nichts zu fressen.«

»Wir haben einen Vorratskeller. Da sind jede Menge Köstlichkeiten drin.«

»Fragt sich, ob es Maulwurfköstlichkeiten sind.«

»Wer weiß«, sagte John – und wollte sich nicht allzu deutlich vorstellen, welche Menüs Maulwürfe unter der Erde wohl zu vertilgen pflegten. Also beschloss er, das Thema zu wechseln.

»Im Haus seid ihr geschützt, darauf kommt es doch an. Es wird nicht lange dauern bis die Menschen sich wieder beruhigt haben. Sie suchen sich ständig neue Themen über die sie sich aufregen können. Und wenn Gras über die Sache gewachsen ist, könnt ihr zurück in den Garten und alles ist wie vorher. Außerdem gibt es im Haus einen Fernseher.«

»Wir sind Maulwürfe, John. Wir sind blind.«

John hätte sich mal wieder selbst eine verpassen können. War mächtig gedankenlos, einfach so von sich auf andere zu schließen. Doch für ausgedehnte Selbstvorwürfe war keine Zeit. Er musste weiter nachdenken und erinnerte sich an die Sache mit den Augen und den Ohren: Wenn es keine Augen gibt, um die Welt zu betrachten, gibt es immer noch Ohren, sie zu hören. Und hören, dass wusste er, können Maulwürfe ziemlich gut.

»Es gibt im Haus auch ein Radio und eine Musikanlage.«

»Ohoo!« sagte der Obermaulwurf. »Wow!«

Dann verschwand er direkt vor Johns Füßen in der Erde, kam einen Moment später noch einmal hervor und sagte: »Bin gleich zurück. Geh nicht weg.«

John war sprachlos. Einige Augenblicke später kitzelte ihn etwas an den Zehen. An mehreren Stellen gleichzeitig, und es wurde immer mehr.

Die Maulwürfe arbeiteten den gesamten Nachmittag und Abend. Es war ein mächtiges Buddeln um ihn herum, und es kitzelte mitunter kaumzumaushalten.

Während seine Leute gruben und wühlten, was das Zeug hielt, hatte der Obermaulwurf 1000 Fragen: Wie das Radio eingeschaltet wurde? Wie der Verstärker? Ob der Receiver die gleiche Fernbedienung habe wie der CD-Player? Wie die Höhen und Tiefen gepegelt wurden? Wie das WLAN-Passwort laute? Ob iTunes auf dem Laptop installiert sei ...?

Irgendwann, der Mond ging gerade auf, waren alle Fragen beantwortet und John spürte, wie er langsam, fast wie in Zeitlupe, zur Seite kippte; weiter und weiter, und dann kam der Moment, an dem er sich nicht mehr zu halten wusste.

Als er am Boden lag und an sich herunter sah, bekam er einen gehörigen Schrecken. Seine Füße ragten weit in die Luft. Sie waren so außerordentlich groß, seine Zehen so über alle Maßen lang, dass es ihm unmöglich schien, damit aufzustehen; und laufen würde er mit diesen Gebilden nie und nimmer können.

So kamen ihm Zweifel, ob das wirklich eine gute Idee gewesen war, denn zurzeit sah es eher so aus, als sei gar nichts gewonnen. Ganz realistisch betrachtet, war er jetzt nämlich ein umgestürzter, am Boden liegender Baum.

Er unternahm einen Versuch aufzustehen, doch seine Befürchtung bestätigte sich. Er war dazu nicht in der Lage. Das Gestrüpp seiner überüberlangen, in alle Richtungen zeigenden Zehen machte es unmöglich. Er bekam seine Füße einfach nicht auf den Boden.

Nach einer Reihe weiterer Versuche – alle vergeblich –, musste er unvermittelt einen neuen Gedankensturm durchstehen: Es würde nicht mehr allzu lange dauern, bis die Frau vom Wissenschaftlichen Institut und der Lehrer aufkreuzten, und dann hätten sie leichtes Spiel. Die Maulwürfe hatten ihnen die ganze Arbeit nämlich bereits abgenommen. Die Frau und der Lehrer mussten ihn nur noch aufheben und mit sich forttragen.

Es war zum Verzweifeln.

Wenn er ihnen entkommen wollte – und er war dazu weiterhin wild entschlossen – brauchte er dringend eine neue Idee. Eine möglichst gute.

Er dachte fieberhaft nach, wurde dabei ganz furchtbar müde, schlief schließlich ein, träumte bunt und wirr.

Unterwegs

58. Wiedersehen

John war benommen.

Als er erwachte, dröhnte aus dem Haus laute Musik mit tiefen Bässen.

Es dämmerte. Der Blick hinunter zu seinen Füßen versetzte ihn in Erstaunen. Seine Zehen waren geschrumpft; sogar sehr. Sie waren zwar noch längst nicht wieder normal, doch sie schienen zu einem Maß zurückzufinden, mit dem er sich durchaus zutraute, aufzustehen und ein paar Meter gehen zu können; es zumindest zu versuchen.

Das war nicht leicht, aber es funktionierte. Machte Mühe, aber er war wieder mobil. Höchste Zeit also, sich aus dem Staub zu machen – und die Maus zu suchen.

Natürlich hatte er keine Ahnung, wo er suchen sollte, und er hatte auch keinen Plan, wie er vorgehen wollte. So streifte er einfach umher. Irgendwann vergaß er auf den Weg zu achten, was dazu führte, dass er sich gründlich verirrte; glaubte er jedenfalls, denn als der Tag in den frühen Nachmittag überging, kannte er sich nicht mehr aus. Er stand am Ufer des Sees, wusste aber nicht wo – und das muss man dann ja wohl so nennen: verirrt …

Wie konnte, sollte, würde es jetzt weitergehen?

War er weit genug vom Garten entfernt, um vor der Frau und dem Lehrer in Sicherheit zu sein? Würden sie ihn wohl suchen? Was würden sie machen, wenn sie ihn fänden? Ihn einfangen? Mit sich nehmen? Ihn verschleppen?

»Bist ganz schön gewachsen«, drang eine Stimme durch sein Gedankengestrüpp. »Wurde auch langsam Zeit mit der Johnbaumerei aufzuhören.«

John brachte kein Wort hervor. Er war erstaunt und glücklich und überwältigt, sie wieder zu sehen. Er konnte sein Glück kaum fassen und war gleichzeitig auch ein wenig gekränkt, weil sie mit ihm redete, als sei sie gar nicht weg gewesen und als sei all das, was seit dem großen Sturm passiert war, überhaupt nichts Besonderes. Außerdem – und hier fand er seine Stimme wieder – sei es nicht wahr, dass er aufgehört hatte. Er wollte noch immer ein Baum werden.

»Wirst du nie«, sagt die Maus, »jedenfalls kein guter. Und wozu drittklassig sein in etwas, dass du wahrscheinlich nie besser hinkriegen wirst als erstklassig zu werden in etwas, das du gut kannst?«

»Und was soll das sein?« fragte John, der sich nicht schlecht wunderte, wie nahtlos sie dort anzuknüpfen verstand, wo sie zuletzt aufgehört hatten – als hätte nie auch nur ein Augenblick dazwischen gelegen.

»Was das sein soll, John, kann ich dir nicht sagen. Es ist deine Aufgabe, es herauszufinden.«

»Was herausfinden? Und wie?«

»Du weißt es, wenn du ihn hörst.«

»Wen?«

»Den Ruf des Abenteuers.«

Das klang spannend. Ruf des Abenteuers. Doch John wäre nicht John, wenn er in dieser herrlichen Verheißung nicht gleich auch eine lauernde Gefahr ausgemacht hätte: »Was, wenn das Abenteuer mich gar nicht ruft?«

»Es ruft jeden, John. Seit immer schon. Die Kunst ist, seinen Ruf durch das Rauschen des Alltags und das Summen der Gedanken hindurch wahrzunehmen. Viele verpassen das.«

»Und dann?«

»Ruft es nach einiger Zeit erneut. In der Regel lauter. Aber auch das überhören viele.«

»Und dann?«

»Es ruft immer lauter. Irgendwann ist es einfach nicht mehr zu überhören.«

»Und dann?«

»Wann immer du den Ruf vernimmst, ist es Zeit, sich auf den Weg zu machen. Auf den großen Ritt ins Unbekannte.«

59. Steine

John war beeindruckt.

Er sah auf den See und lauschte aufmerksam. Könnte ja sein, dass der Ruf gerade jetzt ertönte. Nach einiger Zeit ließ seine Konzentration jedoch nach und er begann, auch, weil er den Drang verspürte, sich zu bewegen, im seichten Wasser von Stein zu Stein zu hüpfen. Vorsichtig – wegen seiner Füße; doch es gelang ganz gut.

»Was glaubst du«, fragte die Maus, die ihren Platz auf seiner Schulter ganz selbstverständlich wieder eingenommen hatte und sich, wenn er sprang, an seinem Haar festhielt, »wie sie das finden?«

»Wer?«

»Die Steine.«

»Was?«

»Das wir auf ihnen landen. Und wieder abspringen.«

Tja – was sollte er dazu sagen? Wie die Steine das finden?

»Es wird ihnen reichlich gleichgültig sein«, sagte er. »Sie liegen hier herum; schon immer – und sind eben Steine.«

»Sie liegen hier längst nicht schon immer«, sagte die Maus. »Schon lange, ja, aber schon immer, nein. Sie kamen vor etwa 20 000 Jahren hierher. Vorher waren sie auf Reisen. Sind mit den Gletschern aus dem Norden gekommen. Seitdem sind sie sesshaft.«

Während sie sprach, drehte John einen der Steine um, denn er wusste, dass sich darunter kleine Krebse versteckten.

»Lass das!« sagte die Maus. Es klang streng.

»Wieso?« fragte er, weil er das Spiel eigentlich ganz spannend fand.

»Die Krebse mögen es nicht. Und die Steine auch nicht besonders.«

Jetzt wurde John allerdings neugierig. Die Maus schien tatsächlich zu denken, dass Steine irgendwie etwas erlebten. Etwas empfanden.

Er war anderer Meinung: »Sie sind doch tot.«

»Wer?«

»Die Steine«, sagte er, fast ein wenig verärgert, weil sie sich offensichtlich begriffsstutzig stellte.

»Nein«, antwortete die Maus ernst, »sind sie nicht.«

John hatte geahnt, dass sie das sagen würde und wusste auch, worauf sie hinaus wollte.

»Versteh schon«, sagte er, »um tot sein zu können, muss man vorher lebendig gewesen sein. Also: Sie sind doch nicht lebendig.«

»Was meinst du damit?«

»Dass sie nichts erleben können, weil sie nicht lebendig sind. Leben – Erleben; das hängt ja – wie man schon hören kann – eng miteinander zusammen.

»So ist das also – glaubst du?«

»Wie denn sonst?«

Die Maus zupfte an seinem Haar; er solle runter von den Steinen und wieder ans trockene Ufer gehen. Dort kletterte sie von seiner Schulter, lief am Boden hin und her, schnupperte hier und da. Alles bedächtig. Ohne Eile. Dann sah sie ihn an, zeigte auf einen Stein zu ihren Füßen und sagte: »Den Kleinen hier, John. Nimm ihn und wirf ihn so weit du kannst in den See. Er wird sich darüber freuen. Und wenn du es schaffst ihn dabei auf der Wasseroberfläche aufditschen zu lassen, wird das für ihn ein großes Erlebnis sein.«

»Niemals«, sagte John.

»Ganz bestimmt«, sagte die Maus. »Für Steine ist es etwas sehr besonderes, wenn sie fliegen. Ist nur wenigen jemals vergönnt. Dieser da, den du werfen sollst; er liegt schon 2367 Jahre an der gleichen Stelle. Und jetzt wäre, nach all dieser Zeit, ein Flug über das Wasser und anschließend ein neuer Platz in einer ganz neuen, fremden Umgebung ein tolles Abenteuer.

»Blödsinn«, sagte John, der sich nicht recht erklären konnte, was eigentlich mit ihr los war. »Woher willst du das alles überhaupt wissen?«

»Hat er gesagt.«

»Hat er gesagt …« wiederholte John spöttisch.

»Hat er.«

»Wieso sollte er das tun?«

»Hab ihn gefragt.«

»Oh – du kannst Steinsprache.« John war jetzt sicher, dass sie sich alles nur ausgedacht hatte und sehen wollte, ob er es glaubte. Doch sie blieb ernst und bestimmt: »Sie können Maussprache, und alle anderen Sprachen auch. Sie haben viel Zeit und lernen sie im Laufe der Jahrtausende ganz selbstverständlich.«

John glaubte jetzt noch mehr als zuvor, dass sie sich das Ganze tatsächlich von vorne bis hinten ausgedacht hatte: Steine, die sich freuen und mit Mäusen reden. So etwas gab's nicht. Hier nicht und auch sonst nirgends auf der Welt. Oder?

»Tja John«, sagte die Maus, »heb ihn auf. Und bevor du ihn wirfst, halte ihn an dein Ohr. John tat es. Einen – vielleicht zwei – Augenblicke später erschien ein glückliches Lächeln auf seinem Gesicht – und er warf den Stein so weit er konnte.

60. Wie weiter?

John war begeistert.

Und nahm gleich den nächsten Stein. Dann wieder einen und wieder einen und wieder einen. Es ging ziemlich lange und er wurde immer besser darin, sie aufditschen zu lassen; bis zu neun Mal. Irgendwann sagte die Maus unvermittelt; also aus heiterem Himmel: »Den da nicht.«

»Wieso?«

»Er liegt erst ein paar Jahre dort. Hingeworfen. Von einem Kind, das es nicht besonders gut konnte. War noch zu klein. Es wollte ihn eigentlich ins Wasser werfen, hat es aber nicht geschafft.

»Verstehe«, sagt John und fand, es sei doch eine gute Idee, die Sache hier und jetzt zu Ende zu bringen und ihn in den See zu werfen, wo er ja eigentlich schon längst liegen sollte.

»Nicht nach so kurzer Zeit«, sagte die Maus.

»Du hast doch gerade gesagt, er liegt schon ein paar Jahre dort.«

»Ich habe gesagt, er liegt erst ein paar Jahre dort. Für Steine ist das nicht viel. Sie rechnen in Jahrtausenden. Viele sogar in Jahrhunderttausenden, und sie brauchen gut und gerne ein paar Jahrhunderte, um sich an einen neuen Standort voll und ganz zu gewöhnen. Alles andere bedeutet Stress.«

Steinstress, dachte John. Wie das wohl ist?

»Für dich John, ist es uninteressant. Du bist ein Mensch.«

»Versteh' schon«, sagte er, ließ den Stein liegen, nahm einen anderen, sah die Maus fragend an. Sie nickte – und er warf. Wieder eine Weile später kletterte sie auf seine Schulter und sagte: »Lass gut sein für heute. Gehen wir.«

John zögerte.

Die Maus sah ihn neugierig an: »Hab' dich noch gar nicht gefragt, wieso du eigentlich aus der Erde raus und aus dem Garten fort bist.«

»Und ich«, gab John zur Antwort, »hab' dich noch nicht gefragt, wieso du nicht zurück in den Garten gekommen bist.«

»Ich bin auf dem Weg dorthin«, antwortete sie. »Muss ungefähr die Hälfte geschafft haben. Der Windgott hat mich ein mächtiges Stück weit mitgenommen. Ich bin seit Tagen unterwegs. Mit kleinen Pausen, versteht sich. Aber das ist jetzt erst mal nicht so wichtig wie deine Geschichte.«

John erzählte, was die Frau vom Wissenschaftlichen Institut und der Lehrer miteinander besprochen hatten. Als er zu der Stelle mit dem Absägen kam, schnappte die Maus nach Luft: »Wow. Was für Teufel! Und wie hast du es dann noch rechtzeitig aus der Erde heraus geschafft?«

»Hab die Maulwürfe gefragt.«

Die Maus kicherte, lobte seine Cleverness und war froh, dass er der Frau und dem Lehrer entkommen war. »Es bedeutet allerdings«, gab sie zu bedenken, »dass sie dich vielleicht suchen werden. Vielleicht sogar ziemlich wahrscheinlich. Möglicherweise sogar sicherlich. Wir sollten also gut aufpassen, damit du denen am Ende nicht doch noch in die Hände fällst. Keinesfalls. Und niemals und nie.«

»Nein«, sagte John, »Nie und nimmer«, und war glücklich, dass sie voll auf seiner Seite stand. Allerdings hatte er noch immer keine Ahnung, wohin er jetzt gehen konnte. Die Maus deutete nach halblinks: »Dort entlang«, und es schien, als wisse sie ganz genau, was zu tun war.

61. Gebieter

John war überwältigt.

Die Maus führte ihn zu einer alten Eiche, direkt am Hang über dem See.

Er hatte keine Mühe, den mächtigen Baum zu erklimmen. Seine Zehen waren ja lang und gaben beim Hochklettern perfekten Halt.

»Gehört einem Freund«, sagte die Maus, als sie im weit ausladenden Geäst der Eiche zu einem Baumhaus gelangten. »Wir können eine Zeit lang hier bleiben. Er ist nicht da.«

John wollte wissen, wer dieser Freund war und woher sie ihn kannte, doch die Maus winkte ab; sie würde es später mal erzählen. Bei Gelegenheit. Jetzt sei erst einmal wichtig, sich in der neuen Umgebung zurechtzufinden: »Man muss hier ziemlich gut aufpassen, John. Sonst fällt man herunter.«

Sie hatte natürlich Recht. Ein einziger Blick zum Boden genügte, und John hatte verstanden, dass er von nun bei jedem Schritt und jeder Bewegung achtsam sein musste.

Das Quartier war geräumig, großzügig und komfortabel; für die Maus. Für John nicht. Er fand es eng, einfach, schlicht und spartanisch. Für seine Größe nicht wirklich geeignet, andererseits aber besser als nichts. Und der Ausblick war spektakulär. Einerseits war er glücklich, so hoch oben in der Welt zu sein, den Göttern nahe. Andererseits war er unsicher, denn er hatte so gar keine Ahnung, was die

Zukunft bringen würde und wie es weitergehen sollte. Während er darüber nachdachte, trafen ihn Tropfen.

Schwalben flogen in diesem beginnenden Regen umher und es sah aus, als hätten sie ihren Spaß daran. Sie duschen, dachte er, sah ihnen eine Weile zu, beschloss dann, weil der Regen stärker wurde, einen Unterstand zu suchen.

Auf einem breiten Ast balancierend, der unter das Baumhaus reichte, fand er einen geeigneten Platz, wo der Regen nicht hinkam, schnippte einen Ohrenkneifer weg, der genau dort saß, wo er sich niederlassen wollte, machte es sich bequem und fuhr fort, Blicke in die Weite zu werfen. Es war eine große Show, hier oben über der Welt zu sitzen und zuzusehen, wie das Wetter über die Landschaft dahin zog.

»Wieso hast du ihn weggekickt?«, fragte die Maus als sie sich zu ihm gesellte. John wusste sofort, dass sie den Ohrwurm meinte.

»Wollte da sitzen«, antwortete er.

»Er saß da«, sagte sie. »Hättest dich neben ihn setzen können.«

»Hab' nicht drüber nachgedacht.«

»Wie hat es sich angefühlt?«

»Was?«

»Ihn zu vertreiben.«

John hatte keine Ahnung. Er hatte es einfach getan. Kein Gedanke, kein Gefühl. Nichts, was der Rede wert gewesen wäre.

»Hast vielleicht gedacht, dass es dein Platz ist.«

Könnte sein, dachte John. Vielleicht nicht richtig gedacht; eher einfach angenommen. Sein Platz. War ja auch so. Oder?

»Hat der Ohrenkneifer vielleicht auch gedacht: Mein Platz. Oder angenommen. Oder für selbstverständlich gehalten.« sagte die Maus.

Könnte sein, dachte John, sagte es aber nicht, überlegte stattdessen, wer in dieser großen Weite wohl welche Rechte auf was hatte. Die Dinge wurden hier sehr wahrscheinlich anders verhandelt als zu Hause im Garten. Dort hatte sein Vater das Sagen. Er bestimmte, wann der Rasen gemäht wurde, welche Bäume wo standen, welche Hecke geschnitten, was umgegraben, wo ein Zaun gezogen wurde und wie lange John dort hatte stehen dürfen. Es war so, weil ihm der Garten gehörte. Aber hier? In der großen Weite?

»Wem gehört das hier eigentlich alles?«

»Was?«

»Das Land, die Wälder, der See – die Welt.«

»Was meinst du mit: wem gehört es?«

»Wer ist der Besitzer? Wer hat hier das Sagen? Wer ist der Boss? Der Herr? Der Gebieter?«

»Wenn du das wissen willst, John, dann hör einfach hin.«

Kaum hatte sie das gesagt, vernahm er durch den gerade nachlassenden Regen wieder deutlich die ihm so vertrauten, allgegenwärtigen, permanent präsenten Geräusche und dachte: Die Vögel. Sie leben in den Bäumen und in der Luft, auf dem Land und dem Wasser. Sie sind überall zu sehen und zu hören. Es ist ihr Land.

Birdland.

62. Kampfgebiet

John war seelenfroh.

Das Leben in der Baumkrone schien ihm das Beste zu sein, das er sich vorstellen konnte. Sorgenfrei lauschte er dem vielstimmigen Konzert der Besitzer und Bosse, wandte nach einiger Zeit den Blick von der Weite der Landschaft zum Blätterdach der Eiche, als Ameisen seine Aufmerksamkeit erregten. Sie liefen auf einem Zweig entlang. Einige in die eine Richtung, andere, die ihnen entgegenkamen. Dann sah er, dass die Tiere nicht nur auf diesem, sondern auch auf anderen Zweigen krabbelten, und je genauer er hinsah, desto mehr entdeckte er. Bis er schließlich feststellen musste, dass sie überall waren.

»Auf dem ganzen Baum?«

»Überall«, sagte die Maus, die gerade Hausputz hielt.

Er war gewaltig groß, dieser Baum. Mochte gut und gerne Hunderte, vielleicht sogar Tausende von Ästen und Zweigen haben.

»Tausende«, sagte die Maus.
»Dann müssen es Hunderttausende von Tieren sein«.
»Millionen«, sagte die Maus.
»Was tun sie auf all den Ästen und Zweigen?«
»Sie tragen Blattläuse und setzen sie ins Laubwerk.«
John wusste, dass Ameisen sich vom Honigtau der Läuse ernähren. Hatte aber nicht gewusst, dass sie sie hüten wie Menschen ihr Vieh.
»Tun sie«, sagte die Maus. »Verlass dich drauf. Sie hüten sie nicht nur, sie kämpfen auch darum. Was du da gerade siehst, ist die Verschleppung der Beute-Herden.«
»Wie das?«
Die Maus unterbrach ihren Hausputz, stützte sich auf den kleinen Besen und sagte: »Es war eine Schlacht von mehreren Tagen, bis das Volk, das sie bisher gemolken hat, besiegt war. Heute in der Morgendämmerung ist der Kampf zu Ende gegangen; und jetzt bringen die Sieger die Herden in ihr Revier.
John war fasziniert. Eine Schlacht in seiner unmittelbaren Nähe. Wahrscheinlich sogar um ihn herum. Und ihm war das ganz und gar und komplett entgangen.
»Tja John, du bekommst von ziemlich vielem ziemlich wenig mit. Noch weniger als ich.«
»Als du?« wunderte er sich, weil er immer gedacht hatte, die Maus sehe alles, höre alles, wisse alles.
»Nein«, entgegnete sie, »tu ich nicht. Vom See da unten zum Beispiel weiß ich nichts; außer, dass unter seiner riesigen Wellenfläche eine gewaltig große Welt existieren muss; sonst würden nicht jeden Tag der Fischer hinausfahren und massenhaft das Leben aus seiner Tiefe ziehen können.«
Dann nahm sie den Hausputz wieder auf.
John erhob sich und kletterte ins Astwerk. Begab sich auf die Suche nach den Weidegründen der Blattläuse; hoffend, etwas von der Schlacht mitzubekommen, die ja vielleicht irgendwo im ausladenden Reich der Eichenkrone noch tobte …

63. Magenknurren

John war hungrig.

»Tja«, sagte die Maus, »vorbei die Zeit der Sorglosigkeit.«

»Welche Sorglosigkeit?« fragte John, der sich nicht an sorglose Zeiten erinnern konnte.

»Als du nichts tun musstest für deine Ernährung. Als du es so schlau gemacht hast wie die Bäume. Wurzelzehen, grüne Haare, in der Sonne stehen«

»Ja«, sagte John, der sich das schon gedacht hatte. Die Zeit als Johnbaum war erst einmal vorbei. Wahrscheinlich musste er sich jetzt wieder ernähren wie Johnmensch.

»Was machen wir jetzt?« fragte er daher.

»Auf dem Baum und um ihn herum ist mehr als genug«, sagte die Maus.

»Prima«, sagte John, bekam aber gleich darauf zu hören, dass für ihn möglicher nicht wirklich etwas dabei sei: »Sind alles eher Mausmahlzeiten.«

»Lass hören.«

»Blätter, Stängel, Wurzeln, Samen.«

»Mmmh«, sagte John, in dessen Ohren diese Aufzählung fürwahr wenig verlockend klang. »Gibt's noch was anderes?«

»Käfer, Mücken, Spinnen …«

»Schon gut«, unterbrach er, schaute in die Ferne, überlegt, was da wohl zu machen sei, kam allerdings zu keinem brauchbaren Ergebnis. Mit seinem Ausstieg aus der Erde und dem Verlassen des Gartens war wohl wirklich und tatsächlich ein ganz neues Problem entstanden: Wer würde jetzt für ihn sorgen?

»Ich nicht«, sagte die Maus.

»Wieso nicht?«

»Du bist groß. Ich bin klein. Wie soll das gehen?«

Tja – dachte John. Wo sie Recht hat, hat sie Recht.

»Du wirst dich selbst darum kümmern müssen«, fuhr sie fort.

Wie das zu verstehen sei, wollte er wissen.

»Gibt nicht groß was zu verstehen«, bekam er zur Antwort.

»Doch«, sagte John.

»Nein«, sagte die Maus.

»Aber ja, ja, ja«, sagte John und klang ein bisschen panisch.

Die Maus sah ihn an, schüttelte den Kopf, murmelte: »Es fängt damit an, dass du dich bewegst, wenn du Hunger hast. Und dir etwas suchst.«

John wollte fragen, wohin er sich bewegen und was er suchen solle, tat es aber nicht, nickte nur – und blieb sitzen. Nach einer Weile fragte er: »Hast du einen Tipp wo ich suchen soll?

»Felder, Gärten, Wiesen.«

»Wiesen?«

»Da gibt's Kräuter. Bärlauch zum Beispiel. Könnte dir schmecken. Und Löwenzahn. Du musst ein bisschen kauen, hat aber seine Reize. Dazu wilde Erdbeeren, Johannisbeeren, Blaubeeren. Und wenn du sehr geschickt bist, Honig.«

»Honig?«

»Nur wenn du wirklich clever bist.«

»Wie clever?«

»Sehr clever.«

»Wie sehr?«

»Wie ein Baum.«

Klang machbar. Also bat er um weitere Informationen.

Die Maus erzählte von Langsamkeit. Die Bienen würden ihn nicht angreifen, wenn er so langsam sei, dass sie ihn nicht bemerkten. Dann zeigte sie ihm, wie langsam.

Nach einer Minute, in der sie nichts gemacht hatte, sagte John: »Fang an.«

»Bin schon mitten drin.«

John verstand. Wirklich sehr langsam.

»Du musst es üben«, sagte die Maus.

John war nicht sicher, ob der Aufwand lohnte. Die Maus hingegen schon. »Dann gibt es Honig, John«, sagte sie und er konnte hören, dass sie sich darauf fast ehrfürchtig zu freuen schien.

»Ja, Honig«, sagte er, als sei das nichts Besonderes.

»Ich weiß«, sagte sie und klang missbilligend, »Menschen können Honig in Gläsern kaufen. Er ist nicht mal teuer. Hier draußen, im wahren Leben, ist Honig aber nicht zu haben. Niemals. Jedenfalls nicht, wenn du kein Bär bist. Und ich bin keiner.«

Dann setzte sie sich auf einen Ast, zeigte auf die Wiesen im Westen und begann zu erzählen; vom großen Honigtraum aller kleinen Tiere, die nur zu gut wissen, dass es Honig gibt; fast immer in ihrer Nähe, denn die Völker der Bienen sind zahlreich. Und dennoch bleibt er unerreichbar. Der bestbewachte Schatz der Wiesen und Wälder.

»Kommt man ihm zu nahe, erfolgt unweigerlich der Angriff. Meist mit tödlichem Ende. Aber du, John, du kannst es schaffen.«

64. Kräuter

John war ruhelos.

Ein Streifzug zu den Bienen klang nach Abenteuer. Allerdings auch nach Gefahr. In jedem Fall nach einer großen Sache. Er hatte Angst und fühlte Neugier; beides gleichzeitig. Die Neugier war stärker. Also beschloss er, es zu wagen.

Nachdem sie vom Baum heruntergeklettert waren, streiften sie durch die große Wiese im Westen. John wollte wissen, wie sie den Honig finden konnten? Und wo?

Die Maus zeigte auf eine vorbeifliegende Biene, kurz darauf auf eine zweite, dann auf eine die den anderen entgegenkam und sagte: »Dort.«

»Häh?« John hatte nur gesehen, dass Bienen durch die Luft flogen. Hin und her und her und hin. Wie konnte die Maus wissen, wohin sie unterwegs waren oder woher sie kamen?

»Sie fliegen entweder nach Hause oder zu Nahrungsquellen. Nach Hause fliegen sie langsamer. Sind dann ja schwerer.«

So einfach war das. John staunte.

»Bevor es losgehen kann«, wechselte die Maus das Thema, »musst du essen. Bis du rundum satt bist.«

»Wieso?«

»Hungrig bist du ungeduldig – und machst Fehler.«

John wusste, was sie meinte; kannte es vom Einkaufen. Wenn man da hungrig hinging, kaufte man zu viel von allem. Und war dabei nervös.

»Ja«, sagte die Maus. »Nervös geht aber nicht. Und zwar auf keinen Fall.«

John verstand. Sollte die Sache schief gehen, hätte er ein ganzes Volk von Bienen gegen sich – und er fand schon eine einzige zu viel. War mal von einer gestochen worden und wusste noch ziemlich genau, dass er das nie wieder erleben wollte. Also war er einverstanden: erst satt essen. Aber wie?

Die Maus zeigte auf einen Löwenzahn: »Nur die Knospen.«

John fand sie bitter. Die Maus zeigte auf einen Sauerampfer: »Wenn du beide mischst, wird es feiner. Wohlschmeckender.«

»Sicher?«

»Probier es einfach.«

John probierte und stimmte zu. Es war besser. Allerdings noch immer kein Vergleich zu – zum Beispiel Toastbrot mit allem drauf, was auf ein Toastbrot drauf kann.

»Dann nimm noch etwas hiervon«, sagte die Maus und zeigte auf eine Zitronenmelisse. John pflücke ein paar Blätter, rupfte erneut Löwenzahnknospen und Sauerampfer, legte alles aufeinander, schaute das Kräuterbündel skeptisch an, dachte sich, dass weitere Geschmackskomponenten sicher nicht schaden könnten, entdeckte eine Staude, von der er sich einiges versprach, weil ihre Blüten süßen Duft verströmten und fragte: »Was ist damit?«

»Giftig«, sagte die Maus.

»Und damit?« Ein Strauch mit roten Blüten.

»Giftig.«

»Und das hier?«

»Ungesund.«

»Aber das hier!« Ein Kraut mit langem Stil und gelben Blüten.

»Todbringend giftig.«

»Ist das hier die Wiese des Grauens?«

»Nein, John. Ist eine ganz normale Wiese. Versuch das hier.«

Sie zeigte auf grüne Blätter, die einzeln aus dem Boden wuchsen. John schaute skeptisch.

»Waldmeister.«

John zupfte einige Blätter, mischte sie mit den anderen, steckte eine Portion in den Mund, begann zu kauen und stellte verwundert fest, wie intensiv der Geschmack war. Ganz anders als alles, was er bisher gegessen hatte – aber gar nicht schlecht. Sogar so gut, dass er so lange aß, bis er tatsächlich gesättigt war – und damit wurde es Zeit für den großen Coup.

Sie gingen den Bienen nach und kamen nach einiger Zeit zu einer alten, knorrigen, verwitterten Weide mit einem großen Astloch mitten im Stamm.

»Perfekt«, sagte die Maus und gab ihm ein Zeichen, sich neben sie in die Wiese zu setzen.

»Was ist der Plan?«

»Sitzen. Beobachten. Ruhig werden«, sagte sie langsam.

Also saßen sie eine Weile und beobachteten das Treiben am Eingang des Bienenstocks. John wusste mit jeder Minute weniger, wie er an den Honig herankommen sollte. Er lagerte wahrscheinlich tief im Stamm, war also bestens bewacht.

»Ja«, sagte die Maus. »Genau so ist es.«

»Na toll«, maulte John. »Aus der Sache wird also nichts.«

»Das liegt allein an dir.«

»Und was, bitteschön, soll ich machen? Da sind Hunderte von

Wächterinnen, die nur darauf warten, dass jemand kommt, den sie vertreiben können.«

»Sie sind Insekten, John. Sie vertreiben nicht. In ihrer Welt geht es immer um Leben oder Tod.«

Es wurde immer besser, fand John. Er würde, sollte die Sache schief gehen, nicht auf äußerst schmerzhafte Weise vertrieben werden? Die Bienen würden, sollten sie einen Angriff starten, vielmehr versuchen, ihn zu töten?

»Normalerweise ja«, sagte die Maus. »Aber in deinem Fall; nein. Ich würde dich nicht da hinschicken, wenn ich nicht wüsste, dass du es schaffst.«

John fühlte sich zwar geehrt, fand aber gleichzeitig, das Risiko sei doch sehr, sehr hoch. Außerdem wusste er noch immer nicht, wie er an den Honig tief unten im Stamm gelangen sollte.

»Du musst mit dem Arm in das Loch hinein. So tief, bis du eine Wabe fühlen kannst. Dann löst du sie vorsichtig und ziehst den Arm wieder heraus.«

John glaubte nicht, dass sie das ernst meinte. Der Plan war total blöd und vollkommen zum Scheitern verurteilt. Die Bienen würden sich das doch auf gar keinen Fall bieten lassen. Sie würden sofort in seinen Arm stechen, und zwar so oft, dass er blitzschnell so sehr anschwellen würde, dass er ihn nicht mehr aus dem Astloch herausbekäme. Feststeckte. Er wäre also tatsächlich des Todes.

»Nicht, wenn du es so langsam machst, dass sie es nicht bemerken.«

John zögerte. Er wusste zwar um das Phänomen von Insekten und Langsamkeit – also dass sie erst ab einer bestimmten Geschwindigkeit Bewegungen wahrnahmen – doch er wusste nicht, ob er es hinbekommen würde, so langsam zu sein.

»Verlass dich auf dein Gefühl«, sagte die Maus. »Sei langsam wie ein Baum.«

Sie klang so sicher wie immer, wenn sie wusste, was sie tat; und John war so unsicher wie immer, wenn im Leben etwas Neues auf ihn wartete.

Nach einer Weile voller Gedanken, von denen so gut wie keiner klar war, fasste er den Entschluss, nicht auf seine Angst zu hören, sondern auf ihre Erfahrung zu vertrauen, stand auf, näherte sich dem Baum – und wurde immer langsamer.

65. Honig

John war ruhig.

Langsamer als langsam legte er das letzte Stück zum Nest der Wildbienen zurück. Mehr und mehr der Tiere flogen dichter und dichter an ihm vorbei, bis er zuletzt nichts anderes mehr hörte als ihr lauter und immer lauter werdendes Summen. Dann stand er direkt vor dem Baum. Hob seinen Arm. Brachte ihn in der richtigen Position. Steckte seine Hand in das große Astloch. Staunte, wie leicht es ihm fiel, ruhig zu bleiben. Es kam ihm natürlich vor. Gar nicht fremd.

Unbehaglich wurde ihm allerdings, als er fühlte, wie Bienen über seine Hand und den Unterarm krabbelten. Doch keine stach. Er fühlte auf seiner Haut das Trillern ihrer Fühler und es schien, als fänden sie in Ordnung, was da Neues in ihrer Behausung war. Sie ließen ihn gewähren.

Die Maus hatte gesagt, Bienen würden auf Bewegung und Geruch reagieren.

Seine Bewegungen schienen so langsam zu sein, dass sie sich nicht gestört fühlten. Beim Geruch war er nicht so sicher. Er roch doch ganz bestimmt anders als der Bienenstock. Vielleicht wie ein Baum? Das könnte natürlich sein. Er roch für die Bienen vielleicht nicht wie ein Wesen, das hinter Honig her sein könnte. Er roch vielleicht wie ein Wesen, mit dem sie zusammenlebten. Wie diese Weide, in der sie Unterschlupf gefunden hatten. Vielleicht. Vielleicht aber auch nicht.

Bevor er diese Gedanken weiter vertiefen konnte, fühlte er etwas Weiches, Klebriges.

Er war am Ziel. Führte seine Hand unter die Honigwabe. Löste sie sanft. Begann, aufgeregt zu werden.

»Ner-ven-be-hal-ten«, sagte er ganz, ganz leise und ganz, ganz langsam zu sich selbst. Die Sache war nämlich noch nicht erledigt. Im Gegenteil. Jetzt kam es darauf an, die Bienen nicht argwöhnisch werden zu lassen, weil da etwas war, das ihren Schatz an sich nahm.

Den Arm genau so langsam herauszuziehen wie er ihn hineingeführt hatte verlangte höchste Konzentration. Mehrmals musste er dem Impuls widerstehen, ihn einfach herauszureißen und dann so schnell er konnte davonzulaufen. Es würde nicht funktionieren, hatte die Maus ihn gewarnt. Die Bienen würden ihn einholen, und dann behandeln wie jeden anderen Feind. Er hatte also keine Wahl. Alles musste genau so ablaufen wie besprochen und geübt. Irgendwann war es geschafft; er hielt eine stattliche Wabe voller goldgelbem Honig in der Hand.

Zurück bei der Maus war er stolz und glücklich.

»Die Bienen lieben dich«, begrüßte sie ihn – und ganz offensichtlich lag Ehrfurcht in ihrer Stimme.

»Wie kommst du darauf?«

»Sie haben dir nichts getan.«

»Weil ich es 1A gemacht habe«, sagte John. »Langsamer als langsam. Vorsichtiger als vorsichtig. Behutsamer als behutsam.«

»Nein, hast du nicht.«

»Oh ja, hab' ich.«

»Nein, John. Hast du nicht. Du warst zu schnell. Sie haben dich bemerkt. Aber nichts unternommen.«

»Sicher?« fragte John und bekam einen gewaltigen Schreck, denn was sie sagte, würde bedeuten, dass die Sache gründlich schief gegangen war und er eigentlich des Todes sein müsste. Was er aber nicht war. Er stand ja ganz eindeutig quicklebendig mit dem erbeuteten Honig in der Hand vor ihr.

»Du hast den Honig nicht erbeutet, John. Die Bienen haben ihn dir geschenkt.«

»Das wäre ja sehr freundlich von ihnen – aber wieso sollten sie?« fragte er, weil er sich keinen Reim darauf machen konnte, weshalb er seine Sache nicht gut gemacht haben sollte, es aber dennoch geschafft hatte: »Was hätten sie für einen Grund, einen Honigdieb zu mögen?«

Die Maus wusste es nicht genau, hatte aber eine Vermutung. John wollte natürlich unbedingt wissen, welche.

»Bienen sind gut befreundet mit den Elfen. Und die sind schon lange auf deiner Seite.«

»Elfen?«

»Elfen.«

»Auf meiner Seite?«

»So ist es.«

»Es gibt keine Elfen. Höchstens im Märchen.«

»Och, John«, sagte die Maus abwehrend, »nicht wieder so eine Debatte. Die Welt ist nicht so, wie du denkst. Sie ist anders; und zwar so sehr anders, dass wir keine Zeit haben, das jetzt zu erörtern. Wir sind nämlich seit ein paar Minuten die mehr als glücklichen Besitzer einer üppigen Portion Honig und sollten unverzüglich beginnen, jede Menge Blätter und Blüten zu sammeln. Auf uns wartet eine Zeit voller Köstlichkeiten. Ein Speiseplan, wie er hier draußen nur sehr, sehr selten vorkommt; eigentlich nie. Und ich kenne eine Menge Rezepte.«

66. Speisepläne

John war emsig.

Die Maus lief vorne weg und zeigte ihm, von welchen Pflanzen er Blätter oder Blüten pflücken sollte: Giersch, Schafgarbe, Knoblauch. Knöterich, Schaumkraut, Fenchel, Ysop, Malve, Kresse, Vogelmiere, Feldsalat. John, staunte, was so eine Wiese an Köstlichem hergab.

»Oh, es gibt noch mehr. Das hier: Beifuß. Ideal für fette und deftige Speisen.«

John sah sie irritiert an. »Wo gibt's denn hier fette und deftige Speisen?«

Die Maus schien ihn nicht zu hören, zeigte bereits auf das nächste Kraut: »Brunnenkresse. Schmeckt ein bisschen wie Rettich. Stärkt die Abwehrkräfte. Passt zu Milchprodukten, Ei und Huhn.

»Huhn?«

Die Maus knabberte an einer anderen Pflanze: »Bohnenkraut. Leicht pfeffrig. Stärkt den Magen, fördert die Verdauung, wirkt belebend. Gibt Hülsenfrüchten ebenso wie Schmorbraten den typischen Geschmack.«

»Schmorbraten?«

»Kerbel«, fuhr sie fort, an einer weiteren Pflanze schnuppernd. »Gut für den Stoffwechsel. Reinigt das Blut. Köstlich in feinen Suppen, Eier- und Geflügelgerichten.

»Jaa!« sagte John laut und ungehalten. »Wir haben aber nur Honig und Kräuter.«

»Stimmt«, sagte die Maus. Für uns gibt's Honig und Kräuter, aber man könnte mit diesen Kräutern auch Filets, Geflügel, Fisch, Schmorbraten ...«

»Hör auf damit.«

»Wieso?«

»Weil es nichts werden wird mit deinen Luxusrezepten.«

»Hast Recht«, sagte die Maus nach einer kleinen, nachdenklichen Pause. »Bescheiden wir uns mit dem, was wir zur Verfügung haben und hören auf von Festbanketten zu phantasieren. Allerdings sollten wir nicht unnötigerweise auf etwas verzichten, worauf wir nicht verzichten müssen – und sammeln noch Minze, Dill, Estragon, Koriander, Liebstöckel, Petersilie, Salbei und Blätter vom Wallnussbaum da hinten. Unsere Zukunft, John, wird aus Salaten bestehen; schmackhafter als schmackhaft, köstlicher als köstlich, vortrefflicher als vortrefflich. Mit Honig gesüßt – und wenn du ein bisschen aufgeschlossener und experimentierfreudiger wirst, garniert mit verlockenden, nahrhaften Beilagen.«

»Was für Beilagen?« fragte John, der Böses ahnte.

»Zu einem Salat aus Löwenzahnknospen, Koriander, Gänseblümchenblüten, Schafgarbe, Spitzwegerich und Sauerampfer sowie ein paar wenigen Blättern Zitronenmelisse und Salbei empfehlen sich Raupen oder Kellerasseln – oder – wenn beides nicht vorhanden, gehen zur Not auch Regenwürmer …«

Sie hielt inne, weil sie sah, dass John sich ekelte und machte einen neuen Vorschlag, hoffend, dass der besser ankäme, weil sie wusste, dass Menschen; jedenfalls manche, sie als Delikatesse schätzen: »… oder Weinbergschnecken …«

Doch John hörte bereits nicht mehr hin. Er hatte längst beschlossen, solch geschmacklose Geschmacklosigkeiten nie und nimmer mitzumachen. Nicht einmal in Erwägung zu ziehen. Auf keinen Fall. Gar keinen …

67. Suchtrupp

John war empört.

Sie unterbrach seine klar formulierten Absagen gegen jede Form von Insektenbeilagen mit einem plötzlichen Schlag ihres Schwanzes auf seinen Nacken. Gleichzeitig hielt sie eine Hand vor ihre Schnauze. Es bedeutete:

Sei – ! – still – !

John sah sie fragend an. Sie deutete auf ihre Nase. John zog die Luft ein, roch den intensiven Duft der Wiesenblumen – und noch etwas anderes. Einen Hauch. Dann erschrak er: »Knaster.«

Die Maus nickte, deutete auf einen Holunderbusch, gab ihm Zeichen, sich dahinter zu stellen. Möglichst mitten rein – und sich nicht zu bewegen. Keinen Millimeter.

Als John wie ein Baum im Holunderbusch stand, vernahm er Stimmen. Eine Frau. Ein Mann. Die Stimmen kamen näher. Die Frau vom Wissenschaftlichen Institut und der Lehrer. John stand starr. Konnte verstehen, was sie miteinander besprachen. Es ging um ihn. Man müsse den Jungen finden, sagte die Frau, koste es, was es wolle. Sie würde so lange suchen, bis er gefunden sei. Selbst wenn es Wochen dauern sollte.

Der Lehrer war weniger engagiert. Sie habe doch gesagt, der Junge werde überleben, sobald er aus der Erde heraus sei. Da müsse man sich also keine Sorgen machen.

Sie mache sich keine Sorgen um den Jungen, entgegnete die Frau. Sie mache sich Sorgen um ihre wissenschaftliche Karriere. Ohne den Jungen würde sie noch Jahre – vielleicht Jahrzehnte – in diesem verstaubten Wissenschaftlichen Institut verstauben. Mit dem Jungen hingegen könne sie berühmt werden. Eine gefeierte Wissenschaftlerin. Womöglich mit einem Lehrstuhl in Paris, London oder New York. Das habe sie jetzt allerdings schon mehrmals erklärt und sei mittlerweile fassungslos, wieso er – der neunmalkluge Herr Lehrer – so schwer von Begriff sei. Außerdem solle er endlich mit dem Rauchen aufhören. Es stinke. Sei ungesund. Mache Probleme.

Wenn hier etwas Probleme mache, entgegnete der Lehrer, dann sie. Mit ihrem Gestänker. Auf Dauer sei das nur schwer zu ertragen. Mache einen geradezu krank. Je eher sie damit aufhöre, desto besser.

Sie höre damit auf, wenn er aufhöre, die Luft zu verpesten.

Er werde aufhören, die Luft zu verpesten, wenn sie aufhöre, die Stimmung zu vermiesen.

Sie werde aufhören, die Stimmung zu vermiesen, wenn er aufhöre, vor sich hin zu stinken …

Es ging eine ganze Weile so weiter. Dann waren sie außer Hörweite.

»Die werden heiraten«, sagte die Maus.

»Was?« fragte John erstaunt und ungläubig. »Die streiten doch die ganze Zeit.«

»Eben«, sagte die Maus. »Ist eine weit verbreitete Methode für Beziehungen – wenn man die bessere nicht kennt – oder dazu nicht in der Lage ist.«

Was diese bessere Methode sei, wollte John wissen.

»Na, was wohl, John?«

John hatte keine Ahnung. Das erhabene große Ganze?

Doch wie konnte es in so einem Fall helfen.

»So groß und erhaben muss es gar nicht sein, John. Es reicht schon, wenn man Respekt hat. Dazu muss man allerdings verstehen, dass der andere anders ist als man selbst. Und auch immer anders sein wird. Und nie so werden wird, wie man ihn gerne hätte. Weder der eine noch der andere.

»Du meinst, beide haben Recht?« grübelte John. »Jeder von seinem Standpunkt aus betrachtet?«

»Wie denn sonst«, sagte die Maus. »Jeder ist so, wie er eben ist. Also hat jeder Recht – denkt aber, der andere hat Unrecht.«

John nickte: »Obwohl der natürlich auch Recht hat. Eigentlich haben beide Recht und Unrecht zur gleichen Zeit.«

»Tja«, sagte die Maus, »und deshalb schimpfen sie wie die Rohrspatzen miteinander. Ich finde, sie machen das recht gut. Wie echte – Miesepeter.«

Dann sah sie ihn an und lachte: »Miesepeter und Miesepetra.«

68. Astronauten

John war aufgedreht.

Jenseits der durchaus amüsanten Episode mit dem Rechthaben war jetzt glasklar, dass die Frau und der Lehrer tatsächlich hinter ihm her waren; die Gegend nach ihm absuchten. Ihn einfangen wollten. Er war in höchster Gefahr.

Die Maus blieb gelassen. Solange der alte Trottel seine Anwesenheit mit dem Knastermief meilenweit im Voraus ankündige, bestehe keine Gefahr. John solle nur ein bisschen besser Acht geben. Ein wenig aufmerksamer in die Welt spähen, hören und riechen. Die beiden seien alles andere als Spurenleser, Fährtenverfolger, Heranschleicher: »Sie sind eher ein Paradebeispiel für Dampfwalzen.«

»Dampfwalzen?«

»Klumpfüßer. Geräuschdussel. Trampeltiere.«

»Verstehe«, sagte John, »laut, unaufmerksam, achtlos.«

»Genau. Heillos verstrickt im Ich und Ich.«

Als sie zurück im Baumhaus waren, nahmen sie in der beginnenden Dämmerung einen in der Tat schmackhaften Kräuter-Honig-Salat zu sich – er ohne Garnierung, die Maus mit. Anschließend stellte sie sich auf einem Ast neben der Veranda und staunte ins große Dunkel des Universums. Sagte nichts. Murmelte nur manchmal. Einzelne Wörter konnte er verstehen: Altair, Deneb, Regulus – und wusste daher, dass es um die Sterne ging. Je dunkler es wurde, desto mehr erschienen am Himmel.

»Alle da?«, fragte er schließlich; auch, damit etwas gesagt wurde, denn ihr ausdauerndes Schweigen war doch etwas eintönig.

»Vollzählig. Wie jeden Abend. Und keiner unpünktlich.«

Konnten Sterne unpünktlich sein? John hatte seine Zweifel.

»Nun«, sagte die Maus, »sie sind ziemlich groß. Teilweise tausend Mal größer als unsere Sonne. Und jeder könnte ein Planetensystem haben, und das bedeutet; da könnte überall ziemlich was los sein ...«

Als ihre Ausführungen gerade ernsthaft philosophisch werden wollten, zog ein heller, schnell über das Firmament ziehender Lichtpunkt die Aufmerksamkeit der beiden auf sich.

»Die Raumstation«, sagte John und bemerkte bewundernd, wie großartig es doch sei, dass Menschen außerhalb der Erde im Weltraum lebten. Zwar nur ein paar; aber immerhin.

Weltraum, fand die Maus, sei vielleicht ein bisschen übertrieben: »Die Station kreist 400 Kilometer über der Erde. Man war schon weiter weg von zu Hause.«

John fand, dass sei nicht wirklich wichtig. Ob 400 oder 4000 oder vier Millionen Kilometer von der Erde entfernt; da sei schließlich überall Weltraum. Und überall seien die Bedingungen gleich: Leere,

Kälte, Unendlichkeit; und mittendrin ein Raumschiff der Menschen.

Mit Raumschiffen wie diesem, fuhr er fort, werde der Mensch weit hinaus fliegen in die Unendlichkeit und neue Lebensräume erkunden und besiedeln.

»Ganz sicher nicht.«

»Ganz sicher ja«, widersprach John.

»Ganz total sicher nicht. Ihr Menschen werdet das nicht schaffen. Vorher werdet ihr aussterben.«

»Aussterben!?« John fand, die Maus gehe mitunter zu weit und überschreite ihre Kompetenzen deutlich. Das war solch ein Moment: »Aussterben! Niemals. Die Menschheit macht andauernd Fortschritte. Seit es sie gibt.«

»John; sieh mal«, sagte die Maus und ihre Stimme klang ein bisschen herablassend: »Mehr als 99% aller Lebensformen sind im Laufe der Erdgeschichte wieder ausgestorben. Es ist absurd anzunehmen, dass es bei den Menschen anders sein wird. Sie werden aussterben, wie alle anderen auch – und Platz machen für die, die danach kommen.«

»Und wozu dann das alles?« fragte John, »Fortschritt und Raumfahrt und so?«

»Menschen«, antwortete die Maus, »sollen vielleicht einen Weg finden, das Leben im Universum zu verteilen. Auf Milliarden Jahre gesehen ist die Erde kein wirklich sicherer Ort. Und das Leben will leben. Unbedingt. Da ist es gar nicht verkehrt, sich auf mehrere Orte im All zu verteilen. Und deshalb erschafft das Leben Wesen, die das eines Tages möglich machen. Der Mensch ist vielleicht solch ein Wesen.«

Na bitte – dachte John. Sag ich doch. Menschen werden weit in den Weltraum hinaus fliegen.

»Ist allerdings fraglich«, bremste die Maus seine Zuversicht, »ob ihr es schaffen werdet. Kann nämlich auch ganz gut sein, dass ihr nur eine Zwischenstation seid bis die Eichhörnchen übernehmen; unter dem Kommando der Mäuse natürlich.«

So einen Blödsinn wollte John nun aber wirklich nicht hören. Eichhörnchen und Mäuse als Astronauten …

»Tja«, sagte die Maus, »wir sind eure Vorfahren. Kannst du dir vorstellen, dass die Mäuse vor langer, langer Zeit beschlossen haben, dass – sobald eines dieser vernunftbegabten Wesen auf dem Planeten auftaucht – wir in seiner Nähe bleiben und uns von ihm alles abschauen? So lange, bis wir es selbst können …«

John war still geworden; und Argwohn ergriff sein Gemüt. Einen kurzen Moment später lachte die Maus hell auf und sagte: »War ein Scherz, John. Ein Scherz.«

69. Ohrfeige

John war alarmiert.

Eine Mücke flog dicht an seinem linken Ohr vorbei. Er schlug nach ihr. Spontan. Verfehlte sie, spürte den Schmerz seines Schlages. Die Maus kicherte. John fand das nicht lustig.

»Ich werde sie schon erwischen«, sagte er trotzig.

»So aber nicht«, bekam er zur Antwort.

»Ach nein?«

»Nein.«

»Und ob.«

»So nicht, John. Glaub mir. Du wirst dir nur immer neue Ohrfeigen verpassen.«

Er musste ihr Recht geben. Es war in der Tat so, dass er sich im Laufe seines Lebens schon eine ganze Menge Watschen selbst verpasst hatte, immer wegen Mücken. Und die Biester stets verfehlt hatte, denn wenige Minuten später war das alarmierende und gleichzeitig lähmende Summen überm Ohr jedes Mal wieder da.

»Es gibt aber eine Methode, sie zu erwischen – oder?« fragte er, hoffend, dass die Maus sie kannte.

»Ja.«

»Verrätst du sie mir?«

»Du musst warten bis die Mücke landet und mit dem Stechen beginnt. Dann sitzt sie einen Moment lang fest, und du erwischst sie. Aber wieso willst du das überhaupt?«

»Sie sind Feinde.«

»Feinde? So kleine Wesen?«

»Sie stechen einen.«

»Sie tun Mückendinge«

»Mückendinge sind schlecht.«

»Nicht für Mücken.«

»Aber für mich. Es tut weh. Und dann juckt es tagelang.«

»Das stimmt. Aber glaubst du, eine zu töten wird dir helfen?«

»Was ist denn das für eine Frage? Wenn ich sie erwische, kann sie mich ja wohl nicht mehr stechen.«

»Diese nicht«, sagte die Maus. »Aber die nächste, und es wird nicht lange dauern, bis sie angreift. Es gibt nämlich sehr viele.«

»Wie viele?«

»Viel zu viele um gegen sie gewinnen zu können.«

»Wie viele viel zu viele?«

»Milliarden.«

»Wow«, sagte John und wollte es nicht glauben: »Gibt es denn überhaupt so viele Tiere, dass genug Blut für all diese kleinen Biester da ist?«

»Sie ernähren sich nicht von Blut.«

»Aber ja.«

»Aber nein.«

»Und wieso sind sie dann so wild darauf und haben gar nichts anderes im Sinn, als einen zu stechen und auszusaugen?«

»Sie brauchen es, um sich vermehren zu können.«

»Und von was ernähren sie sich?«

»Pflanzensäfte. Blütennektar. Sie sind Vegetarier.«

John war verwundert und fand es merkwürdig, dass die großen Quälgeister des Menschen Vegetarier waren und dass es so unendlich viele davon gab, obwohl man sie so gut wie nie zu sehen bekam; außer, wenn sie im Abendlicht tanzten. Und wenn man gerade damit beschäftig war, einzuschlafen.

»Weißt du, was mich wundert?« sagte er.

»Was?«

»Wenn es Milliarden sind, wo sind sie dann alle?«

»Auf den Unterseiten der Blätter.«

»Milliarden?«

»Ja.«

»Gibt es so viele Blätter?«

»Trillionen.«

»Irre.«

Eine Zeitlang stellte er sich die Blätter der Welt vor. Und unter jedem 100 000sten eine Mücke, ihren Stechrüssel hinein bohrend und friedlich vom Pflanzensaft trinkend. Dann wurde er unterbrochen, weil das enervierende Summen wieder nahte. Eine Weile gelang ihm, dem Impuls zu widerstehen, doch dann geschah es gegen seinen Willen. Einfach so. Er verpasste sich wieder eine. Automatisch, könnte man sagen.

Die Maus schüttelte den Kopf und John wurde klar, dass er in einem Dilemma steckte, denn seine Furcht vor Mückenstichen war kein bisschen kleiner geworden. Das ganze Wissen um die Zusammenhänge und Hintergründe half nullkommagarnichts.

»Reib dich mit den Wallnussbaumblättern ein, das hält sie fern und du kannst in Ruhe einschlafen. Sie denken dann, du bist ein Walnussbaum. Der hat kein Blut. Ist für sie also uninteressant, denn es ist Nacht, und da sind sie nicht auf der Suche nach Pflanzensäften.«

John machte sich auf der Stelle ans Werk. Gut, dass er auf sie gehört und Walnussbaumblätter eingesammelt hatte. Sie verströmten einen intensiven, aromatischen Duft. Fast wie ein Parfüm. Es gefiel ihm, so zu riechen.

Im Verlauf des weiteren Abends staunten John und Maus noch eine Weile gemeinsam in die Weite des Universums. Nachdem sie sich schließlich zur Nachtruhe begeben hatten, lauschte John zufrieden in die Stille der Nacht. Mücken hörte er keine mehr. Keine einzige.

Als das Summen schließlich doch wieder näher kam, schlief er bereits.

70. Luftgedanken

John war entspannt.

Saß hoch oben in der Krone der Eiche, schaute in die Weite der Welt, kratzte gelegentlich an der linken Wade, weil es dort juckte, atmete tief ein.

»Sie tut gut«, sagte er.

»Wer?« fragte die Maus.

»Die Morgenluft.«

»Was ist an Morgenluft anders als an Mittagluft oder Abendluft oder Nachtluft?«

John wusste es nicht genau. Sie hatte ein eigenwilliges Talent, ihn immer wieder Dinge zu fragen, die er für so selbstverständlich hielt, dass er darüber noch nie nachgedacht hatte. Weil vieles einfach so war, wie es war. Da brauchte man also nicht weiter drüber grübeln. Andererseits fand er es aber auch wieder spannend, es doch zu tun. Teilweise, weil ihm dann auffiel, wie selbstverständlich er Dinge fand, die bei genauerer Betrachtung deutlich an Selbstverständlichkeit verloren – und teilweise, weil er durch ihre Fragen überhaupt erst dazu gebracht wurde, sich Gedanken über allerlei Angelegenheiten und Wunderdinge der Welt zu machen. Jetzt lautete das Thema also Morgenluft. Was war daran besonders?

»Sie ist frisch«, sagte er wissend – und ergänzte noch: »außerdem kühl und rein.«

»Rein?« fragte die Maus mit einem Unterton der erahnen ließ, dass er möglicherweise falsch lag.

»Ja, rein«, beharrte er daher auf dem, was er sicher zu wissen glaubte: Morgenluft sei kühl, frisch und rein.

Die Maus hielt die Nase in den Wind und schnupperte. Sagte nichts. Ziemlich lange. So lange, dass John sich wunderte, weil er gedacht hatte, ihre Bemerkung wäre der Auftakt zu einem Gespräch. Oder einer Geschichte über die Welt. Oder einem Gedankenaustausch über Luft.

»Atemgas«, sagte sie schließlich.

»Was?« John fand diese Bemerkung deutlich zu wortkarg um ein erbauliches Gespräch in Gang zu bringen.

»Für uns«, vertiefte die Maus ihre Äußerung, »ist Luft doch zu allererst mal ein Lebensmittel.«

Patsch – da hatte er mal wieder den Salat. Was für ein absurder Gedanke.

»Lebensmittel ja wohl genau nicht«, sagte er bestimmt und energisch. »Von Luft allein kann man nämlich nicht leben.«

»Ohne sie noch viel weniger«, bekam er zur Antwort. »Wenn du's nicht glaubst, halt sie einfach an. So lange du kannst. Und wenn dieser Punkt erreicht ist, noch einen kleine Weile länger. Dann bist du in spätestens drei Minuten tot.«

John verstand. Sie hatte ja nicht gesagt Nahrungsmittel. Sondern Lebensmittel, und das war wohl doch richtig. Und eigentlich klar – wenn man nur kurz drüber nachdachte. Was er allerdings noch nie getan hatte, wie ihm gerade klar wurde: »Also gut, Lebensmittel. Einverstanden.«

»Und wieso ist das so?« fragte die Maus. »Was macht Luft so wichtig und kostbar, dass ohne sie das Leben schneller als schnell zu Ende geht?«

»Sauerstoff«, antwortete John.

»Und was ist Sauerstoff, und wie entsteht er?«

Das wusste John natürlich. Photosynthese. Pflanzen stellen Sauerstoff aus Wasser, Kohlendioxid und Sonnenlicht her. Eine phantastische Fähigkeit, wie er nur zu genau wusste; aus der Zeit als er verwurzelt in der Erde gestanden und nie Hunger verspürt und dennoch weiter und weiter gelebt hatte. Und die er vielleicht noch immer würde nutzen können, wenn es ihm einfallen sollte, sich wieder einzugraben und seine Zehen dann erneut wachsen würden und …

»Photosynthese«, unterbrach die Maus, »dient nicht der Produktion von Sauerstoff, John. Pflanzen stellen mittels Photosynthese ihre Nährstoffe her. Zucker, aus denen dann Blätter, Blüten, Früchte, Samen und Holz werden.«

»Und Sauerstoff«, ergänzte John.

»Sauerstoff ist das Abfallprodukt.«

»Abfallprodukt?«

»Abfallprodukt.«

John wurde nachdenklich. Sie hatte Recht. Sauerstoff blieb bei der Photosynthese übrig. Die Pflanzen gaben ihn ab. Als Geschenk an alle Lebewesen, die ihn zum Leben brauchten. John war begeistert. Pflanzen waren nicht nur perfekte Selbstversorger, sie waren zudem auch überaus großzügige Lebensspender für das gesamte Tierreich, und das bedeutete doch wohl, dass sie …

»Waaas …?«, unterbrach die Maus erneut und ihre Stimme klang listig,

»… macht dein Körper mit den Stoffwechselprodukten, die er nicht brauchen kann?«

John stutzte, dachte einen Moment nach, erschrak. Wollte es lieber nicht sagen.

»Als die Erde entstand«, setzte die Maus ihre Betrachtung fort, »war die Lufthülle frei von Sauerstoff. Im Laufe vieler Jahrmillionen haben die Pflanzen sie immer weiter und weiter damit angereichert. Sozusagen vergiftet, denn alle Lebensformen, die in der sauerstofflosen Luft lebten, sind daran verendet. Hinweggerafft. Ausgestorben. Danach sind dann neue Lebensformen entstanden, die den Sauerstoff nutzen konnten. Sogar von ihm abhängig wurden. So wie du und ich.«

»Ja«, sagte John, »die Fülle des Lebens. Undenkbar ohne eine Lufthülle voller Sauerstoff.«

»Was seinen Ursprung darin hat«, fuhr die Maus fort, »dass die Pflanzen in all den Jahrmillionen den Sauerstoff los werden mussten und dafür die Lufthülle des Planeten als Toilette benutzten. Sprich also lieber nicht von frischer – und schon überhaupt nicht von reiner Luft, John – jetzt, wo du weißt, was du da so fröhlich und genießend einatmest.

John war ein wenig betäubt. Die Geschichte hatte mirnichtsdirnichts eine sehr überraschende, um nicht zu sagen fatale Wendung genommen. Aus den anfangs so unbeschwerten Morgenluftgedanken war im Handumdrehen eine – wasweißich-Geschichte geworden, und er wusste nicht, wie er das finden sollte.

Um möglichst zügig auf andere Gedanken zu kommen, machte er eine Übung: einatmen – ausatmen – wieder einatmen – wieder ausatmen. Nach einer Weile fragte er sich, ob es möglicherweise Dinge gab, die vielleicht nicht grundsätzlich und erschöpfend durchleuchtetet werden sollten? Obwohl er ja eigentlich beschlossen hatte, alles – wirklich alles in der Welt selbst zu ergründen?

Andererseits – wieso nicht. Es war ja eine Sache, alles zu hinterfragen und eine andere, es zu bewerten. Bewerten war vielleicht nicht unbedingt wichtig. Möglicherweise sogar dumm oder – Gott bewahre – anmaßend. Es konnte durchaus sein, dass die Sache mit dem Sauerstoff allein Sache des Schöpfers des Lebens, des Universums und von allem war, der sich wasauchimmer dabei gedacht hatte. Und der, das wusste John ja bereits, hin und wieder einen Scherz machte. Vielleicht war das mit dem Sauerstoff auch einer? Könnte ja sein …

Nach langem Hinundherundfürundwider kam er schließlich zu dem Ergebnis, sich nicht einschüchtern zu lassen. Es mussten zur Morgenluft ja nicht nur heikle Gedanken gedacht werden. Man konnte sie auch genießen. Ihr Aroma, ihre Frische und Makellosigkeit. Jedenfalls für seine Nase und Lungen, auf deren Urteil er sich ja bereits sein Leben lang verließ. Bedingungslos. Und so beschloss er, das auch jetzt zu tun: er hieß die milde Morgenluft willkommen.

71. Hochzeitsflug

John war wortkarg.

Und saß vor dem Baumhaus in der Sonne. Betrachtete in der Ferne eine Horde dicker, dunkler Wolken die aussahen als würden sie auf Tausenden langer, grauer, haarfeiner Regenbeinen über Wälder, Felder und Buchten staksen; wie gigantische Tiere aus Wetter.

Plötzlich landeten fremde, vorher nie gesehene Fluginsekten – klein und irgendwie hilflos – auf ihm und um ihn herum. Viele. Manche schienen eher vom Himmel zu fallen, als Anflug und Landung voll im Griff zu haben.

John wollte nicht von einer Invasion sprechen, aber es waren doch sehr viele. Sie kamen plötzlich. Und sie waren ihm eben nicht vertraut.

»Ameisen«, sagte die Maus.

John verstand nicht. Ameisen krabbeln am Boden und auf Ästen. Die hier hatten Flügel und kamen vom Himmel.

»Der Hochzeitsflug ist zu Ende. Es sind Männchen. Sie haben eine Königin befruchtet – oder auch nicht. Und jetzt ist es vorbei. Die Königinnen sind noch da oben. Wenn sie landen, gründen sie neue Völker. Sie wissen sehr genau, was zu tun ist; im Gegensatz zu denen hier. Deren Aufgabe ist erledigt.«

Was aus ihnen wird, fragte John, denn die Tierchen machten in der Tat einen recht orientierungslosen Eindruck.

»Sie sterben.«

Mit dieser Wendung der Geschichte war John nicht einverstanden: »Sie sind aus dem Bau gekrabbelt«, sagte er, »haben sich in die Lüfte erhoben und Hochzeit gefeiert; so weit so gut. Und was machen sie jetzt?«

»Nichts. Sie haben Ihre Funktion erfüllt.«

John war mit dieser Antwort keinen Deut zufriedener als mit der ersten. Und als die Maus hinzufügte, dass die Männchen sich nicht selbst ernähren können, weil sie ihr ganzes kurzes Leben hindurch von den Arbeiterinnen gefüttert wurden, war er sogar verärgert, denn er ahnte, dass die Arbeiterinnen mit dem Füttern jetzt nicht weitermachen würden.

»Die Männchen haben keine Ahnung von irgendwas«, sagte die Maus, »und keine andere Aufgabe als hinter jungen, paarungsbereiten Königinnen herzujagen. Das haben sie getan, und jetzt ist es eben zu Ende. Keine Aufgabe mehr, keine Funktion. Schluss.«

John fand das sehr, sehr hart, denn es bedeutete, dass all diese Ameisenmänner jetzt verhungern würden.

»Nur einige. Nicht wirklich viele«, sagte die Maus.

John schöpfte Hoffnung, dass es doch noch eine Wendung zum Besseren geben würde und fragte, was aus den anderen wird.

»Die meisten – werden gefressen.«

Na toll, dachte John und fand, das sei ebenfalls ganz und gar keine gute Lösung.

»Nun ja«, sagte die Maus. »Wenn man es tiefsinnig betrachtet, bietet dieses Drama immerhin eine gute Gelegenheit sich dankbar zu zeigen, dass man selbst nicht auch schon längst verschlungen wurde; wie so vieles um uns herum.«

Da hatte sie Recht. Verdammt Recht; und die Tragödie erschien John jetzt doch eher ein klarer Fall von Ameisendingen zu sein, der ihn im Grunde nichts anging. Es war vielmehr ganz allein eine Sache zwischen den Ameisen und dem erhabenen großen Ganzen.

72. Wolkenwelt

John war beruhigt.

Fürs erste jedenfalls, denn bereits kurz nachdem er die Ameisenmännerangelegenheit in seinem Kopf zumindest vorläufig geregelt hatte, gab es Neues zu beachten. Am Horizont zogen Wolkentempel auf, die Beachtung verdienten; dickleibig, reich verziert, phantastisch – begleitet von Wolkentürmen, Wolkenbergen, Wolkenschlössern und Wolkenstädten. Nur wenig später gesellten sich vereinzelt Wolkenriesen und Wolkengötter hinzu; manche mächtig zerzaust von Stratosphärestürmen, andere in vollem Ornat nobler Troposphärenaristokratie.

Als das Ganze sich langsam aber stetig immer mehr zu einem großen Durcheinander vereinte und mit jeder Minute düsterer und drohender wurde, begann es, John die Stimmung zu verderben, denn wann immer solch eine Vorstellung am Himmel gegeben wurde, war es auch schon bald vorbei mit Licht und Leuchten, Wärme und Weite.

»Große Konferenz der Wolkenbosse«, sagte die Maus. »Könnte ungemütlich werden.«

John fand, sie würde untertreiben. Es sah aus, als könnte es durchaus schlimmer als ungemütlich werden, denn das unaufhaltsam näher kommende schwarze Gewölk war kurz davor, der Welt die Farbenpracht zu nehmen, der Luft die Lieblichkeit und seiner Seele die Gelassenheit. Bald würde es regnen; vielleicht auch blitzen und donnern und stürmen.

Während seine Gefühle hin und her schwankten zwischen Verärgerung und sich Abfinden mit dem Unvermeidlichen, betrachtete er das Lichtspiel am Saum der sich nähernden Wolkenplatte. Gleißend hell und vielversprechend.

»Was vielverspricht er denn?« wollte die Maus wissen.

John wusste es nicht genau. Es sah aus, wie – als – nach – als wenn … Er wusste es nicht.

Die Maus schlug vor, er solle, wenn ihm kein Bild einfalle oder er das Gefühl nicht zu beschreiben wisse, doch einfach sagen, wie es sich anfühlt.

»Wie sich was anfühlt?«

»Das Gefühl, wenn du den hell leuchtenden Wolkensaum betrachtest.«

»Sagen, wie sich das Gefühl anfühlt?« John fand, die Maus habe schon bessere Themen vorgeschlagen. Vielleicht könnten sie anschließend ja noch darüber reden, wie sich das Gehör anhört oder wie sich Gedanken denken?

»Nein, John – nur wie sich das Gefühl anfühlt. Das ist für euch Menschen nämlich gar nicht so leicht. Ihr fragt euch gegenseitig zwar unentwegt danach – Hallo, wie geht's – und die Antwort lautet fast immerzu – danke gut – aber das sagt ihr nur, weil ihr das eben so sagt. Und weil ihr gar nicht sagen könnt, wie es euch tatsächlich geht, weil ihr das meist nämlich gar nicht wisst. Und weißt du wieso?

»Nein«, sagte John, der es tatsächlich nicht wusste.

»Weil ihr euch das so gut wie nie selbst fragt.

Selbstverständlich hatte John sofort den Impuls, ihr heftig zu widersprechen, doch noch bevor er damit loslegen konnte, hob die Maus abwehrend ihre Pfote, was unmissverständlich bedeutete: du brauchst es erst gar nicht zu versuchen.

Also versuchte er es erst gar nicht und hörte weiter zu: »Es wäre eine gute Übung, John. Sie geht so: Frag dich hin und wieder und ab und an und hier und da mal wie es dir gerade geht. Und dann versuchst du, es in Worte zu fassen. Achte darauf, dass es keine leeren Floskeln sind, sondern Worte die wirklich beschreiben, wie du dich fühlst. Du wirst feststellen, dass du darin nicht besonders gut bist.«

John dachte nach. Was sie gesagt hatte, bedeutete, dass man das ganze Leben hindurch zwar andauernd damit beschäftigt war, seine Gefühle zu kontrollieren, aber nie wirklich sicher sagen konnte, was man überhaupt fühlte. Dann fragte er sich, ob das wohl schon immer so war?

Nach einer Weile hielt er es für möglich. Könnte durchaus sein, dass Worte und Gefühle nicht die besten Freunde sind. Weil sie aus zwei sehr unterschiedlichen Welten stammen?

Oder umgekehrt?

73. Wettervorhersage

John war unentschieden.

Die Sache mit den Worten und den Gefühlen war noch längst nicht zu Ende gedacht und er wäre gerne beim Thema geblieben, doch das Wetter machte mit jeder Minute deutlicher auf sich aufmerksam. Bereits in wenigen Minuten würde es sich grundlegend ändern. Möglicherweise. Er wusste es nicht genau. Und es war gar nicht leicht, es exakt vorherzuahnen – obwohl – die Maus hatte ihn gelehrt, dass der Blick in den Himmel auf eine ganz besondere Weise besonders war: Das Großartige daran sei, dass man sehen könne, was war, was ist und was sein würde. Alles auf einmal. Man könne also gleichzeitig betrachten, was man bereits überlebt habe, was gerade das Leben bestimme und was auf einen zukomme.

Also los, dachte er. Halten wir Ausschau – und sie kletterten in die höchsten Regionen des Baums, bis hinauf zur Spitze, um so weit wie möglich sehen zu können. Bis hin zum Wetter von Morgen, das von Westen kam.

Was er zu sehen bekam, waren Wolken, Wolken, Wolken.

»Deprimierend«, sagte er. Die Maus hatte eine andere Sicht auf die Dinge: »Mach die Geschichte komplett«, sagte sie, »dann ist sie schöner.«

»Welche Geschichte?« fragte John. »Jede Menge Wolken. Ziehen von Westen herauf. Geschichte zu Ende.«

»Und vorher?«

»Vorher was?«

»Was war vorher, John? Das ganze Gewölk am Himmel ist doch Wasser des Ozeans, der noch viel weiter im Westen liegt als wir von hier oben sehen können. Und dort scheint die Sonne.«

»Sicher?«

»Sichersicher«, sagte die Maus: »Sonne, Sonne, Sonne. Sonst könnte das Wasser ja nicht verdampfen, aufsteigen und Wolken bilden, die dann in einem langen Treck hierher ziehen. Als Gesandte der Sonne über dem Ozean.«

John dachte an das große Meer voller Wellen in der Sonne. Seine Laune wurde besser.

»Eines«, unterbrach die Maus seine beginnende Tagträumerei, »habe ich allerdings nie verstanden.«

»Was?«

»Wie es passieren kann, dass das so wundervolle, wundervolle Blau des Ozeans sich am Himmel in dieses trostlose, trostlose Grau verwandelt.«

Johns Laune wurde wieder schlechter. Die Maus stupste ihn an und zeigte nach Nordwest.

74. Körpersprache

John war panisch.

Entlang der großen Getreidefelder liefen zwei Menschen durch die Landschaft. Die Frau vom Wissenschaftlichen Institut und der Lehrer. Sie rannte voraus, er hinterher. Und obwohl sie so weit weg waren, dass man nicht hören konnte, was sie einander zuriefen, ließ sich aus ihren Bewegungen doch recht genau herauslesen, was sie miteinander verhandelten. Sie fuchtelte auf eine Weise mit den Armen, die sagte, er solle sich beeilen. Er winkte auf eine Weise zurück, die sagte, sie solle sich beruhigen. Sie stampfte auf eine Weise mit den Füßen auf den Boden, die sagte, er solle nicht immer so lahm und träge sein und dabei immer so tun als habe er Maßgebliches zur Lage der Dinge beizutragen. Er blieb stehen und verharrte auf eine Weise, die sagte, sie solle nicht immerzu die Stimmung vermiesen. Sie setzte sich wieder in Bewegung und stapfte auf eine Weise davon, die sagte, er könne sie mal – und er trotte auf eine Weise hinter ihr her, die sagte, das werde er auch.

Dann setzte der Regen ein und kam ohne lange Vorankündigung

ziemlich direkt zum Hauptteil seiner Vorstellung: Es schüttete wie aus Kübeln. Frau und Mann rannten so schnell sie konnten. Er war schneller als sie. Als er bei ihr ankam hielt er schützend sein Jackett über sie. Dann rannten sie beide im Gleichschritt weiter. Es gelang nicht sonderlich gut. Sie stolperte häufig. Schließlich waren sie im Grau der Regenschleier verschwunden. Die Maus kicherte.

»Was?« fragte John.

»Wir waren wohl so fasziniert von ihrer Vorstellung, dass wir uns einfach haben nassregnen lassen.«

»Ja«, sagte John verwundert. »Dabei sind sie meine Feinde.«

»Da kannst du dich glücklich schätzen«, sagte die Maus.

»Glücklich? Über Feinde?«

»Sie sind zwar Feinde, aber keine sonderlich gefährlichen.«

»Es reicht ja wohl schon ganz und gar, überhaupt Feinde zu haben«, beschwerte sich John.

Die Maus sah ihn ein wenig spöttisch an, runzelte leicht die Stirn, sagte dann: »Willkommen in der Wirklichkeit, John.«

75. Weltbild

John war hellwach.

Die Wirklichkeit. War sie das? Hatte er sie endlich angetroffen. Befand man sich in der wirklichen Wirklichkeit, wenn man in Gefahr war?

»Das hält dich jedenfalls wach und fidel«, sagte die Maus und schlug vor, sich nicht weiter mit dem allzu offensichtlichen zu beschäftigen. Der Regen habe nämlich aufgehört, und das Wolkengewölk sei gerade dabei, sich allmählich wieder zu trennen; von Wolkenburgen über Wolkenriffe zu harmlosem Wolkenpopcorn. Mit ein klein wenig Glück würde der Himmel rechtzeitig zur Abendschau wieder frei sein.

Und genau so kam es auch.

John und Maus beschlossen, hoch oben im Baum zu bleiben und der Dämmerung beim Dämmern zuzusehen.

John hatte Gefallen daran gefunden, auf die Vollzähligkeit der Sterne zu warten und sich manchmal, zum Beispiel heute, darüber zu wundern, dass sie tatsächlich alle jede Nacht wieder da waren. Ohne Ausnahme. Nie fehlte einer.

»Ob das schon immer so war?«

»Nein.«

»Nicht?« fragte er erstaunt, denn die Sterne, hatte er gedacht, seien immer gleich, weil doch schon seit Jahrtausenden über die Sternbilder berichtet wurde.

»Das ist ja kein Zeitraum: Jahrtausende«, sagte die Maus und setzte sich auf seine Schulter. »Sterne rechnen in Jahrmillionen. Nicht wenige sogar in Jahrmilliarden. Sternbilder ändern sich wie alles andere auch. Sterne sterben wie alles andere auch. Sie lassen sich dabei allerdings Zeit. Wahrscheinlich, weil sie so viel davon haben.«

»So viel Zeit, dass Menschen es nicht wahrnehmen können?« fragte John.

»So viel Zeit, dass sie es selbst nicht bemerken. So wie du. Du bemerkst ja auch nicht, dass du dich veränderst. Du denkst, du bist heute der gleiche John wie gestern und wirst morgen der gleiche John sein wie heute.«

Das wollte er aber auch meinen. Wie sollte es denn sonst sein? Er war John. Gestern auch. Und vorgestern. Und immer schon. Er wusste es genau. Er war schon immer John.

»Nun«, sagte die Maus und ihr Tonfall ließ ahnen, dass sie jetzt eine Frage stellen würde, die es in sich hatte: »dann erzähl doch mal, wie du immer der Gleiche sein kannst, wenn sich alles immer ändert?«

Jetzt saß John natürlich im Salat und wusste tatsächlich nicht, wie das zusammenpassen konnte. Wagte aber dennoch einen Versuch: »Vielleicht ändert sich ja gar nicht immer alles?«

»Doch John, tut es.«

»Vielleicht nicht«, probierte er es noch einmal.

»Menschen haben damit ein Problem. Das ist auf dem ganzen Planeten bekannt. Wir lachen viel darüber.«

»Die Mäuse lachen über die Menschen?« John war empört.

»Für Mäuse, John, sieht die Sache so aus: Menschen denken sich aus, wie die Welt wohl ist, und halten dann stur daran fest. Um jeden Preis. Als ginge es um alles. Sie streiten darum, schlagen einander, töten sich gegenseitig. Das ganze Drama der Menschenwelt. 100 Jahre später ist den Nachfahren das alles dann allerdings nur noch ein verständnisloses Kopfschütteln wert und sie wundern sich, wie blöd die Menschen früher waren.«

Sie machte eine kleine Pause, krabbelte von seiner Schulter auf seinen Kopf, richtete den Blick wieder in die Weite des Universums, fuhr dann fort:

»Die Menschen waren früher aber gar nicht blöder als heute. Sie wussten, was sie wussten und benutzten dieses Wissen, um sich ihr Bild von der Welt zu machen. Selbstverständlich dachten sie, es sei richtig und wahr. Das einzig Wahre! Und genau so ist das heute auch. Ihr wisst, was ihr eben wisst, und macht euch euer Bild und verteidigt es erbittert. In 100 Jahren werden Eure Nachfahren sich dann wundern, wie blöd ihr wart. Und weitere 100 Jahre später wird es wieder so sein, und es steht zu befürchten, dass das immer so weiter geht.«

John entdeckte eine gewisse Logik in dem, was sie sagte und führte den Gedanken auf seine Weise fort: Es würde bedeuten, dass alles, was Menschen heute fürchteten, morgen – spätestens aber übermorgen – nicht mehr zum Fürchten sein würde. Weil man es dann anders sehen würde oder eine Lösung gefunden hätte. Oder weil die Sache sich von selbst erledigte, weil sie nie wirklich ein Problem war, sondern sich das nur jede Menge Menschen gleichzeitig eingeredet hatten. Und das bedeutete nichts anderes als dass morgen – spätestens aber übermorgen – alle seine Sorgen verschwunden sein würden.

»So ungefähr«, bestätigte die Maus. »Allerdings wirst du dann neue haben; denn wenn ihr Menschen etwas wirklich gut könnt, John, dann ist es, euch Sorgen zu machen.«

76. Luftraum

John war agil.

Hatte tief und fest geschlafen und bunt geträumt. War mit guter Laune aufgewacht, in die höheren Regionen der Baumkrone geklettert, wo er sich jetzt weit außen auf einen Ast setzte, über den See in Richtung Sonne blickte, die gerade groß, sehr groß, und rot, sehr rot, am Rand der Welt aufging.

Er betrachtete das träge Treiben auf dem Wasser und den noch trägeren Treck der Wolken, die es heute überhaupt nicht eilig hatten; als wüssten sie nicht recht, wohin sie wollten. Dann entdeckte er den Adler am Himmel. Er wusste nicht, welcher es war; der alte oder der junge?

War auch nicht wichtig. Ein Adler am Himmel ist ein Adler am Himmel. Die Welt verändert sich dann. Der Himmel ist nicht mehr einfach nur der Himmel, sondern ein Reich; sein Reich.

Der Göttervogel zog seine Kreise über dem See. Als er in Richtung Waldrand segelte, stieg plötzlich ein Bussard auf, und es sah aus als würde er angreifen. John war baff. Der Bussard war nicht einmal halb so groß wie der Adler und allein schon aus diesem Grund völlig chancenlos; von den Flugkünsten mal ganz zu schweigen. Dennoch griff er an, und der Adler ließ sich auch tatsächlich beeindrucken. Ein wenig zumindest. Er wich aus, segelte wieder in Richtung See.

»Lustig, nicht wahr«, sagte die Maus, die dem Schauspiel ebenfalls folgte.

»Hat der Bussard sie nicht alle?« fragte John.

»Doch«, sagt die Maus. »Es geht ihm gut.«

Der Adler kreiste, als sei nichts gewesen, näherte sich dann erneut dem Wald, und wieder stieg der Bussard zur Attacke auf.

»Nein«, sagte John, »er hat sie nicht alle.«

Der Adler wich erneut aus, zeigte sich gleichzeitig wieder nur wenig beeindruckt. John wunderte sich sehr, dass er dem Bussard nicht kurz mal klar machte, wer der Herr im Luftraum war und wie es in der Welt im Allgemeinen und im Bezug auf Adler im Besonderen zuging.

»Wozu sollte er«, fragte die Maus.

»Weil der Bussard doch offensichtlich nicht weiß, was Sache ist.«

»Doch John, weiß er. Er kann sehr gut abschätzen, was er sich leisten kann und was nicht. Sieh mal genau hin.«

Nach einiger Zeit glaubte John, ein Muster zu erkennen: Der Adler machte was er machte, und nur wenn er sich dem Wald näherte, stieg der Bussard auf und griff an. Nach der Attacke flog er sofort wieder zurück zwischen die Bäume. John sah die Maus an und wartete auf eine Erklärung.

»Der Wald ist Bussardgebiet. Dort sind seine Jungen. Dort jagt er. Dort will er den Adler nicht haben.«

»Kann dem Adler doch schnuppe sein«, sagte John ein wenig ernüchtert und schien sogar ein bisschen enttäuscht zu sein von seiner Majestät dem Herrn der Lüfte. Solche Frechheiten könne ein König doch nicht einfach durchgehen lassen, fand er.

»Kann er«, sagte die Maus. »Ist ihm nicht wichtig. Und außerdem wäre es sinnlos.«

»Wieso?«

»Er kann nichts machen.«

Das wollte John nicht glauben. Natürlich konnte der Adler etwas machen. Er könnte dem Bussard eine kleine Lektion erteilen, um die Dinge am Himmel wieder in die richtige Reihenfolge zu bringen.

»Kann er nicht«, sagte die Maus. »Würde er den Bussard angreifen, ließe der sich sofort fallen und wäre blitzschnell zwischen den Bäumen, finge seinen Sturz dort ab und befände sich in Sicherheit. Der Adler könne dort nämlich nicht hin. Unter den Greifvögeln sei der Bussard der Einzige, der fähig sei im Wald zu fliegen.«

John verstand. Der Adler unternahm nichts, weil es möglich war, dabei blöd auszusehen. Einen Bussard zu jagen und ihn dann nicht zu kriegen geht nicht, wenn man König ist.

»Ach weißt du«, sagte die Maus. »Das ist ihm egal. Er macht es vor allem deshalb nicht, weil der Aufwand nicht lohnt.«

Das – fand John – war natürlich wirklich souverän. Und richtig clever. Cleverclever.

»Wir sollten uns zurückziehen«, wechselte die Maus das Thema. »Richtung Baumstamm.«

John sah sich um. Eine drohend dunkle Wolkenwand schob sich schnell vorwärts. Ziemlich genau in ihre Richtung.

77. Notos

John war furchtsam.

Als der Sturm eintraf, machte er, dass die Gicht der Wellen waagerecht über den See stob. Dass der Wald am anderen Ufer sich schüttelte. Dass ihre Eiche erzitterte und bebte. Dass die Zweige um ihn herum sangen und pfiffen und zischten. Dass er das Gefühl hatte, die Welt befinde sich ziemlich kurz vor dem Untergang.

Früher, als er noch klein war, hatte er geglaubt, der Wind würde von den Bäumen gemacht. Wenn sie verärgert waren. Oder sogar in Wut. Dann würden sie sich schütteln und dabei pfeifen und heulen. Und so entstünde der Wind.

Obwohl er mittlerweile wusste, dass es umgekehrt war, kam es ihm jetzt, inmitten des Tosens und Brausens vor, als sei es doch eher so wie er früher gedacht hatte, denn der große, mächtige Heimatbaum bebte, als wisse er sich vor Grimm und Groll kaum zu lassen. Als sei er durch und durch in Raserei und Rage verfallen. Als fuhrwerke und fuchtele er wütend mit allen Ästen und Zweigen.

»Nein«, schrie die Maus durch das Tosen und Brausen, »er tanzt.«

In John kochten schlimme Ängste. Bei genau so einem Sturm war sie damals fortgetragen worden, und er wünschte inständig, dass es diesmal nicht wieder so kommen möge.

»Keine Sorge«, brüllte sie, »diese hier ist nicht Boreas. Das ist Notos. Herr des Südwindes.«

Wo der Unterschied sei, wollte John wissen.

»Es wird nicht so lange dauern. Aber es wird gleich regnen wie aus Eimern.«

Dann zeigte sie ihm, wohin er sich retten konnte: auf die Nordseite des Stammes.

John kletterte dort hin, wäre unterwegs von einer Bö fast heruntergepustet worden, wusste sein Straucheln aber geschickt abzufangen. Im Wetterschatten angekommen war es etwas komfortabler und geschützter.

»Versuche doch mal«, schlug die Maus vor, während der Regen einsetzte und rechts und links an ihnen vorbeipeitschte, »dich dem Baum anzuvertrauen. Hab keine Angst und verlass dich ganz auf ihn. Er weiß, was zu tun ist. Du bist sein Gast. Er wird dich teilhaben lassen an seinem tollen Tanz im wilden Wind. Er liebt das über alle Maßen.«

John versuchte, die Angst Angst sein zu lassen. Sie aus dem Mittelpunkt seiner Gedanken und Gefühle zu vertreiben. Stattdessen alles um ihn herum als Teil des erhabenen großen Ganzen zu betrachten – und zu fühlen, wie dieser mächtige, alte, erfahrene Baum die Einladung des Windgottes annahm und den Orkan nach Kräften feierte. Die Maus löste sich aus dem Wetterschatten des Baumstamms, gab John ein Zeichen, ihr zu folgen und kletterte mit ihm an den Rand der Baumkrone; dorthin, wo die Äste und Zweige pfeifend und fauchend tanzten.

Es wurde ein wilder Ritt und John lernte etwas sehr Grundlegendes. Vermochte aber nicht, es in Worte fassen. Wollte es auch nicht in Worte fassen. Ließ einfach alles so, wie es gerade kam und war. Verstand, dass seine Angst nicht bekämpft werden musste. Bemerkte, dass sie – jenseits seines Wunsches, sie solle weggehen – begann, ihren Zauber zu entfalten. Ihn mitzunehmen ins Reich einer Wahrheit, von der er vorher nicht einmal gewusst hatte, dass sie existierte.

Wo es nicht mehr darum ging zu denken, die Welt und ihre Phänomene seien eine Bedrohung, sondern zu erkennen, dass er das Geschehen auch einfach betrachten konnte wie es war: Ein Windgott, der zu einem Fest lud. Als Zeremonienmeister einer großen Windundwettershow. Als Conférencier der Welttheater.

Und vielleicht sogar als offizieller Gesandter des erhabenen großen Ganzen …

78. Klein und jung

John war zerzaust.

Am Ende des elementaren Schauspiels – der Windgott war weiter gezogen – kamen noch einmal die Erinnerungen an den großen Sturm Boreas, der die Maus mit sich genommen hatte. Wohin eigentlich? Und wieso war sie nicht unverzüglich zurückgekehrt, sondern hatte unterwegs Pausen eingelegt? Und was hatte sie in diesen Pausen gemacht?

»Mausdinge«, lautete die sparsame Antwort, und weil das tatsächlich ein bisschen sehr knapp war, fügte sie noch hinzu: »Aber eigentlich nicht richtige Mausdinge. Eher Biber-Maus-Dinge.«

John hatte nicht gewusst, dass es so etwas gab, war also neugierig und wünschte, sie möge mehr erzählen.

»Schwierig«, sagte die Maus.

»Trotzdem«, drängte John.

»Hab' eine alte Freundin besucht.«

»Bieber?« fragte John.

»Bieberin.«

John versuchte sich vorzustellen, wie die Maus in einer nassen Bieberburg ein trockenes Plätzchen suchte.

»Zauberin«, ergänzte die Maus.

Na, das wollte John jetzt aber genau wissen. Sehr genau. Was für Zauber? Welcher Zauber? Wie Zauber? Wo Zauber?

»ZauberZauber«, sagte die Maus. »Sie ist eine Weise. Lebt und denkt, betrachtet und versteht, ergründet und erkennt.«

»Was wolltest du bei ihr?«

»Einen Rat.«

»Was für einen Rat?«

»Einen klugen.«

John mochte es nicht, wenn er ihr alles aus der Nase ziehen musste, Wort für Wort, und dabei irgendwie doch nicht vorankam. Er wusste jetzt zwar, wo sie gewesen war, aber das war auch schon alles. Mit den spannenden Sachen rückte sie nicht heraus.

»Wieso erzählst du es mir nicht?«

»Es geht dabei um Dinge, die du nicht verstehst. Du bist noch zu klein.«

Pah – so musste sie ihm aber nun wirklich nicht kommen. Zu klein. Niemals. Er hatte in den letzten Wochen eine Menge Abenteuer bestanden und konnte mit Fug und Recht behaupten, dass er gewachsen war. Vielleicht gar nicht mal so sehr körperlich, aber geistig. Und seelisch. Und charakterlich. Und menschlich. Sogar baumisch.

»Stimmt schon«, sagte die Maus. »Aber das spielt für diese Sache keine Rolle. Ich musste mich auf eine Reise begeben, auf der mit Geistern und Gespenstern, Dämonen und Dementoren zu kämpfen war.«

»Versteh ich nicht«, sagte John.

»Hab ich ja gesagt. Wir reden noch mal darüber, wenn du so weit bist.«

»Wenn ich so weit bin?«

»Genau.«

»Was bedeutet: Wenn ich so weit bin?«

»Wenn du älter bist.«

John war verzweifelt. Die Sache mit dem Ältersein hörte er schon sein Leben lang. Und jedes Mal, wenn es zur Sprache kam, hieß es, er wäre nicht alt genug. Also immer zu jung. Das konnte doch nicht ewig so weitergehen.

»Wird es auch nicht.«

»Du erklärst es mir also, wenn ich älter bin?« fragte John erwartungsvoll.

»Nein.«

»Nein?« Jetzt war John kurz davor, in Wut zu geraten.

»Wenn du älter bist, verstehst du es von alleine«, sagte die Maus.

»Und wieso nicht jetzt?«

»Tja – es ist ein bisschen verzwickt, John. Weil es keinen Sinn macht, es zu erklären. Entweder, man versteht oder man versteht nicht. Wenn man nicht versteht, ist man zu jung – und jede Erklärung ist sinnlos, weil man es eben nicht versteht. Irgendwann aber bist du alt genug für alles, und dann verstehst du, ohne dass es dir jemand erklären muss. Du wirst wissen, wenn es so weit ist. Verstehst du?«

»Nein.«

Die Maus nickte wissend.

John wartete darauf, dass sie noch etwas sagte. Tat sie aber nicht. Also ließ er den Blick in die Ferne schweifen und dachte nach; ziemlich lange. Der Tag ging darüber zu Ende und machte Platz für die Nacht – und eine verwirrende Schlussfolgerung: Sollte das, was sie gesagt hatte, womöglich bedeuten, dass alle Mühen und Anstrengungen, das Leben, das Universum und alles zu verstehen sinnlos und überflüssig waren? Dass man problemlos damit aufhören konnte und einfach nur warten musste bis man älter war? Weil man dann alles ganz von allein verstand?

Als er sie danach fragen wollte, sah er, dass sie sich bereits zur Ruhe begeben hatte. So blieb er mit seinen Gedanken allein, die schon bald begannen, sich ineinander zu verheddern und zu verhaken, bis sie zu einem unentwirrbaren Knäuel geworden waren. Das Ende dieses wilden Wirrwarrs bekam er allerdings nicht mehr mit, weil er mittendrin einschlief.

79. Lockvögel

John war gelassen.

Und erwachte mit dem Gefühl großer, fast selbstverständlicher Zufriedenheit, die ihm sagte: so – genau so – wie das Leben sich rund um ihn herum zeigte, war es rundum richtig. Er räkelte sich zufrieden und sagte: »Guten Morgen. Bin bereit für alles.«

Die Maus bedeutete ihm zu schweigen – mit einer Geste die sagte, er solle überhaupt nichts tun. Keine Bewegung, keinen Mucks. Das tat sie nur, wenn Gefahr im Verzug war.

John regte sich nicht, folgte mit dem Blick ihrer Pfote, die nach unten zeigte, bis tief hinunter auf den Boden, von wo Unheil drohte. Die Maus kam langsam, lautlos, zu ihm herüber, kletterte auf seine Schulter und flüsterte: »Sie haben uns nicht bemerkt. Und so wird es bleiben, wenn wir keinen Fehler machen.«

John nickte. Die Maus spitzte die Ohren und gab ihm Zeichen, es ebenfalls zu tun. Vielleicht konnte er inzwischen ja genau so gut hören wie sie und etwas von den Gesprächen am Fuß des Baumes verstehen.

John konnte. Als erstes erkannte er die Stimmen. Die Frau vom Wissenschaftlichen Institut und der Lehrer. Kein Knastergestank.

Dann begann er, ihre Worte zu verstehen:

Er solle ja nicht auf Gedanken kommen – sagte die Frau unwirsch zum Lehrer – nur weil sie gestern seine Einladung zum Abendessen angenommen habe.

»Und vorgesten und vorvorgestern«, ergänzte der Lehrer.

Er solle sich nur nichts einbilden.

»Außerdem haben wir uns geküsst.«

»Nicht wirklich.«

»Schon ziemlich wirklich.«

»Nicht wirklich genug, als dass es etwas zu bedeuten hätte. Und schon gar nicht genug, dass es dich zu weiteren Gedanken berechtigen würde.«

»Wir werden sehen«, sagte der Lehrer und holte die Pfeife hervor.

»Tu sie sofort wieder weg.«

»Ist meine Pfeife. Ich hole sie hervor, wann ich will.«

»Sie wird aber nicht angezündet.«

»Ist meine Pfeife. Ich zünde sie an, wann ich will.«

»Ohne mich«, fauchte die Frau, stand auf und ging fort. Der Lehrer stand ebenfalls auf und ging ihr hinterher. Steckte dabei die Pfeife an. Schlug vor, weiter östlich am Waldrand zu suchen. Vielleicht sei der Junge dort. Wegen der Schonung, die dort frisch gepflanzt worden sei. Lauter junge Bäume; da würde er sich vielleicht ganz wohl fühlen ...

John und Maus konnten sehen, wie die beiden hintereinander hergingen ohne dass sich der Abstand zwischen ihnen verringerte.

»Junge, Junge«, sagte die Maus.

»Was?« fragte John.

»Die haben komplett überhaupt gar keine Ahnung, wo sie suchen sollen. Streunen einfach zufällig durch die Gegend. Mal hierhin, mal dorthin. Sie tappen vollkommen im Dunkeln.«

»Allerdings sind sie uns jetzt schon drei Mal in die Quere gekommen«, gab John deutlich weniger gelassen als die Maus zu bedenken: »Eines Tages überraschen sie uns vielleicht.«

»Wie denn?«

»Eines Tages hört der Lehrer auf zu rauchen«, sagte John.

Die Maus nickte. »Wahrscheinlich hast du Recht. Auf Dauer kommt er gegen sie nicht an. Wir sollten sie an der Nase herumführen.«

John sah sie fragend an.

»Wir spielen ihnen einen Streich, der sie auf eine falsche Fährte lockt. Sie suchen dich dann an Orten, wo du nicht bist.«

Wie das funktionieren solle, fragte er skeptisch.

»Wir suchen uns Verbündete.«

»Wer soll sich mit uns verbünden?«

»Meisen«, sagte die Maus.

»Die kleinen Vögel?«

»Genau.«

Johns Zuversicht, die gerade ein wenig zugenommen hatte, sank wieder, denn er konnte sich beim besten Willen nicht vorstellen, was diese unscheinbaren Tierchen für ihn tun konnten.

»Sie können etwas sehr Besonderes, John. Sie haben das komplexeste Kommunikationssystem im Tierreich. Abgesehen von Mäusen natürlich. Sie können Laute imitieren.«

»Was für Laute?«

»Alle möglichen. Deine Stimme.«

»Sie können sprechen wie ich?«

»Sie sprechen nicht. Sie imitieren den Klang der Stimme.« Und auf diese Weise, fuhr die Maus fort, könnten die Meisen die Frau und den Lehrer von ihnen weglocken. John fand die Idee großartig. Also machte die Maus sich auf den Weg ins weite, dichte Geäst der Eiche, um mit den Meisen Kontakt aufzunehmen.

Wenig später landeten zwei dieser kleinen blau-gelben Vögel neben John und ein dritter auf seinem Kopf. Dann traf auch die Maus wieder ein und es wurde Konferenz gehalten. Die Meisen erfuhren, in welcher Gefahr John sich befand. Sie waren empört. Dann erklärte die Maus den Plan. Die Meisen waren einverstanden. John musste ihnen seine Geschichte erzählen, damit sie so genau wie möglich seine Stimme kennenlernen konnten. Dann imitierten sie sie. John fand nicht, dass sie klangen wie er. Die Maus hingegen sehr wohl. Sie sagte, es sei perfekt.

Die Meisen fragten, wohin die Frau und der Lehrer gelockt werden sollten. Wenig später war die Route festgelegt. Die kleinen Vögel verabschiedeten sich mit einem synchron gesungenen Chick-a-dee, gefolgt vom einem lupenreinen John-Sound, flogen dann voller Tatendrang davon.

Die Maus sah ihnen nach, lächelte und sagte: »Jetzt bist du sicher, John.«

80. Esche

John war dankbar.

Er saß gemeinsam mit der Maus hoch oben in der Eiche und beobachtete, ob die Meisen wohl Erfolg haben würden. Nach einiger Zeit entdeckten sie die Frau und den Lehrer. Sie waren weit weg, wanderten inmitten der großen, weiten Landschaft, blieben stehen, deuteten in unterschiedliche Richtungen, schienen zu diskutieren, setzten ihren Weg schließlich fort. Eine kurze Wegstrecke weiter blieben sie abermals stehen, deuteten erneut in unterschiedliche Richtungen, diskutierten, setzten sich wieder in Bewegung. So ging das eine ganze Weile.

Eine Meise landete neben John und meldete, es sei nicht ganz leicht, die Frau und den Mann wegzulocken. Sie seien ein bisschen depp. John kannte das Wort nicht.

»So ähnlich wie ballaballa«, half die Meise ihm auf die Sprünge. Der Kern des Problems sei, dass die beiden nicht gut hören könnten. Man müsse ziemlich nahe an sie ran und selbst dann wären sie noch immer nicht in der Lage herauszufinden, woher die Laute kämen. Würde sie sagen: von hier, sage er: von da.

»Insgesamt«, schloss sie ihren Bericht, »entfernen sie sich aber.«

»Fein«, sagte die Maus, »1000 Dank.«

Die Meise nickte kurz und war im nächsten Moment bereits wieder in der Luft. John und Maus sahen ihr nach. Eine Weile später, in der nichts gesagt worden war, eröffnete die Maus ein neues, bedeutendes Thema: »Unsere Vorräte gehen zur Neige. Deine Häscher sind fern. Wir sollten uns auf den Weg machen und Nachschub besorgen. John war einverstanden.

Sie begaben sich aus dem Wipfel der Eiche zu ihrem Fuß, was eine kleine Weile in Anspruch nahm. In den Wiesen angekommen sammelte John an Kräutern, Blüten und Früchten, was schmack- und nahrhaft war. Er kannte sich bereits recht gut aus. Nach einer Weile des Suchens und Sammelns ließ er sich im Schatten einer alten Esche nieder um eine kleine Pause zu machen.

Unschlüssig, ob er einfach dösen oder eine Baumübung machen sollte, betrachtete er vor sich hin sinnierend ein Stück abseits zur Linken einen Strauch, der bereits mehr als zur Hälfte abgestorben war.

»Ist schon ziemlich tot, oder?« fragte er die Maus, die neben ihm auf einem von der Sonne gewärmten Stein Platz genommen hatte.

»Solange wir da sind, ist der Tod nicht da. Wenn der Tod da ist, sind wir nicht da. Nichts kann daher ziemlich tot oder halb tot oder fast tot sein.«

Stimmt, dachte John und wunderte sich gleichzeitig, wie langsam sie gesprochen hatte. Dachte, sie sei vielleicht müde, fuhr aber neugierig fort: »Man sagt es einfach so. Ohne sich Gedanken zu machen. Wieso eigentlich?«

»Wieso was?«

»Wieso man oft einfach so sagt, was man so sagt.«

»Alles wird von deiner Umgebung bestimmt.«

»Alles wird von meiner Umgebung bestimmt?« Er fand die Antwort so seltsam dass er nach der Maus sah und fragen wollte, ob alles in Ordnung sei. Doch er kam nicht dazu. Sie hatte sich mit einem Huflattichblatt zugedeckt und schlief.

John war irritiert. Hatte sie ihm gerade noch geantwortet und war dann auf der Stelle eingeschlafen? Oder schlief sie schon länger? Wer aber hatte dann mit ihm gesprochen.

»Ist da jemand?« fragte er vorsichtig.

»Was ist denn mit dir los?«

John erschrak. Da war tatsächlich jemand.

»Wer bist du?« fragte John.

»Wer bist du?« lautete die Gegenfrage – und John verstand: Die Langsamkeit der Worte. Es war der Baum.

»Ich bin John«, sagte er. »Johnbaum.«

»Baum sicher nicht. Schössling vielleicht. Oder Steckling. Aber Baum – noch lange nicht.«

Tja – auf so eine Diskussion wollte John sich auf keinen Fall einlassen. Nicht mit einem ehrwürdigen Baum, der bereits ein paar hundert Jahre alt war. Und schon gar nicht mit einer Esche, von der er wusste, dass seit ihrer Erschaffung nie etwas Böses über sie gesagt worden war; einfach, weil nichts gegen sie vorlag; seit immer schon. Sie hatte sich nie etwas zu Schulden kommen lassen. Und weil John das wusste, knüpfte er lieber dort an, wo ihre Unterhaltung ins Stocken geraten war: »Was hast du gemeint mit – Alles wird von deiner Umgebung bestimmt?«

»So ist es.«

»Was bedeutet es?«

»Wenn du anderswo – oder anderswann aufwachsen würdest, nähmen die Dinge einen anderen Lauf und du würdest ein anderer.«

»Sicher?« fragte John etwas beunruhigt.

»Wenn du anderswo – oder anderswann aufwachsen würdest, könntest du nicht die Worte benutzen die du gerade benutzt, weil die Welt eine andere wäre und die Sprachen in dieser Welt auch.«

John überlegte – und schlussfolgerte: »Dann könnten wir uns nicht unterhalten?«

»Du scheinst noch sehr, sehr jung zu sein. Fast wie eine Nuss. Du weißt ja so gut wie gar nichts.«

»Tschuldigung«, sagte John, weil ihm nichts anderes einfiel und er gleichzeitig fürchtete, sein Unwissen könnte die Esche verärgern. Also machte er einen Versuch, sich zu erklären: »Habe noch nie darüber nachgedacht, dass es zu unterschiedlichen Zeiten unterschiedliche Sprache gab …«

»… sag mal«, unterbrach ihn die Maus, »was brabbelst du denn da vor dich hin?«

»Wiewas?« fragte John benommen.

»Bin davon wach geworden. Du hast im Schlaf gesprochen. Einen halben Roman – und kein Wort davon war zu verstehen. Lauter Laute aus Neverland. Oder Everworld. Oder Xanadu.«

Dann sah sie sich um, stellte fest, dass der Nachmittag bereits fortgeschritten war, und schlug vor: »Lass uns aufbrechen, nach Hause gehen und nachsehen, wo Miesepeter und Miesepetra sich herumtreiben.«

John war verwirrt. Er hätte schwören können, eine Unterhaltung mit der Esche geführt zu haben. Er schaute sie intensiv an und wartete – jedoch vergeblich. Sie tat nichts. Gab ihm kein Zeichen. Stand einfach da. Eschenstumm.

81. Mensch und Baum

John war konfus.

Die Sache mit der Esche wühlte in seinem Gemüt. Hatte er nun mit ihr gesprochen – oder das Ganze geträumt? Er wusste es einfach nicht. Wollte es aber wissen. Also machte er sich am nächsten Morgen erneut auf den Weg in die Wiese. »Noch mal Vorräte holen«, sagte er zur Maus.

»Keinen Honig«, befahl sie in ernstem Ton.

»Wieso nicht?« fragte John, der ohnehin nicht vorhatte, Honig zu holen, sich aber doch wunderte, wie bestimmt sie geklungen hatte.

»Ich bin nicht sicher, ob die Bienen es dir noch einmal gestatten. Und deshalb lässt du die Finger davon.«

John nickte.

»Sieh mal ob du ein Weizenfeld findest. Dann bring welchen mit«, bat sie.

»Weizen«, wiederholte John und es klang, als wisse er nicht, wie er ihn erkennen sollte. Es war ein Getreide, so viel war ihm klar, aber es gab unterschiedliche Sorten. Welche davon war Weizen?

»Keine Grannen.«

»Keine was?«

»Grannen. Die Haare oder Borsten an den Ähren: Lange Grannen gleich großes G gleich Gerste. Kurze Grannen gleich kleines g gleich Roggen. Keine Grannen gleich kein g gleich Weizen.«

John prägte sich diese simple Unterscheidung ein und war froh, fortan Getreide auseinanderhalten zu können. Die Vorstellung, heute Abend hoch oben im Baum zu sitzen, der Sonne beim Untergehen zuzusehen und dabei Weizenähren leer zu knabbern, gefiel ihm.

Auf dem Weg durch die Wiesen achtete er kaum auf die Pflanzen, weil in der Luft ziemlich viel los war. Überall Schwärme von Buschmücken, Faltenmücken, Haarmücken und Zuckmücken, von denen die Maus behauptete, sie seien besonders schmackhaft. Zu diesem Thema hatte er allerdings nach wie vor seine ganz eigene Meinung. Zu beobachten, wie sie in der Luft ihre kunstvollen Tänze tanzten war ihm sehr viel lieber als die Idee, sie als Delikatesse zu betrachten. Bei der Esche angekommen, versuchte er gelassen zu wirken, lächelte und sagte: »Hallo.«

Keine Antwort.

»Ich bin's. John.«

Keine Antwort.

»Ist alles in Ordnung?«

Keine Antwort.

John war enttäuscht. Hatte er alles doch nur geträumt? Er setzte sich zu Füßen des mächtigen Baumes, lehnte sich an seinen Stamm, spielte gedankenverloren mit einem kleinen, trockenen Zweig, den er vom Boden aufgehoben hatte und schaute über die Wiese.

»Hallo Steckling.«

John war froh. Der Baum antwortete also doch.

»Ich bin John«, sagte er, weil ihm der Name Steckling nicht gefiel.

»Das hast du schon einmal behauptet. Was für ein seltsamer Name. Wo hast du ihn her?«

»Von meinen Eltern.«

»Was hast du denn für Eltern?«

John wusste nicht recht, was er darauf antworten sollte, versuchte es daher so: »Eltern eben. Vater und Mutter.«

»Verstehe«, sagte die Esche. »Du stammst von Beweglichen ab.«

»Ja«, sagte John, der sofort wusste, was sie meinte: »Ich war mal

Baum. Johnbaum. Zur Zeit nicht. Zur Zeit bewege ich mich wieder.«

Die Esche schwieg eine Weile, sagte dann, sie halte das Bewegliche für stark überbewertet. Es sei eine Modeerscheinung und würde sich nicht lange halten. Ein neuzeitlicher Unsinn, der – sie wusste nicht wie – in die Welt gekommen war.

John war verblüfft.

Die Esche fuhr fort: Sie kenne einiges junges Gemüse, dass unentwegt davon rede: beweglich sein sei das Größte, das Beste, die Zukunft:

»Perspektivwechsel, freie Standortwahl, Mobilität und ähnlicher Unfug«, murrte sie. »Bisher habe ich das für neunmalkluges Geschwätz gehalten. Verrücktheit. Jetzt aber sehe ich etwas, das anscheinend mal Steckling war und jetzt tatsächlich beweglich ist.«

John wusste nicht, was er sagen sollte.

»Aber mal ehrlich«, fuhr die Esche gelassen fort: »Du bist weder groß noch stark, noch stattlich, noch schön oder sonst irgendetwas, das erstrebenswert wäre. Es wird sich nicht durchsetzen. Glaub's mir. Am besten du hörst gleich wieder damit auf, suchst dir einen guten Standort – vielleicht dort drüben am Bach – und besinnst dich auf deinen wahren Kern.«

John war jetzt einigermaßen durcheinander – und erzählte der Esche, dass er kein echter – jedenfalls kein waschechter – Baum gewesen war, sondern ursprünglich ein Mensch.

»Mensch?« sagte die Esche nachdenklich. »Was ist das denn?«

John war entgeistert.

»Ein Mensch!« sagte er.

»Kenn ich nicht«, sagte die Esche.

»Kennt jeder«, sagte John.

»Ich nicht«, sagte die Esche.

Tja, dacht John. Das ist ja mal ganz was Neues. Die ehrwürdige Esche weiß nicht, was Menschen sind. Da werde ich es ihr wohl erklären müssen.

Als er damit beginnen wollte, stellte er allerdings fest, dass es gar nicht so leicht war. Wie erklärt man einem Wesen, das Menschen nicht kennt, was und wie Menschen sind?

»Also«, begann er: »Menschen sind Wesen auf zwei Beinen, die …«

Er machte eine Pause und dachte nach, was zuerst über die vielfältigen Eigenschaften, Fähigkeiten und Begabungen von Menschen erzählenswert sei – und es kam genau so wie es kommen musste: Die Gedanken wurden schnell und schneller. Gleichzeitig wirr und wirrer. Schließlich chaotisch – und bewegten sich bereits kurz darauf zielsicher in Richtung kunterbuntes Durcheinander.

Mitten in dieses Gedankenkikeriki landete eine Meise auf seiner Schulter und sagte: »Wach auf.«

John sah sie benommen an: Er sei wach. Er habe nicht geschlafen. Die Meise bat um Entschuldigung: »Es klang, als würdest du. Hast vor dich hingesprochen. In einer Sprache, die ich nicht kenne.«

Obwohl ihn betrübte, was sie sagte, fand er nicht die Zeit, der Sache auf den Grund zu gehen, denn die Meise bat ihn, sofort zurück zur Eiche zu gehen. Die Frau und der Lehrer seien nicht weit entfernt.

John erschrak.

»Kein Grund zur Sorge«, sagte die Meise. »Jedenfalls noch nicht. Ich muss dir allerdings raten, von hier zu verschwinden.«

»Ich dachte, ihr lockt sie weg«, sagte John bange.

»Tun wir auch«, antwortete der Vogel. »Aber – weißt du – sie suchen immer nur bis zur Dämmerung. Dann gehen sie nach Hause. Und wenn sie am nächsten Tag weitersuchen, tun sie das nicht unbedingt an der Stelle, wo sie am Vortrag aufgehört haben. Manchmal beginnen sie einfach hier oder dort. Heute ist so ein Tag.«

»Verstehe«, sagte John und überlegte, ob er sich verstecken – oder auf dem schnellsten Weg nach Hause flüchten sollte.

82. Böses Erwachen

John war naseweis.

Fragte sich, worüber die Frau und der Lehrer wohl heute streiten würden. Es interessierte ihn so sehr, dass er beschloss, zu bleiben, sich zu verstecken und abzuwarten, ob sie so nahe an ihm vorbeikommen würden, dass er ihre Streitereien würde hören können. Also kletterte er am Stamm der Esche empor und suchte einen geeigneten Ort im weit ausladenden Geäst mit guter Sicht bei gleichzeitig bester Tarnung durch ihr dichtes Blätterwerk.

Nach einiger Zeit entdeckte er die beiden. Sie kamen nahe genug heran, so dass er ihre Worte verstehen konnte. Doch sie stritten gar nicht. Sie diskutierten. Schimpften nicht über stinkenden Knaster, miese Stimmung oder trottelige Besserwisserei, sondern besprachen konzentriert, was genau zu tun sei, wenn sie den Jungen in Kürze finden und einfangen würden.

Man müsse ihn, sagte die Frau, sehr, sehr gut verstecken. Das Beste wäre, ihn weit, weit weg zu bringen. Die Forschungen an ihm würden ganz sicher viele Monate in Anspruch nehmen. Vielleicht Jahre. Möglicherweise sogar ein Leben lang. Und in all dieser Zeit dürfe niemand – wirklich niemand – wissen oder herausfinden, wo er sei. Der Lehrer bestätigte das, bezweifelte aber, dass es gelingen könne.

Die Frau fragte, was dagegen spreche.

Der Lehrer behauptete, die größte Gefahr sei ihre Schwatzhaftigkeit. Es könne sein, dass sie es einfach ausplaudere.

Die Frau antwortete, die viel größere Gefahr sei seine Trotteligkeit. Es könne sein, dass er sich einfach verplappere.

Der Lehrer versprach, in Zukunft weniger trottelig zu sein.

Die Frau versprach, in Zukunft weniger schwatzhaft zu sein.

Dann versprachen beide einander, alles dafür zu tun, den Jungen endlich zu finden und einzufangen – und ihn dann so gut zu verstecken, dass er unauffindbar sei – auf der ganzen weiten Welt.

Dem weiteren Verlauf des Gespräches konnte John nicht mehr folgen. Er war starr vor Schreck. Eine ganze Zeitlang. Dann begann er zu zittern; so sehr, dass die Esche unwirsch zu knurren und knarzen begann. Als sein Zittern langsam nachließ, fragte sie: »Waren das Menschen?«

»Ja«, sagte John.

»Über wen haben sie gesprochen?«

»Über mich.«

»Ein mieses Volk«, knarzte der mächtige Baum. »Ein ganz mieses Volk. Wieso reden sie darüber dich einzufangen, lassen dich aber einfach hier?«

»Sie haben mich nicht gesehen.«

»Ein blindes Volk«, bemerkte die Esche. »Ein ganz blindes Volk. Und wieso bist du noch hier, wenn du weißt, was sie mit dir vorhaben. Du bist doch beweglich. Kannst hin, wohin du willst – und also dorthin, wo sie nicht sind.«

John war absolut der gleichen Meinung. Er musste fliehen.

83. Engel

John war außer sich.

Zurück im Baumhaus berichtete er der Maus, was er gehört und erlebt hatte. Er erzählte auch von der Esche, die geraten hatte, das Weite zu suchen, und dass er der Meinung sei, sie habe Recht.

Die Maus wurde nachdenklich. Sagte lange nichts. Stieg dann ganz nach oben in die Krone des Baumes. Stellte sich dort ganz weit nach außen ins Astwerk. Bewegte sich nicht. Lange. So lange, dass John begann, sich darüber zu wundern. Dann ließ sie sich fallen.

Er stürzte zu ihr. Ein Reflex um sie zu retten, doch er kam zu spät. Er sah, wie sie fiel. Und fiel. Und fiel. Und dann war da plötzlich der Adler. Sie landete gekonnt auf seinem Rücken und flog mit ihm davon.

John war benommen. Glücklich darüber, was für ein Glück sie gehabt hatte, und sich gleichzeitig wundernd, ob das, was er gerade gesehen hatte, gar keine Rettung gewesen war, sondern ein Spiel. Als ob sie gewusst hätte, dass der Adler sie auffangen würde. Dann war es sehr, sehr mutig von ihr, sich einfach in den Abgrund zu stürzen. Er würde das nicht wagen. Es gab niemanden, dem er so sehr vertraute.

Seine Gedanken wurden jäh unterbrochen; der Adler landete neben ihm.

»Die Esche hat Recht«, sagte die Maus, von seinem Rücken gleitend, ähnlich wie Cowboys in Filmen von ihren Pferden. Kaum hatte sie einen festen Ast unter den Pfoten, flog der Adler wieder davon. John wollte auf der Stelle reden und fragen und wissen und …

»Wir müssen hier weg und wir sollten uns beeilen«, unterbrach sie ihn. »Deine Häscher werden keine Ruhe geben. Sie suchen und suchen und suchen. Sie gehen dabei zwar nicht klug vor, aber der Zufall könnte ihnen helfen. Er hilft zwar nur selten – und man kann sich keinesfalls darauf verlassen – aber er hat keine Moral.«

John schaute fragend.

»Ihm ist gleichgültig, wem er hilft. Gut oder böse gibt's für ihn nicht.«

»John schaute immer noch fragend.

»Nein«, sagte die Maus. »keine Zeit für hintergründige Weltbetrachtungen. Dort draußen lauert eine große Gefahr. Wir müssen handeln. Mach dich bereit.«

»Wohin werden wir gehen?«

»Nach Süden.«

»Wieso?«

»Weil es dort wärmer ist. Hier hält schon bald der Herbst Einzug und das bedeutet, es wird kalt werden – sogar ziemlich.«

Nach diesen Worten war John klar, dass sie jetzt insgesamt zwei triftige Gründe hatten, von hier zu verschwinden. Gefahr und Kälte. Er wusste nicht genau wieso, hatte aber das Gefühl, die bevorstehenden Veränderungen seien gut und richtig. Dann fragte er, was er mitnehmen solle: »Und kannst du mir vielleicht ungefähr sagen, wohin genau wir gehen und wie weit es ist?«

Er bekam keine Antwort. Die Maus war verschwunden. Als er nach unten blickte, sah er sie wieder fallen.

Und dann war da auch wieder der Adler.

84. Unterwegs

John war fidel.

Wärmende Sonnenstrahlen im Gesicht und das Gefühl, die Welt sei gerade genau so, wie sie sein sollte, ging er seines Weges. Die Maus hatte eine Weile auf seiner Schulter gelegen, sich dann aufgerichtet und warf jetzt einen prüfenden Blick in die Umgebung.

»Wohin gehen wir eigentlich?« fragte John.

»Nach Süden. Habe ich dir schon gesagt.«

»Süden kann überall sein. Ich würde es gerne etwas genauer wissen.«

»Wozu?«

»Weil ich wissen will, wohin wir gehen.«

»Nach Süden.«

Er gab auf. Wenn sie nicht wollte, dann wollte sie nicht. Das kannte er schon. Also ging er schweigend weiter. Die Maus legte eine Pfote an die Stirn und suchte – wie ein Seemann auf großer Fahrt – den Horizont ab. Als sie damit fertig war, unternahm John doch noch einen Versuch: »Wenn ich weiß, wohin wir gehen, dann ...«

»Du bist ein wenig verwirrt, mein Junge«, unterbrach sie ihn.

»Gar nicht!«

»Liegt an deinem Alter. Ich war damals auch verwirrt. Ist normal, wenn man jung ist. Steht ja auch nirgendwo geschrieben, dass man es nicht sein darf. Oder nicht sein soll.«

John mochte es nicht besonders, wenn sie so mit ihm sprach. Kam ihm vor, als nehme sie ihn nicht ganz ernst. Jedenfalls nicht so ernst, wie er es gerne hätte. Außerdem wollte er zurück zum Thema: »Also«, fuhr er daher fort, »man kann nicht einfach losgehen, ohne zu wissen wohin.«

»Steht nirgendwo geschrieben, dass man es nicht kann. Oder nicht darf.«

So könne das nicht weitergehen, fand er. Es sei dringend geraten, sich auf das Thema zu konzentrieren und einen klaren Plan zu entwerfen. Sonst könne es nämlich durchaus so kommen, dass sie nichts weiter wären als zwei, die in der Welt umherirrten.

»Wir irren nicht, John, wir gehen.« Die Maus klang aus tiefster Seele überzeugt, und das brachte John ins Grübeln.

»Aha«, sagte er nach einer Weile, »so ist das. Der Weg ist das Ziel – richtig?«

»Nein, John. Es gibt keinen Weg. Nur Gehen.«

»Wie bitte?« John, verstand nicht nur nicht, sondern war außerdem auch ganz und gar nicht einverstanden: »Das würde ja bedeuten, dass es gar nichts gibt. Nicht nur kein Ziel, sondern außerdem auch noch nicht mal einen Weg. Also gar nichts. Und dann stimmt es nämlich, was ich sage: wir sind zwei, die ziellos umherirren.«

Die Maus schüttelte bedächtig den Kopf und sagte leise: »Es ist so. Die Sache ist die. Wenn du auf einem Weg gehst, gehst du dort entlang, wo vor dir schon jemand gegangen ist. Sonst wäre da ja kein Weg. Wenn du also dort gehst, wo schon andere gegangen sind, dann kann der Weg ja nicht das Ziel sein, weil er tatsächlich irgendwohin führt. Es ist also der Weg zu einem Ziel. Wenn du ihn entlang gehst, kommst du unweigerlich dort an. Und wenn du da bist, triffst du auf die, die vorher auf diesem Weg gegangen sind. Oder sogar auf die, die ihn angelegt haben. Logisch, oder?«

So weit so gut, dachte John, konnte aber nicht erkennen, was dieses Gedankenallerlei damit zu tun hatte, dass es angeblich gar keinen Weg geben sollte?

»Nun ja, John«, holte die Maus weiter aus, »wenn der Weg dich nicht zum Ziel bringen soll, sondern bereits das Ziel ist, dann ist der Weg selbst nicht wichtig, weil du ihm nicht folgen musst. Wichtig ist nur, dass du darauf gehst. Auf diesem Weg oder jenem oder keinem oder vielen oder allen. Ganz egal. Du gehst einfach. Klar?

»Nein«, sagte John. »Hab's nicht verstanden.«

»Macht nichts. Wir gehen einfach weiter – und sehen, wohin es uns führt.«

»Du hast doch gesagt nach Süden«, sagte John, der langsam aber sicher überhaupt nicht mehr folgen konnte, denn jetzt sah es auf einmal sogar so aus, als sei nicht einmal mehr das klar. Hatten sie nun ein Ziel oder nicht?

»Süden, genau«, sagte die Maus. »Wir gehen nach Süden. Und damit haben wir erst einmal auch genug zu tun. Und damit ist ja auch erst einmal alles in Butter, oder?

Tja – dachte John und wusste nicht mehr so richtig, wo ihm der Kopf stand. Irgendwie kam es ihm so vor, als sei mit der Geschichte, die sie ihm da gerade aufgetischt hatte, etwas nicht in Ordnung. Er konnte aber beim besten Willen nicht sagen, was. So beschloss er, es fürs erste gut sein zu lassen und weitere Erörterungen und Dispute, Betrachtungen und Kommentierungen, Besprechungen und Diskussionen zu vermeiden.

85. Schnecken

John war schläfrig.

Als er am nächsten Morgen mit der aufgehenden Sonne erwachte, sah er sich um, konnte aber nicht viel sehen, weil rund um ihn herum hohes Gras wuchs. Die Maus saß ein kleines Stück abseits und schaute konzentriert auf den nahen Feldweg.

»Was gibt's dort?« fragte er in der Hoffnung, der Tag möge reich sein an Entdeckungen und frei von Bedrohungen, bekam aber keine Antwort.

Nach einer Weile löste die Maus ihren Blick vom Weg und antwortete doch noch: »Hab ’ne Übung gemacht.«

»Baumübung?« fragte John verwundert.

»Mausübung«, sagte sie.

»Verstehe«, entgegnete John und wollte mehr darüber wissen.

»Schnecken beim Vorübergleiten zusehen.«

Gute Übung, dachte John, sah seinerseits hin und entdeckte vier Nacktschnecken, die hinüber zur anderen Seite des Weges glitten. Nach einer kleinen Weile unterbrach die Maus das besinnliche Schweigen:

»Leicht vorhersehbar, wie ihre Zukunft aussieht.« Dann deutete sie auf einen Traktor, der den Weg herauf kam.

John überlegte, ob er eingreifen sollte. Die Maus riet ab: »Wir sind auf der Flucht. Wäre unklug, das Versteck zu verlassen.«

John gab ihr Recht.

»Welche wird überfahren?« fragte die Maus, als sei es eine Sache auf die man wetten konnte.

»Will ich gar nicht wissen«, antwortete John.

»Es wird aber kommen, wie es kommt.«

»Ja«, sagte John, »mag schon sein«, drehte den Kopf jedoch zur Seite um nicht ansehen zu müssen, was gerade passierte, denn der Traktor war jetzt genau auf ihrer Höhe.

»Zwei Überlebende«, sagte die Maus, als die Landmaschine weitergerumpelt war.

»Na toll«, murrte John, der nicht verstand, weshalb die Maus die Sache so herzlos betrachtete.

»Tu ich gar nicht«, sagte sie. »Das wir es sehen, ist nur Zufall. Wären wir nicht hier, sondern woanders, wäre es genau so passiert. Wir sind lediglich Zeuge dieses Ereignisses, und nirgendwo steht geschrieben, dass wir es bewerten müssen. Wir verstehen ja nicht mal, was hier überhaupt vor sich geht.«

»Doch, tun wir«, erwiderte John. »Du siehst zu, wie Schnecken plattgefahren werden.«

»Die Frage«, entgegnete die Maus nachdenklich, »ist allerdings, weshalb sie den Feldweg überhaupt kreuzen? Ist doch absurd.«

»Wieso?« fragte John.

»Sie kommen aus dieser Wiese hier und bewegen sich hinüber zu jener Wiese – die genau so ein Wiese ist, wie diese hier; ein schützendes Gestrüpp aus Brombeersträuchern, Huflattich, Brennnessel, Kamille, Schafgarbe, Holunderbüschen, Hopfen. Was veranlasst sie wohl, in einen Teil der Welt zu wollen, der genau so ist wie der, den sie gerade verlassen? Ums Fressen kann es ihnen dabei nicht gehen.«

Ja, dachte John, der in der Tat keinen Unterschied ausmachen konnte zwischen der Pflanzenwelt diesseits und jenseits des Feldweges. Die Maus hielt schnuppernd die Nase in den Wind: »Da drüben muss etwas sein, was hier nicht ist. Sie können gut riechen. Wie es aussieht, besser als ich. Vielleicht ist dort ein Kadaver? Oder es gibt eine Party? Oder eine Konferenz? Aber was hätten Schnecken wohl zu bereden, dass dazu eine Konferenz nötig wäre?«

Nach einer kurzen Pause, in der John über ihre Worte nachdachte, fiel ihm die Antwort ein: »Na, was wohl?«

86. Süden

John war nervenblank.

Nachdem sie den ganzen Tag gewandert waren, setzte er sich auf einen großen Stein, betrachtete den Himmel und stellte fest, dass der Tag gerade in den Abend überging, denn der große, weise Schöpfer des Universums hatte bereits begonnen, mit viel Orange und Rot am Himmel zu malen.

Und dann waren da plötzlich jede Menge Schwalben. Aus allen Richtungen. Nicht wirklich auf ein Ziel hin, sondern kreuz und quer im ganzen Luftraum.

»Das große Abschiedsfest«, sagte die Maus während sie damit beschäftigt war, allerlei Krümel und Kram aus Johns Jackentasche hinauszuwerfen; Hausputz sozusagen.

John wusste, wovon sie sprach. Der kühle Abend kündigte es an; das Signal zum Aufbruch.

»Sie fliegen weg«, sagte er.

»Nein. Sie fliegen nicht weg.«

»Sie fliegen weg von hier, weil der Winter kommt«, bestand John auf seinem Wissen, von dem er sicher war, dass es sicher war.

»Sie fliegen nicht weg. Sie fliegen wohin. Deshalb sind sie ja so aufgeregt. Für sie ist es kein Abschied, sondern ein Aufbruch.«

»Wo ist der Unterschied?« fragte John.

»Sie freuen sich auf das, was vor ihnen liegt. Ein Abenteuer. Könnten wir auch fliegen, würden wir uns ihnen anschließen. Und dann nix wie auf nach Süden.«

Nach diesen Worten wollte John nun aber doch mal genauer wissen, was es mit diesem Süden, von dem sie immer wieder anfing, auf sich hatte. Für ihn war Süden nämlich zunächst einmal nichts weiter als eine Himmelsrichtung. Also nichts Besonderes: »Die Buche da hinten am Wegrand«, sagte er, »ist südlich von da, wo wir gerade sind. Meinst du das mit Süden?«

»Was?« fragte die Maus in einem Tonfall als sei er nicht ganz bei Trost: »Süden ist viel weiter weg; viel, viel weiter; und genau genommen sogar noch weiter.«

John legte die Stirn in Falten. Wenn man es wie die Maus betrachtete, dachte er, dann wäre Süden ja immer südlich von da, wo man gerade war. Und wenn man mit dieser Idee nach Süden aufbrach, würde man doch von jedem Süden, den man erreichte, automatisch weiter ziehen zum nächsten Süden. Und von dort wieder weiter; und käme so irgendwann unweigerlich wieder nach Norden.

Die Maus fand, solche Gedankenspiele seien müßig.

»Mit gesundem Mäuseverstand«, sagte sie ein wenig ungehalten und warf dabei ein neue Ladung Krümel und Kram aus der Jackentasche, »weiß man sehr gut, wann man optimal südlich ist; und dann ist südlich von Süden gar kein Thema mehr, weil man längst damit beschäftigt ist, glücklich in der Sonne zu liegen und sich zu freuen, am richtigen Ort zur richtigen Zeit zu sein. Bei gesundem Mäuseverstand, wohlgemerkt.«

Dann sah sie ihn an, legte ihrerseits die Stirn in Falten und fragte: »Gibt es das auch bei Menschen?«

»Was?«

»Gesunden – Menschenverstand?«

87. Himmelreich

John war bedient.

Und wollte von der Sache mit dem Süden erst einmal nichts mehr hören. Man könne vielleicht später, oder morgen, noch mal darüber reden. Jetzt würde er lieber einen guten Platz für die Nacht finden.

Die Maus war einverstanden und deutete auf eine Mulde neben der Buche, die ein kleines Wegstück südlich von ihnen stand. Dort, sagte sie, könne John es sich gemütlich machen.

Kurze Zeit später verabschiedete sich die Sonne für diesen Tag und nahm das Licht und die Farben mit sich über den Rand der Welt. John und Maus betrachteten die zunehmende Dämmerung und warteten auf den Mond, der sich einfach nicht blicken ließ.

»Er wird schon kommen«, sagte die Maus auf eine Weise, dass man denken konnte, sie sei sich ihrer Sache nicht wirklich sicher.

Als er eine ganze Weile später dann tatsächlich am Horizont erschien, war er gerade mal die Hälfte seiner selbst. Die Nacht würde also eher dunkel sein.

»Ist eine gute Gelegenheit, das Universum zu betrachten. Und Satelliten. Wie den da«, schlug die Maus vor, während sie auf einen kleinen, hellen Punkt zeigte, der zügig durch das Reich der Sterne zog.

»Oder den«, sagte John und zeigte auf einen anderen.

»Ist ein Flieger«, korrigierte die Maus und erklärte, Flugzeuge würden blinken. Satelliten nicht. John sah dem Flugzeug nach, als es mitten durch das Sternbild Adler flog und machte sich Gedanken darüber, wohin es wohl unterwegs war.

»Nach Osten«, sagte die Maus. »Sieht man doch.«

Ganz kurz sah es jetzt so aus, als würden sie in einen kleinen Disput über Dinge geraten, die offensichtlich waren, weil man sie ganz einfach sehen konnte – und Dinge, die nicht so offensichtlich waren, weil man sie nicht sehen konnte; höchsten ahnen oder vermuten – zum Beispiel welches Ziel im Osten der Flieger wohl anflog – doch es kam nicht dazu, weil gleich drei weitere Flugzeuge ihre Aufmerksamkeit erregten. Für John ein Grund, sich über so viel Flugverkehr um diese Tageszeit zu wundern.

»Streng genommen sind drei nicht besonders viel«, meinte die Maus, »wenn man bedenkt, dass Menschen wie verrückt durch die Luft fliegen. Zu Millionen.«

»Millionen sicher nicht«, sagte John.

Es war eine spontane Erwiderung, weil ihm die Zahl viel zu groß erschien. Andererseits wusste er längst, dass die Maus so etwas nicht einfach nur so sagen würde.

»Wie kommst du auf Millionen?«

»Es ist eine ganze Nation von Menschen da oben. So viele wie kleine Staaten Einwohner haben.«

»Ein ganzes Land in der Luft?« staunte John nicht schlecht.

»Ein komplettes Himmelreich.«

»Niemals«, sagte er, weil er sich das wirklich nicht vorstellen konnte.

»Also gut, rechnen wir«, sagte die Maus: »All die Flughäfen auf der Welt und all die Flugzeuge, die dort starten und landen …«

Sie wusste zu berichten, dass weltweit, rund um den Globus, jeden Tag etwa 100 000 Flugzeuge starten, was ca. 4166 pro Stunde bedeutete. In jedem Flieger würden etwa 250 bis 300 Personen sitzen, die durchschnittlich vier Stunden in der Luft blieben.

»Macht gut und gerne vier bis fünf Millionen Menschen, die sich zu jedem Zeitpunkt des Tages in der Luft befinden; nicht eingerechnet die Privatflugzeuge und die Transportflugzeuge für Blumen und Pralinen und Mineralwasser.«

»Und die Militärflugzeuge«, ergänzte John, »und die Testflugzeuge für Wissenschaft und Wolkenforschung. Und die Spionageflugzeuge. Und die Postflugzeuge ...«

Dann bemerkte er, dass die Maus ihm nicht zuhörte. Dass sie mit ihren Gedanken ganz woanders zu sein schien, und er wollte wissen, wo.

»Ich frage mich«, murmelte sie, »wie viele von uns an Bord all dieser Flugzeuge sind?«

88. Igel

John war halbwach.

Die Frage nach der Größe der Mäusevölker am Himmel hatte am Vorabend nicht geklärt werden können. Die Maus hatte darauf bestanden, dass an Bord der Flugzeuge mehr Mäuse als Menschen seien, weil es überall auf der Welt – ganz gleich wo – immerzu und immerdar mehr Mäuse als Menschen gäbe.

John war anderer Ansicht: Menschen, gab er zu verstehen, würden ziemlich genau darauf achten, dass an Bord von Flugzeugen keine Mäuse seien. Gar keine.

Die Maus hatte das für absurd gehalten; für so absurd, dass sie das Thema kurzerhand für beendet erklärte. Dann hatten beide eine Weile schweigend in den Nachthimmel geschaut und waren schließlich eingeschlafen.

Jetzt, am neuen Morgen, hatte John keine sonderlich gute Laune.

»Keine Träume«, waren seine ersten Worte.

Die Maus war bereits auf den Beinen, vertilgte gerade die Reste eines Käfers und sah sich um, ob irgendwo noch ein Nachtisch zu erspähen war, was aber nicht gelang. So kletterte sie auf Johns Schulter und zupfte an seinem Haar, weil es an der Zeit war, sich wieder auf den Weg zu machen. John setzte sich in Bewegung.

»In Indien«, begann sie zu plaudern, »kamen nicht wenige britische Soldaten ums Leben, weil sie von Kobras gebissen wurden. Ist lange her.« Dann machte sie eine Pause.

»Und?«, sagte John.

»Die Kolonialverwaltung setzte Prämien für tote Kobras aus um auf diesem Weg das Problem in den Griff zu bekommen. Und was denkst du, haben die Leute gemacht?«

»Komische Frage«, sagte John. »Sie haben Kobras gejagt. Ist doch klar.«

»Nein, John. Gar nichts ist klar. Es kam ganz anders. Die Menschen fingen an, Kobras – zu – züch – ten …«

Die vorletzten Worte hatte sie unkonzentriert gesprochen. Das letzte Wort war kaum noch hörbar. John sah sie erstaunt an. Sie deutete den Weg hinunter, wo ein Stück voraus ein Fuchs saß. John war klar, dass sie sofort in Deckung gehen musste, doch sie reagierte nicht, schaute unverändert konzentriert zum Beutegreifer hinüber, entspannte sich wieder und sagte: »Alles gut. Da ist auch ein Igel.«

John sah ebenfalls genauer hin. Der Fuchs saß tatsächlich vor einem Igel – und schien nicht recht zu wissen, wie er das Stacheltier erlegen und fressen konnte. So sah es jedenfalls aus.

»Oh, nein«, sagte die Maus, »er versucht nicht, den Igel zu fressen. Das war früher so; vor langer, langer Zeit. Da wollten Füchse Igel fressen. Ist ihnen aber nie gelungen. Sie haben sich dabei Hunderte von Jahren nichts als blutige Nasen geholt.«

Wieso der Fuchs dann aber vor dem Igel sitze, wollte John wissen.

»Sie unterhalten sich.«

John sah noch genauer hin. Der Igel hatte sich nicht eingerollt, saß vielmehr auf seinen Hinterläufen und gestikulierte mit seinen kleinen niedlichen Vorderpfoten.

»Tatsächlich«, sagte John, der es nicht glauben mochte. »Über was reden sie denn?«

»Über alles Mögliche; und auch dieses und jenes über das Unmögliche. Je nachdem, wie gescheit der Fuchs ist. In der Regel sind sie nämlich nicht besonders klug.«

John widersprach. Füchse seien sehr schlau: »Sie gehören sogar zu den besonders Schlauen unter den Schlauen.«

»Schlau – John«, entgegnete die Maus, »ist nicht klug. Und zwar überhaupt nicht.«

»Wo ist der Unterschied?«

»Der Fuchs weiß viele Dinge. Der Igel aber weiß eine große Sache.«

»Erzähl, erzähl«, drängte John, der jetzt hellwach war und das Gefühl hatte, etwas lernen zu können das gut und gerne groß und bedeutend sein mochte.

Selbstverständlich machte die Maus die Sache feierlich; ließ sich Zeit, sagte etwas wie: »so einfach ist das nicht«, musste erst nochmal nachdenken, war nicht sicher, ob sie die Geschichte überhaupt noch zusammenbekommen würde; fing dann aber doch damit an:

»Also«, begann sie, »wie war das noch? Vor langer, langer Zeit, als die Füchse sich nichts als blutige Nasen bei den Igeln holten, war einer darunter, der sich fragte, wie die Igel es anstellten, dass die ach so schlauen Füchse ach so gar keine Chance gegen sie hatten? Es geht nämlich nicht ums schlau sein, John, sondern darum, die richtigen Fragen zu stellen. Wenn du zum Beispiel immer wieder in die gleichen Schwierigkeiten gerätst und dir dabei immer wieder die gleichen Lösungen ausdenkst, mit denen du am Ende immer wieder scheiterst, dann liegt es daran, dass du dir die immer gleichen Fragen stellst; und zwar die falschen, denn diese Fragen führen dich zu den immer gleichen unbrauchbaren Antworten. Also hat der eine kluge Fuchs damals – vor langer Zeit – immer wieder neue Fragen gestellt, bis er die richtige hatte.«

»Und welche war das?« John platzte vor Ungeduld und Neugier.

»Keine Ahnung, John. Woher soll ich das wissen? Ist reine Fuchssache. Mäuse wissen darüber nichts. Woher auch? Wenn du als Maus so nah an einen Fuchs herankommst, dass du ihn das fragen kannst – und angenommen, er verrät es dir – wirst du anschließend nicht mehr die Gelegenheit haben, es jemand anderem zu erzählen. Das Wissen wäre im nächsten Moment bereits wieder verloren.«

John verstand. Sah ein, dass sie es tatsächlich unmöglich wissen konnte. Platzte aber noch immer vor Neugier. Überlegte, ob er selbst hinüber zum Fuchs gehen sollte um ihn zu fragen. Hörte nicht auf die Maus, die ihm davon abriet. Setzte sich in Bewegung, musste nach wenigen Schritten allerdings feststellen, dass Igel und Fuchs bereits von seiner Anwesenheit wussten und im nächsten Moment so schnell im Feld verschwunden waren, dass er auch nicht den Hauch einer Chance hatte …

89. Erntezeit

John war bitter enttäuscht.

»So ist das nun mal«, sagte die Maus nachdem er eingesehen hatte, dass weder Igel noch Fuchs bereit waren, sich mit ihm zu unterhalten. Ihn nicht mal in ihre Nähe lassen wollten. »Ist ganz allein ihre Sache. Ihr Wissen. Ihr Geheimnis.«

Schade, dachte John und war betrübt darüber, dass er vielleicht nie erfahren würde, was dieses Große war, dass der Igel wusste. Dann ging er eine ganze Weile schweigend seines Weges, während die Maus auf seiner Schulter ein Nickerchen hielt, bis schließlich, noch vor dem Nachmittag, ein Dorf in Sicht kam, wo reges Treiben in den Gemüsebeeten herrschte. Die Maus erwachte und riet zur Vorsicht. Es sei besser, das Treiben aus der Deckung heraus zu beobachten. Viel zu verpassen gäbe es eh nicht. Es sei jedes Jahr der gleiche Ablauf: »Bevor es richtig kalt wird, muss alles raus aus der Erde und runter von den Beeten, um in Gläser und Töpfe und Folien und Kühltruhen verpackt zu werden. Vorrat für den Winter.«

John kannte das. Er hatte seinen Großeltern dabei geholfen; manchmal gerne, manchmal nicht so gerne. Wann sie selbst damit beginnen würden, Vorräte für den Winter anzulegen, wollte er wissen.

»Gar nicht.«

John wusste, dass Mäuse durchaus Vorräte anlegen und war in Anbetracht der aktuellen Situation daher erstaunt: »Wieso nicht? Wäre es nicht besser für den Weg nach Süden Vorsorge zu treffen?«

»Ist nicht nötig. Die Menschen werfen so viel weg, dass es mehr als genug gibt. Man muss nicht mal besonders vorsichtig sein; nur warten, bis sie gegessen haben. Wenn sie satt sind, verhalten sie sich friedlich, tolerant und tierlieb. Dann kann man sich die Reste holen.«

»Aber das ist Müll.«

»Was?«

»Müll«, meinte John. »Das ist doch eklig.«

»So? Was würdest du sagen, wenn du wüsstest, dass nur Menschen es Müll nennen. Ich nenne es Nahrung. Denn was wird anders, wenn Menschen Nahrung wegwerfen?«

»Dann ist es Müll.«

»John; denk nach. Was wird anders, wenn Menschen Nahrung wegwerfen?«

Er wusste nicht, worauf sie hinauswollte.

»Sie werfen es weg, und von diesem Moment an ist es ihnen nichts mehr wert. Was allerdings ganz und gar unverändert bleibt, ist der Nährwert. Es wird in Wirklichkeit nämlich gar nichts anders, wenn Menschen Nahrung wegwerfen.«

John war wankelmütig. Irgendwie hatte sie Recht. Aber ob er sich darauf einlassen wollte? Es klang ja ganz so, als würden sie auf ihrer Reise irgendwann beginnen, im Müll der Menschen zu wühlen.

Die Maus sah ihn an und sagte nach einer Weile mit geduldiger aber irgendwie auch listiger Stimme: »Weißt du was, John? Wir warten einfach bis wir richtig Hunger haben. Und ich meine wirklich Hunger. HungerHunger.

Und dann nehmen wir uns das Thema noch mal in aller Ruhe vor.«

90. Wildgänse

John war froh.

Das Thema Müll war er damit erst einmal los, ließ dann aber doch nicht locker. Musste deutlich hervorheben, dass die Maus und er ganz offensichtlich sehr unterschiedliche Ansprüche an Nahrungsmittel hatten. Das sei ja in Sachen Insekten als Beilage, Würmer als Zutat, Käfer als Feinkost und Spinnen als Amuse-Gueule bereits mehrfach thematisiert worden. Jetzt aber ginge sie offensichtlich noch einen Schritt weiter und füge all diesen Geschmacklosigkeiten eine weitere schwer erträgliche und wohl nie und nimmer akzeptable Komponente hinzu.

»Sieh mal«, unterbrach sie ihn um zu verhindern, dass er sich da noch weiter hineinsteigerte und deutete in den Himmel, wo Wildgänse in nicht mal halbwegs perfektem Formationsflug vorüberzogen. »Sie üben.«

John hatte bisher nie darüber nachgedacht, dass Tiere ihr Verhalten üben müssten. Er kannte es nur so, dass sie immer alles perfekt taten; sie waren vollkommen Eichhörnchen, vollkommen Schmetterling, vollkommen Frosch, vollkommen Libelle, vollkommen wasauchimmer.

»So ein Formationsflug ist alles andere als einfach«, sagte die Maus. »Jedenfalls nicht einfach genug, um ihn nicht üben zu müssen.«

John betrachtete die Vögel aufmerksam und sah, welche Mühe sie tatsächlich hatten. Die Formation geriet immer wieder durcheinander und teilweise herrschte dann regelrecht Chaos am Himmel.

»Wenn sie richtig gut sind«, fuhr die Maus nach einer Weile fort, »also richtig, richtig gut, dann fliegen sie nicht nur in dieser Form einer 1, sondern sie fliegen dann auch eine 2. Und wenn sie die können, eine 3, und dann eine 4 und so weiter. Und wenn sie alle Zahlen beherrschen fangen sie mit Buchstaben an.

John war schwer beeindruckt. Er hatte all das noch nie gesehen. Kannte nur die 1, zu der sie sich formierten.

»Es ist keine 1, John. Wildgänse interessieren sich nicht für Zahlen.«

»Wieso nicht?« fragte er ein wenig ungehalten, weil er es plötzlich für nicht ganz ausgeschlossen hielt, dass sie ihn auf eine falsche Fährte gelockt hatte.

»Bedeutet nichts in der Wildgänsewelt«, bekam er zur Antwort.

»Glaub' ich nicht.«

»Ist aber so. Ob du es glaubst oder nicht, ändert nicht das Geringste daran.«

John hakte lieber noch mal nach: »Wenn sie sich nicht dafür interessieren, wieso tun sie es dann? Wieso fliegen sie dann eine 1?«

Die Maus sagte »mmhm« und »tja« und »wie soll ich sagen« und schließlich:

»Hast du dir mal überlegt, dass von den Trillionen und Quatrillionen und sonstwieviellionen Lebewesen auf der Erde sich so gut wie gar keins für Zahlen und Buchstaben interessiert? Und selbst unter den Menschen, die die Allereinzigen sind, die das tun, kann mehr als die Hälfte auch nichts damit anfangen.«

John musste zugeben, dass es so war. Mehr als die Hälfte der Menschen auf dem Planeten konnten tatsächlich weder lesen noch schreiben. Aber …

»Aber was?« fragte die Maus und fuhr fort: »Zahlen und Buchstaben sind möglicherweise für die ganze weite Welt, ja, für das gesamte Universum ziemlich unwichtig. Wenn nicht gar vollkommen bedeutungslos. Vielleicht sogar nur ein Witz.«

Nach einigen Überlegungen zur Größe des Universums, der Vielzahl der Lebensformen auf der Erde, der gigantischen Anzahl von Lebewesen zu Lande, zu Wasser und in der Luft sowie der Tatsache, dass der Schöpfer des Lebens, des Universums und von allem hin und wieder dazu neigte, Scherze zu machen, hielt John diese Möglichkeit am Ende für möglich. Nahm sich, während die Wildgänse in Richtung Süden beidrehten, allerdings vor, darüber lieber noch mal ganz genau nachzudenken …

91. Gegenteil

John war unterernährt.

Und hin und her gerissen. Einerseits wollte er diese Tatsache für sich behalten, andererseits aber war Hunger kein gutes Gefühl, und er würde es sicher nicht lange ertragen wollen, was früher oder später unweigerlich dazu führen musste, dass das Thema doch aufs Tapet kam. Bevor er sich diesem Dilemma richtig widmen konnte, erregte jedoch eine neue Beunruhigung sein Gemüt: In der Ferne kam ein Wald in Sicht.

»Gehen wir da hinein?« er versuchte gleichmütig zu wirken.

»Mitten durch«, sagte die Maus und Johns Knie wurden ein wenig weich. So viele Bäume, dachte er, und alle fremd. Und alle so groß. Wenn sie jetzt dort hinein gingen, wäre er wohl mit Abstand der Kleinste von allen. Sowohl als John wie auch als Baum.

»Quatsch«, sagte die Maus. »Du kannst da drin sicher was lernen. Ist ein guter Wald.«

»Vielleicht gehen wir aber doch lieber drum herum.«

»Wozu? Wäre ein Umweg.«

John nickte, gab jedoch zu bedenken, sie wären dann im Freien.

»Willst du damit sagen, der Wald ist nicht frei?«

Oh je! Er hatte aber nun wirklich nicht die geringste Lust, sich gerade jetzt auf spitzfindige Wortspielereien einzulassen. Er hatte nämlich gar nicht gesagt, der Wald sei nicht frei, und er hatte es auch nicht gemeint. Und er wusste, dass sie das wusste. Aber wenn sie ihren Willen durchsetzen wollte, scheute sie mitunter nicht davor zurück, den Sinn seiner Sätze zu verdrehen. Und anschließend so zu tun, als könne sie gar nichts dafür. Weil er sich nämlich merkwürdig ausgedrückt habe. John wollte das in diesem Fall jedoch nicht auf sich sitzen lassen und setzte zur Gegenrede an:

»Es geht nicht darum, ob der Wald frei ist oder nicht. Der Wald ist der Wald und …«

»… papperlapapp«, unterbrach die Maus, was er frech und unhöflich fand. Doch als sie mit strengem Blick nach rechts deutete, waren kleinliche Rechthaberei und eitler Eigensinn auf der Stelle vergessen. Ihr Blick sagte nämlich, dass sie ein Problem entdeckt hatte. Ein nicht geringes. Über das freie Feld zogen die Frau und der Lehrer.

»Ruhig bleiben«, sagte die Maus zum alarmierten John. »Sie können uns nicht sehen.«

»Kommen sie näher?« fragte er mit banger Stimme.

»Schwer zu sagen«, antwortete sie, auf seinem Kopf stehend und die Hand an die Stirn legend, um besser spähen zu können: »Bleib wo du bist.«

Dann war sie wie der Blitz von seinem Kopf herunter und kletterte eine Weide am Wegesrand hinauf.

»Sie gehen kreuz und quer«, berichtete sie. »Keine Ahnung was das werden soll.«

Wir müssen uns verstecken«, sagte John.

»Keine gute Idee«, fand die Maus. »Vor jemandem, der dich sucht, darfst du dich erst einmal nicht verstecken. Lieber das Weite suchen. So viel Strecke zwischen dich und die da bringen, wie du kannst.«

»Ja«, sagte John. »Gute Idee.«

»Also gehen wir durch den Wald. Da bist du nämlich sicher, denn da können sie dich nicht erkennen, Johnbaum; falls sie dort überhaupt suchen.«

Sie hatte Recht. Der Wald war das eindeutig kleinere Übel und John beschloss, mutig zu sein. An seinem Rand angekommen wurde er allerdings noch einmal zaghaft: »Ehrlich?« Müssen wir da wirklich rein?«

»Müssen wir nicht. Ist zur Zeit aber der bessere Weg«, sagte die Maus und beschloss, weil sie sah, dass seine Furcht wieder zugenommen hatte, es mit einer List zu versuchen: »Oder wir tun das Gegenteil.«

»Häh? Was für ein Gegenteil von was denn?«

»Sag du es mir, John. Was ist das Gegenteil von Wald?«

»Das gibt's nicht.«

»Und ob es das gibt.«

»Dann sag es.«

»Nein, so geht das nicht. Ich habe dich zuerst gefragt. Du schuldest mir die Antwort.«

»Es gibt kein Gegenteil von Wald«, sagte John. »Was soll das denn sein?«

»Na was wohl?«

Er hatte beim besten Willen keine Ahnung. Nicht die Bohne. Die Maus bot an, ihm zu helfen: »Wir finden es heraus. Ich stelle eine Frage und du antwortest, was dir als erstes einfällt.«

John war zwar skeptisch, aber einverstanden.

»Gut, aufgepasst: Was ist das Gegenteil von Wolke?«

»Keine Ahnung; vielleicht…? Ich weiß es nicht.«

»Du kannst es nicht wissen, John. Du musst es erfinden.«

John dachte nach.

»Du darfst nicht nachdenken. Sag einfach das erste Wort, das dir einfällt.«

Es dauerte eine Weile bis er den Bogen heraus hatte: Nicht nachdenken! Das allererste Wort nennen, das ihm einfiel. Nach einer Weile funktionierte es.

»Was ist das Gegenteil von – Sonnenblume?«

»Seestern.«

»Das Gegenteil von – Haus?«

»Baum.«

»Das Gegenteil von – Kartoffel?«

»Biene.«

»Das Gegenteil von – Wald?«

» … «

92. Material

John war fröhlich.

Sie spielten das Gegenteil-Spiel eine ganze Zeitlang. Irgendwann fiel ihm auf, dass sie sich bereits mitten im Wald befanden, und er wunderte sich: viel weniger Furcht als befürchtet. Eigentlich kaum.

»War alles nur Einbildung«, sagte die Maus. »Wie immer. Im Wald ist es nämlich kein bisschen gefährlicher oder ungefährlicher als anderswo. Nur anders gefährlich oder ungefährlich.«

Darüber wollte John mehr wissen.

»Gefährlich oder ungefährlich ist es überall«, sagte die Maus, »je nachdem wer man ist, welche Gefahren lauern, wie gut man sich zu tarnen, sichern, helfen weiß. Und hier im Wald ist es eben anders als auf der Straße oder in der Stadt oder im Feld oder im Garten. Andere Pflanzen, andere Tiere, andere Geräusche, andere Welt.«

»Wie gefährlich genau?« wollte John wissen.

»Nicht besonders.«

»Woran erkennt man die Gefahren?«

»Hier ist überall was los – und du schaust immer auf das, was unmittelbar um dich herum ist. Draußen im Feld geht der Blick in die Weite. Hier im Wald gibt es keine Weite. Dafür jede Menge Nähe.«

»Die Bäume!« sagte John mit ein wenig Wehmut in der Stimme. »Sie gestalten diese Welt. Denn was du sagst, bedeutet ja, wenn hier keine Bäume wären, wäre hier Weite. Weil hier aber Bäume sind, ist hier Nähe.«

»So ungefähr«, sagte die Maus, die eigentlich auf etwas anderes hinaus wollte und sich jetzt fragte, ob John gerade dabei war, sich zu sehr mit Baum sein und Baum werden zu beschäftigen. Da wechselte sie lieber das Thema und fragte: »Weißt du eigentlich, was Holz in den alten Sprachen heißt?«

John hatte Latein in der Schule, war aber nie wirklich fleißig darin.

Vokabeln gehörten daher nicht zu seinen Stärken. Was Holz auf Latein hieß, wusste er daher nicht.

»Ganz alt lateinisch«, sagte die Maus, »also fast schon griechisch lateinisch heißt es Materia. Und weißt du, wieso?«

Nein, wusste er auch nicht. Früher, als er noch klein war, hatte er sich öfter mal gefragt, warum die Dinge hießen, wie sie hießen, und dann war es ihm mitunter ziemlich merkwürdig vorgekommen, das zum Beispiel Gabel ausgerechnet Gabel hieß. Oder Eisbein Eisbein. Vielleicht – hatte er gedacht – fand man es heraus, wenn man ein Wort mehrmals schnell hintereinander sprach: GabelGabelGabelGabel – doch das Gegenteil war eingetreten. Er wusste danach noch weniger, wieso Gabel ausgerechnet Gabel hieß. Oder Eisbein Eisbein. Irgendwann im Laufe seiner Kindertage hatte er vergessen, sich mit dieser Frage weiter zu beschäftigen und einfach aufgehört, sich darüber zu wundern. Es war halt so.

»Aber alles kommt irgendwo her, John«, sagte die Maus. »Die Menschen geben den Dingen nicht einfach irgendwelche Namen. Sie haben sich dabei etwas gedacht. Meist vor langer, langer Zeit. Und als die meisten Dinge dann Namen hatten, blieb das eine Weile auch erst mal so. Später, als die Namen begonnen hatten, durch die Zeitalter zu reisen, haben sie nicht selten sich selbst oder ihre Bedeutung verändert. Beim Holz war das auch so. Materia wurde zu Material und bezeichnet heute alles Mögliche. Das war aber nicht immer so.«

Es war vollkommen klar, dass sie jetzt eine Pause machte. Und es war ebenfalls klar, dass sie zu lang war. Und damit war auch klar, dass das John auf die Nerven ging. Er fand das Thema zu interessant, um solch unnötige Wartenlasserei hinnehmbar zu finden. Also sagte er: »Du musst gar nicht denken, dass ich nicht wüsste, dass es nicht immer so war.«

»Denke ich auch nicht«, sagte sie. »Ich frage mich allerdings, ob du denn weißt, wie es mal war?«

Das wusste John natürlich nicht, denn sonst wäre er ja nicht so ungeduldig geworden.

»Gut«, sagte sie. »Hör zu. Es war so, John. Materia ist das, was die Erde hervorbringt. Die alten Völker nannten die Erde auch Mutter – oder Mater. Und das, was die Mater hervorbrachte, war Materia. Das aus der Mutter geborene …«

Wie logisch und schlüssig, einleuchtend und erhellend und klar wie Kloßbrühe, fand John – und war auf der Stelle begeistert. Namen, das konnte er jetzt deutlich erkennen, waren keinesfalls Schall und Rauch. Eher Hinweisschilder, hinter denen Geschichten stecken. Fingerzeige. Bedeu-tungen. Und im Wald rings um ihn herum sogar auf ganz besondere Weise: Bäume sind die Kinder der Erde. Was für eine tolle Idee – doch die Freude währte nur kurz, weil ihn wenige Augenblicke später ein aufwühlender Gedanke heimsuchte: Hätte er vielleicht doch lieber weitermachen sollen? Johnbaum bleiben – oder wieder werden? Vielleicht gleich hier, mitten im Wald unter seinesgleichen?

93. Hallimasch

John war hin und her gerissen.

»Hör mal«, lenkte die Maus seine Gedanken auf ein anderes Thema, und John hörte mal. Überall Geräusche. Knacken, Rascheln, Rauschen, Wispern, Säuseln, Knistern, Surren, Schwirren, Rieseln, Plätschern, Gurgeln, Grummeln. Die meisten weiter weg, manche aber auch so nah, dass einem mulmig werden konnte. Ihm zumindest.

Der Maus schienen sie nichts auszumachen. Hoffte er jedenfalls; war sich aber nicht sicher, denn sie hatte ihre Ohren spitzer gespitzt als sonst; bewegte sich aber so souverän wie immer. Für ihn hingegen blieb es unheimlich – denn – zusätzlich zu den Geräuschen war da noch etwas – geisterhaftes – um ihn herum. Deutlich zu spüren, aber unsichtbar.

Die Maus blieb vor einem Baumstamm stehen, schnupperte, drehte sich zu ihm um und sagte: »Sieh dir das an.«

»Was?«

»Das.«

Am Fuß des Baumstamms wuchsen Pilze. John folgte dem Blick der Maus, der zum nächsten und zum nächsten und zum nächsten Baum wanderte. Überall die gleichen gelblichen Hüte.

»Hallimasch«, sagte sie.

John nickte, wartete einen Moment und hoffte, sie würde sagen: ein Festmahl. Sagte sie aber nicht, sondern: »Der größte Pilz der Welt.«

Das war nicht zu erkennen. Was da am Fuß der Bäume wuchs, war nicht größer als Pilze in der Regel so sind. Es gab also ein Geheimnis. Etwas, das nicht offensichtlich war.

»Was du siehst«, sagte die Maus, nachdem er gebeten hatte, sie möge mit ein paar Einzelheiten herausrücken, »ist nicht der Pilz. Es sind seine Fruchtstände. Ähnlich wie Blüten von Blumen. Die kleinen Dinger hier und da und dort und überall gehören alle zum gleichen Pilz. Er lebt als großes Geflecht unter der Erde. Und in all diesen Bäumen. Und vor allem – von all diesen Bäumen.«

Aha! John hatte es doch gewusst: Irgendetwas Unsichtbares war in diesem Wald; überall um ihn herum.

»Das Beunruhigende im Wald«, sagte die Maus, »ist nicht dieser Pilz. Etwas so Bedeutendes wie umfassende Beunruhigung bringt er nicht zu Stande. Das ist Sache des erhabenen großen Ganzen. In diesem Fall delegiert an Pan, der sich einen Spaß daraus macht, Menschen das Fürchten zu lehren.«

John hatte nie von einem Pan gehört.

»Der Gott des Waldes«, bekam er zur Antwort. »Das Gefühl, das er erzeugt, nennt ihr Menschen Panik. Angst vor nix. Angst vor etwas, das ihr euch ausdenkt und einbildet. Also erfindet. Dieser Hallimasch hingegen ist ganz real. Der Größte, der je gefunden wurde, war fast vier Kilometer lang und mehr als zwei Kilometer breit. Er lebte in und von Tausenden von Bäumen bis zu einer Höhe von 20 Metern die Stämme hinauf.«

Das, fand John, war sehr beeindruckend, und als die Maus den

Schluss zog, dieser Pilz sei möglicherweise das größte Lebewesen der Welt, empfand er erhabene Bewunderung für dieses gigantische, weitgehend unsichtbare Wesen.

»Deine Bewunderung«, gab die Maus mit einem Unterton von Missfallen zu bedenken, »verliert vielleicht an Erhabenheit, wenn du bedenkst, was der Pilz bei seinem gewaltigen Wachstum tut.«

»Was?« fragte John.

»Dieser Gigant frisst auf seinem Weg alles auf. Je größer er wird, desto mehr. Er wird zu einem Weltenverschlinger. Und Weltenverschlinger, mein Lieber, hinterlassen Wüste und Ödnis, Unfruchtbarkeit und Leere. Frag deine Artgenossen. Sie kennen sich damit bestens aus.«

94. Diamanten

John war beseelt.

Die Themen Material, Holz, Mutter Erde, Johnbaum sein oder nicht und die Sache mit dem Riesenpilz beschäftigten ihn noch eine ziemliche Weile. Als er dazu alle fürs erste wesentlichen Aspekte mit der Maus besprochen hatte, war der Wald zu Ende. Vor ihnen lag wieder freies Feld. Die Maus bat eine vorüberfliegende Meise, auf Erkundungsflug zu gehen und herauszufinden, wo die Frau vom Wissenschaftlichen Institut und der Lehrer sich aufhielten. Die Meise flog los, kam wieder zurück, hatte weit und breit niemanden gesehen.

»Vielleicht machen sie schon Feierabend«, sagte die Maus.

»Es ist mitten am Tag«, erwiderte John.

»Vielleicht machen sie Picknick. Oder Siesta. Oder Mittagsschlaf. Oder es ist Wochenende und sie sind ans Meer gefahren.«

»Und wenn nicht?«

»Wir tun, was zu tun ist – wenn etwas zu tun ist. Bis dahin mache ich mit keine weiteren Gedanken darüber.«

John fand das verantwortungslos, konnte sie aber nicht überzeugen, sich die gleichen Sorgen zu machen wie er es jetzt wieder tat. Ganz im Gegenteil. Sie verzog sich in seine Jackentasche und es sah ganz so aus, als wolle sie ein Nickerchen machen

John wanderte einige Stunden stumm durch freies Feld und kam schließlich zu einer Anhöhe mit weitem Blick über eine große Bucht. Die Maus kletterte auf Johns Schulter und sah auf den See, wo die Sonne den kleinen Wellen funkelnde Diademe aufsetzte. Ganz kurz nur, damit sie sich bloß nichts einbildeten. Von wegen gekrönte Häupter ...

»Wie Diamanten«, sagte John.

»Was?«

»Das Funkeln auf den Wellen.«

»Es sind Diamanten.«

»Nein. Es ist das Licht auf den Wellen«, widersprach er.

»Und wie, meinst du, entstehen Diamanten wohl sonst.«

John wusste es nicht genau. Irgendwas mit hohem Druck in großer Tiefe. Kohlenstoff, so fest zusammengepresst, dass er zu Diamant wurde.

»Findest du, dass diese Geschichte es verdient, geglaubt zu werden, wenn du hier, genau vor dir, sehen kannst, wie Diamanten entstehen?«

»Es ist das Licht«, erwiderte John. »Die kleinen Wellen leuchten darin kurz auf, dann verschwindet es wieder.«

»Wohin?«

»Was wohin?«

»Wohin verschwindet das viele kleine nervöse Funkeln auf dem See denn?«

Tja, John wusste es nicht genau. Irgendwas mit Einfallswinkel gleich Ausfallswinkel des Lichts und der Reflexion auf der Wasseroberfläche.

»Findest du, dass diese Geschichte es verdient, geglaubt zu werden, wenn du hier, genau vor dir, sehen kannst, wie die Edelsteine, kaum dass sie entstanden sind, hinabsinken auf den Grund des Sees, wo sie von Najaden und Nixen und Nereiden in Empfang genommen werden?«

»Von wem?«

»Den Töchtern des Nereus und der Titanentochter Doris; den Begleiterinnen des Poseidon: Amphitrite, Dynamene, Eurydike, Limnoria, Thetis, Kalypso, Galatea …«

Wie schön all diese Namen klangen, fand John und gönnte jeder von ihnen jede Menge der Diamanten, die auch er jetzt ziemlich deutlich auf dem See entstehen und zu ihnen hinabsinken sehen konnte.

Da er aber noch nie zuvor ihre Namen gehört hatte, war er nicht wirklich sicher, ob das auch wirklich so war. Oder ob die Maus sich alles nur ausgedacht hatte.

»Gar nicht so selten, John«, versuchte sie seine Skepsis zu zerstreuen, »ist es in der Welt so, dass die Dinge gar nicht so sind, wie es scheint. Oft ist es vielmehr so, dass in der Welt noch jede Menge andere Welten stecken. Eigentlich sogar immer. Und wahrscheinlich noch öfter. Immerimmer.«

95. Picknick am Wegesrand

John war gedankenvoll.

Sie wanderten bereits eine ganze Zeit am Ufer des Sees entlang, als er wie zufällig ein kleines Paket am Wegesrand entdeckte. Er hob es auf, wickelte es aus und wusste sich vor Freude kaum zu lassen. In seinen Händen hielt er ein großes Toastbrot. Mit allem drauf, was auf Toastbrot drauf sein kann. Heißhungrig führte es zum Mund, doch als er gerade herzhaft hineinbeißen wollte, biss die Maus blitzschnell so kraftvoll in seine Hand, dass er es fallen ließ.

»Was soll das!« schrie er sie an und versuchte dabei, die Blutung am Daumen zu stoppen.

»Jetzt denk aber bitte mal ganz genau darüber nach, was das ist?«, antwortete sie aufgebracht und vorwurfsvoll.

»Das?« fragte John ungehalten und begann, die zerstreut am Boden liegenden Zutaten des Toastbrotes aufzusammeln und wieder zu dem zusammenzusetzen, was es noch vor wenigen Momenten gewesen war.

»Du willst wissen, was das hier ist? Ja, was wohl? Sieht man doch.«

Die Maus schüttelte den Kopf: »Mit Speck, mein Lieber, fängt man Mäuse. Und mit was würdest du sagen, fängt man wohl Johnbaum?«

John bekam einen starren Gesichtsausdruck.

»Du denkst …« sagte er und brachte den Satz nicht zu Ende.

»Ich denke es nicht«, sagte die Maus, »ich weiß es. Wieso sollte ausgerechnet deine Lieblingsspeise hier, mitten im Irgendwo, einfach so und ganz zufällig herumliegen? Warum wohl?«

»Wir müssen hier verschwinden«, sagte John, sich hektisch umsehend.

»Müssen wir nicht«, sagte die Maus. »Der Köder ist frisch. Sie kommen frühestens morgen zurück um nachzusehen. Solltest du ihn verspeisen, werden sie dich hier finden. In tiefem Schlaf zum Abholen bereit. Wetten?!«

Nein – John wollte nicht wetten. Er wollte nichts wie weg. Weit. Auf der Stelle.

»Gute Idee«, sagte die Maus und schlug vor, John solle das Brot wieder einwickeln und das Paket so am Wegesrand platzieren, wie er es vorgefunden hatte. Dann stupste sie es mit der Nase hin und her. John drängte, so schnell wie möglich das Weite zu suchen und konnte nicht verstehen, weshalb sie so viel Zeit darauf verwendete, denn nach dem Hin und Her stupste sie es auch noch eine ganze Zeitlang ein Stückchen nach links, nach vorne, nach rechts.

»Wenn es genau so liegt wie vorher, denken sie nicht, dass wir hier waren.«

Ja, dachte John. Schlaue Maus. Und während er einmal mehr ihre Klugheit und Weitsicht bewunderte, nahm sie schließlich auf seiner Schulter Platz, versprach, aufmerksam Ausschau zu halten und wies ihm den Weg: »Da entlang.«

96. Hunger

John war hektisch.

Und stolperte häufig, weil er sich im Gehen ständig umschaute, ob ihnen auch wirklich niemand folgte. Es dauerte lange, bis er sich wieder beruhigt hatte und ein anderes Gefühl als fieberhafter Schrecken seine Gedanken leitete. Die langsam einsetzende Entspannung informierte ihn, wie erschöpft und hungrig er war. Als sie einen kleinen Hügel am Rand eines Waldes erreichten, machten sie Rast, holten von einem noch nicht geernteten Maisfeld ein paar Kolben, dösten kauend in den Nachmittag. Für die Maus war es ein Festmahl. Für John eine eher mühsame, nahezu geschmacklose Angelegenheit. Seinen Hunger auf diese Weise zu stillen, konnte die Zukunft nicht sein. Um die war es ohnehin nicht besonders bestellt. Die Maus hatte gerade gesagt, sie seien zu langsam und würden es wahrscheinlich nicht nach Süden schaffen; der Winter würde sie vorher einholen. Das sei ziemlich sicher. Dann hielt sie inne und deutete auf das Feld. John konnte nichts Außergewöhnliches erkennen.

»Ein Hund.«

John sah genauer hin. Irgendetwas kam tatsächlich auf sie zu. Die Bewegungen der Halme verrieten es. John wurde unruhig.

»Der Feind?« fragte er besorgt.

»Hund.«

»Sicher?«

»Sieht man doch. Ist nur ein eEinzelner. Bewegt sich sehr auffällig. So kann man weder jagen noch sich tarnen. Muss also ein Haustier sein. Katze oder Hund. Katze isses nicht.«

Einen Augenblick später kam tatsächlich ein Hund aus dem Feld hervor; und zwar genau der, den John schon aus dem Garten kannte. Der so ganz und gar unbegabt war im Geschichten erzählen und John so entsetzlich gelangweilt hatte. Als er die beiden entdeckte, zögerte er einen Moment, bewegte sich dann vorsichtig ein Stück weiter auf sie zu. Die Maus stellte sich auf Johns Schulter: »Bleib stehen! Da, wo du jetzt bist!«

Der Hund gehorchte.

»Was willst du?«

Der Hund sagte, er wolle eigentlich nichts Bestimmtes, jedenfalls nicht von ihnen; allerdings etwas ganz Großes von der Welt.

»Erzähl's mir nicht«, sagte die Maus.

Er sei abgehauen von da, wo er wohnte, weil er frei sein und teilnehmen wolle: »An der Fülle des Lebens – versteht ihr?«

»Ich hab doch gewusst, dass ich es nicht hören will«, murmelte die Maus vor sich hin, erhob die Stimme dann wieder: »Und jetzt bist du schon eine Weile unterwegs und hast Hunger.«

»Ja«, sagte der Hund. »Hunger. Habt ihr was?«

Sie bot ihm einen Maiskolben an, doch er wusste ihn noch weniger zu schätzen als John. Sie kratzte sich am Kopf und fragte, ob er schon einen Plan habe, wie er den Winter überleben wolle?

Ganz ehrlich gesagt, hatte er keinen. Als die Maus erzählte, John und sie würden überlegen, im Wald zu überwintern, unterbrach er sie: »Das geht nicht. Kann man nur im Rudel.«

»Wir sind so etwas wie ein Rudel.«

»Nee. Kein richtiges. Nicht mal annähernd.«

»Aber wir haben John. Er kann all die Menschendinge wie Holz sammeln, Feuer machen, damit es warm ist ...«

»Im Winter wird es nicht warm, wenn man Feuer macht«, unterbrach der Hund erneut. »Die Wärme geht sonst wo hin.«

»Wir werden uns eine Jagdhütte suchen«, sagte die Maus mit großer Geduld. »Sowas gibt's in allen Wäldern. Mit einem Ofen darin. Man kriegt sie warm, verlass dich drauf.«

Der Hund wollte trotzdem nicht. In einer Hütte wäre er nur wieder ein Haustier.

»Mach was du willst«, sagte die Maus schließlich, fand, es sei Zeit, aufzubrechen, zupfte an Johns Haar und deutete Richtung Wald. Der Hund sah ihnen nach. Traurig, wie John fand.

»Er wird schon hinterherkommen«, sagte die Maus.

John fand nicht, dass es so aussah. Und er hatte ja auch mit Nachdruck gesagt, dass er frei sein wolle.

»Er ist ein Haustier, John. Er kommt hinterher.«

John wunderte sich, wie überzeugt sie war.

»Frei sein – mein Lieber – hat seine Grenzen. Sie sind hart und unerbittlich und sehr klar. Sie heißen Kälte und Hunger.«

97. Wald

John war bange.

Der Weg durch den Wald war ihm noch immer ein bisschen unheimlich. Sie gingen nicht auf den Wegen der Waldarbeiter, sondern durchs Unterholz, und überall schien es zu wimmeln von Leben und Wesen. John sah davon zwar nicht wirklich viel, obwohl er ständig den Boden beobachtete, aber irgendwie war da überall irgendetwas Unsichtbares.

Ein ziemliche Zeit später, in der John sich mehr und mehr an die Stimmung im Wald gewöhnt hatte, zupfte die Maus ihn plötzlich auf die Weise an den Haaren, die bedeutete: Bleib stehen! John sah auf. Ein Stück entfernt befand sich eine Hütte.

»Geschafft«, freute er sich.

»Nur die Ruhe, John. Wir werden hier rasten und die Augen offen halten.«

»Wieso?«

»Beobachten. Schauen, was passiert. Und was nicht passiert.«

»Was soll denn passieren?«

»Ob jemand kommt. Oder nicht.«

»Wer soll denn kommen?«

»Es ist eine Jagdhütte. Wer kann da wohl kommen?«

John verstand. Es konnte sein, dass Jäger kommen.

»Und sie werden auf keinen Fall dulden, dass wir da drin sind. Werden uns vertreiben; wenn wir Glück haben.«

Es war zum Verzweifeln. Selbst die Sache mit der Jagdhütte, die nach einer rundum perfekten Lösung für fast alle vor ihnen liegende Probleme klang, hatte einen beträchtlichen Haken.

»Wie alles in der Welt«, sagte die Maus. »Nichts ist perfekt; jedenfalls nicht für Einzelne. Das Erhabene des erhabenen großen Ganzen besteht darin, dass alles zusammen erst zum Erhabenen wird. Zusammengesetzt aus lauter Einzelnem; und es kommt dabei nur sehr, sehr selten vor, dass das eine oder andere Einzelne dabei ebenfalls perfekt ist. Es muss schließlich ins große Ganze passen, verstehst du?«

Ganz ehrlich verstand John nicht so ganz, was sie meinte. Die Maus versuchte, es ihm auf andere Weise zu erklären, kam aber nicht weit, weil sich ein Auto näherte, anhielt und zwei Männer ausstiegen.

»Jäger«, flüsterte John.

»Du bleibst, wo du bist. Ich schleiche mich ran und höre, was sie vorhaben. Und ganz egal wie lange ich weg bin; du bleibst wo du bist. Nicht bewegen.«

Dann war sie fort. Schneller als John gucken konnte.

Stunden später – jedenfalls kam es John so lange vor – war sie noch immer nicht zurück. Und er war hungrig. Und fror. Und wusste nicht, wie es weitergehen sollte. Dann hörte er etwas in der Nähe rascheln, sah hin und entdeckte den Hund.

»Du?«, fragte er. Der Hund kam sofort zu ihm. John erklärte die Lage: Sie könnten nichts tun außer warten.

»Kein Problem«, sagte der Hund, legte sich neben ihn und gab recht deutlich vernehmbare Geräusche von sich. Er solle mit dem Knurren aufhören, sagte John. Die Jäger würden sie sonst noch hören.

»Ist der Magen. Hab keinen Einfluss drauf. Macht, was er will. Sagt immer das gleiche: Fülle mich! Und wenn man dem Befehl nicht folgt, macht er weiter und weiter und wird dabei immer lauter.«

John fand das alles andere als hinnehmbar, wusste aber nicht, was er machen konnte; oder sollte. Sagte daher nichts weiter dazu und hörte sich an, was der Hund murmelnd vor sich hin dachte: »Ob ich rüber gehen soll; zu den Jägern? Werden mir schon etwas zu fressen geben.«

Ob er da sicher sei, fragte John.

»Will ich aber meinen. Bin schließlich ein Hund. Und Menschen lieben Hunde. Und Jäger sogar ganz besonders.«

»Sie werden dich für einen wilden Hund halten«, sagte John. »Für einen Streuner im Wald – und die haben bei Jägern eher keinen so guten Ruf.«

Der Hund dachte eine Weile nach und kam zu dem Ergebnis, dass da was dran sein könnte: Ein streunender Hund sei in der Tat etwas anderes als ein braver Hund. Ein braver Hund wollte er aber auf keinen Fall wieder werden.

»Oder vielleicht nur für kurze Zeit. Also so tun als wäre ich einer. Bis die Jäger mir zu fressen geben. Und danach hau ich sofort ab und werde wieder ein wilder Hund. Denkst du, das könnte klappen?«

John blieb skeptisch. Er sähe nicht aus wie ein braver Hund, sondern ziemlich eindeutig wie ein Streuner; und da John sich mit Jägern nicht auskannte, konnte er nicht sagen, wie sie auf einen, der so tue, als sei er ein braver Hund, aber aussehe wie ein Streuner, reagieren würden.

Der Hund wusste es auch nicht, und während die beiden in die zunehmende Dämmerung hinein fortfuhren, diese und weitere sorgenvolle Sorgen zu ergründen, rückten sie immer näher zusammen; bis sie zu einem sich gegenseitig wärmenden Knäuel gekuschelt waren und schließlich – umgeben von kälter werdender Kälte und dunkler werdender Dunkelheit – einschliefen.

98. Hütte

John war blaugefroren.

Nachdem die Jäger fort waren, kehrte die Maus zu ihm zurück, fand ihn schlafend – neben dem Hund – weckte beide und sagte, die Luft sei rein, die Zukunft gesichert, denn die Männer hätten Brennholz und Vorräte in die Hütte geschafft. Also alles wie bestellt.

»Bestellt?« fragte John verwundert.

Die Maus sah ihn an als wollte sie sagen: Was ist denn mit dir los? Sagte es aber nicht. Da sie wusste, wo die Jäger den Schlüssel versteckt hatten, konnte John ihn leicht finden und die Hütte aufsperren. Sie betraten einen fast wohnlichen Raum. Spärlich eingerichtet, aber durchaus einladend, fand John. Die Maus stimmte zu. Der Hund nicht. Ihm war sie zu eng. Zu klein. Zu karg. Zu klamm. Zu kühl.

John machte Feuer im Ofen und nahm anschließend das Vorratsregal in Augenschein. Für eine Weile, teilte er mit, seien sie versorgt. Er würde allerdings lernen müssen zu kochen, wenn sie sich fortan nicht immerzu von trockenen Nudeln, hartem Reis und kalter Tomatensoße ernähren wollten. Kochen – hoffte er – könne so schwierig ja nicht sein.

Nachdem der Ofen glühte und Wasser in einem Topf zu dampfen begann, kramte er aus seinem Gedächtnis alle Einzelheiten hervor, an die er sich erinnern konnte. Er hatte der Mutter ja manchmal zugesehen: Salz, Pfeffer, Gewürze, umrühren, abschmecken, ziehen lassen.

Er fand es mühsam, so lange geduldig zu warten, bis alles richtig gar und gut abgeschmeckt war. Mit jeder Minute wurde er ungeduldiger, gleichzeitig der Hunger nagender. So kam es, wie es kommen musste: irgendwann hielt er es nicht mehr aus und beschloss, es sei jetzt genug mit Kochen und Rühren und Warten. Das Essen sei fertig.

Heißhungrig machten die drei sich über die Nudeln mit Tomatensoße her. Die Mahlzeit war zwar nicht unbedingt ein Genuss, aber alles in allem doch genießbar. Für John jedenfalls. Die Maus gab sich ebenfalls zufrieden. Der Hund nicht.

»Kein Fleisch«, murrte er.

Die Anmerkung der Maus, er habe bisher doch auch immer nur Reis mit Pansen gefressen, solle also zufrieden sein, machte die Sache nicht besser. Deshalb sei er ganz bestimmt nicht abgehauen – maulte er – um jetzt in einer kleinen, kargen, klammen Kammer ohne eigenes Körbchen eine ähnlich fade Pampe zu vertilgen wie früher. Es sei geradezu zum Verzweifeln.

John & Maus hingegen schienen auf bescheidene Weise glücklich. Gewärmt und wohlig satt verbrachten sie die folgenden Tage mit schläfrigem Herumhängen und trägem Entspannen. Gelegentlich verließen sie die Hütte. Erkundeten die Umgebung. Die Maus fand schnell heraus, welche Kräuter wo zu finden waren, um damit die Mahlzeiten zu würzen. Bei fast jedem Streifzug fanden sie neue – und die Rezepte wurden ausgefeilter. John übernahm die Rolle des Küchenjungen, weil die Maus der eindeutig bessere Koch war. Unter ihren Anweisungen entstanden bald recht mundende Gerichte. Jedenfalls für John & Maus.

Es ging eine ganze Weile so weiter; mehr als ein paar Tage, weniger als ein paar Wochen. Irgendwas dazwischen. Sie fanden es nicht wichtig, die Tage zu zählen und bemerkten erst spät, dass die Blätter ihre Farbe wechselten. Kurz darauf fiel das erste Laub, und die Welt um sie herum begann, sich grundlegend zu verändern.

John war verwundert, wie viel Laub aus den Wipfeln des Waldes hinabsegelte und fragte sich, wann wohl der Punkt erreicht sei, an dem es so hoch liegen würde, dass man darin versank. Dass es einem über den Kopf wuchs. Dass man darunter ganz und gar verschwand.

»Nie«, sagte die Maus.

John war anderer Meinung. Sie müsse sich doch nur umsehen. Es werde immer mehr und zusätzlich kämen noch Zweige und Äste herunter. Der ganze Waldboden sei bereits viele Zentimeter hoch bedeckt. Da sei es nur eine Frage der Zeit, bis aus den Zentimetern Meter würden.

»Es verrottet«, sagte die Maus.

»Aber nicht alles.«

»Alles.«

»Sicher?«

»Der Wald ist Hunderte, vielleicht sogar Tausende Jahre alt. Alle Bäume, die hier am Anfang standen, sind gestorben. Und verschwunden. Aufgelöst. Die Generation danach auch. Die danach ebenfalls und noch viele Male mehr. Komplett verrottet. Sonst läge ja alles noch hier herum.

»Ja, alles weg.« stellte John fest, korrigierte dann jedoch: »Fast alles. Einiges liegt noch da.«

»Es wird ebenfalls verrotten. Kannst dich drauf verlassen. In der Welt ist noch immer alles wieder zu dem geworden, was es einmal war.

»Verstehe«, sagte John und begann darüber nachzudenken, was wohl aus ihm werden würde wenn es so weit sei.

»Na, was wohl, John …«

99. Herbst

John war wissbegierig

Und dachte lieber noch mal genau nach: Was würde aus all den Blättern werden, die Tag für Tag hinunter auf den Boden schwebten – oder – wenn einer der Windgötter vorüberzog – wild durcheinanderwirbelten? Zwischen den Mahlzeiten ging er daher jetzt regelmäßig zu einer großen Buche, nicht weit entfernt von der Hütte, und beobachtete, was passierte. Es war ziemlich so wie früher bei den Baumübungen. Er stand oder saß und beobachtete Stunde um Stunde, wie die Blätter herabschwebten. Massenhaft. Und staunte, dass es immer noch mehr wurden. Am Ende aber, das war klar, würde dieser Baum wie alle anderen auch, jedes Blatt verloren haben – bis keines mehr übrig war.

»Ich verliere sie nicht. Ich werfe sie ab.«

Es kam plötzlich. Unerwartet. John war erstaunt. Und misstrauisch. Schlief er? Wie bei der Esche? Obwohl – was genau bei der Esche geschehen war wurde ja eigentlich nie eindeutig geklärt. Möglich, dass er geschlafen hatte. Möglich aber auch, dass sie sich unterhalten hatten. Und jetzt?

Er musste dringend klären, ob er gerade schlief oder ob der Baum tatsächlich zu ihm sprach – oder ob vielleicht beides gleichzeitig passierte.

Nachdem er alle ihm bekannten Schlafichodernicht-Tests durchgeführt hatte – sich kneifen und dann die Umgebung überprüfen ob alles real und richtig und alltäglich und wie immer war –, verpasste er sich zur Sicherheit noch eine Ohrfeige um aufzuwachen. Dann wusste er es: Er war wach.

»Du wirfst sie ab?« fragte er, leise und vorsichtig. War ja vielleicht besser, erst mal achtsam vorzugehen.

»Richtig«, sagte die Buche.

Anders als andere Bäume, mit denen er bisher gesprochen hatte, sprach sie erstaunlich schnell. Fast menschen- und mausschnell und kaum baumlangsam.

»Wieso?«

»Wieso willst du das wissen, Johnbaum?«

»Was?« John war sehr, sehr erstaunt. »Woher kennst du meinen Namen?« Der große Baum ließ eine kleine Wolke aus Blättern auf John niederregnen.

»Woher weißt du, wer ich bin?«, fragte er erneut, während er zusah, wie die Blätter ihn bedeckten und einen Kreis um ihn herum bildeten.

»Habe mich erkundigt.«

»Was? Wo?«

Wieder ging ein kleiner Regen aus Blättern genau auf ihn nieder. Dann sagte die Buche: »Auf deine erste Frage weiß ich keine Antwort.«

»Was habe ich zuerst gefragt?«

»Was.«

»Was?«

»Deine erste Frage lautete ›Was‹.«

»Vergiss die erste Frage.«

»Ich bin eine Buche. Ich vergesse nie etwas.«

»Verstehe«, sagte John. »Dann schenke der ersten Frage keine Beachtung. Lass sie unbeantwortet.«

»Wenn du es möchtest.«

»Ja, möchte ich.«

»Gut«, sagte die Buche und fuhr dann fort: »Bei der Eiche.«

»Was?« fragte John und winkte gleich ab; die Buche möge diese Frage nicht beachten, denn »Bei der Eiche« war die Antwort auf seine zweite Frage, die »Wo« gelautet hatte. Er sah sich also nach einer Eiche um, konnte aber keine entdecken. Überall Buchen und Fichten. Hier und da ein paar Douglasien und Birken, dort und drüben eine Erle, ein Ahorn, eine Tanne.

»Welche Eiche?«

»Die große am Hang über dem See.«

»Wo wir gewohnt haben?« John staunte noch mehr.

»Sie steht weit weg von hier«, wunderte er sich: »Habt ihr Boten?«

»Boten?« fragte die Buche.

»Gibt es Tiere, die Nachrichten zwischen euch hin und her tragen? Bienen zum Beispiel. Oder Libellen. Oder Vögel?«

»Das wäre sehr umständlich«, verneinte die Buche und erzählte, jede Pflanze würde mit ihren Wurzeln einige Wurzeln ihrer Nachbarpflanzen berühren und auf diese Weise seien alle Bäume und Sträucher und Stauden und Gräser miteinander verbunden – von Wald zu Wald und Aue zu Aue, von Hain zu Hain und Lichtung zu Lichtung, von Hecke zu Hecke und Garten zu Garten. Da sei es nur selbstverständlich, dass man regelmäßig Nachrichten austausche.

John war fasziniert: In der Erde zu seinen Füßen befand sich ein kolossal riesengroßes Netzwerk, dass sich endlos weit nach überall erstreckte – möglicherweise um die ganze Welt: »Dann wisst Ihr ja alles«, staunte er.

»Wieso alles?« fragte die Buche.

»Wenn alle Bäume miteinander verbunden sind, kann ja jeder jedem alles erzählen.«

»Das meiste, was da gesagt wird, ist von eher zweifelhaftem Wert«, knurrte der Baum und klang ein kleines bisschen bissig. »Viel dummes Zeug dabei.«

»Waaas ...« begann John seine nächste Frage vorsichtig, »hast du denn in Erfahrung gebracht – über die Maus und mich?«

»Ihr seid ein gutes Team«, sagte die Buche. »Es gibt jedoch Dinge, die die Maus dich nicht lehren kann.«

»Was für Dinge?«

»Weltdinge.«

»Was sind Weltdinge?«

»Dinge, die über Mausdinge und Menschendinge und Adlerdinge und jede Menge andere Dinge hinaus reichen.«

»Das erhabene große Ganze?« fragte John.

»Nein«, lautete die Antwort. »Das sind ja Erhabenesgroßesganzesdinge.«

»Und was sind dann Weltdinge?«

»Das kann ich dir nicht sagen. Nicht in diesem Herbst.«

»Wieso?«

»Mehrere Gründe«

»Sagt du sie mir?«

»Nicht – in – diesem – Herbst.«

Als John zur Hütte zurückkehrte, fragte die Maus, was er draußen so lange gemacht habe.

»Nichts Besonderes.«

»Glaube ich nicht.«

»Dann glaubst du es eben nicht.«

»Du hat mit der Buche gesprochen.«

John nickte.

»Seid ihr Freunde geworden?«

»Weiß nicht?«

»So etwas weiß man doch, wenn man sich lange unterhalten hat.«

»Sie hat ihr letztes Blatt abgeworfen und ist dann eingeschlafen; mitten im Satz.«

»Oh je«, sagte die Maus, ging zum Fenster, sah lange hinaus, sagte schließlich: »Tatsächlich. Ratzekahl. Kein einziges Blatt mehr. Jetzt wird sie bis zum Frühling durchschlafen.«

John hatte genau das befürchtet und war betrübt, dass die gerade beginnende Freundschaft schon wieder zu Ende war.

»Ja«, sagte die Maus, »bedauerlich.«

Mindestens – dachte John. Wenn nicht gar schade. Und schlimm. Und wahrscheinlich sogar noch schlimmer als schlimm …

100. Müll

John war zaghaft.

Nicht zuletzt, weil es begonnen hatte, draußen immer kälter zu werden. Ziemlich fix. Von Tag zu Tag. Bis es schließlich so kalt war, dass er kaum noch hinausgehen mochte. Wozu auch. Da draußen schlief mittlerweile nicht nur die große, weise Buche, sondern alles. Gleichzeitig wurde es nicht nur immer früher finster, sondern auch immer dunkler finster. Als gäbe es nicht nur eine Finsternis, sondern mehrere. Und diese hier, die seit ein paar Tagen draußen vor der Hütte herumlungerte, schien ihm von allen Finsternissen, die er in seinem Leben gesehen hatte, die finsterste zu sein; so nachtschwarz, dass er begann, sich vor ihr zu fürchten. Ein bisschen jedenfalls.

Er lag oft lange vor dem Ofen und tat nichts. Mitunter wurde er dabei von Gedanken bedrängt, die fragten, wie es wohl weitergehen solle. Da die Wärme aus dem Ofen jedoch nicht nur seinen Körper, sondern auch seinen Geist träge zu machen verstand, blieb er gelassen. Beschloss, den Hirngespinsten keine besondere Bedeutung beizumessen und lieber die Müdigkeit zu genießen.

Irgendwann bewegte sich die Maus vom Ofen weg, schnupperte durch die Hütte, stöberte hier und da und dort. Nach einer Weile schaute sie von einem Regalbrett herunter und sagte: »Die guten Zeiten nähern sich dem Ende.«

Der Hund hob den Kopf, murrte und fragte: »Was für gute Zeiten? Kann mich nicht an gute Zeiten erinnern; bei dem Fraß hier …«

»Sieh es mal so«, konterte die Maus, die wie immer bewundernswerte Geduld mit dem grantigen Lästermaul zeigte, »und beantworte dir doch selbst einfach mal folgende Frage: Was, wenn die mageren Zeiten die fetten waren?«

Der Hund hatte keine Lust auf Spitzfindigkeiten; gar keine, rollte sich noch näher an den Ofen und maulte wie üblich unverständlich, aber selbstgerecht vor sich hin.

»Und …?« fragte John, auf den die Bemerkung der Maus eine ganz andere Wirkung ausübte: »Was machen wir jetzt? Wie soll es weitergehen? Was können wir tun? Wie lautet die Lösung?«

»Wir werden wieder vor die Tür müssen. Hinaus in den Wald – und jagen.«

»Auf keinen Fall«, entgegnete John. »Auf gar keinen.« Er werde nie und niemals ein Tier töten.

»Doch John, wirst du.«

»Werde ich nicht. Wir können was anderes essen als Tiere.«

»Im Frühling, im Sommer, im Herbst«, sagte die Maus. »Im Winter hingegen nicht. Da gibt die Vegetation nichts her, was du verdauen könntest. Also legst du entweder rechtzeitig Vorräte an, was wir nicht getan haben, oder du jagst.« Im Ofen knisterte es. Der Hund murmelte tonlos Schimpfworte. John und Maus schwiegen.

»Oder wir reden noch mal über die zweite Möglichkeit«, unterbrach die Maus die Stille. »Du weißt schon. Menschen und Müll.«

John hatte es geahnt. Alle Ideen, die die Maus zum Thema Nahrung und Überleben anbot, waren mit enormen Widrigkeiten verbunden. Zu Hause, bei seinen Eltern, war das ganz anders gewesen. Da gab es immer etwas. Sogar viel. Und immer Gutes. Und nie war etwas Kompliziertes oder sonstwie Unangenehmes damit verbunden. Außer vielleicht, dass er nach dem Essen hatte den Tisch abräumen und die Spülmaschine füllen müssen. Verglichen mit dem Aufwand, der in letzter Zeit über ihn gekommen war, konnte man diese kleine Kleinigkeit allerdings getrost vergessen.

Während er an die guten alten Zeiten dachte, begann er zu verstehen, dass sie alles andere als selbstverständlich gewesen waren. Es war ihm zwar so vorgekommen, aber nur, weil sich andere um alles gekümmert hatten. Jetzt hingegen, wo es aussah, als würde niemand mehr für ihn sorgen, begriff er, dass es um sehr viel mehr ging. Es begann mit den Pflanzen und Tieren in der Natur, ging über Aussaat, Pflege, Ernte, Aufbewahrung bis zur Zubereitung; und dann erst war etwas auf dem Teller. Die Mahlzeiten selbst waren nur ein sehr kleiner Teil des Ganzen. Ein zum Verzweifeln kleiner Teil.

»Naja«, sagte die Maus, als er diesen Gedanken zu Ende gebracht hatte und beteuerte, dass es so schwer, wie er es sich gerade ausmalte, nun auch wieder nicht sei. Immerhin würden Milliarden und Abermilliarden Lebewesen das jeden Tag hinbekommen:

»Wir werden uns allerdings ein wenig anstrengen müssen. Vielleicht sogar etwas mehr als ein wenig. Mühen auf uns nehmen und unsere Chancen nutzen. Wir können zum Beispiel jederzeit in die Stadt gehen. Da gibt es Supermärkte. Die werfen jeden Tag so viele Lebensmittel in den Müll, dass es für ein ganzes Leben reicht. Und mit dir und dem Hund als Träger schleppen wir da so viel weg, dass wir wieder ein angenehmes, genussreiches Leben führen können.«

John begann zu ahnen, worauf das hinauslief. Wenn er keine bessere Idee hätte – und zwar ziemlich bald – würde sie ihn davon zu überzeugen wissen, dass zum Überleben nur zwei Möglichkeiten zur Auswahl standen.

»Ganz genau John. Jagen oder im Müll wühlen. Entscheide dich.«

101. Kundschafterin

John war ungehalten.

»Wo kommt die denn auf einmal her?« fragte er missmutig. Das Brummen einer Fliege hatte ihn gerade aus dem Halbschlaf geweckt. So konnte das nichts werden mit Winterschlaf, den er als Ausweg vorsuchen wollte; lieber Winterschlaf halten als im Müll wühlen oder Tiere töten.

Er war ziemlich stolz auf diese Idee; auch und nicht zuletzt, weil er die Maus damit verblüfft hatte. Sie war zwar der Meinung, es würde nicht funktionieren, weil man dazu satt und träge sein müsse statt nervös und hungrig, doch er wollte es auf jeden Fall versuchen. Und jetzt dieses Insekt.

Als er die Augen öffnete, sah er wie die Maus der Fliege mit ihren Blicken folgte.

»Sie wird hier überleben, wenn wir sie lassen«, sagte sie.

»Sie lassen?«

»Warum nicht? Wir haben dann eine Kundschafterin in der Luft. Das ist gar nicht verkehrt.«

»Wozu brauchen wir eine Kundschafterin?« fragte John.

»Diese Hütte«, antwortete die Maus, »gehört uns nicht. Die Jäger werden wiederkommen. Irgendwann im Winter ist Jagdzeit. Da stehen sie eines Tages garantiert vor der Tür. Und wir sollten dann nicht hier sein. Um aber rechtzeitig die Platte putzen zu können, müssen wir sie vorher bemerken. Da ist einer mehr der aufpasst besser als einer weniger. Zumal hier ja eigentlich kaum jemand aufpasst. Der Hund pennt unentwegt, du dämmerst die meiste Zeit vor dich hin und ich muss irgendwann auch mal schlafen.«

John verstand und war einverstanden. Mürrisch zwar, aber einverstanden; und während er noch damit beschäftigt war, sich an den Gedanken zu gewöhnen, fortan in einer Gemeinschaft mit einer Stubenfliege zu leben, war der Hund aufgewacht, weil ihn die neue Mitbewohnerin umkreiste. Mehr als mürrisch beobachtete er ihren Flug. Als sie sehr nah an seiner Nase vorbei flog, schnappte er, verfehlte sie aber.

»Lass sie«, befahl John. »Sie ist Teil der Crew«.

»Teil der Crew?« murrte der Hund verächtlich und war ganz und gar nicht einverstanden: Sie wären ohnehin schon ein merkwürdiger Haufen, aber mit einer Fliege im Team würde das Rudel endgültig so unrudelig, dass es den Namen auf gar keinen Fall mehr verdiente.

»Sie wird lästig werden«, gab er außerdem zu bedenken, »und danach frech. Wird sich auf einen drauf setzen, uns auf die Nerven gehen, mir ins Ohr brummen, dich kitzeln.«

John war all das klar. Dennoch hatte das Argument der Maus für ihn mehr Gewicht: »Sie gehört zur Crew«, sagte er deshalb streng und im Tonfall endgültig. Der Hund rollte sich wieder ein und brummte etwas, das John nicht richtig verstehen konnte; forderte ihn daher auf, es zu wiederholen.

»Sie trinkt Speichel aus den Mundwinkeln, während man schläft.«

»Bei dir vielleicht«, sagte John trotzig, der die Vorstellung ziemlich widerlich fand.«

»Bei dir auch«, sagte der Hund und fügte träge hinzu: »Kannst dich drauf verlassen.«

Das ging John nun aber doch zu weit. Wenn sie so was machte, schlug er vor, sollte man sie bestrafen. Die Maus sah ihn an, als sei er nicht ganz bei Trost: »Bestrafen? Wofür? Fürs Fliege sein?«

»Damit sie damit aufhört«, sagte John.

»Du kannst ihr nichts beibringen, John. Ihr Gedächtnis reicht nur für fünf Sekunden. Danach fängt alles wieder von vorne an. Hör nur …«

John wusste nicht, was sie meinte.

»Achte auf die Geräusche. Unter dem Summen kannst du ihre Stimme hören. Fliegen reden die ganze Zeit mit sich selbst. Unentwegt. Immerzu. Ein permanenter Strom von Sätzen. Sehr leise und dem Summen der Flügel recht ähnlich.«

John konzentrierte sich. Die Fliege flog von hier nach da und weiter nach dort und so weiter. Wie Fliegen das eben tun. Und dann hörte er es: »Hier ist es zu warm. Hier ist es zu kalt. Hier ist es zu warm. Hier ist es gut.«

Die Fliege landete, putzte sich. Dann startete sie wieder.

»Hunger. Hier gibt es nichts. Hier riecht es gut.«

Die Fliege landete, saugte mit dem Rüssel an der Wand. Dann startete sie wieder, flog zum Hund, setzte sich auf seine Nase. Der Hund schnappte nach ihr. Sie startete erneut: »Gefahr. Weg hier. Hunger. Hier riecht es gut.«

Sie setzte sich nochmal auf die Hundeschnauze, der schnappte erneut nach ihr. Sie flog wieder weg: »Gefahr. Weg hier. Hunger. Hier riecht es gut.«

»So geht das den ganzen Tag«, sagte die Maus. »Hin und her und her und hin.«

John war beeindruckt. Er hatte immer gedacht, Fliegen täten, was sie tun, weil sie einen ärgern wollten. So war das aber gar nicht, stellte er jetzt fest. Sie tun einfach nur Fliegendinge.

102. Sternschnuppen

John war grimmig.

Das Gerücht, die Fliege würde Speichel aus seinem Mundwinkel trinken wenn er schläft, hinderten ihn daran, einen neuen Versuch in Sachen Winterschlaf zu starten. Er war einfach zu misstrauisch. Weil er sich bereits seit Stunden auf seinem Lager hin und her wälzte, schlug die Maus vor, hinauszugehen und sich ein wenig die Beine zu vertreten. Vielleicht sei was los am Himmel. Man könnte ja mal nachzusehen.

John war einverstanden. Ihr Vorschlag war besser als weiter herumzuliegen und Sorgen zu wälzen für die er ohnehin keine Lösung finden würde. Er zog den großen, warmen Jägermantel über, den der

Hund sich bereits kurz nach ihrer Ankunft als Körbchenersatz zusammengeschoben hatte, zur Zeit aber nicht benutzte, weil er so dicht vor dem Ofen lag, dass John schon befürchtet hatte, er würde in Flammen aufgehen – was er aber nicht tat. Dann trat John vor die Tür und sah in den Himmel.

Die Nacht kalt, der Mond halb, die Sterne vollzählig.

Und dann waren da Sternschnuppen. Mehr als er je zuvor gesehen hatte. Fast alle kamen aus einer Richtung.

»Leoniden«, sagte die Maus, »von Poeten besungen, von Verliebten geliebt. Sternschnuppen sind die selbstlosen Freunde der Menschen. Während sie verglühen, könnt ihr euch etwas wünschen.«

»Mäuse nicht?« fragte John.

»Wir haben es nie versucht. Ist niemandem eingefallen.«

Von Sternschnuppen wusste John. Von Leoniden nicht. Sternschnuppen, hatte Großvater ihm erzählt, seien aus Kometenstaub gemacht. Auf ihren weitläufigen Bahnen durch den Weltraum verlören die Kometen in der Nähe der Sonne Staub, der eine breite Spur bildete; einen gigantischen, ewigen, unsichtbaren Schweif. Flöge die Erde auf ihrer immerwährenden Reise um die Sonne dort hinein und gelangten dabei Staubpartikel in ihre Atmosphäre, würden sie zu Meteoren. Leuchtspuren am Himmel. Sternschnuppen.

Aber Leoniden? Musste ein unbekannter Ausdruck sein.

»Gar nicht«, sagte die Maus, »es sind ganz normale Sternschnuppen. Tauchen jedes Jahr um die gleiche Zeit auf. Und weil es hier auf der Erde so aussieht, als kämen sie alle aus dem Sternbild Löwe, heißen sie so.«

»Löwe? Wieso heißen sie dann nicht Löweniden?«

»Löwe gleich Leo«, dozierte die Maus und zeigte ins Firmament: »Ungefähr dort, beim Stern CN Leonis – der auch Wolf 359 heißt. Etwa 8 Lichtjahre von der Erde entfernt. Captain Benjamin Lafayette Sisko von der Station Deep Space 9 wird bei Wolf 359 seine Frau Jennifer verlieren. In der großen Schlacht gegen die Borg. Im Jahr 2367; Sternzeit 44 133,2 …«

John glaubte ihr kein Wort.

103. Beteigeuze

John war argwöhnisch.

Und begann zu frieren. Schließlich war Nacht, und es war kalt. Der Maus schien das nichts auszumachen. Sie wartete geduldig auf die nächste und die nächste und die nächste Sternschnuppe. Dachte John jedenfalls eine Zeitlang. Dann fiel ihm auf, dass sie den Himmel gar nicht nach neuen Lichtspuren absuchte, sondern immer in eine Richtung blickte. Zum Sternbild Orion.

»Wieso Orion?« fragte er. »Du hast doch gesagt sie kämen aus dem Sternbild Löwe.«

»Linke Schulter. Der Helle. Beteigeuze«, lautete ihre Antwort.

Ja, das wusste John. Weiß wahrscheinlich jeder, dachte er. Der Helle an der linken Schulter des Orion ist Beteigeuze.

»Roter Überriese«, sagte die Maus.

Das wusste John wiederum nicht. Weder, dass er einer war, noch was das überhaupt zu bedeuten hatte; ein roter Überriese. Klang aber spannend.

»Ein Stern im Sterben«, sagte die Maus.

»Oh«, sagte John betroffen.

»Nicht doch. Es dauert.«

»Lange?«

»Kommt darauf an für wen.«

»Na für wen schon?« sagte John. »Für den Stern.«

»Für ihn ist das Tempo normal.«

»Und für uns?« John ahnte, dass die Geschichte auf etwas hinauslaufen konnte, dessen Ende nicht abzusehen war.

»Ewig.«

Da hatte er den Salat. Es gab mal wieder nichts zwischen nichts und allem. Normal und ewig.

»Millionen Jahre«, sagte die Maus und weil sie seinen Unmut spürte und ihn gleich sicher auch zu hören bekommen würde, fügte sie noch hinzu: »Ist ja ’n riesiges Riesending. 600 mal größer als unsere Sonne.«

Zu ihrer Verwunderung fand John das kaum beeindruckend. Also fragte sie, wieso ihn das nicht in Erstaunen versetze?

»Du kannst viel erzählen«, sagte er. »Ich kann es aber nicht sehen. Er sieht aus wie die anderen Sterne. Etwas heller, das ist aber auch schon alles. Kein Grund, da dauernd hinzustarren.«

Die Maus sah ihn mit ernstem Blick an und sagte: »Es gibt ihn vielleicht schon gar nicht mehr.«

Im ersten Moment klang diese Feststellung überraschend und spannend. Im zweiten Moment aber roch John den Braten. Er konnte den Stern sehen. Klar und deutlich; und jetzt kam sie und stellte Vermutungen an, er sei vielleicht gar nicht da? »Er ist 600 Lichtjahre entfernt«, sagte sie. »Das Licht, das wir sehen, ist also 600 Jahre alt. Als es auf die Reise ging, hatte Kolumbus Amerika noch nicht entdeckt.

»Oh«, sagte John, jetzt doch beeindruckt.

»Kann also sein«, fuhr die Maus fort, »dass Beteigeuze schon gestorben ist. Was wir allerdings erst in spätestens 600 Jahren wissen.«

So lange – da könne sie allerdings sicher sein – werde er auf keinen Fall hier draußen stehen und starren. Ihm war nämlich bereits so kalt, dass die Freude an der Sternenkunde vom Schlottern seiner Gliedmaßen empfindlich gestört wurde. Die Maus zeigte sich ganz und gar unbeeindruckt von seinem Unbehagen und sprach weiter: »Kann aber auch sein, dass es heute oder morgen passiert.«

Aha – jetzt hatte John kapiert. Sie schaute dort hin, weil sie es erleben wollte. Dabei sein, wenn ein Stern am Himmel – am ewig unveränderlichen Himmel – plötzlich fehlte. Zeuge der Nacht sein, in der die Sterne nicht mehr vollzählig am Firmament erschienen.

»Die Chancen stehen aber doch mehr als schlecht«, gab er nach ein paar weiteren Überlegungen zu kosmischen Zeiträumen und universellen Wahrscheinlichkeiten zu bedenken. »Es kann in Jahrhunderten, Jahrtausenden oder Jahrmillionen jeden Moment passieren – oder eben nicht.«

Die Maus schwieg eine kleine Weile, bevor sie antwortete: »Es ist eine Übung. Geht nicht darum, es tatsächlich zu sehen – obwohl – es wäre schon eine große, große, große Sache.«

»Was passiert denn, wenn es passiert?«

»Supernova. Thermonuklearer Weltenbrand. Sternentod. Ist aber in der Tat unwahrscheinlich, dass wir es erleben werden.«

»Wie unwahrscheinlich?«

»Unwahrscheinlich unwahrscheinlich.«

John hatte keine genaue Vorstellung davon, wie unwahrscheinlich unwahrscheinlich unwahrscheinlich wohl war. Versuchte es daher mit einem Vergleich: »So unwahrscheinlich unwahrscheinlich wie die Möglichkeit, dass heute noch Frühling wird und wir auf einen Schlag genug zu Essen haben?«

»Noch unwahrscheinlicher.«

Das musste erst mal verkraftet werden. Und gleichzeitig stellte sich für John die Frage, wieso denn dann überhaupt darauf warten?

»Ich warte nicht, John. Ich schau nur hin. Ist ja Teil des erhabenen großen Ganzen.«

»Ja«, murmelte John, der zwar verstand, dass ihr das wichtig war, aber nicht verstehen konnte, weshalb.

»Es hilft«, half sie ihm auf die Sprünge, »seine Sorgen nicht so ernst zu nehmen, denn überall unter diesem großen, weiten Himmel sind ja Wesen, die sich gerade jetzt große Sorgen machen. Und diese Sorgen ähneln einander alle sehr. Sogar sehrsehr – während der Himmel, unter dem das passiert, überall der Gleiche ist.«

»Ach ja?« sagte John, der noch immer nicht wirklich verstanden hatte, was die Maus meinte.

»Das erhabene große Ganze«, sagte sie versonnen, »erzählt dir, um was es hier eigentlich wirklich geht – im Leben, im Universum – und bei allem.«

Dann wurde auch ihr kalt und sie schlug vor, zurück in die Hütte zu gehen und sich wieder vor den wärmenden Ofen zu legen.

104. Spuren

John fror.

Und erwachte bibbernd. Ein müder, missmutiger Blick aus dem Fenster lieferte die Erklärung: Schnee. Nur ein wenig. Aber immerhin so viel, dass man es nicht als spät tauenden Nachtfrost abtun konnte. Oh, nein. Das da würde in den kommenden Stunden nicht wegschmelzen. Jeder Ast, jeder Zweig, jeder Zentimeter Boden war gepudert. Der Winter war da. Es sah umwerfend aus. Grandios.

»Fall bloß nicht drauf rein«, sagte die Maus.

»Häh?« murrte John, eben erst damit fertig geworden, Holz in den Ofen zu stopfen und gerade damit beschäftigt, sich den Jägermantel über die Schultern zu legen, weil er hinaus wollte in die weiße Welt. Trotz Kälte. Trotz Hunger. Trotz Schwäche.

»Es sieht zwar schön aus, ist aber gefährlich«, warnte die Maus.

»Oh«, sagte John auf dem Weg zur Tür. »Bin im Bilde. Eine Armee heimtückischer Monsterflocken, die in der Nacht die Welt in Besitz nahmen. Hab davon gehört.«

»Kaum hast du diese weiße Pracht betreten«, fuhr die Maus unbeirrt fort, »beißt sie gnadenlos zu. Bis du schlotterst und dir nichts sehnlicher wünschst als ihr wieder zu entkommen.« Dann schaute sie aufmerksam aus dem Fenster. Schien etwas zu beobachten. Sagte schließlich, als John die Türe geöffnet hatte aber noch nicht hinausgetreten war: »Du wirst von der ersten Sekunde an Spuren hinterlassen.«

»Tür zu«, maulte der Hund.

»Schnauze«, sagte die Maus, wandte sich wieder an John, fuhr fort: »Schnee ist wie ein Passepartout. Er rahmt alles – aber auch wirklich alles – ein. Und macht alles – aber auch wirklich alles – sichtbarer als sichtbar.«

Da hatte sie Recht. Schnee machte, dass die Welt wohlgeordnet und aufgeräumt aussah. Und verziert. An absolut jeder noch so kleinen Stelle. Überall Muster, Ornamente, Dekors. Und genau das wollte John jetzt betrachten.

»Ist doch egal, ob Spuren oder nicht«, sagte er. »Hier ist niemand außer uns.«

»Es könnte aber jemand kommen.«

»Wer soll denn kommen?«

»Es ist eine Jagdhütte, John. Wer kann da wohl kommen?«

John verstand. Zögerte. Wenn er Spuren hinterließ, und jemand kam, würde er schon früh wissen, dass hier bereits jemand war.

»Genau«, sagte die Maus. »Sie wüssten von uns bevor wir von ihnen wüssten. Schwerer Nachteil für uns. Sehr schwerer.«

105. Wunder

John war gewarnt.

Er schloss die Türe wieder und blieb in der Hütte. Wollte wissen, ob die Sache mit dem Schnee da draußen bedeutete, dass sie jetzt hier drin gefangen seien, bis die ganze Pracht wieder geschmolzen sei?

»Eher nicht«, sagte die Maus. »Irgendwann müssen wir sowieso raus; etwas zu essen besorgen. Es sei denn, es geschieht ein Wunder.«

»Was denn für ein Wunder?« fragte John neugierig und hoffnungsvoll. Konnte es sein, dass die Maus noch andere Wege wusste um an etwas Essbares zu gelangen?

»Tja«, antwortete sie. »Die wunderbare Brotvermehrung. Der süße Brei. Der Herr lässt Manna regnen. Oder wir finden heraus, dass es von hier gar nicht weit ist zu den Gestaden von Schlaraffia. Es gibt eine Menge Geschichten darüber.«

John wurde misstrauisch. Sie hatte in einem Tonfall gesprochen, der mit Vorsicht zu genießen war. Und da er keine Ahnung hatte, was Manna war oder was es mit den Gestaden von Schlaraffia auf sich hatte sowie von wunderbarer Brotvermehrung und süßem Brei lediglich aus Büchern wusste, war er lieber vorsichtig und fragte: »Wahre Geschichten?«

Die Maus wiegte den Kopf als müsse sie genau nachdenken. Dann sagte sie: »Schwer zu sagen. In den Geschichten klingt es immer so, als sei es wahr. Da geraten Leute in große Not und kurz bevor die ganz große Katastrophe geschieht, werden sie gerettet.«

Das wusste John. Er kannte selbst jede Menge solcher Geschichten. Die Frage war jedoch, ob diese Geschichten tatsächlich passiert waren oder ob sie nur in Büchern standen.

»Schwer zu sagen«, sagte die Maus.

»Wie«, wollte John wissen, »sind diese Geschichten in die Bücher hineingekommen? Weil jemand sie aufgeschrieben hat, nachdem sie passiert waren – oder ist das alles nur ausgedacht?«

»Schwer zu sagen«, murmelte die Maus.

»Sind es wahre Geschichten oder Märchen?« fasste John die alles entscheidende Frage in einem kurzen, klaren Satz zusammen.

»Märchen.«

Gut, dass er nachgefragt hatte. Sonst hätte er sich eindeutig zu früh gefreut, und das wäre hier und jetzt zu viel für seine Nerven gewesen.

»Weißt du noch etwas anderes, wie wir doch noch an etwas Essbares kommen können?« fragte er in der Hoffnung, in Sachen Wunder wäre das letzte Wort noch nicht gesprochen.

»Nein, John. Ich kenne nur die beiden Möglichkeiten, die du auch kennst.«

John legte sich vor den Ofen und war deprimiert.

106. Verhungern

John war mürrisch.

Und sehr hungrig. Zum einen geschah seit Tagen eigentlich immer nur das wenige Gleiche, was an dunklen Wintertagen vor einem Ofen so geschah, zum anderen hatte der Hunger weiter zugenommen. In der Hütte gab es, wenn alle still und apathisch herumlagen, eigentlich nur fünf Geräusche; das beruhigende Knistern des Feuers, das gelegentliche Summen der Fliege und dreimal Magenknurren.

John sah auf die Wand gegenüber der Ofentür, wo der Tanz der Flammen mit flackernden Schatten Kino spielte. Kein richtiger Film mit richtiger Handlung, aber doch immerhin Winterkino: Wärmendes Feuer in schützender Hütte.

Die Maus deutete in eine Ecke unter dem Dach der Hütte, wo eine Spinne in ihrem Netz saß. Sie schaute dort schon seit Tagen immer wieder mal hin. Die Spinne schien sich nie zu bewegen.

»Sie wird langsam verhungern«, sagte die Maus. »Wie wir.«

John wusste, weshalb sie das sagte, und nahm sich fest vor, das Thema zu ignorieren.

»Sie sitzt ohnehin nur deshalb dort«, vertiefte die Maus das Thema, »weil wir hier sind und die Hütte wärmen. Sonst wäre sie längst erfroren. Wie fast alle Insekten im Winter. Sie hat überlebt, doch es wird ihr letztendlich nicht helfen, denn sie kann sich nicht ernähren. Es gibt hier nichts für sie. Jedenfalls so gut wie nichts.«

Nach einer kleinen Pause fügte sie noch hinzu: »Also werde ich sie fressen.«

»Nein«, sagte John. »Lass sie. Wir lassen die Fliege, und wir lassen auch sie.«

»Es wäre vielleicht schlau, die Fliege ins Netz der Spinne zu jagen, zu warten bis sie gefressen ist und dann die Spinne zu vertilgen.«

John bekam das Würgen.

Die Maus sah ihn erstaunt an, sagte dann mit ziemlich ernster Stimme:

»So ist das, John, wenn das Leben in Gefahr gerät. Dann ist ziemlich schnell Schluss mit edlen Gedanken und Gefühlen. Die kann man nämlich nur haben, wenn man lebendig ist. Tot hat man sie nicht. Um aber lebendig zu sein, muss man sich ernähren. Und wenn die Nahrung knapp wird, beginnen die todbringenden Kämpfe.«

John gab zu, dass sie wahrscheinlich Recht hatte, fand es aber schlimm. Sogar schlimmer als schlimm. Ungerecht, brutal, widerwärtig.

»Nein, John. Ist es nicht«, widersprach die Maus: »Wenn du mitmachst beim großen Spiel des Lebens, dann zu den Bedingungen des Lebens. Da kannst du nicht meckern und das Leben anders haben wollen, als es ist; ich meine – kannst du schon, aber es wird dir nichts nützen.«

»Ja«, sagte John, »versteh schon. Aber muss es so hart sein?«

»Ob es das muss?« fragte die Maus und klang erstaunte. »Keine Ahnung, ob es das muss. Sieh dir einfach an wie es ist: Du wurdest geboren und spielst seit diesem Tag mit. Zu den Bedingungen, die das Leben vorgibt. Und zwar zu genau diesen Bedingungen. Und es gibt nicht die allerleiseste Hoffnung, dass es ausgerechnet bei dir eine Ausnahme macht.«

Es klang logisch und John versuchte, sich in das Unvermeidliche zu fügen; zumindest gedanklich. Wie es auf Dauer im richtigen, echten Leben werden würde – dieses Fügen ins Unvermeidliche – darüber wollte er jetzt erst einmal nicht nachdenken. Nur darüber, dass es tatsächlich so sein könnte, wie die Maus gesagt hatte. Es sprach einiges dafür. Die Erlebnisse und Erfahrungen der letzten Wochen ließen es vermuten. Stark vermuten.

107. Schwerkraft

John war apathisch.

Und döste träge vor sich hin, um vielleicht doch noch in Winterschlaf zu fallen, obwohl die Chancen schlecht standen, weil es andauernd irgendwo raschelte oder klapperte. Die Maus war unterwegs in den hintersten Ecken und Winkeln der Hütte, stöberte hier und da und dort, wollte einfach nicht glauben, dass tatsächlich alle Vorräte bis auf den allerletzten Rest verbraucht waren. Als sie die Hoffnung endgültig aufgeben wollte, rollte aus einer kleinen Abseite etwas hervor und fiel herunter.

»Au!« murrte John.

»Hihi …«, kicherte die Maus.

»Hihi was?« maulte John.

»Aktion – Reaktion. Isaac Newton«, sagte die Maus.«

John hörte nicht genau hin. Er hatte entdeckt, was herunter- und auf ihn drauf gefallen war: Etwas zu essen. Bei genauerem Hinsehen war es dann allerdings nur etwas, das man vielleicht essen konnte. Ein Apfel in misslichem Zustand: recht betagt und runzelig. Und wahrscheinlich faserig und fade.

»Beiß rein«, sagte die Maus »und sag mir, ob er schmeckt oder ob es in deinem Zustand schon ausreicht, wenn er nur nahrhaft ist.«

John betrachtete den Apfel.

Die Maus betrachtete John.

»Was guckst du so?« wollte er wissen.

»Bin gespannt auf deine Reaktion.«

»Wegen dem, was du vorhin gesagt hast? Aktion Reaktion? Isaac wiewarderNamenoch?«

»Newton.«

»Isaac Aktion-Reaktion Newton. Was ist mit ihm?«

»Ihm ist auch mal ein Apfel auf den Kopf gefallen«, sagte die Maus, »und das hat ihn auf die Frage gebracht, wieso der Apfel – und alles andere auch – immer nach unten fällt.«

John sah sie auf eine Weise an als fürchte er, der Hunger habe bereits begonnen, ihren Verstand zu trüben.

»Wohin soll der Apfel – und alles andere auch – denn sonst fallen«, fragte er, biss in die alte Frucht hinein, begann zu schmecken und fand sie durchaus mundend.

»Dir ist klar, dass wir ihn teilen müssen …« sagte die Maus.

»Wie viel willst du abhaben?«

»Das ist nicht die richtige Frage, John. Ich habe ihn gefunden. Folglich gehört er mir und du bist mein Gast.«

John war verlegen, denn sie hatte natürlich ganz furchtbar Recht. Also reichte er den Apfel zu ihr hinüber. Sie nagte daran, fragte den Hund, ob er auch einen Happen wolle, sah, dass er schlief, reichte das alte Obst zurück an John, der bereits nicht mehr verlegen, dafür aber in Gedanken war.

»Seltsame Sache, sich zu fragen, wieso alles nach unten fällt.«

»Ja, nicht wahr«, bestätigte die Maus. »Nie zur Seite oder nach oben. Das hat Newton gewundert und da hat er es untersucht. Ziemlich lange. Am Ende ist er zu dem Ergebnis gelangte, dass es eine Kraft geben muss, die alles anzieht. Aber was für eine? Er hat weiter nachgedacht und viel geforscht und schließlich kombiniert, dass diese Kraft sogar den Mond um die Erde kreisen lässt und die Erde um die Sonne und vieles mehr. Es war der Beginn der modernen Wissenschaft.«

»Alles klar«, sagte John. »Newton. Guter Mann.« Dann reichte er ihr wieder den Apfel.

»Interessant an seiner Erkenntnis ist«, fuhr die Maus schmatzend fort, »dass sie das Ende der Herrschaft der Kirche einleitete. Wenn das Gedrehe der Planeten und das Heruntergefalle von Allem eine Kraft in der Natur war – und nicht unbedingt der Wille Gottes – dann war das möglicherweise auch mit andern Dingen in der Welt so. Vielleicht sogar mit allen. Und das wäre dann das Ende der alten Götter- und Gottgeschichten. Zumindest der Anfang vom Ende.

John konnte nicht ganz folgen: Wissenschaft, Religion, Göttergeschichten?

Die Maus reichte den Apfel wieder zu ihm herüber und fuhr fort:

»Religionen waren die Methode der Menschen, sich die Welt und ihren Lauf zu erklären; immer da, wo sie gerade gelebt haben. Religionen sind in Landschaften entstanden. Ein einziger Gott, der alles bestimmt und beherrscht, entsteht in einer Wüste. Da gibt es außer der Sonne nämlich nichts, und sie bestimmt tatsächlich alles. In Landschaften, in denen mehr los ist, gibt es folglich auch mehr Götter.

John lauschte aufmerksam. Religion, Göttergeschichten, Landschaften: »Und was ist mit der Wissenschaft?«

»Tja«, sagte die Maus. »Da hatte Newton ein Problem. Er konnte die Religion nicht einfach abschaffen. Wollte er auch nicht. War ja auch seine eigene. Er war ein gläubiger Mann. Musste sich also etwas Schlaues ausdenken und ist auf die Idee gekommen, den Glauben aufzuteilen: Einerseits die Bibel; die habe Gott für die Menschen geschrieben. Eine Sammlung von Gleichnissen darüber, wie ihr miteinander leben und umgehen sollt.«

»Und andererseits?« fragte John, der ahnte, dass sie drauf und dran war wieder eine Kunstpause einzulegen.

»Andererseits die Natur. Die habe Gott in einer ganz anderen Sprache verfasst. Einer, die die Menschen noch nicht verstanden. Und so beschloss der große Gelehrte, es sei fortan die Aufgabe der Menschheit, diese Sprache zu entschlüsseln. So – ungefähr jedenfalls – hat die moderne Wissenschaft begonnen«

John fand, die Maus könne viel besser erklären als seine Lehrer in der Schule.

»Vielen Dank, John«, sagte sie, »aber nimm es nicht ganz so ernst, wie es klingt. Eure moderne Wissenschaft ist am Ende auch nicht mehr oder weniger als ein weiterer Versuch, den Code der Schöpfung zu knacken. Mit Hilfe von Experimenten – und Versuchen – und Formeln – und … – und …«

Dann brach sie mitten im Satz in schallendes Gelächter aus und konnte lange nicht mehr damit aufhören, zwischendurch nur hin und wieder den Satz herausprustend:

»Es ist zu komisch …!«

108. Trauer

John war ausgehungert.

Und dachte nach über Jagen und In-Müllcontainern-wühlen. Es beschäftigte ihn so sehr, dass er den schicksalhaften Moment in seiner unmittelbaren Nähe nicht mitbekam. Ihn einfach überhörte. Die Maus hingegen hatte es genau vernommen: das ganz plötzlich panische Summen der Fliegenflügel und ihr ebenso plötzliches Verstummen.

Eine Weile später, Johns Gedanken waren abgeschweift und hatten ihn irgendwann wieder zurück ins Hier und Jetzt gebracht, sah er, was sich ereignet hatte. Da er aber keinesfalls zusehen wollte, wie die Maus die Spinne vertilgte, die sich ihrerseits erst kurz zuvor an der Fliege gelabt hatte, stellte er sich ans Fenster, sah hinaus und entdeckte etwas im Schnee; nicht weit entfernt. Er ging hin um nachzusehen, was es war.

Vor ihm lag ein Hase. Bewegungslos. John tippte ihn mit dem Fuß an.

»Er ist tot«, sagte die Maus, die rasch auf seine Schulter gesprungen war, bevor er die Hütte verlassen hatte.

»Ja, sehe ich«, sagte John und fand es traurig.

»Tun Menschen. Weiß ich.«

»Was?« fragte John.

»Trauern, wenn jemand stirbt. Je besser sie ihn kennen, desto trauriger sind sie.«

»Mäuse nicht?«

»Nee.«

John konnte das nicht glauben. Wenn eine Maus, die sie gut kannte, starb, war das doch traurig, weil sie dann für immer weg war. Für alle Zeiten.

»Tja«, sagte die Maus, »sie war ja auch vorher schon immer weg. Vor allen Zeiten.«

John dachte, sie habe ihn nicht verstanden und erklärte es noch einmal: »Wenn jemand stirbt, ist er für immer weg. Für immer.«

»Na ja, John. Was heißt schon immer?«

»Immer heißt immer.«

»Ist 'ne lange Zeit, so'n immer. Und verglichen mit der Zeit, die jemand in der Welt weilt, sogar noch länger. Die Sache mit dem Leben ist ja so: Solange du lebst, bist du dabei. Und wenn du stirbst, bist du nicht mehr dabei.«

»Ja«, sagte John, »und genau das ist ja so traurig.«

»Wenn du nicht mehr dabei bist, bist du nicht mehr dabei«, entgegnete die Maus. »Dann kannst du es auch nicht mehr bedauern. Man bedauert es nur solange man lebt. Aber da ist man ja gar nicht tot. Das ist das Merkwürdige. Die Lebenden betrauern die, denen es egal ist. Weil die ja tot sind.«

Irgendwie war da was dran, fand John. Doch so klug es auch klingen mochte, für ihn blieb es traurig, dass man nicht mehr dabei sein wird, wenn man gestorben ist. Und alles, was dann noch geschehen wird in der Welt, unweigerlich verpasst.

»Es sind Milliarden Jahre, John, die man nicht erleben wird. Was ist daran traurig?«

»Alles.«

»Schon seltsam«, erwiderte die Maus. »In die andere Richtung der Zeit ist niemand traurig.«

»Welche andere Richtung?«

»Vergangenheit. All das, was passiert ist bevor man geboren wurde. Das sind nämlich auch Milliarden Jahre, und da waren wir – du und ich – ja auch nicht mit dabei.«

John begann, das gewaltige Ausmaß dieser Katastrophe zu erahnen. Milliarden von Jahren, die er bereits verpasst hatte. Im Grunde so gut wie alles, was bisher geschehen war. Auf dem gesamten Planeten. Durch die Jahrhunderte, Jahrtausende, Jahrmillionen. Ein Verlust von unendlicher Dimension.

Sonderlich traurig – musste er zugeben – war er darüber allerdings nicht. Als sei es am Ende nicht wirklich tragisch. In die andere Richtung hingegen – in Bezug auf alles, was noch vor ihm lag, …

»Hol ein Messer«, wechselte die Maus abrupt das Thema.

»Wieso?« fragte John.

»Der Hase ist ein Geschenk des Waldes. Wir werden ihn essen.«

109. Mundraub

John war zögerlich.

»Mach schon«, befahl die Maus, und als John mit dem Messer wieder beim toten Tier stand, erklärte sie ihm, was zu tun war: »Aufschneiden, ausweiden, Fell abziehen.«

John befürchtete, er werde es furchtbar finden, tat aber, was sie sagte und wunderte sich, dass er es konnte, obwohl er es noch nie zuvor gemacht hatte. Wusste einfach, was zu tun war und hatte das Gefühl, dass dieser Vorgang genau so sein musste; so und nicht anders.

Wieder zurück in der Hütte wurde die Beute über dem Feuer gebraten. Der Duft weckte den Hund. Er hatte sich seit Tagen kaum noch bewegt. Jetzt sah er John mit glasigen Augen an und der Junge versprach ihm eine große Portion.

»Nicht so spendabel«, sagte die Maus. »Wir sind besser beraten, wenn wir es einteilen. Damit wir länger etwas davon haben. Du musst nämlich nicht glauben, dass das noch mal passiert.«

»Das was noch mal passiert?«

»Dass nochmal ein Hase zum Sterben hierher kommt und sich genau vor die Hütte legt.«

»Ja, schon gut«, sagte John. Der Hund hatte ihm schon seit Tagen Leid getan, und jetzt, wo die Lebensgeister ein wenig in ihn zurückkehrten, freute er sich darüber.

Als sie mit der Mahlzeit begannen, schlang der Hund seine Portion in atemberaubendem Tempo herunter und stürzte sich gleich anschließend auf den Teil, der als Vorrat beiseite gelegt worden war.

»Heh«, sagte John streng, »das war nicht abgemacht.«

Der Hund fletschte die Zähne und knurrte auf eine Weise, die John noch nie von ihm gehört hatte. Wild. Gebieterisch. Böse.

John wusste nicht, was er tun sollte. Bei Hunger, hatte die Maus gesagt, gingen die Kämpfe los. Die einzige Frage laute dann nur noch:

du oder ich. Und wenn es mehr nicht zu entscheiden gab, war alles erlaubt. Und alles möglich. Alles.

»Hau ihm auf die Schnauze«, sagte die Maus aufgeregt. »Richtig fest.«

John wusste nicht recht. Er hatte so etwas noch nie gemacht. Der Hund war jetzt ganz nah beim Fleisch. John streckte die Hand nach der Portion aus um sie in Sicherheit zu bringen. Der Hund griff ihn an. Kurz nur, aber heftig genug, dass John Angst bekam und zurückwich.

»Hau ihm, so fest du kannst, auf die Schnauze«, sagte die Maus mit Nachdruck, aber John tat es nicht. Er hatte Angst. Der Hund war nicht wiederzuerkennen. Hatte sich vom langweiligen Haustier in eine wilde Bestie verwandelt, die jetzt in rasender Wildheit das gesamte Fleisch verschlang. Erst den Vorrat und gleich hinterher die Reste von Johns Portion. Bis nichts mehr übrig war.

110. Kampf

John war verunsichert.

Der Hund hatte sich nach dem Verschlingen der Mahlzeit wieder vor den Ofen gelegt war sofort eingeschlafen. John und Maus diskutierten den Vorfall. Die Maus versuchte, John klar zu machen, dass der Hund ein Haustier sei und darauf dressiert, Menschen zu gehorchen. John hätte sich auf einen Kampf mit ihm einlassen müssen. Haustierhunde würden am Ende immer klein beigeben. John wäre auf jeden Fall als Sieger aus dem Kampf hervorgegangen.

»Und wir wären jetzt gesättigt und hätten obendrein noch etwas für morgen.«

Dann sah sie auf den Hund, der vor dem Ofen lag und immer noch schlief. »Hoffen wir, dass du mit dieser Aktion keinen Gargantua erschaffen hast.«

»Keinen was?«

»Ein Monster. Gargantua ist ein einfältiger, verfressener Riese, der alles in sich hineinstopft, was er kriegen kann. Ohne Rücksicht auf irgendwen oder irgendetwas. Einer, der die Welt leer frisst.«

»Gibt's den wirklich?«

»Ich hoffe, nicht«, sagte die Maus. »Dachte immer, er sei nur eine Sagengestalt. Aber nach dem, was vorhin passiert ist, bin ich mir da nicht mehr so sicher.«

John wusste nicht recht wo ihm der Kopf stand. Einerseits sah er ein, dass die Maus Recht hatte. Er hätte den Hund in die Schranken weisen müssen. Andererseits hatte er vor der wütenden, wilden Bestie richtige, echte Angst gehabt.

»Ich war wie gelähmt«, sagte er.

»Aha«, erwiderte die Maus. »Daher weht der Wind.«

John sah sie fragend an.

»Wenn du dich bedroht fühlst, gibt es drei Möglichkeiten: fliehen, kämpfen oder totstellen.«

»Ich hatte keine Wahl«, sagte John. »Es ist einfach passiert.«

»Ich habe auch nicht gesagt, dass du eine Wahl hast. Ich habe nur gesagt, dass es drei Möglichkeiten gibt. Die Entscheidung trifft nicht dein Wille. Sie wird in deinen Zellen getroffen. In deinem Herzen. Deiner Seele. Genau weiß ich es nicht.«

Weil John mehr erfahren wollte, erzählte sie ihm, was sie darüber wusste: Der Körper – oder die Seele – oder der Geist – genau wusste sie es nicht – würde grundsätzlich immer die Reaktion wählen, die einen möglichst heil aus einer Gefahr herausbrächte. Für Gedanken sei keine Zeit. Würde zu lange dauern um sein Leben zu retten.

Das leuchtete John ein. War klar und einfach und logisch. Und elegant wie immer, wenn die alten, bewährten, weisen Systeme des Lebens die Regie übernahmen.

»Unter bestimmten Umständen kannst du allerdings lernen, diesen Reflex zu steuern. Wenn du es übst.«

»Was üben?« fragte John.

»Fliehen und kämpfen. Totstellen kannst du ja schon.«

John verstand. Fliehen und kämpfen.

»Fang an mit kämpfen«, schlug die Maus vor.

Kämpfen fand John gut, ließ ihn sogleich aber eine wichtige Frage stellen: »Für was kämpfen? Für wen?«

»Für wen wohl, John?«

Er musste nicht nachdenken: Kämpfen für sich selbst. Für wen denn sonst?

111. Klugheit

John war rege.

Als der Hund wieder aufwachte, hob er den Kopf, erblickte John, senkte den Blick und sagte mit deutlich hörbarem Schuldgefühl: »Tut mir leid. Tut mir furchtbar, furchtbar, furchtbar leid. Weiß auch nicht, was in mich gefahren war. Ich mach's nie wieder.«

Seine Zerknirschtheit rührte John und schneller als er es selbst für möglich gehalten hatte, war er bereit, ihm zu vergeben.

»Versprochen?« fragte er daher.

»Versprochen!« antwortete der Hund. »Ich mach's nie wieder.«

»In Ordnung«, sagte John, der alle frisch gefassten Vorsätze, ein Kämpfer für sich selbst zu werden, bereits wieder vergessen zu haben schien.

»Waaas??« fragte die Maus daher in heller Empörung. »Das ist alles? Er hat fast den ganzen Hasen gefressen! Alleine!«

»Er macht es ja nicht wieder«, sagte John.

»Und das glaubst du ihm?«

»Ja«, sagte John. »Er hat's doch versprochen.«

»Wie dumm du noch bist«, sagte die Maus – und klang recht resigniert.

John war eingeschnappt. So musste sie nun wirklich nicht mit ihm reden. Nur weil sie schlauer war. Ziemlich arrogant von ihr. Und verletzend. Ja, verletzend. Er fühlte sich mies.

»War nicht so gemeint«, sagte die Maus und versuchte, versöhnlich zu klingen. »Ist einfach so. Klug ist man ja nicht von allein. Wie auch. Man weiß nix vom Leben, wenn man damit anfängt. Also ist man erst mal dumm. Ist bei jedem so. Man muss erst lernen, wie Leben geht. Und das kann dauern. Bei Menschen dauert es besonders lange. Ihr werdet nur sehr langsam klug.«

Dann schwieg sie einen Moment, sah zu John, der noch immer ein beleidigtes Gesicht zeigte und fuhr fort: »Ist allerdings nicht garantiert. Sagen wir es lieber so: Und dann hat man im Laufe der Jahre die Chance, sehr langsam klug zu werden.«

Wieder eine Pause. Immer noch kein Schimmer von Fröhlichkeit auf Johns Gesicht. Daher weiter mit Mauswissen: »Erstaunlicherweise scheinen nicht wirklich viele Menschen diese Chance zu nutzen. Die meisten halten sich in der Regel viel zu früh für schlau. Es sind nur ein paar wenige, die sich ausreichend lange für nicht besonders helle halten – und die, John, sind lustigerweise die Klügsten unter Euch.«

Mit diesen weisen Worten beschloss sie ihre Ausführungen, schlug vor, sich schlafen zu legen und von Hasenbraten zu träumen. Wenn man es richtig anstelle, sagte sie, würden intensive Träume von Hasenbraten einen gewissen Beitrag zur Ernährung leisten. Keinen wirklich großen, aber einen doch immerhin so ausreichenden, dass es ein kleines bisschen so wäre, als hätten sie tatsächlich etwas davon abbekommen.

John traute dem Braten nicht. Wollte es aber dennoch versuchen. Ganz nüchtern betrachtet gab es nämlich keinen anderen Ausweg als diese kleine, magere Hoffnung auf ein bisschen was von dem Gefühl, etwas Nahrhaftes im Bauch zu haben.

112. Besuch

John schlief.

Und hörte weder das leise Schnarchen des Hundes noch das Auto, das draußen vorfuhr. Die Maus hingegen war auf der Hut.

»Wach auf!« rief sie und sprang auf seiner Nase herum. »Draußen sind Menschen. Wahrscheinlich Jäger. Sie werden hier hereinkommen.«

John war auf der Stelle hellwach und sein Herz klopfte wild.

»Bleib liegen und tu nichts. Keinen Mucks, keinen Laut, keine noch so kleine Bewegung.« Sie redete beruhigend auf ihn ein während er jetzt Stimmen von Männern vor der Hütte hören konnte. Sie wunderten sich, dass vor der Tür Spuren im Schnee waren. Die Maus verkroch sich in einen Winkel, und John lag starr wie ein Baumstamm. Er konnte es noch.

Als die Männer die Tür öffneten, wachte der Hund auf und hob langsam den Kopf. Sofort rissen sie ihre Gewehre hoch und nahmen ihn ins Visier, doch seine trägen Bewegungen verrieten ihnen, dass er schwach war. So nahmen sie die Gewehre wieder herunter. Der Hund hatte weder von der Lebensgefahr, in der er gerade geschwebt hatte, noch von seiner Rettung etwas bemerkt.

»Vielleicht Tollwut«, befürchtete einer der Jäger und hob sein Gewehr wieder.

»Keine Tollwut«, sagte der andere. »Er ist völlig abgemagert.«

Der Jäger ließ das Gewehr wieder sinken. Dann besprachen die Männer, wie dieser Hund wohl in die Hütte gekommen sein mochte und mutmaßten, dass er zu jemandem gehören müsse, der zurzeit allerdings nicht da zu sein schien. Es sei daher wohl nicht zu vermeiden, sich auf die Lauer zu legen, um dem, der unbefugt in ihre Hütte eingedrungen war, bei seiner Rückkehr die gebührende Begrüßung zuteil werden zu lassen. Vorher aber holten sie den Hund aus der Hütte, gaben ihm etwas zu fressen und sperrten ihn in ihr Auto. John hatten sie bei all dem nicht bemerkt. Nicht wahrgenommen. Waren wohl zu beschäftigt gewesen mit dem mageren Hund. Und wahrscheinlich hatte John sein Baumstammspielen auch so gut gemacht, dass sie ihn übersehen mussten.

»Was wird jetzt aus ihm?«, fragte er so leise, dass die Maus ihn gerade noch verstehen konnte.

»Entweder sie erschießen ihn doch noch oder sie bringen ihn in ein Tierheim. Oder sie behalten ihn und versuchen, einen Jagdhund aus ihm zu machen. Wird ihnen aber nicht gelingen.«

»Nicht?«

»Du hast ihn doch erlebt. Er weiß nie so richtig, was ein Hund tun muss. Viel von dem, was er für Hundedinge hält, sind Dinge, die Menschen sich für Hunde ausgedacht haben; also Menschenausgedachtehundedinge. Das kann ganz schön weit weg sein von echten Hundedingen. Haben wir ja erlebt. Er kann nicht mal für sich selbst sorgen. Nur seine eigenen Leute bestehlen.«

Dann wechselte sie unvermittelt das Thema: »Wir müssen hier schleunigst verschwinden.«

Sie spähte aus der Tür und gab John ein Zeichen. Der schnappte sich den großen, warmen Jägermantel und verließ – mit der Maus auf der Schulter – die Hütte. Bewegte sich so vorsichtig er konnte, damit die Männer nichts bemerkten. Sie hockten ein Stück abseits mit ihren Gewehren im Gebüsch und lauerten dem auf, den sie für den Eindringling in ihre Hütte hielten.

John wäre am liebsten gerannt. So schnell wie möglich fort aus der Schussweite der Jäger.

»Nichts da«, maulte die Maus im Flüsterton. »Wir müssen in der Nähe blieben. Sie im Auge behalten. Geh bis zu den Fichten da drüben. Stell dich zwischen sie und sei Johnbaum wie in deinen besten Johnbaumtagen. Dann werden die Jäger auch weiterhin nichts bemerken.«

John tat was sie sagte, gesellte sich zu den Koniferen, grüßte sie kurz, bekam keine Antwort, rührte sich nicht – und spürte, wie er

Johnbaum wurde. Es dauerte eine kleine Weile, dann war es ein gutes Gefühl. Ihm war allerdings so kalt, dass er nicht wusste, wie lange er es aushalten würde.

»Lange«, sagte die Maus und verkroch sich unter dem großen Kragen des großen Jägermantels, den John inzwischen in Zeitlupenzeitlupentempo übergezogen hatte und der so lang war, dass er fast bis zum Boden reichte. »Du wirst es durchstehen, weil du die Kraft bekommst, die du dazu brauchst.«

»Woher soll sie kommen? Ich habe Hunger und mir ist kalt.«

»Von den Göttern«, murmelte die Maus. »Sie werden dir die Kraft geben.«

Ob sie da sicher sei, fragte John.

»Ja. Tun sie immer, wenn es eng wird. Allerdings auch nur dann.«

»Wieso nur dann?«

»Sie befürchten, ihr werdet sonst überheblich. Und damit haben sie ja auch verdammt Recht. Wenn Menschen ein bisschen was abbekommen von der Kraft der Götter – durch Macht, Drogen, Zorn oder Ruhm zum Beispiel –, stellen sie fast immer nichts anderes als Unsinn damit an. Nicht selten sogar gefährlichen Unsinn. Also haben die Götter beschlossen, euch die Kraft nur dann zu geben, wenn ihr sie wirklich braucht. Und wenn Ihr mit dieser Kraft geschafft habt, was zu schaffen war, nehmen sie sie wieder weg.«

John fand das ungerecht. Mit mehr Kraft würde man doch mehr hinbekommen. Und mehr erleben. Und mehr verstehen. Und mehr …

»Finde es, wie du willst«, unterbrach ihn die Maus. »Nutzen wird dir das Gejammer allerdings nicht.«

113. Mensch und Hund

John war verfroren.

Sehr sogar. Hielt es aber irgendwie aus. Als Johnbaum war Kälte zwar durchaus nicht angenehm, aber längst nicht so schlimm als wäre er nur John.

Die Jäger saßen Stunden auf der Lauer und langweilten sich irgendwann gewaltig. Sie waren gekommen um Rehe zu jagen. Nicht um jemanden zu finden, von dem sie nicht einmal wussten, ob er überhaupt auftauchen würde. Vielleicht war er längst über alle Berge. Oder gestorben. Oder es gab ihn überhaupt nicht; doch das war eher unwahrscheinlich, denn irgendwie – das sagte ihnen ihre Kombinationsgabe – musste der Hund ja in die Hütte gekommen sein. Und irgendwer musste dort im Ofen Feuer gemacht haben. Beides Dinge, die der Hund alleine nicht können konnte.

Mit zunehmender Kälte wurde den Jägern die Lösung dieses Rätsels allerdings zunehmend gleichgültiger, bis schließlich der Moment kam, an dem das Auflauern abgebrochen wurde. Sie gingen in die Hütte, blieben dort eine Weile, kamen wieder heraus, bewegten sich Richtung Auto, wo der Hund sie freudig begrüßte, setzten sich hinein, starteten den Motor, fuhren los. Der Hund sah aus dem Rückfenster zu John und Maus.

Als der Wagen kurz darauf in der winterstillen Tiefe des Waldes verschwunden war, fragte John: »Was wird jetzt aus ihm? Er sah nicht traurig aus. Und Angst schien er auch nicht zu haben.«

»Er hat sie schnell rumgekriegt, nicht wahr«, antwortete die Maus amüsiert. »Ist eben perfekt darauf dressiert, zu tun was Menschen gut finden. Vielleicht macht er's, damit sie für ihn den Kühlschrank aufmachen, was er ja alleine nicht kann. Vielleicht macht er's aber auch, weil er sich im Laufe seines Lebens so sehr daran gewöhnt hat, Menschenausgedachtehundedinge zu tun, dass er es vermisst hat. Könnte ja sein, dass er sie im Grunde seines Wesens doch lieber tut als echte Hundedinge …«

Sie machte eine kleine Pause und konnte in die Stille hinein hören, wie John leise mit den Zähnen klapperte.

»Immerhin hat er es versucht«, fuhr sie nach einer Weile fort. »Und manchmal war er sogar nahe dran. Aber die Mächte der Dressur sind stark. Oder die Anziehungskräfte der Kühlschränke. Man weiß es nicht genau.«

114. Kälte

John war bibberkalt.

Kalte Füße, kalte Hände, kalte Ohren, kalte Nase, kalte Beine, kalte Schultern, kalter Bauch. In die Hütte konnten sie nicht zurück. Die Jäger hatten sie abgeschlossen und den Schlüssel mitgenommen.

»Was machen wir jetzt?«

»Abwarten.«

»Abwarten? Wozu? Worauf?«

»Wir bleiben hier stehen, und du bleibst Johnbaum, so gut du nur kannst.«

»Wir müssen etwas unternehmen.«

»Wenn du dich bewegst, verbrauchst du Energie. Du hast aber so gut wie nichts mehr auf den Rippen. Bewegen solltest du dich daher erst, wenn wir einen neuen, guten Plan haben.«

»Hast du einen?«

»Ja.«

»Welchen?«

»Wir bleiben hier stehen, und du bleibst Johnbaum, so gut du nur kannst.«

»Nein«, sagte John mürrisch. »Ich meine einen richtigen Plan.«

»Es ist ein richtiger Plan.«

»Einfach nichts tun ist kein richtiger Plan.«

»Doch.«
»Wieso?«
»Weil es sein könnte, dass jemand kommt.«
»Wer soll denn kommen?«
»Ein Waldbewohner, der uns vielleicht helfen kann.«
»Was denn für ein Waldbewohner?«
»Wir werden sehen, John. Wir werden sehen.«

John war nicht überzeugt. Da er aber keinen besseren Plan hatte – genau genommen hatte er überhaupt keinen – beschloss er, der Maus zu vertrauen und blieb Johnbaum, so gut er nur konnte, fror dabei fiese und fragte sich, wieso Kälte überhaupt erfunden worden war – damals, als der große, weise Schöpfer des Lebens, des Universums und von allem alles gemacht hatte. Was hatte er sich dabei gedacht? Kälte? Wozu hatte er die bloß erfunden?

»Hat er nicht«, sagte die Maus.

»Aber klar« sagte John. »Sonst gäbe es sie ja nicht. Wäre ja nicht da, wenn er sie nicht gemacht hätte.«

»Manches, John, hat er nicht erfunden oder gemacht oder erzeugt. Manches ist einfach so passiert. Von selbst. Kälte zum Beispiel.«

John wollte mehr wissen.

Die Maus wiegelte ab; sie wisse nicht besonders viel darüber, und das wenige, was ihr bekannt sei, könnte gut und gerne auch falsch sein. John war das egal. Sie solle erzählen, was sie wisse. Also erzählte die Maus: Sie begann mit dem Urknall, als es noch nichts gab außer einem einzigen unendlich kleinen Punkt, bestehend aus unendlich viel Energie. John solle jetzt aber bloß nicht fragen, wo dieser Punkt gewesen sei oder wie er dahin gekommen war oder wer ihn gemacht hatte oder ähnliche Dinge. Darüber könne sie genau so wenig sagen, wie sonst jemand auf der Welt. Niemand – absolut niemand – wisse das. Man müsse es einfach glauben. Ob er dazu bereit sei?

»Ja«, sagte John.

Die Maus fuhr fort: Dieser unendlich kleine unendlich energiereiche Punkt sei explodiert. John solle jetzt allerdings auf keinen Fall fragen, wieso und weshalb und wer das veranlasst habe. Es sei einfach so. Er müsse es glauben. Ob er auch dazu bereit sei?

»Ja.«

Die Maus fuhr fort: Die Explosion habe bewirkt, dass Raum entstanden sei, denn irgendwohin musste der Knall sich ja ausdehnen. Diese besagte Urexplosion sei eine besonders gewaltige, besonders schnelle gewesen. Gewaltiger und schneller als alles, was danach gekommen sei. Gewaltiger und schneller als alles überhaupt. Die Geburt des Universums.

John war beeindruckt.

Das sei noch nicht alles, fuhr die Maus fort: Bei Ausdehnung entstehe Kälte. Bei der kolossalen Detonation des Urknalls sei die Ausdehnung so schnell und so groß gewesen, dass sie sofort bis an die Grenze des Möglichen gegangen sei – jedenfalls fast. Stillstand der Elektronen. Abkühlung auf den absoluten Nullpunkt. 0 Kelvin, Minus 459,67 Fahrenheit, Minus 273,15 Celsius – jedenfalls fast.

Wow, dachte John. Die Kälte, in der er gerade bibberte, war eine ganz, ganz alte Autorität. Älter als alles. Er befand sich sozusagen in direktem Kontakt mit dem allerersten, was im Universum existierte. Da musste er sich nicht wundern, dass sie so mächtig war. Konnte vielmehr froh sein, dass sie nicht noch viel kräftiger zubiss. Nicht noch viel tiefer in ihn hineinkroch. Ihn nicht noch viel fieser frieren ließ. Sie war ja in der Lage, den totalen Stillstand zu vollbringen. Im Leben, im Universum und von Allem. Jedenfalls fast ...

115. Freunde

John war versonnen.

Seine Gedanken wurden unterbrochen, weil die Maus ihn am Haar zupfte und flüsterte: »Sieh mal, dort drüben zwischen den Kiefern.«

Ein Reh. Rührte sich nicht. Verharrte und beobachtete ihn.

»Eine winzige Unachtsamkeit und es ist weg«, flüsterte die Maus. »Also nicht bewegen.«

John bewegte sich nicht. Das Reh kam langsam auf ihn zu, blieb nur wenige Meter vor ihm stehen, sah ihn an. John atmete so flach er konnte.

»Antworte ihm«, flüsterte die Maus in forderndem Ton.

John wusste nicht was er sagen sollte. Eine Antwort? Was denn für eine Antwort? Antwort auf was?

»Auf seine Frage.«

John hatte keine Frage gehört. Nur ein leises, sanftes, murmelndes Knurren.

»Oh«, sagte die Maus, »verstehe. Du sprichst seine Sprache nicht.«

Also übersetzte sie: »Es sagt, es weiß ganz genau, dass du kein Baum bist. Und es weiß, dass du nicht lange durchhalten wirst mit dem, was du da gerade tust.«

John bat die Maus, das Reh zu grüßen und ihm zu sagen, er sei sehr froh, dass es mit ihm spreche und dass er ganz und gar keine Absicht habe, ihm etwas zu tun.

Nachdem die Maus übersetzt hatte, sprach das Reh wieder.

»Es fragt«, übersetzte die Maus, »was du meinst mit: du hättest ganz und gar keine Absicht, ihm etwas zu tun. Es kann sich nicht vorstellen, was das sein könnte – und« – und hier verließ die Maus den Übersetzermodus um ihm einen dringenden Rat zu geben: »geh nicht weiter drauf ein. Und rede von jetzt an nicht mehr so einen Quatsch. Sag etwas Freundliches und bitte um Hilfe.«

John überlegte. Dann sagte er: »Mir ist kalt. Furchtbar kalt.«

Dem Reh gefiel, dass John ohne weitere Umschweife zur Sache kam und bot an, er könne mitkommen.

»Wohin«, wollte er wissen, doch die Maus übersetzte nicht.

»Geh einfach mit. Es weiß, wie man den Winter im Wald überlebt. Vielleicht weiß es auch, wie es dir und mir dabei helfen kann. Also danke und folge ihm.«

John dankte und folgte.

Eine kleine Weile später kamen sie bei einer Gruppe weiterer Rehe an. Dort herrschte sofort ziemliche Aufgeregtheit über die Gäste. Es gab eine Diskussion, ob das Große ein Mensch sei. Es sehe in beträchtlichem Maße nämlich wie einer aus. Ihm sei deshalb erst einmal nicht zu trauen. Das Reh, das John mitgebracht hatte, schüttelte bedächtig mit dem Kopf. Der Gast sei früher vielleicht mal ein Mensch gewesen. Jetzt nicht mehr. Jedenfalls kein richtiger mehr, sondern inzwischen eindeutig teilweise Baum.

»Baum«, raunten die Rehe, und es klang nach ein wenig Verwunderung und etwas Respekt. Wenn das so sei, befanden sie, wäre alles gut und der Gast willkommen.

Die Maus hatte alles übersetzt. John war anfangs ziemlich aufgeregt, driftete dann aber langsam in einen Zustand von Ermattung und Erschöpfung, Ermüdung und Entkräftung.

Die Rehe legten sich in der große Mulde, in der sie vor seiner Ankunft bereits geruht hatten, wieder hin, nahmen ihn in ihre Mitte und er fühlte sich zum ersten Mal seit der Flucht aus der Hütte wieder wohl. Ihre Körper waren warm und weich. Er lag wie im Paradies.

116. Mensch und Tier

John war matt.

Lag dankbar zwischen den wärmenden Körpern der Rehe. Fragte die Maus neugierig, woher sie Rehsprache konnte. Sie habe früher schon mal eine Zeit lang in Wäldern gelebt, sagte sie, und da lerne man sie ganz von alleine. Nach einer gewissen Weile würde auch er sie verstehen; zumindest den hiesigen Dialekt. Das wollte John nun aber genauer wissen: »Dialekt? Sprechen Rehe nicht alle gleich?«

»Sprechen Menschen alle gleich?« fragte die Maus zurück.

»Nein.«

»Wieso sollten Rehe es tun?«

John war ein bisschen verlegen. Hätte sich das auch selbst denken können. Waren ja unterschiedliche Familien, Gruppen, Sprünge, Gemeinschaften, Clans – über die ganze Welt verteilt.

»Können sich denn zum Beispiel russische Rehe mit unseren hier verständigen?«

»Zusätzlich zu ihren Dialekten«, sagte die Maus, »verfügen alle über eine weltweit einheitliche Reh-Hirsch-Gnu-Büffelsprache. Die ist allerdings nicht mal soeben nebenbei gelernt, weil viele afrikanische und asiatische Elemente drin sind.«

John war beeindruckt. Tolle Tiere, dachte er und fand, es sei eine Schande, dass diese wundervollen Wesen gejagt wurden. Dazu auf eine Weise, die ihnen absolut keine Chance ließ: »Sie wissen ja nicht, dass es Gewehre gibt. Und sie wissen nicht, wie sie funktionieren. Und nicht, wie weit sie schießen können.«

»Doch, John, wissen sie alles«, sagte die Maus zu seiner übergroßen Verwunderung – und glaubte ihr das natürlich nicht.

»Es ist eine Abmachung zwischen Jäger und Wild«, fuhr die Maus fort. »Seit Jahrtausenden. Rehe werden gejagt – von Füchsen, Wölfen, Bären, Menschen. Es ist ihr Schicksal.«

John fragte, ob es nicht taktlos und verletzend sei, so über die Gefahren für das Leben der Rehe zu sprechen, während sie zwischen ihnen lagen und ihre Gastfreundschaft genossen?

»Nein«, antwortete die Maus. »Sie finden es interessant, was andere darüber sagen. Das größte Kopfzerbrechen bereitet ihnen nämlich das Verhalten der Menschen. Füchse, Wölfe, Bären können sie gut einschätzen. Menschen nicht.«

»Wieso«, fragte John.

»Der Mensch liebt Tiere und er hasst Tiere«, sagte die Maus. »Er frisst Tiere und er pflegt Tiere. Je nachdem. Es gibt Menschen, die finden Rehe süß. Andere finden sie schmackhaft. Wieder anderen sind sie gleichgültig. Mal freut der Mensch sich, wenn er ein Reh entdeckt, ein anderes Mal kennt er keine Gnade und tötet es, wenn es in Schussnähe gerät. Hängt davon ab, was der Mensch sich gerade vorgenommen hat; wandern oder jagen oder füttern oder fressen. Kann immer derselbe Mensch sein.«

John stimmte zu. Menschen täten eben nicht nur Menschendinge, sondern auch jede Menge andere Dinge. Aber das bedeute ja nicht automatisch, dass sie schlecht seien, denn: »Im Grunde ist der Mensch gut zu Tieren. Mensch und Hund zum Beispiel leben oft in enger Freundschaft.«

»Mensch und Mücke nicht«, entgegnete die Maus.

»Gärtner und Ameisen leben ebenfalls oft in Freundschaft«, konterte John.

»Gärtner und Schnecke nicht.«

»Na ja«, sagte John. »Schnecken fressen Gemüse. Gärtner und Schnecke sind Konkurrenten.«

»Konkurrenten, mein Lieber, werden vertrieben«, sagte die Maus. »Im Tierreich jedenfalls. Bei Menschen nicht. Jedenfalls nicht immer. Es gibt Gärtner, die sammeln die Schnecken ein und schneiden sie mit einer Schere mitten durch. Gut für die Ernte, schlecht fürs Karma.«

John fand das widerlich.

»Schnecken leben kannibalisch«, erweiterte die Maus das Szenario im Gemüsebeet. »Die durchgeschnittenen Kadaver locken weitere Schnecken an, die dann ebenfalls abgesammelt und durchgeschnitten werden. Noch besser für die Ernte, noch schlechter fürs Karma.«

John fand das noch widerlicher und zusätzlich auch gemein. Dann schwieg er eine Weile. Seine Kräfte schwanden und seine Glieder begannen zu schmerzen. Schließlich fragte er – und seine Stimme klang dünn: »Und die Rehe wissen das wirklich alles – von Jägern und Gewehren? – hörte die Antwort aber bereits nicht mehr. Sein Geist gab auf.

Er wurde ohnmächtig.

117. Krank

John erwachte leblos.

Jedenfalls fühlte es sich so an. Die Gelenke wie in Eisenspäne gebettet und in den Adern Kunstharz, das langsam auszuhärten begann. Im Kopf zwei U-Boote, die in Zeitlupe ineinander krachten, im Nacken ein Dibbuk, der unablässig hineinbiss, in der Nase Schleim, zäh wie Quallenpaste. Hunger und Kälte der letzten Tage waren zu viel gewesen für die Abwehrkräfte des hungerschwachen, wintermüden John Johnbaum.

»Eigentlich«, versuchte die Maus ihn zu trösten, »brauchst du jetzt einen heißen Tee mit Honig und eine Hühnersuppe. Leider haben wir nichts von all dem. Rein gar nichts. Da bleibt nur schlafen.«

John wollte aber nicht schlafen. Er wollte etwas unternehmen, damit er möglichst schnell wieder gesund würde.

»Schnell geht nicht.«

»Wieso nicht?« fragte er fiebrig.

»Ist nicht die Sache der Organe. Sie arbeiten in ihrem eigenen Tempo; schon immer. Jedenfalls seit es sie gibt. Und das ist eine verdammt lange Zeit. Weißt du, wie sie entstanden sind?«

John war nicht sicher, ob er das überhaupt wissen wollte. Der Maus schien das gleichgültig zu sein, denn sie sprach gelassen weiter; auch, um ihn auf andere Gedanken zu bringen. Ihn von seinem elenden Zustand abzulenken:

»Vor sehr langer Zeit – das Leben war noch neu auf der Erde und begann erst langsam, sich Räume zu erschließen – gab es zunächst und vor allem Bakterien. Ist heute noch so. In dieser Mulde, John, gibt es uns beide, acht Rehe und deutlich mehr als 100 Milliarden Bakterien. Sie sind überall. Falls es mal richtig schief gehen sollte und es sehr, sehr eng wird für das Leben auf der Erde – Bakterien werden überleben.«

Schön und gut, dachte John, fand aber, die Geschichte habe keinerlei Kraft, ihn zu heilen.

»Jedenfalls damals, vor langer Zeit«, fuhr die Maus fort, »versammelten sich Bakterien zu Kolonien. Im Inneren anderer, größerer Lebewesen. Da sind sie nämlich auch. In dir drin, John. Zu Milliarden.«

John fand noch immer nicht, dass das heilsam klang.

»Die Kolonien in den Wesen«, fuhr die Maus fort, »übernahmen mit der Zeit bestimmte Aufgaben und bildeten Symbiosen mit ihren Wirten.«

Das hörte sich schon besser an.

»Im Laufe der Jahrmillionen optimierten die Kolonien ihre Fähigkeiten immer weiter, spezialisierten sich und bildeten schließlich Organe.

»Was für Organe?«

»Leber, Milz, Nieren, Magen, Herz, Immunsystem …«

»Niemals«, unterbrach John, der das nicht glauben mochte. Seine Organe waren nie im Leben Ansammlungen von Bakterien. Nicht seine …

»Keine Ansammlung, John. Kolonien. Und wenn man es ganz genau betrachtet, sogar Völker. In deinem Inneren. Die dafür sorgen, dass du Kraft hast, lebst, fühlst, wieder gesund wirst. Sie können nämlich Selbstheilung. Das ist eine ganz große Sache im Universum; und sie können es überall. In dir, in mir, in den Rehen, in Vögeln, Fischen, Sauriern …«

Saurier seien aber doch ausgestorben, bemerkte John mit schwacher Stimme, denn seine Kräfte begannen bereits wieder zu schwinden. Die Maus beschloss, ihre Geschichte vorzeitig zu beenden, damit John tun konnte, was er tun musste: »Schlaf jetzt«, sagte sie. »Danke den Völkern in deinem Inneren und träum von Indianern.«

John wollte fragen, wieso ausgerechnet von Indianern, war aber schon zu schläfrig. Vernahm noch, wie die Maus mit den Rehen beratschlagte, was jetzt in welcher Reihenfolge zu tun sei – und glaubte etwas zu hören von Fichtenpflastern, Tannentinkturen, Eichenessenzen, Buchenbalsam, Waldsuppe …

118. Rehdinge

John war erleichtert.

Wachte auf und fühlte sich besser.

»Du hast fast zwei Tage geschlafen«, sagte die Maus, die gerade damit beschäftigt war, eine Mahlzeit zusammenzustellen; Nüsse und Bucheckern, dazu Brennnesselblätter. Die Rehe hatten alles von einem Streifzug mitgebracht. Sie wussten, wo um diese Jahreszeit noch nicht völlig Verwelktes zu finden war – trotz Frost und Finsternis.

John staunte, dass er tatsächlich durch schlafen gesund geworden war: »Man tut doch gar nichts«, sagte er.

»Die Völker in deinem Inneren«, entgegnete die Maus, »arbeiten perfekt, wenn du mit deinen Sorgen, Nöten und Ängsten nicht unentwegt dazwischen quatschst. Und das tut einer wie du nur dann nicht, wenn er schläft.«

John war deutlich zu dankbar, um Zweifel an dieser Weisheit zu äußern.

»Und jetzt musst du essen«, fuhr die Maus fort. John war einverstanden mit den Nüssen und Bucheckern. Beim welken Grünzeug hingegen protestierte er. Kaum hatte er es berührt, brannte es nämlich an seinen Fingern.

»Verdammte Brennnessel«, sagt er, erst jetzt erkennend, was es war.

»Nein«, sagte das Reh, »gute Brennnessel.«

»Wie bitte?« John war erstaunt, weil er das Reh verstehen konnte, gleichzeitig aber auch verstört, denn es war doch wohl völlig klar, dass die Sache mit der Brennnessel keinesfalls als gut bezeichnet werden konnte.

»Gutes Heilkraut«, sagte das Reh, »gute Nahrung, guter Freund.«

John blieb skeptisch; nicht zuletzt, weil er dem Reh zwar gerne Glauben schenkte wollte aber keine Ahnung hatte, wie er die Blätter essen sollte.

»Das Brennen«, sagte das Reh, »ist nicht wichtig. Einfach nicht ernst nehmen.«

John versuchte es und musste zugeben, dass man es so machen konnte: Das Brennen nicht ernst nehmen. Lieber essen, was da war und fühlen, wie gut es tat.

Während er aß, kamen die Rehe zusammen, um eine Konferenz abzuhalten. John konnte alles, was sie sagten, verstehen und wusste gleich, um was es ging: Um die Maus und ihn und die Pläne für die kommenden Tage und Wochen. Die Maus wollte, da John wieder gesund war, die Gastfreundschaft der Rehe nicht länger in Anspruch nehmen und weiter ziehen. Sich irgendwo im Wald einen Platz suchen, an dem John und sie auf den Frühling warten konnten.

Die Rehe zeigten sich besorgt. Das Überleben im Winterwald würde ihnen sehr wahrscheinlich sehr schwer fallen. Sehr, sehr wahrscheinlich sogar sehr, sehr schwer – und rieten, lieber in die Welt der Menschen zurückzukehren. Sie seien selbstverständlich bereit, ihnen ihre Tipps und Tricks und Kniffe und Strategien zu zeigen und ihre Erfahrungen zur Verfügung zu stellen, wiesen gleichzeitig aber darauf hin, dass all das ja eigentlich nur für Rehe optimal sei. Für John und Maus hingegen möglicherweise nicht unbedingt.

»Wieso«, fragte John und bat um ein Beispiel.

»Du stehst auf einer Lichtung und äst«, sagte eines der älteren Rehe. »Bemerkst, dass sich etwas nähert. Du schreckst hoch. Spitzt die Ohren. Hältst Ausschau. Entdeckst einen Wolf.«

»Hier gibt es Wölfe?« fragte John, ganz plötzlich aufs Höchste beunruhigt.

»Wir sind im Wald, John«, sagte das Reh und fuhr fort: »Der Wolf beobachtet dich. Steht ganz still. Bewegt sich nicht. Du weißt nicht, was er vorhat. Jagen? Beobachten? Flucht ist keine gute Idee. Kostet viel Kraft. Ist vielleicht nicht nötig. Vielleicht aber doch. Du weißt es nicht. Musst es herausfinden. Der Wolf ist weit genug entfernt. Wird das so bleiben? Sind weitere Wölfe in der Nähe? Werden sie angreifen?«

Johns Nerven waren angespannt: Was – wie – wann – er hatte zu viele Fragen auf einmal, um auch nur eine einzige vernünftig formulieren zu können. Das Reh fuhr fort: »Du tust, als hättest du ihn nicht bemerkt. Machst weiter wie vorher. Tust aber nur so. Der Wolf soll denken, du bist unaufmerksam. Dann verrät er seine Absicht. Geht er weiter seines Weges? Dann ist alles gut. Wählt er dich aus? Dann bewegt er sich auf dich zu. Du musst fliehen.«

John war beeindruckt, hatte wegen des Wolfs aber noch deutlich den Schrecken in den Gliedern. Wollte unbedingt mehr darüber erfahren, bekam von der Maus jedoch den Wink, dass die Rehe wenig Lust hatten, das Thema Wölfe zu vertiefen. Sie würden, wie alle anderen Lebewesen auch, viel lieber über schöne Dinge in ihrem Leben sprechen.

»Klar«, sagte John, fragte nach weiteren Tipps und Tricks und war schon bald mehr als erstaunt, wie viel die Rehe wussten, wie clever sie waren, wie geschickt sie sich zurechtfanden, wie cool sie auf Gefahren reagierten, wie meisterhaft sie mit Schmerzen umzugehen verstanden.

Es waren bereichernde Stunden voller Geschichten über Rehdinge. John lernte viel und hatte das Gefühl, unter Freunden zu sein; so sehr, dass er sich schließlich traute, die Frage zu stellen, die er schon eine ganze Weile auf dem Herzen hatte: ob sie tatsächlich damit einverstanden seien, gejagt zu werden? Die Maus hätte es gesagt.

Die Rehe wunderten sich über seine Frage. Es sei nicht an ihnen, das zu bewerten. Es sei, wie es sei. Ihre Aufgabe bestehe darin, das Beste daraus zu machen – und zwar das Beste für sie selbst.

John dachte lange über ihre Antwort nach: Das Beste für sie selbst daraus zu machen – könnte bedeuten, dass sie ihr Leben vor allem damit verbrachten, auf der Hut zu sein und sich zu freuen, bisher nicht gefressen worden zu sein. Andererseits machten sie nicht den Eindruck einer Gemeinschaft in ständiger Alarmbereitschaft – oder gar Panik. Ganz und gar nicht. Sie verbrachten ihre Tage eher zufrieden und gleichmütig. Edle Wesen in den Tiefen der Wälder; wild, klug, aristokratisch.

Während seine Gedanken auf diese Weise kreisten, bemerkte er einen Hasen, der nicht weit entfernt vorbeihoppelte, anhielt, begann, an der Rinde junger Sträucher zu nagen und dabei leise über das Wetter zu schimpfen, nicht ahnend, dass John ihn hören und verstehen konnte; undeutlich nur, aber doch vernehmbar: »Verdammt, verwünscht, verhext, verflucht …«

John war erstaunt, wie herzhaft Hasen, die er immer für sanfte Tiere gehalten hatte, fluchen können. Er war sogar ein wenig schockiert.

Andererseits; Meister Lampe hatte vollkommen Recht. Das Wetter war wirklich zum Verzweifeln.

119. Irgendwo

John war gestärkt.

Die Mahlzeiten aus Walnüssen, Bucheckern und Brennnesseln entfalteten ihre wohltuende Wirkung. Er war müde und hellwach zugleich. Konnte nicht schlafen. Ging hinüber zur Maus, die ein Stück abseits der Mulde auf einer kleinen Lichtung stand, während sie in den sternenklaren Himmel blickte. Wieder mal zum Sternbild Orion.

»Noch da?« fragte er, weil er mittlerweile ja wusste, dass auch Sterne sterblich sind – und zumindest im Sternbild Orion möglicherweise bereits damit begonnen hatten.

»Sieht so aus«, sagte die Maus und forderte ihn auf: »Guck rechts oder links am Sternbild vorbei. Was siehst du da?«

»Schwarz.«

»Oder?«

»Nichts.«

»Oder?«

»Da ist nichts.«

»Doch John, da ist etwas.«

»Seh ich nicht.«

»Kann man auch nicht so ohne Weiteres sehen.«

»Also was isses?«

»Raum. Jede Menge.«

»Raum …« wiederholte John gleichgültig.

Ganz genau«, fuhr sie fort. »15 Milliarden Lichtjahre Raum.«

John war vage in der Lage, sich unter 15 Milliarden etwas vorstellen zu können. Wie viel eine Milliarde war, hatte sie ihm ja schon mal erklärt.

»Und Lichtjahre?«

Auch dazu hatte John eine Vorstellung: Ein Jahr habe 365 Tage, gleich 8760 Stunden gleich 525 600 Minuten mal 60 mache 31 536 000 Sekunden. Das mal 300 000 Kilometer: »Um die 100 Billionen Kilometer«, sagte er.

»Mal 15«, sagte die Maus.

»Mal 15«, wiederholte John, sah dann eine Weile knapp rechts an Beteigeuze vorbei und fuhr fort: »Ganz schön weit.«

»In jede Richtung«, setzte die Maus noch einen drauf.

Eine ziemliche Menge Raum – dachte John, sagte es aber nicht, weil er der Meinung war, zu dem Thema sei jetzt erst einmal genug gesagt. Und so schwiegen sie eine Weile.

Allerdings nicht besonders lange, denn die Maus hatte noch etwas hinzuzufügen: »Manchmal frage ich mich, wie es wohl ist, wenn man das alles erschaffen hat? Das ganze Universum; und vielleicht sogar mehrere davon?«

John nickte versonnen. Fand diesen letzten Gedanken allerdings ein bisschen zu groß für die späte Stunde, die niedrige Temperatur und seine halbwache Müdigkeit.

»Ich meine«, fuhr die Maus fort, »Du schaust dir das gigantische Gewusel deiner Schöpfung an und bist ganz zufrieden, weil es so gut gelungen ist und eine so feine, präzise Ordnung hat; aufgeräumt wie dein Büro.«

»Büro?« fragte John mit gerunzelter Stirn.

»Ist aufgeräumt wie ein gut sortiertes Büro, so ein Universum«, sagte die Maus. »Lauter Kugeln, die um Kugeln kreisen, die um Kugeln kreisen, die um Kugeln kreisen.«

»Merkwürdiges Büro«, fand John, verstand aber, was sie meinte: »Der Mond kreist um die Erde, die Erde um die Sonne, die Sonne um das Zentrum der Galaxie, die Galaxie um – wasweißich.«

»Genau. Und wenn dir dann einfällt, dass du irgendwann auch mal die Erde erschaffen hast. Und Leben …«

John sah sie irritiert an. Spielte sie gerade den Schöpfer in seinem Büro?

»Und Menschheit«, fuhr die Maus versonnen fort: »Hatte da doch Menschheit drauf gesetzt, auf diesen kleinen, hübschen Planeten, Ich glaube, ich hatte ihn blau gemacht …«

Sie tat es. John staunte und wurde fröhlich.

»Wo war das noch – in diesem großen, großen allem? Hier? Nein. Dort? Auch nicht. Wo war das noch, wo war das noch …? Ah, ja, da. Nein, auch nicht. Ist zwar so ähnlich, aber keine Menschen. Hatte den da glaube ich, für die Ferengi gemacht. Hier vielleicht? Auch nicht …«

Sie machte eine kleine Pause, sah John an und sagte: »Weißt du was? So oder ähnlich könnte das nämlich auch sein; der Schöpfer hat einfach vergessen, wo er diesen kleinen, hübschen Planeten mit Leben und Menschheit darauf platziert hat; in diesem großen, großen allem.

»Niemals«, protestierte John. »Sowas vergisst man doch nicht. Und schon gar nicht, wenn man der Schöpfer ist.«

»Tja«, sagte die Maus, »aber wo war sie denn noch? Hier? Nein. Dort drüben im Outer Rim? Nein, unmöglich. Es war doch in der Zeit, als ich all diese Welten mit Wasser drauf gemacht habe. Das war drüben, im Alpha Quadranten. Irgendwo da drinnen müsste er sein.«

Dann kratzte sie sich am Kopf: »Sollte mir vielleicht mal die Zeit nehmen, ihn zu suchen. Und nachsehen, was draus geworden ist …

John lachte.

120. Isegrim

John war sorgenschwer.

Der Morgen begann, und die Maus drängte zum Aufbruch. Gleich nach dem Frühstück. Um so lange wie möglich das Tageslicht nutzen zu können. Es sei an der Zeit, wieder für sich selbst zu sorgen. John wusste natürlich, was das zu bedeuten – und welches Ziel sie im Sinn hatte: Die Container.

»Vielleicht«, versuchte er daher eine Diskussion vom Zaun zu brechen …

»Vielleicht gar nichts«, unterbrach sie ihn unwirsch, wandte sich ab und sprach zu den Rehen. Es wurde eine etwas längere Dankesrede, kombiniert mit einem Gedankenaustausch zu Überlebenstipps für die vor ihnen liegende Wegstrecke durch den Wald.

Wenig später waren sie unterwegs, begleitet vom Reh, das sie aufgelesen hatte. Nach einer Weile, in der Reh und Maus über allerlei Reh- und Mausdinge geplaudert hatte, blieb das Waldtier stehen und sagte: »Ihr seid jetzt in einem Revier, wo ihr Nüsse und Bucheckern findet. Genug, um Vorrat für ein paar Tage zu sammeln.«

John freute sich und begann sofort die Taschen des großen Jägermantels zu füllen. Mittendrin machte er eine Pause, weil er dem Reh danken wollte; doch es war nicht mehr da. John sah sich um; hierhin und dorthin, konnte es aber nirgends entdecken. Es war lautlos verschwunden. Einfach weg.

Die Maus zupfte leicht an seinem Haar und deutete mit sehr kleiner, sehr vorsichtiger Geste nach links. John sah hin und stand im nächsten Moment starr vor Schreck.

Ein Wolf.

Vielleicht 50 Meter entfernt. Beobachtete ihn. Hatte das wahrscheinlich schon eine ganze Weile getan.

»Was soll ich machen?« flüsterte John mit viel Angst in der Stimme.

»Nicht bewegen«, flüsterte die Maus so leise, dass er es kaum hören konnte. John überlegte fieberhaft und musste feststellen, dass er ganz von alleine, also ohne selbst auf die Idee gekommen zu sein, Johnbaum wurde. Die Maus bewegte sich von seiner Schulter über seinen Rücken hinunter zu einer der großen, geräumigen Taschen des Jägermantels und verschwand so unauffällig wie möglich darin.

Der Wolf kam langsam auf John zu, blieb wenige Meter vor ihm stehen, neigte den Kopf leicht zur Seite, schaute nach links, nach rechts, schien nichts Bestimmtes vorzuhaben. John hoffte inständig, seine Tarnung möge funktionieren und das Raubtier seine Pirsch bitte, bitte unverzüglich fortsetzen. Einfach weitergehen.

»Ich weiß schon, dass du kein Baum bist«, sagte der Wolf fast beiläufig und John erstarrte jetzt auch innerlich.

»Jedenfalls kein richtiger«, fügte Isegrim hinzu. Seine Stimme klang tief und gebieterisch, allerdings nicht unfreundlich oder bedrohlich.

John hatte keine Ahnung, ob das ein Trick war, mit dem er aus der Reserve gelockt werden sollte. Könnte ja sein, dass der Räuber sich seiner Sache nicht sicher war. Dass er nicht wusste, mit wem oder was er es hier zu tun hatte, denn John war für ihn keinesfalls klar und eindeutig als Mensch zu erkennen; so viel war schon mal sicher – hoffte John zumindest.

»Du hast ein bisschen viel Angst, mein Lieber. Das macht dein Kostüm nutzlos«, fuhr der Wolf fort. »Kein Baum auf der Welt riecht so nach Angst wie du. Das tun nur Menschen.«

John hielt es nicht mehr aus. »Ich bin kein Mensch«, sagte er mit so fester Stimme wie möglich.

»Weiß ich«, antwortete der Wolf, »jedenfalls kein richtiger.«

»Ich bin Johnbaum.«

John sagte es in der Hoffnung, auf diesem Wege vielleicht etwas Verwirrung stiften zu können, wusste gleichzeitig allerdings nicht, wozu Verwirrung in dieser Situation gut sein könnte.

Der Wolf ging um ihn herum. Betrachtete ihn dabei auf eine Weise, die John nicht zu deuten vermochte, setzte sich neben ihn und fragte: »Wieso Baum?«

»Weil Baum sein gut ist.«

Der Wolf nickte nachdenklich: »Dann kann ich nichts für dich tun.«

»Was denn für mich tun?« fragte John verdattert und spürte gleichzeitig, wie seine Angst nachließ.

»Nichts«, sagte der Wolf. »Hab keine Ahnung vom Baumsein.«

Dann stand er auf, sagte im Weggehen: »Mach's gut« und war wenige Augenblicke später zwischen den dicht stehenden Bäumen verschwunden.

»Junge, Junge«, bemerkte die Maus, aus der Manteltasche lugend: »das hätten wir vorher wissen müssen.«

»Was?« fragte John noch ganz benommen und fügte hinzu: »Wir hatten wohl mehr Glück als Verstand.«

»Nein, John«, sagte die Maus. »Wir hatten Pech.«

Jetzt war John aber wirklich irritiert. Sie waren doch gerade erst mit dem Leben davon gekommen.

»Der Wolf hat nicht durchgeblickt«, sagte er. »Hat nicht gewusst, wer oder was ich bin. Und ich hab's ihm auch nicht leicht gemacht, und da war er sich seiner Sache nicht sicher und hat das Interesse verloren.«

Die Maus kicherte: »So ist das, was hier gerade abgelaufen ist, aber ganz und gar nicht gewesen. Der Wolf war aus einem ganz anderen Grund hier.«

»Tatsächlich?« sagte John ärgerlich, denn die Maus schien sein so erfolgreiches Täuschungsmanöver keineswegs gebührend zu würdigen: »Weshalb war er denn hier?«

»Um dich etwas zu lehren.«

John staunte nicht schlecht: »Was denn?«

Die Maus kletterte zurück auf seine Schulter und begann zu erzählen, dass in früheren Zeiten die Wölfe etwas von ihrem Wissen an die Menschen weitergegeben hatten. Damals seien die jungen Männer in die Wälder gegangen um die Wölfe zu bitten, sie das Jagen zu lehren. Die Wölfe hatten ihrer Bitte entsprochen und ihnen gezeigt, wie sie gute Jäger wurden.

»Es war eine sehr alte Abmachung zwischen Mensch und Wolf, John. Sie hat viele tausend Jahre lang bestanden.«

»Und heute?« fragte John.

»Ist sie verloren.«

»Wieso?«

Die Maus konnte es nicht sagen. »Mäuse gehören zur Nahrung der Wölfe. Wir wissen daher nicht viel über sie. Im Grunde genommen so gut wie gar nichts«.

John widersprach. Die Geschichte mit den Wölfen und den jungen Männern habe sie doch sehr wohl gewusst.

»Ich kenne sie aus der Zeit im Labor, John. Da war ein Biologe, der solche Sachen wusste.«

John verstand und fragte, ob dieser Mann noch mehr über Wölfe erzählt hatte.

»Ja«, sagte die Maus, gab aber zu verstehen, dass sie darüber jetzt nicht reden wollte. Es sei viel eher geraten, ihren Weg aus dem Wald ziemlich zügig fortzusetzen.

John war nicht einverstanden. Es sei doch wohl eher angebracht, eine Mahlzeit einzunehmen – jetzt, wo ein großes Abenteuer bestanden und der Vorrat so reichhaltig sei.

»Wäre nicht besonders klug«, sagte die Maus. »Könnte ja immerhin sein, dass der Wolf nicht alleine war.«

»Nicht alleine? Was meinst du damit?«

»Wölfe leben gewöhnlich in Rudeln«, sagte sie, »und ich bin mir nicht sicher, ob dieser Wolf einer aus einem Rudel war, oder einer aus einem Märchen. Oder möglicherweise sogar einer, der direkt von den Göttern geschickt wurde.«

Nach diesem letzten Satz war John mit allem einverstanden, wenn die Maus auf dem Weg nur lange und ausführlich erzählen würde; von Wölfen aus Wäldern, Märchen- und Götterwelten …

121. Zwischenfall

John war erlebnissatt.

Nach einer üppigen Menge sagenhafter, spannender, phantastischer Geschichten über Wölfe aus Wäldern, Märchen- und Götterwelten war es an der Zeit, einen Platz für die Nacht zu finden. Mit sicherem Blick wählte er eine Mulde unter einer großen Kiefer und richtete sie her wie er es von den Rehen gelernt hatte: Kiefern-, Tannen-, Fichtenzweige sammeln. Die Mulde damit auslegen. Je dicker, desto besser. Damit es von unten kaum noch kalt wurde. An den Seiten ebenfalls nicht, weil auch dort so viel Zweigwerk lag, dass ein großes, gemütliches Nest entstand. Dann Moos obendrauf.

Er war froh, dieses Wissen zu besitzen, denn die Nachtruhe wurde so recht komfortabel. Zwar nicht so großartig, wie zwischen den warmen Körpern der Rehe, aber auch längst nicht mehr so armselig, wie in der Zeit davor, als er noch nichts vom Nestbau verstanden hatte.

Als alles fertig war, rollte er sich ein, wie die Rehe es ihm gezeigt hatten, deckte sich mit dem großen Jägermantel zu und schlief – umhüllt von Tannen- Kiefern- und Fichtenduft – zufrieden ein.

Am nächsten Morgen war die Maus früh wach.

»Wir müssen weiter, John«, waren ihre ersten Worte.

»Wohin?« fragte er schläfrig – und ohne recht überlegt zu haben.

»Wohin wohl«, bekam er zur Antwort und wusste es im nächsten Moment auch schon wieder, war jedoch noch nicht bereit dazu: »Nicht ohne Frühstück.«

Er streckte die Glieder, richtete sich auf, sah sich um, griff in eine Tasche des Jägermantels, klaubte ein paar Nüsse hervor, knackte sie, gab eine der Maus, die auf seiner Schulter saß, stopfte die anderen in seinen Mund, kaute, stand auf, ging los.

Der Schnee knirschte sanft unter seinen Füßen, während die Maus eng an seinen Hals geschmiegt auf seiner Schulter lag und nur mit

Nase und Augen aus dem Kragen des großen Mantels hervorlugte. Plötzlich zog sie an seinen Haaren. Er blieb stehen. Sie zeigte auf eine kleine Lichtung, wo drei Kaninchen saßen.

Als sie John sahen, hörten sie auf an den Rinden kleiner Sträucher zu nagen, hoppelten aufeinander zu, stellten sich nebeneinander, richteten sich aus – und begannen zu tanzen.

Die Maus kicherte. John war irritierter als irritiert und fragte flüsternd, was da gerade vor sich ging.

»Hör auf ihren Gesang«, murmelte die Maus.

John lauschte. Sie sangen tatsächlich; und als er wenige Augenblicke später den Text verstand, wollte er seinen Ohren nicht trauen: »Sie singen über Klopapier«, stellte er halb ungläubig, halb fassungslos fest und während er so genau wie selten zuvor in seinem Leben noch einmal hinhorchte um herauszufinden, dass er sich bitte – bitte – verhört hatte, ging das Lied der Kaninchen auch schon zu Ende. Sie verbeugten sich und verschwanden im Unterholz.

John stand staunend und wusste nicht mehr, in welcher Welt er sich gerade befand. Als er wieder sprechen konnte, wollte er wissen, was da gerade vorgefallen war. Für die Maus schien das Ereignis ja nicht sonderlich absonderlich gewesen zu sein. Im Gegenteil. Sie hatte ihren Spaß an der Vorführung gehabt und am Ende sogar applaudiert und Bravo gerufen.

»Kaninchen!« amüsierte sie sich. »Was soll man sagen. Sie haben einen schrägen Humor.«

»Nein, nein, nein. So nicht.« Sie solle jetzt auf keinen Fall in Rätseln sprechen. Auf gar keinen Fall. Sie solle sagen, dass das da gerade nicht wirklich passiert war, sondern eine Einbildung. Vielleicht weil die Ereignisse der letzten Tage – und die Kälte – ihm und seinen Sinnen einen Streich gespielt hatte oder …«

»Nein John«, unterbrach sie seine schnell heraussprudelnden Sätze, »es war ganz und gar real.«

»Tanzende, von Klopapier singende Kaninchen sind nicht real«, bestand John auf seinem Sinn für Wirklichkeit. »Niemals.«

»Es ist so, John«, sagte die Maus bedächtig, »es gab einmal drei Kaninchen, die von Menschen eingefangen wurden. Selbstverständlich hatten sie große Angst und schlimmste Befürchtungen. Sie wussten zwar nicht viel über Menschen, aber eines eben doch: Das sie Kaninchen essen. Kaninchen sind sehr kommunikativ, musst du wissen. Sie haben sofort versucht, Verhandlungen aufzunehmen. Da sie die Sprache der Menschen aber nicht verstanden, und auch aus ihren Gesten nicht schlau wurden, ahmten sie sie einfach nach, hoffend, auf diese Weise mit ihnen in Kontakt treten zu können. Die Menschen fanden das putzig. Niedlich. Reizend. Und kamen auf die Idee, den Nagern alles Mögliche beizubringen. Zuerst dieses und jenes, und weil die drei alles fleißig und formvollendet imitierten, schließlich auch Singen und Tanzen. Es funktionierte sehr gut. Sie wurden schnell bekannt. Und wenig später sogar berühmt. Da blieb es nicht aus, dass man sie am Ende für das Werbefernsehen entdeckte. Ihr erstes großes Engagement war ein Spot für Toilettenpapier. Kurze Zeit später kam allerdings der Tag an dem sie erkannten, dass die Menschen sie aus dieser Nummer nie wieder herauslassen würden. Dass sie wahrscheinlich ihr Leben lang immer so weiter machen müssten. Da sie das aber auf keinen Fall wollten, beschlossen sie zu fliehen. Und es gelang.«

John fragte, wie sie die Flucht geplant und durchgeführt hatten, und was dann geschehen war. Die Maus wusste es nicht. Kannte nicht alle Details. Konnte nur noch das Ende der Geschichte erzählen: »Zurück bei ihren Leuten erzählten die drei von ihren Erlebnissen und führten die Werbefernsehnummer vor. Der große weise Rat der Nagetiere war beeindruckt. Diskutierte lange Zeit über die Frage, ob damit vielleicht ein Weg gefunden sei, mit Menschen auf eine Weise zu kommunizieren, die dazu führte, dass sie nicht länger in Kochtöpfen, Pfannen und Kasserollen endeten – aus Respekt vor der künstlerischen Leistung. Nach langen Beratungen wurde schließlich beschlossen, dass alle Kaninchen den Tanz und das Lied lernen sollten, um fortan – wann immer sie auf Menschen treffen würden – zu tanzen, zu singen und dann sofort das Weite zu suchen.«

John staunte ungläubig. Sagte, die Geschichte könne nicht stimmen. Er habe in seinem Leben schon viele Kaninchen gesehen, und nie hätte eines getanzt oder gesungen. Nie.

»Nun ja«, brummte die Maus. »Du musst schon drei auf einmal treffen. Sonst ist das Ensemble ja nicht komplett.«

Und nach einer kleinen Pause fügte sie noch hinzu: »Außerdem ist es bei Kaninchen nicht anders als bei allen anderen auch: Nicht alle hören auf den Rat der Weisen.«

122. Königreich

John war durchgedreht.

Die Kaninchenangelegenheit machte ihm den ganzen Vormittag hindurch zu schaffen. Wenn die Sache wirklich stimmte, dann war es sehr wahrscheinlich so, dass die Welt doch viel vielfältiger war, als er es sich bisher vorgestellt hatte. Möglicherweise sogar noch viel vielfältiger, als er es sich überhaupt vorzustellen vermochte. Wenn das mit den Kaninchen wirklich wirklich stimmte, dann war im Grunde alles möglich. Und auf die Wirklichkeit wäre in der Tat keinerlei Verlass. Auf seine jedenfalls. Oder das, was er für seine Wirklichkeit hielt.

Es war verwirrend. So sehr, dass er vergaß zu frieren und auf die Welt um sich herum zu achten – bis ihn der Ruf eines Vogels aufschreckte.

»Ein Rabe«, sagte er, um die Maus zu warnen.

»Er inspiziert sein Reich.«

»Raben haben ein Reich?«

»Zeitweise. Wenn die ganz großen Vögel fort sind. Also jetzt, im Winter. Dann sind sie die Herrscher über Wald und Feld. Ist zwar ein kaltes, leeres, Territorium, aber immer noch besser, als nie König zu sein; auch wenn das Leben darin härter als hart ist. Sie betrachten es mit anderen Augen. Für sie ist diese große, weiße Welt von großer, erhabener Schönheit.«

John verstand, was sie sagte. Wenn man die Sache mit der Kälte im Griff hatte, was dem schwarzen Vogel wohl ganz gut gelang, war es eine große, weiße, schöne, stille, erhabene Welt.

»Genau«, sagte die Maus. »Und für den Raben ganz besonders, weil es seine Belohnung ist.«

»Belohnung für was?« fragte John.

»Für das Licht.«

Alles klar, dachte John. Wie konnte er nur fragen. Selbstverständlich wird der Rabe für das Licht belohnt. Wieso auch nicht? Ist ja immerhin das Licht. Und er ist der Rabe. Die Sache ist also klar – bis auf eine kleine Kleinigkeit: »Was hat der Rabe mit dem Licht zu tun, dass er dafür belohnt wird?«

»Er hat es gebracht«, antwortete die Maus und klang, als müsse diese Tatsache hinlänglich bekannt sein. Für John aber war sie neu, und das stimmte ihn froh.

»Eine Geschichte?« fragte er.

Die Maus schaute sich um, zeigte auf einen Baumstumpf, gab zu verstehen, er möge sich dort hinsetzen, nahm ihrerseits auf seiner Schulter Platz und begann wie folgt: »Aufgepasst. Es war so: Als es auf der Erde noch duster war, wohnten hier keine Menschen. Fast keine. Es gab einen alten Mann und seine Enkeltochter, die eines Tages auftauchten, eine kleinen Hütte am Ufer eines Flusses bauten und fortan darin lebten. Bereits lange vor ihnen, und eigentlich schon immer, hatte der Rabe in dieser Welt gelebt. Eine Zeitlang beobachtete er die beiden Neuen aus respektvollem Abstand. Eine Weile später flog er näher an die Hütte heran. Er war neugierig, was der Mann und das Mädchen wohl machten und worüber sie wohl sprachen.

Eines Tages hörte er, wie der alte Mann erzählte, er habe eine Schachtel in der sich eine weitere Schachtel befinde und darin wieder eine und darin wieder eine und viele Male so weiter. Die letzte Schachtel sei so winzig, dass da nichts hineinpassen würde. Nichts – bis auf das Licht. Das Licht der ganzen Welt. Er müsse sehr gut darauf aufpassen, damit es dort für immer gefangen sei, denn sollte es in die

Welt gelangen, würde daraus wahrscheinlich nichts Gutes entstehen. Sehr wahrscheinlich sogar.

Er war ein Mann mit großer Furcht vor Neuem und achtete daher penibel darauf, dass alles so blieb wie es immer schon war.

Als der Rabe, der schon seit langer Zeit herausfinden wollte, wie es wohl gelingen könnte, Licht in sein düsteres Reich zu bringen, das hörte, schmiedete er einen Plan. Er würde fortan auf eine Gelegenheit warten, die Schachtel in seinen Besitz zu bringen.

Am nächsten Morgen traten der alte Mann und die Enkeltochter ins Freie und gingen zum Fluss, um Wasser zu holen. Der Rabe flog zu der Stelle, wo die beiden die Hütte verlassen hatten, konnte aber keine Türe finden. Es gab nur Wände. Da wusste er, dass es sich um einen Zauber handeln musste. Er war machtlos.«

Die Maus machte eine Pause.

»Weiter«, sagte John.

»Nur die Ruhe«, sagte die Maus. »Was macht ein Rabe wohl, wenn er machtlos ist?«

»Er denkt sich eine List aus, was denn sonst. Ist doch ein Rabe«, sagte John ungeduldig.

»Schlauer Johnbaum«, sagte die Maus, »er hat sich tatsächlich eine List ausgedacht. Und zwar folgende: Er verwandelte sich in eine Tannennadel, ließ sich im Fluss treiben und achtete darauf, dass das Mädchen ihn mit der Schöpfkelle auffischte und im Wasserkrug zurück ins Haus trug.«

Wieder eine Pause.

»Weiter«, sagte John.

»Du bist alt genug um dir den Rest der Geschichte selbst zu denken.«

»Mag sein«, maulte John, »aber du musst trotzdem weiter erzählen. Wer eine Geschichte beginnt, muss sie auch zu einem guten Ende bringen. Hast du selbst gesagt.«

»Also gut«, sagte die Maus und fuhr fort: »Als der Mann und das Mädchen am nächsten Tag die Hütte erneut verließen, blieb der Rabe allein zurück, verwandelte sich wieder in seine normale Gestalt und begann, nach der Schachtel zu suchen.«

Die Maus sah John an und sagte: »Jetzt weißt du aber genug, nicht wahr?«

»Auf keinen Fall«, protestierte der Junge. »Weiter.«

»Also was ist dann passiert? Der Rabe hat die Schachtel gefunden. Dann gewartet, bis der Mann und das Mädchen wieder nach Hause kamen und ist in genau dem Moment, als sie in die Hütte eingetreten sind, hinausgeflogen – mit der Schachtel im Schnabel. Alles klar?«

»Weiter«, sagte John und klang ungeduldig.

»Na, was wird dann wohl passiert sein? Der Rabe hat die Schachtel geöffnet, dann die nächste, dann die nächste, dann die nächste, dann die nächste, dann die nächste, dann die nächste ...«

»Schon gut«, unterbrach John. »Mach weiter mit der letzten Schachtel.«

»Nun, die hat er auch geöffnet – und augenblicklich war die Welt vollkommen verwandelt. Er konnte Bäume und Sträucher und Himmel und Wolken und alles sehen. Wasser begann zu spiegeln. Überall blinkte und glitzerte es. Der Rabe freute sich sehr. Vorbei die Zeit, in der er im Dunkeln leben musste.«

John war zufrieden. Fand, es sei eine schöne Geschichte, auch wenn darin manches unlogisch sei. Die Sache mit der Dunkelheit, und dass der Rabe sich dennoch darin habe orientieren können zum Beispiel.

»Wieso?« fragte die Maus.

»Weil man im Dunkeln nicht sehen kann?«

»Kommt darauf an, was für ein Dunkel, würde ich sagen.«

»Dunkel ist Dunkel«, sagte John.

»Dunkeldunkel oder halbdunkel? Oder düsterdunkel? Oder dämmrigdunkel oder finsterdunkel oder schattigdunkel oder schummrigdunkel oder stockdunkel. Das bleibt dir überlassen, wenn du dir den Wald und die Hütte und den Raben und den alten Mann und das Mädchen und den Fluss vorstellst. Viel entscheidender ist aber, wieso der Rabe trotz dieser großen und guten Tat nicht der Herr dieser Welt wurde, nicht wahr?«

»Ja«, sagte John und musste sich in der Tat darüber wundern.

»Wer ist denn der Herr dieser Welt?« fragte die Maus.

»Der Adler«, sagte John.

»Und wieso wohl?«

John wusste es nicht. Dachte nach. Sagte dann: »Weil es vielleicht nur eine Geschichte ist, die sich so gar nicht zugetragen hat?«

»Das spielt keine Rolle John. Eine Geschichte ist eine Geschichte und sie muss zu einem Ende kommen.«

»Dann erzähl weiter«, sagte John.

»Der Adler«, setzte die Maus wieder an, »fand die Sache mit dem Licht mindestens genau so toll wie der Rabe. Also hat er ihm die Schachtel abgejagt.«

Dieses Ende versetzte John einen Stich. In seinen Gedanken war der Adler ein edles Wesen. Durch und durch. Dem Raben das Licht zu stehlen, passte da nicht hinein.

»Die Geschichte ist noch nicht ganz zu Ende«, fuhr die Maus fort. »Der Adler fand es selbst nicht richtig in Ordnung, den Raben so zu behandeln. Einerseits musste er zwar klar machen, wer am Himmel der Herr ist – und dazu war nun einmal er ausersehen – andererseits aber gehört zu dieser Herrschaft auch eine Portion Großmut und Noblesse – und so einigte er sich mit dem Raben, dass sie das Reich teilen. In der einen Hälfte des Jahres war er der Herr, in der anderen sollte der Rabe ihn vertreten.

Wie zur Bestätigung stieß der Rabe oben im Baum einen Ruf aus.

»Er ist hungrig«, sagte die Maus. »Lass uns verschwinden, bevor er auf die Idee kommt, ich könnte die Lösung für sein Problem sein.«

John stellte sich vor, wie der Rabe dort oben über sein Königreich blickte.

»Ich würde gerne überleben«, bemerkte die Maus ungeduldig.

John fragte sich, wie es für den Raben wohl war, wenn im Frühling der wahre Herrscher zurückkehrte und seine Rolle als Truchsess zu Ende ging?

»Wie sieht es mit dir aus?« unterbrach die Maus diese beschaulichen Betrachtungen – auch, damit er endlich den Ernst ihrer Lage erkennen möge.

»Mit mir? Mit was?« fragte John, der zwar nur halb zugehört hatte, den Kern ihrer Frage aber doch mitbekommen zu haben glaubte: »Überleben?« fragte er daher verärgert. »Hast du mich gerade gefragt, ob ich überleben will?«

»Hab' ich.«

»Was ist denn das für 'ne Frage? Seh' ich etwa aus, als ob ich das nicht wünschen würde?«

»Wünschen oder wollen, John, das ist die Frage. Wenn du den Wunsch hast zu überleben, wird es nichts werden. Du musst es schon wollen. Deshalb frage ich.«

Jetzt war John sauer. Wieso fing sie auf einmal damit an? Wo sie doch gemeinsam so viele Gefahren und Herausforderungen gemeistert hatten. Da war ja wohl seinerseits zur Genüge bewiesen worden, was er wollte. Aber nein; sie stellte ihn aus heiterem Himmel dar, als sei er nur eine halbe Portion.

»Bist du ja auch«, sagte sie. »Bist 'n Junge, der von zu Hause weg ist. Auf dem großen Ritt; und es ist nie garantiert, dass man den überlebt. Man muss es wirklich wirklich wollen. Und bei dir bin ich mir da manchmal nicht wirklich wirklich sicher.«

»Ich schon«, sagte John barsch und setzte sich in Bewegung.

Die Maus lächelte – und murmelte: »Na, dann bin ich's jetzt auch wieder.«

123. Sonne

John war heiter.

Der Weg durch den Wald war geschafft. Sie standen an seinem Rand mit weitem Blick über leere, kahle Felder. Er lehnte sich an einen starken Baumstamm und ließ sich von der Sonne bescheinen. Sie stand zwar der Jahreszeit entsprechend niedrig am Himmel, vermochte den Tag und die Landschaft aber dennoch in leuchtendes Licht und wohlige Wärme zu tauchen. Eine Zeitlang jedenfalls. Bis sich dicke Wolkenpampe davorschob. Es wurde gleich wieder bitter kalt.

»Ist ja noch Winter«, versuchte John, vor sich hinmurmelnd, den Verlust von Licht und Wärme einigermaßen zu verkraften, wunderte sich aber dennoch darüber, wie schnell dieser Wechsel stattgefunden hatte. Und wie folgenreich. Von wundervoll zu schauerlich in null Komma nichts.

Dann machte er sich Gedanken darüber, welch gewaltige Energie die Sonne doch selbst im Winter habe, wenn man sie denn nur lassen würde und sie ihre Kraft voll entfalten dürfe, ohne von Wolkenvorhängen daran gehindert zu werden.

»Was meinst du mit – selbst im Winter?« fragte die Maus.

»Na, was ich gesagt habe. Selbst im Winter hat sie eine Menge Kraft.«

»Sie hat immer die gleiche Menge Kraft.«

»Mal mehr, mal weniger«, entgegnete John. »Sommer ist Sommer und warm und Winter ist Winter und kalt.«

»Winter ist nur auf der Erde, John. Und zusätzlich sogar nur hier bei uns. Auf der anderen Hälfte des Planeten ist jetzt Sommer. Da wo Süden ist, weißt du.«

Stimmt, dachte John – und war gleichzeitig doch verwundert. Alle, die er kannte, hatten immer gesagt, dass die Sonne im Winter nur manchmal Kraft hätte und im Frühling sprachen sie davon, dass sie wieder an Kraft gewänne und da hatte er gedacht, es sei tatsächlich so. Die Sonne wäre mal stark und mal schwach. War aber gar nicht so. Oder? War sie immer gleich stark und heiß und mächtig?

»Seit sie gezündet wurde.«

Klar – dachte John. Der große weise Schöpfer des Lebens, des Universums und von allem hatte sie natürlich erst anzünden müssen und fragte: »Wann war das?«

»Ist lange her.«

»Wie lange?«

»Langelange.«

»Milliardenlange?«

Die Maus nickte und schwieg.

»Weißt du noch mehr darüber?«

Die Maus nickte und schwieg.

»Erzählst du es mir?«

Die Maus nickte und schwieg.

»Wann?«

»Später. Kann jetzt nicht.

»Nicht?«

»Nein.«

»Wieso?«

»Weil ich vorher erfriere.«

Sie hatte Recht. Es war inzwischen so kalt geworden, dass die Maus mächtig zitterte. Also verkroch sie sich im Kragen seines Mantels und erzählte, während sie sich an seinem Hals wärmte, von der Sonne; ihrem Alter, ihren Flecken, Protuberanzen und Sonnenwinden, ihrer Größe, Temperatur, Korona, Entfernung zur Erde, Photosphäre, Schwerkraft und Zukunft.

John hörte aufmerksam zu und fand, dass – wenn man nur ausreichend viel über sie wusste – so eine Sonne noch sehr, sehr viel mehr war als lediglich ein wärmender, heller Heliumklumpen am Firmament.

»Wenn du lange genug über sie nachdenkst«, sagte die Maus, »wirst du erkennen, dass diese Sonne nicht weniger ist als der Grund für alles.«

»Alles?«, dachte John und war beeindruckt, wusste allerdings nicht, welches alles genau die Maus meinte, fragte daher: Allesalles?

»Nein«, sagte sie, »aber Unseralles.«

124. Zivilisation

John war langmütig.

Nach den Sonnenbetrachtungen waren sie stundenlang an kahlen Feldern entlang gewandert. Dann kam die Stadt in Sicht – und er wusste nicht, wie ihm zu Mute war. Kaum hatten sie den ersten Vorort erreicht, schien alles anders. Ungewohnt. Fremd. Auch wärmer. Warm genug für wenig Schnee. Und überall Menschen und Autos. Man musste aufpassen. Konnte überfahren werden. John kannte das zwar von früher, aber es schien lange her zu sein. Sehr lange. Als sei er eine Ewigkeit fort gewesen.

»Wir sind schon eine mächtige Weile unterwegs, nicht wahr?« fragte er daher.

»Möglich«, sagte die Maus.

»Weißt du es nicht genauer?«

»Wozu?«

»Damit wir wissen, wie lange wir schon unterwegs sind. Sonst könnte es nämlich sein, dass wir uns in Zeit und Raum verirrt haben.«

»Geht das schon wieder los?« fragte die Maus mit einer Mischung aus Sorge und Spott. Sorge, weil sie eine fruchtlose Diskussion fürchtete und Spott, weil sie verwundert war, dass John immer noch nach Regeln zu leben versuchte, die er eigentlich nicht verstand. Nie verstanden hatte und auch nie verstehen würde.

»Tu ich gar nicht«, sagte er trotzig. »Ich will nur wissen …«

»Jaaa?« fragte die Maus und schien ihren Spaß daran zu haben, dass John mitten im Satz stecken geblieben war, weil ihm anscheinend nicht klar war, was er eigentlich wissen wollte.

»Wo steht denn geschrieben«, fuhr sie fort, »wie man sich in Raum und Zeit verhalten und zurechtfinden muss?«

John wusste es nicht.

»Und selbst wenn es irgendwo geschrieben stünde – wo steht dann geschrieben, dass man sich daran halten muss?«

Auch das wusste John nicht.

»Es steht nirgendwo geschrieben. Kannst du mir glauben. Es sind Regeln, die nur deshalb Regeln sind weil jemand gesagt hat, es wären Regeln. Und du, mein Lieber, tätest gut daran, herauszufinden, ob sie für dich überhaupt Sinn machen.«

»Tun sie«, sagte John.

»Sicher nicht«, erwiderte die Maus.

»Sicher doch«, murrte John.

»Ganz sicher nicht«, versicherte die Maus.

Sie sprach so überzeugt, dass ihm wieder einfiel, was er eigentlich wollte: in die Welt hinausziehen und herausfinden, wie das Leben, das Universum und alles in Wirklichkeit wohl beschaffen sei. Und dazu gehörte eben auch, Dinge lieber erst einmal nicht für gegeben zu halten, die er normalerweise für gegeben hielt. Es wäre vielleicht besser, sie lediglich als mögliche Möglichkeiten in einem unendlichen Meer weiterer Möglichkeiten zu betrachten.

Die Maus war einverstanden, widmete sich wieder mit voller Konzentration dem Weg, der vor ihnen lag und riet, unentdeckt zu bleiben. Unsichtbar. Alles andere sei zu riskant.

»Sag mir wieso«, bat John.

»Die Kombination aus einem Wesen, halb John halb Baum und einer Maus, älter als alt, lassen die Stadtmenschen nie und nimmer einfach so vorüberziehen. Sie werden sich wundern. Sogar sehr.«

»Verstehe«, sagte John und es klang, als messe er den Sorgen der Maus die ihnen gebührende Bedeutung bei.

»Sehr wahrscheinlich sogar so sehr«, fuhr sie fort, »dass sie viel darüber reden. So viel, dass die Frau vom Wissenschaftlichen Institut und der Lehrer davon Wind bekommen könnten – und dann säßen wir wieder im Salat.«

»Ich werde aufpassen wie ein Reh«, versicherte John.

Das war jedoch leichter gesagt als getan. Die Dinge um ihn herum sahen merkwürdig aus. Deutlich anders als er sie von früher kannte: Autos, Häuser, Menschen. Alles. So sehr, dass er sich fragte, in was für eine Welt sie geraten waren.

»Menschenwelt«, sagte die Maus. »Alles in Butter.«

»Sieht aber nicht so aus.«

»Du bist ja auch nicht mehr der John von früher.«

»Wohl«, protestierte John weil er nicht wusste, wie er das finden sollte. Er war gerne John.

»Tatsächlich?« fragte die Maus. »Und wieso wolltest du dann Johnbaum werden, wenn John sein so toll war?«

Er wusste es nicht. Der Grund war ihm durch die Ereignisse der zurückliegenden Wochen und Monate samt und sonders aus dem Sinn geraten.

»Ich weiß es aber noch ganz genau«, sagte die Maus.

»Du weißt ja immer alles«, erwiderte John und wunderte sich, weshalb er mürrisch wurde.

»Reg dich nicht auf. Alles halb so schlimm. Vielleicht auch nur die Hälfte von halb. Oder sogar noch weniger.«

»Was ist halb wie schlimm von was?« fragte John, der ganz gerne gewusst hätte, was sie eigentlich meinte.

»Du hast jetzt einen anderen Blick auf die Welt. Siehst die Dinge der Menschen nicht mehr, wie John sie sah.«

»Sondern?«

»Wie Johnbaum.«

Das war ein guter Grund, nachdenklich zu werden. Und alles genau in Augenschein zu nehmen. Eine Pause einzulegen und eine Übung zu machen.

125. Parkplatz

John war kreuz und quer.

Um die Baumübung ungestört durchführen zu können, gesellte er sich ein Stück abseits der Straße zu einer Gruppe Fliederbüsche, grüßte kurz, bekam keine Antwort, begann, Menschenalltag beim Vorbeibrausen zu betrachten. Die Maus inspizierte derweil die Gegend.

Als sie zurückkam, erzählte John, die Gesichter der Menschen seien ihm fremd. Früher hätte er ohne Mühe jeden von jedem unterscheiden können. Jetzt nicht mehr. Jetzt konnte er eigentlich nur noch Männer und Frauen auseinander halten. Hauptsächlich wegen Kleidung und Frisuren.

»Wirst dich dran gewöhnen«, munterte die Maus ihn auf. »Kann allerdings eine Weile dauern.«

Sie stellte sich auf seine Schulter, hielt die Nase in den Wind, nahm Witterung auf, sagte: »Wir müssen da lang …«

Eine kleine Weile später kam ein Supermarkt in Sicht. Die Maus deutete auf eine Reihe von Containern: »Nicht mehr lange, John, dann sind wir nicht länger getrennt von Wohlstand, Überfluss und Hochgenuss.«

John sagte nichts. Die Hungerperioden der letzten Zeit hatten ihn gelehrt, niemals mehr etwas Essbares abzulehnen, nur weil es nicht den höchsten Ansprüchen genügte.

»Bevor wir loslegen«, unterbrach die Maus diesen Johngedanken, »sollten wir ein Stück abseits des Trubels warten. Da hinten bei den Sträuchern haben wir gute Sicht, werden selbst aber nicht gesehen. Stell dich dort hin und werde Johnbaum.«

»Das merken die Leute doch, wenn da plötzlich ein Baum steht, der vorher nicht da war.«

»Keine Sorge«, sagte die Maus.

»Ich mach mir aber Sorgen.«

»Verlass dich drauf, John: Sie merken es nicht. Sind Stadtmenschen. Haben für so etwas keinen Blick. Für alles Mögliche andere ja. Aber für so etwas: nein.«

»Sicher?«

»Sichersicher.«

Also gut – dachte John, hörte auf mit der Sorgenmacherei, stellte sich zu den Sträuchern am Rand des großen Parkplatzes, wurde Johnbaum, sagte Hallo.

»Hallo Johnbaum«, antworteten die Haselnuss- und Holundersträucher vielstimmig. John war verwundert und erfreut. Sie wussten wer er war.

Woher wohl?

»Na woher wohl«, fragten sie zurück.

»Nachrichten aus dem Wald?«

»Aus dem Wald«, sagten die Sträucher.

Die Sache mit dem Wurzelnetzwerk stimmte also. Voll und ganz. Samt und sonders. Er war begeistert und begann unverzüglich ein Gespräch mit seinen neuen Freunden. Zuerst über dies und dass, dann über solches und jenes, schließlich über sich und seine Abenteuer. Die Sträucher lauschten aufmerksam, und einige der jungen unter ihnen begannen vom Beweglichsein zu schwärmen. Da würde man richtig was erleben. Viel mehr als hier. Viel, viel mehr. Unendlich viel mehr, und dann dauerte es nicht mehr lange, bis der Punkt erreicht war, an dem sie Pläne schmiedeten, die Maulwürfe zu rufen um sie zu bitten, sie auszugraben.

Das wollten die älteren Sträucher allerdings auf keinen Fall gestatten. Es sei dumm. Und gefährlich. Und irrwitzig. Und gegen den Plan des erhabenen großen Ganzen. Sie baten John, er möge seine Erzählungen für eine Weile unterbrechen, damit sie die Jüngeren wieder beruhigen und auf den Boden der Tatsachen zurückbringen könnten. Das sei alles in allem nicht besonders schwierig, würde aber einige Zeit in Anspruch nehmen.

John war ein bisschen betreten. Bat um Entschuldigung, was nicht nötig sei, wie die älteren Sträucher versicherten. Junge Sträucher seien so. Jede Menge abenteuerlicher Ideen im Sinn. Manchmal wollten sie mit den Vögeln mitfliegen, dann im Herbst ihre Blätter nicht abwerfen oder statt Nüssen und Holunderbeeren lieber Äpfel und Birnen als Früchte tragen. Am Ende aber würden sie verstehen, dass Haselnusssträucher Haselnusssträucherdinge und Holundersträucher Holundersträucherdinge tun müssten. Und deshalb müssten sie, die Älteren, jetzt ein ernstes Wort mit den Jüngeren reden.

Es waren die letzten Worte, die John verstehen konnte. Danach hörte er nur noch knusperndes Knacken und sanftes Singen ihrer Zweige. Also widmete er seine Aufmerksamkeit dem Treiben auf dem großen Parkplatz. Autos kamen, parkten, Leute stiegen aus, gingen in den Supermarkt. Kehrten zurück, packten das Gekaufte in die Kofferräume, setzten sich in ihre Autos, fuhren wieder weg.

Eine Zeitlang war es unterhaltsam, und als es gerade beginnen wollte, langweilig zu werden, geschah etwas Besonderes. Zuerst bemerkte er es nicht, denn es war nur ein weiteres im fast endlosen Reigen der Autos auf dem Parkplatz. Es kam an, parkte, Motor aus, Leute stiegen aus. Die Maus nahm sie zuerst wahr und stieß einen leisen aber eindringlichen Pfiff aus. John schreckte auf, sah, was die Maus sah und begann zu zittern: Die Frau vom Wissenschaftlichen Institut und der Lehrer. Sie trugen große Einkaufskörbe und gingen in Richtung Eingang des Supermarktes. Dann sah die Frau zufällig in seine Richtung, stutzte, blieb stehen. Rief etwas zum Lehrer. Der blieb ebenfalls stehen, schaute hinüber zu den Sträuchern, weil die Frau dorthin zeigte, winkte ab, setzte seinen Weg Richtung Supermarkt fort. Die Frau nicht. Sie ging langsam auf Johnbaum zu.

John war in höchster Not und zitterte mächtig.

»Was ist los?« fragten die Haselnuss- und Holundersträucher, ihrerseits alarmiert, weil offensichtlich ganz plötzlich etwas aus der rechten Ordnung der Dinge geraten war.

»Gefahr«, sagte die Maus leise.

»Groß?« fragten die Sträucher.

»Sehr.«

»Wie sehr?«

»Sehrsehr.«

»Oh«, raunten die Sträucher, begannen ihrerseits zu zittern und steigerten diesen Zustand innerhalb weniger Sekunden zu einem Beben. Dann fegte ohne jede weitere Vorankündigung ein heftiger Windstoß über den Parkplatz und schüttelte John und Maus und die Sträucher und alles andere heftig durch.

»Euros«, flüsterte die Maus. »Herr des Ostwindes«, und verbeugte sich in Richtung Osten.

Als die Bö verweht war, sah alles anders aus. Die Haselnuss- und Holundersträucher kehrten nicht in ihre ursprüngliche Form zurück, sondern hatten jede Menge Äste und Zweige so um John geschlungen, dass er praktisch nicht mehr zu sehen war.

Die Frau vom Wissenschaftlichen Institut richtete ihre Haare und Kleider, setzte ihren Weg in Richtung Johnbaum fort, stutzte dann aber nach wenigen Schritten, blieb stehen, schaute irritiert, schüttelte den Kopf, wandte sich schließlich ab und versuchte eiligen Schrittes, den Lehrer auf dem Weg in den Supermarkt einzuholen.

»Danke«, sagte John.

»Selbstverständlichkeit«, antworteten die Haselnuss- und Holundersträucher.

»Trotzdem Danke«, sagte John.

»Trotzdem Selbstverständlichkeit«, antworteten die Sträucher.

»Allerallerbesten Dank«, sagte John.

»Allerallerbeste Selbstverständlichkeit.«

Es wäre wahrscheinlich noch eine ziemliche Zeitlang so weiter gegangen, hätte die Maus sich nicht eingeschaltet und gesagt: »Unser Verbundenheit behufs Eurer List.«

»Unsere Verbundenheit behufs Eurer Verbundenheit«, antworteten die Sträucher und gaben dann Ruhe. John schaute irritiert.

»Bei Danksagungen bevorzugen sie alte Formulierungen«, erklärte die Maus – und schmunzelte.

126. Abend

John war hellhörig.

Wollte mehr über die alten Sprachen und Formulierungen wissen, doch es begann zu dämmern und die Sträucher wurden schlagartig müde. Sagten von einem auf den nächsten Augenblick nichts mehr. Die Unterhaltung war zu Ende, ehe sie richtig begonnen hatte. Gleichzeitig wurde der Parkplatz vor dem Supermarkt zusehends leer. Auch die Frau und der Lehrer kamen wieder heraus. Die Frau schaute erneut intensiv zu John herüber, doch die Tarnung durch die Hasselnuss- und Holundersträucherzweige schien weiterhin zu funktionieren, denn als der Lehrer alles Eingekaufte verstaut hatten, stieg sie zu ihm ins Auto und sie fuhren davon. Wenig später gingen dann auch die letzten Lichter des Supermarktes aus, verließen ein paar letzte Leute das Gebäude, stiegen in die letzten geparkten Autos, fuhren fort.

Die Luft kalt, der Abend schwarz, der Parkplatz still.

Jetzt, wo niemand mehr kam und ging, wo absolut nichts mehr geschah, wurde John traurig. Die Welt um ihn herum war alles andere als schön. Öde und leer, hässlich und trostlos, einsam und verlassen; begleitet von nichts als einer summenden, belanglosen Stille.

»So ist das John«, sagte die Maus, weil seine Stimmung ihr nicht verborgen blieb. »Was immer Menschen bauen, ist in der Regel so wie das hier. Man hält es darin nur aus, wenn etwas passiert. Wenn Leute kommen und gehen, etwas unternehmen, sich treffen und unterhalten, einkaufen oder sonst was machen. Sind sie weg und nur noch die Bauwerke übrig, funktioniert es nicht mehr. Es ist dann genau so, wie du sagst: öde und leer.«

Sie machte eine kleine Pause, kratzte sich am Kopf, fuhr dann fort.

»Nur ganz manchmal gelingt es ihnen, etwas zu bauen, das richtig ist.«

John sah sich um, konnte aber nichts dergleichen entdecken.

»Nicht hier.«

»Wo denn?«

»Bei großen Kathedralen zum Beispiel. Da haben sie sich allerdings auch ein paar Jahrhunderte lang Zeit gelassen. In der Regel tun sie das jedoch nicht. Und machen sich auch nicht die richtigen Gedanken. Bauen daher unweigerlich Trostlosigkeiten allerorten.«

So schlimm, fand John, sei es nun auch wieder nicht.

»Wenn man im Auto daran vorbeifährt; mit 50 oder mehr Sachen, ist es erträglich«, milderte die Maus ihr hartes Urteil, setzte dann aber nach: »Wenn du hingegen zu Fuß daran vorbeigehst, ist es hässlich; und solltest du gar betrachtend verweilen, garantiert grausig. Als würden sie nicht verstehen, worauf es ankommt.«

»Worauf kommt es denn an?« fragte John, der sich ziemlich wunderte, dass die Maus etwas von Architektur und Stadtplanung zu verstehen schien – was mehr als merkwürdig war, weil – wieso sollte sie?

»Architektur und Stadtplanung sind mir gleichgültig«, sagte sie. »Ich weiß nicht, wie man Häuser bestens baut oder Städte präzise plant. Ich weiß nur, was Menschen dabei fast immer falsch machen.«

»Und das wäre?«

»Von allem zu wenig.«

Mhm – dachte John, neugierig, wie sie wohl fortfahren würde.

»Denk an den Wald. Dort ist von allem zu viel. Und deshalb ist es genau richtig. Zu viele Bäume um ihre Zahl überblicken zu können. Zu viele Äste um sie zählen zu können. Zu viele Blätter um ihre Fülle erahnen zu können. Und somit ist überall und ringsumher mehr zu sehen, als man sehen kann. Und mehr zu hören, als man hören kann. Und mehr zu riechen und zu staunen.«

»Die Fülle im Wald«, sagte John.

»Und nicht nur dort«, ergänzte die Maus. »Überall. Im ganzen Sausen und Brausen der Schöpfung. Sieh in den Himmel. Die Weite, die Wolken, die Farben. Zu viel von allem. Mehr als du sehen und verstehen kannst – und nicht anders ist es auf den Meeren und Seen, in Gebirgen und Auen, Atollen und Archipelen, Canyons, Tälern und Kratern, Hochlanden, Wüsten und Ebenen.

»Tundren«, ergänzte John.

»Tundren«, bestätigte die Maus, »und Taiga.«

»Und Steppen.«

»Und Graslanden«

»Und Oasen, Kaps und Landzungen …«

Es ging eine ganze Weile so weiter, bis ihnen an Gegenden, Gebieten und Gemarkungen, Landschaften, Provinzen und Bezirken nichts mehr einfiel; wahrscheinlich weil alles, was es auf der Welt gab, aufgezählt war, vermutete John.

»Glaub ich nicht«, entgegnete die Maus nachdenklich. »Ist eher unwahrscheinlich, dass wir alles haben. Es gibt sehr, sehr wahrscheinlich auch davon noch viel, viel mehr; und ziemlich sicher sogar zu viel.«

127. Container

John war fasziniert.

Und überzeugt, dass sie Recht hatte. Er wusste ja nur, was er wusste, und das war – so viel hatte er in den zurückliegenden Monaten gelernt – nicht die Welt. Schon gar nicht die ganze. Allerhöchstens ein ziemlich kleiner Teil davon. Wenn überhaupt.

»Wir können los«, riss die Maus ihn aus seinen Gedanken. »Die Luft ist rein. Niemand mehr da. Der Weg ist frei.«

John wurde mulmig. Jetzt war es also so weit. Es gab kein Zurück mehr.

Mit gemischten Gefühlen machte er sich vorsichtig von den ihn umschlingenden Ästen und Zweigen der Haselnuss- und Holundersträucher frei, setzte sich in Bewegung, ging auf den Container zu. Die Maus lief in unruhiger Erwartung auf seiner Schulter hin und her: »Es geht los. Es geht los. Nur noch wenige Schritte trennen uns von Wohlstand, Überfluss und Hochgenuss …«

Als John schließlich direkt vor dem großen Eisenkasten stand, war er verwundert. Er hatte erwartet, dass er nach Müll stinken würde, doch das tat er nicht. Seine größte Befürchtung stellte sich damit als unbegründet heraus.

»Öffne die Klappe«, sagte die Maus.

John versuchte es. Sie war schwer. Jedenfalls am Anfang. Nachdem er sie einen Spalt weit aufgestemmt hatte, ging es auf einmal leicht. Als würde eine starke Hand helfen. Die Maus schlüpfte ohne Zögern in die dunkle Öffnung hinein und war nicht mehr zu sehen, wenige Momente später aber zu hören: »Das Paradies, John. Komm her und sieh es dir an.«

»Niemals«, sagte John. Der Gedanke, in den Container hinein zu steigen, missfiel ihm sehr.

»Aber ja. Du musst herkommen und sehen und kosten – und dann besprechen wir, was wir mitnehmen. Die Auswahl ist zu groß. Ich kann das unmöglich alleine entscheiden.«

Dann erschien sie am Rand der Klappenöffnung und reichte ihm einen Schokoriegel. Noch verpackt.

John war erstaunt.

»Es gibt Hunderte«, sagte sie. »Und Gummibärchen, Lakritze, Bonbons, Schaumwaffeln, Kaugummi, Kekse.«

John lauschte mit rasch zunehmender Verzückung, zögerte schließlich nicht länger, kletterte in den Container und folgte der Maus zu den Quellen von Wohlstand, Überfluss und Hochgenuss.

Als seine Augen sich an das spärliche Licht gewöhnt hatten, war das Staunen groß. Er befand sich inmitten einer Welt aus Süßigkeiten, Räucherwürsten, Frischkäsen, Fruchtjoghurts, Fischfrikadellen, Toastbroten, Erdnussbutter. Alles tadellos verpackt und unverdorben. Er konnte es kaum fassen.

»Ich hab's dir gesagt«, kommentierte die Maus kauend. »Greif zu und lass es dir schmecken.«

John langte zu. Sein Magenknurren forderte – sein Heißhunger befahl – sein Appetit gebot es.

Nachdem sie eine ziemliche Weile gekaut und geschmatzt hatten, bis sie wirklich nicht mehr konnten, wurden sie träge. John verspürte den Wunsch, auf der Stelle einzuschlafen. Die Maus riet davon ab.

»Wir müssen hier wieder raus«, sagte sie. »Wir nehmen mit, was wir tragen können, und du stellst dich wieder zu den Sträuchern.«

John war froh, dass sie stets aufmerksam blieb und jetzt darauf drängte, sich wieder in Sicherheit zu bringen. Der Container war zwar ein paradiesischer, aber auch ein gefährlicher Ort. Sie waren gut beraten, sich hier nicht unverhältnismäßig lange aufzuhalten. Andererseits – er war so vollgefuttert wie lange nicht. Und der Abend war noch jung. Bevor wieder Menschen zum Supermarkt kämen, würden noch viele Stunden vergehen. Er schlug daher vor, sich wenigstens eine kleine Pause zu gönnen.

Die Maus war einverstanden und sie beschlossen, eine kleine, harmlose Weile vor sich hin zu dösen – was jedoch unweigerlich dazu führte, dass sie in Windeseile einschliefen.

128. Ein alter Freund

John war griesgrämig.

Von irgendwo unten kamen Laute, die ihn aufweckten. Als er so weit bei Bewusstsein war, dass er sie entschlüsseln konnte, wollte er seinen Ohren nicht trauen. Ganz offensichtlich pöbelte ihn jemand an: Er solle aufhören mit diesem ohrenbetäubenden, asozialen, unerträglichen Gesäge. Sei voll daneben. Schwer aso. Er solle nach Hause gehen, aber ratzfatz und bloß nicht wiederkommen, sonst gäb's auf die Omme.

John war über so viel geballte Unfreundlichkeit empört.

»Erkennst du die Stimme?« fragte die Maus, die ebenfalls aufgewacht war.

John spitzte die Ohren, kräuselte die Stirn, hörte so genau wie möglich hin und sagte voll ungläubigem Staunen: »Mauskind?«

Die Maus nickte, rief dann: »Hab dich nicht groß gezogen um jetzt angepöbelt zu werden.«

Im nächsten Moment lugte eine Maus aus dem Lebensmittelberg hervor.

»Heh, Johnbaum«, sagte sie verwundert. »Ist ja 'n Ding.«

»Bist du das wirklich?« Er erkannte sie nicht, denn er hatte eine ganz normale, ausgewachsene Maus vor sich.

»Immer noch so schwer von Begriff wie immer schon«, sagte der Mausjüngling. Seine Stimme leierte ein wenig.

»Lass uns in Ruhe«, sagte die Maus barsch.

»Waas?!« provozierte der Mausling.

»Verzieh dich«, befahl die Maus in wirklich schroffen Ton. Die junge Maus sah die alte Maus einen Moment lang unschlüssig an, drehte dann bei, verschwand wortlos wieder im dem Lebensmittelberg.

»Wieso bist du so unfreundlich?« wunderte sich John.

»Ist meine Sache«, sagte die Maus. »Packen wir ein, was wir für morgen brauchen und verschwinden.«

John tat, was sie sagte, weil sie es auf eine Weise gesagt hatte, die sagt: »Tu, was ich sage.«

Am Rande des Parkplatzes nahm er seine Position bei den Sträuchern wieder ein und wollte wissen, was da eben passiert war: »Bist du noch immer so enttäuscht von ihm?«

»Eher schon wieder.«

»Was hat er denn jetzt angestellt?«

»Als er weggegangen ist, war ich nicht wirklich enttäuscht. Eher traurig. Ist normal. Sie werden groß, dann gehen sie, dann ist man geknickt, dann ist es wieder gut. Der Lauf der Dinge. Aber jetzt. Das da. Das will ich nicht sehen.«

»Was ist denn da?«

»Er ist Alkoholiker.«

»Was?« fragte John erschrocken und hoffte, sie würde sich irren. Oder einen bösen Scherz machen. Oder in ihrer Wut einfach etwas

Schlimmes behaupten. Tat sie aber nicht, sondern sagte, sie könne genau erkennen, wenn eine Maus alkoholkrank sei. Und dann erzählte sie von der dunklen Seite der Container: Da sei immer auch Obst drin. Altes Obst. »Wenn es vergärt, entsteht darin Alkohol. Und es gibt Mäuse, die nichts lieber tun als dieses vergorene Obst zu vertilgen. Und deshalb immer betrunken sind. Und am Ende süchtig werden. Er ist so eine Maus geworden.«

129. Paradies

John war in Sorge.

»Wir müssen ihm helfen.«

»Keine Chance«, sagte die Maus. »Er wird es nicht wollen. Wollen Süchtige nie. Kommt erst, wenn das Elend beginnt. Dann ist es aber meist zu spät.«

»Wirklich?«

»Leider ja.«

John glaubte ihr. Sie war diejenige mit Lebenserfahrung. Er noch nicht.

Sie wusste was vom Leben, vom Universum und von allem. Er noch nicht.

Also schwieg er.

Nach einer Weile ergriff die Maus wieder das Wort: »Diese Container können das Paradies sein. Oder die Hölle. Kommt darauf an, was man daraus macht. Für die meisten sind sie gefährlich, denn das Paradies ist grundsätzlich kein guter Ort.«

Hier musste John allerdings widersprechen: Das Paradies sei das Beste vom Besten. Jeder wünsche sich nichts sehnlicher, als genau dort zu sein; seit immer schon.

»Da hast du Recht«, sagte die Maus, »aber wenn sie dort angekommen sind, wissen die Meisten nichts Gescheites damit anzufangen. Es gibt keine Sorgen mehr. Keine Nöte, keine Anforderungen, keine Anstrengungen. Alles ist immer genau so wie es sein soll. Und was passiert dann?«

Auf die Schnelle wusste John keine kluge Antwort.

»Man langweilt sich. Und was passiert dann?«

Auf die Schnelle wusste John auch darauf keine kluge Antwort.

»Zeitvertreib. Und der führt schon bald zu allerlei Unsinn und Übermut. Und von dort ist es dann nicht mehr sonderlich weit zu Verfall und Verderben.«

Es klang schlüssig und folgerichtig. John begann, sich noch ernsthaftere Sorgen zu machen: Wo auf dem verhängnisvollen Weg von Langeweile über Zeitvertreib, Unsinn und Übermut bis zu Verfall und Verderben befand der Mausjüngling sich wohl gerade?

Inmitten solch kummervoller Überlegungen forderte sein übervoller Magen allerdings wieder Tribut und befahl, die Sorgen Sorgen sein zu lassen und die Verdauungsvölker nicht länger an ihrer Arbeit zu hindern. Es war ein mächtiger, gebieterischer Ruf und kaum hatte er ihn vernommen, war er auch schon eingeschlafen.

130. Rettung

John war langsam.

Etwas kitzelte ihn am Ohr. Er schlug die Augen auf. Es war kurz vor Sonnenaufgang und auf seiner Schulter saß der Mausjüngling.

»Hi, nix für ungut«, sagte er.

»Hi!« sagte John verblüfft. »Alles gut?«

»Wollte kurz vorbeischauen und ’tschuldigung sagen. War vielleicht ein bisschen grob vorhin.«

»Ja«, sagte John, »nett war’s nicht.«

»So schlimm, dass der Alte so abgehen musste, aber auch nicht.«

»Macht sich Sorgen.«

»Ach?!?«

»Fang nicht schon wieder an«, versuchte John die Stimmung nicht gleich erneut kippen zu lassen.

»Macht sich immer Sorgen«, motzte die Jungmaus. »Was glaubst du, was ich mir alles anhören musste.«

»Hat dich gerettet und groß gezogen.«

»Ich hätt's auch alleine geschafft.«

»Was??« fragte John empört. »Du hast doch ne Macke.«

»Ach ja?«

»Ja.«

»Wenn hier einer 'ne Macke hat, dann du. Hängst ja noch immer mit dem alten Meckersack rum. Hast wohl kein eigenes Leben.«

John wusste nicht recht, was er von dem Jüngling halten sollte. Er schien tatsächlich einen sitzen zu haben.

»Was treibst du den ganzen Tag im Container?« fragte er in der Hoffnung, die Stimmung wieder etwas friedfertiger gestalten zu können.

»Geht dich 'n feuchten an.«

»Sag's ihm«, ertönte die Stimme der Maus aus der Manteltasche. »Dann ist es raus und niemand muss mehr irgendwem was vormachen.«

»Geht euch 'n feuchten an. Sagte ich schon.«

»Wenn du nicht den Mut hast, die Wahrheit zu sagen, brauchen wir dich hier nicht länger.«

»Schick ihn nicht gleich wieder weg«, bat John.

»Schon gut«, sagte der Jüngling. »Der alte Meckersack macht, was er eben kann. Mecker, mecker, mecker.«

John fand, die Situation sei mit solchen Respektlosigkeiten nicht zu entschärfen, wollte aber nichts unversucht lassen und schlug daher vor: »Erzähl doch, wie es dir ergangen ist seit der Zeit im Garten. Und dann erzählen wir, was wir erlebt haben.«

»Nee«, sagte die Jungmaus. »Geht euch nix an.«

»Dann verschwinde endlich«, sagte die Maus – und ihre Stimme klang fremd.

Die Jungmaus sah wütend auf die Maus, kletterte dann von Johns Schulter, hatte Mühe, sich zu halten, strauchelte schließlich und fiel herunter. Es war ganz offensichtlich, dass sie nicht alle Sinne beisammen hatte. Sie scheiterte an ganz normalen Mausdingen – und das konnte nicht gut sein.

Nachdem der Jüngling sich am Boden wieder aufgerappelt hatte, schüttelte er den Staub aus dem Fell und machte sich im beginnenden Morgenlicht grußlos auf den Weg zurück zum Container.

»Sei vorsichtig!« rief die Maus ihm nach.

Der Jüngling hörte nicht hin.

»So kann man sich um diese Tageszeit nicht bewegen«, sagte die Maus aufgeregt, besorgt und gleichzeitig empört. »Nicht, wenn man noch alle Tassen im Schrank …«

Dann verstummte sie abrupt und starrte auf eine Katze, nicht weit entfernt vom Container. Die Jungmaus schien das Raubtier nicht zu bemerken. Die Katze ging in Lauerstellung, und es sah ganz so aus, als stolpere der Mausling nichts ahnend einem unausweichlichen, katastrophalen Schicksal entgegen.

»Blöde Katze«, zischte John, rannte laut schreiend los, fuchtelte wild mit den Armen, stürmte frontal auf das Raubtier zu. Nach kurzem, heftigem Erschrecken stob es davon; wütend fauchend – aber kampflos.

Die Jungmaus stand nahe beim Container. Hatte erst durch Johns Attacke ihr Beinahe-Ende mitbekommen. Schüttelte sich wild. Sah dann zu John, der sie vom Boden aufhob.

»Danke«, sagte sie sehr verlegen und sehr schüchtern, und sehr, sehr, demütig.

»Gern geschehen«, sagte John.

»Ich wär' wohl dran gewesen.«

John nickte, sagte aber nichts.

»War ein ernüchterndes Erlebnis, hoffe ich«, schaltete die große Maus sich ein. Ihre Stimme klang sanft. Die junge Maus sah die alte Maus an, senkte den Blick, nickte.

»Willkommen in deinem zweiten Leben«, sagte die große Maus. »Nutze es. Und geh nicht davon aus, dass es noch ein drittes geben wird.«

»Ja«, sagte die junge Maus. »Danke.«

»Geh jetzt.«

»Ja«, sagte die junge Maus, trippelte, nachdem John sie wieder auf den Boden gesetzt hatte, von dannen und verschwand im Gebüsch.

»Danke«, sagte die Maus zu John.

»Weiß auch nicht«, erwiderte er, »ich bin einfach losgerannt und hab's getan.«

»Lass uns aufbrechen«, schlug die Maus nach einer Weile, in der niemand etwas gesagt hatte, vor. »Wir haben hier nichts mehr verloren.«

»Meinst du, er wird sich ändern?« fragte John.

»Wahrscheinlich. Wenn du so knapp am Tod vorbei schrammst, kannst du den Unsinn von vorher eigentlich nicht weitermachen. Außerdem schuldet er es dir.«

»Mir?«

»Du hast ihn gerettet.«

Ja – dachte John, obwohl er gar nicht das Gefühl hatte, es sei eine große Sache gewesen. Eher eine Selbstverständlichkeit. Andererseits – hätte er zu lange gezögert, wäre der Mausling jetzt tot.

Die Maus nickte und sagte, nun sei es aber wirklich an der Zeit, das eigene Leben zu retten.

»Meins?« fragte John ungläubig und gleichzeitig nervös: »Wieso? Was ist los?«

»Die Frau und der Lehrer«, sagte die Maus. »Es sah zwar so aus, als habe sie gedacht, sie habe sich geirrt, aber weder du noch ich können sicher sagen, dass die beiden nicht doch noch auf die Idee kommen, lieber doch noch mal hierher zu fahren, um lieber doch noch mal ganz genau nachzusehen. Einfach so. Zur Sicherheit. Man kann ja nie wissen …«

»Nein«, sagte John. »Man kann nie wissen.«

Die Maus nickte, zupfte an seinem Haar und sagte: »Also los, Lebensretter, machen wir uns auf den Weg.«

Sie packten am Container ein, was in seine Taschen passte, dann lenkte John seine Schritte in die Richtung, die die Maus ihm wies.

131. Weiter

John war bereit.

»Wo gehen wir hin?« fragte er. »Wieder in den Wald?«

»Nein.«

»Wieso nicht?«

»Du gehörst zurzeit nicht dorthin. Und ich auch nicht. Haben wir in den vergangenen Wochen ja gelernt.«

»Wohin gehöre ich denn?«

»Unter Menschen.«

»Sicher?«

»Sicher.«

»Und wieso nicht doch besser unter Bäume?«

»Weil du nicht nur Baum, sondern auch Mensch bist. Und weil wir bereits viel Zeit mit Baumwerden verbracht haben, müssen wir jetzt eine Einheit Menschwerden einlegen.«

Das leuchtete John ein. Weil er sich aber überhaupt nicht vorstellen konnte, was er sich unter »eine Einheit Menschwerden« vorstellen sollte, fragte er: »Was werden wir tun?«

»Wir werden sehen.«

»Was?«

»Was kommen wird. Es ist dein großer Ritt, John. Die Aufgaben und Herausforderungen werden dich finden. Und wir gehen ihnen einfach entgegen.«

»Wohin?«

»Weißnochnicht.«

Ein neues Ziel. John hatte noch nie von so einem Ort gehört. Konnte sich darunter auch nichts vorstellen. Ließ daher nicht locker: »Und wo ist das?«

»Na, wo wohl, John?«

»Keine Ahnung.«

»Weißnochnichtwo.«

Aha – dachte John, war einen Moment lang nicht sicher, was er davon halten sollte – und beschloss dann, ihr einfach zu vertrauen.

ENDE

INHALT

IM GARTEN

UNTERWEGS